茅盾研究
八十年書系

錢振綱・鍾桂松◎主編

朱德發、阿岩、翟德耀◎著

9

茅盾前期文學思想散論

花木蘭文化出版社

國家圖書館出版品預行編目資料

茅盾前期文學思想散論／朱德發、阿岩、翟德耀 著 — 初版
— 新北市：花木蘭文化出版社，2014〔民103〕
目 2+222 面；19×26 公分
（茅盾研究八十年書系；第9冊）
ISBN：978-986-322-699-4（精裝）
1. 沈德鴻 2. 中國當代文學 3. 文學評論
820.908   103010115

中國茅盾研究會《茅盾研究八十年書系》編委會

主　　編：錢振綱　鍾桂松

副主編：許建輝　王中忱　李　玲

特邀顧問：

邵伯周　孫中田　莊鍾慶　丁爾綱　萬樹玉　李　岫

王嘉良　李廣德　翟德耀　李庶長　高利克　唐金海

ISBN-978-986-322-699-4

9 789863 226994

茅盾研究八十年書系
第 九 冊
ISBN：978-986-322-699-4

茅盾前期文學思想散論

本書據山東大學出版社 1983 年 8 月版重印

作　　者　朱德發、阿岩、翟德耀
主　　編　錢振綱　鍾桂松
總 編 輯　杜潔祥
副總編輯　楊嘉樂
編　　輯　許郁翎
出　　版　花木蘭文化出版社
社　　長　高小娟
聯絡地址　235 新北市中和區中安街七二號十三樓
　　　　　電話：02-2923-1455／傳真：02-2923-1452
網　　址　http://www.huamulan.tw 信箱 hml810518@gmail.com
印　　刷　普羅文化出版廣告事業
初　　版　2014 年 7 月
定　　價　60 冊（精裝）新台幣 120,000 元

茅盾前期文學思想散論

朱德發、阿岩、翟德耀 著

作者簡介

朱德發（1934），男，山東蓬萊人，大學文化。山東師範大學資深教授，博士生導師，國家重點學科中國現當代文學專業學術帶頭人。曾任語言文學研究所所長兼中文系副主任、中國現代文學研究會副會長，現任山東現代文學研究會會長、山東茅盾研究會會長等。國家級教學名師，獲曾憲梓教育基金高師教師獎二等獎，山東社會科學突出貢獻獎，享受國務院特殊津貼。在《中國社會科學》等期刊發表學術論文數百篇，出版《朱德發文集》等專著十餘部，合著《評判與建構》、主編《現代中國文學通鑒》等著作二十餘部，獲省部級人文社會科學優秀成果獎與文藝評論獎 28 項（次）。

阿岩，本名趙耀堂 (1933)，男，山東東阿人，大學文化。山東友誼出版社編審，中國作家協會會員。曾任山東友誼出版社社長兼總編，發表文章近百篇，出版論著多部，獲獎多項，其中與人合著的《茅盾前期文學思想散論》獲山東社會科學優秀成果二等獎。

翟德耀（1946），男，山東萊州人，大學文化。《山東師範大學學報》（人文版）編輯部副主編、編審，兼文學院教授、碩士生導師。中國茅盾研究會常務理事，山東茅盾研究會常務副會長。主要從事中國現當代文學、文藝學等學科的編輯、教學和研究。著有《走近茅盾》、《中國現代紀遊文學史》（副主編）、《思維訓練例探》（主編）、《論說文讀寫借鑒》（主編）、《心靈之約：名人的友情》（主編》等，發表文章 200 餘篇，獲山東社會科學優秀成果獎 9 項。

提　要

作為卓有建樹的文學理論批評家，茅盾五四時期確立了為人生的進化文學觀，五卅前後主張無產階級文學，為創建中國新文學作出了突出的貢獻。在新小說的建設上，堅持內容和形式的統一；在文學的獨創問題上，強調作家的創作個性；在白話運動中，表現出可貴的堅定性和徹底性；在文學批評上，張揚現實主義旗幟。茅盾前期的文學選擇，建立在對中西文學宏觀考察和深入比較的堅實基礎上，是通過對自然主義文學的認真剖析，對包括托爾斯泰在內的俄國批判現實主義文學的切實觀照，取精用宏，融會貫通的結果。

目

次

茅盾「五四」時期的新文學觀

　　中國現代文學史上的「五四時期」，雖然同西方「文藝復興」時期有所不同，但相似的地方也是不少的，如產生了一批能夠代表一個時代的文學巨匠就是其一。如果說，魯迅在五四時期著重從小說創作方面，郭沫若側重於新詩創作方面，顯示了作爲中國現代文學巨匠的卓越才華的話；那麼，茅盾主要從新文學思想的探討和建設方面，表現了一個文學巨匠的驚人的理論水平。

　　從馬克思主義的觀點出發，評述歷史人物的功過得失必須置於一定的歷史範疇，但是要眞正做到並不容易。30 年代初，茅盾在評價五四運動的歷史意義時，對「五四時期」的起止時間是這樣理解的：「『五四』這個時期並不能以北京學生火燒趙家樓那一天的『五四』算起，也不能把它延長到『五卅』運動發生時爲止。這應該從火燒趙家樓的前二年或三年起算到後二年或三年止。總共是五六年時間。火燒趙家樓只能作爲運動發展到實際政治問題，取了直接行動的鬥爭態度」。〔註 1〕我們基本同意這種界說，並擬以此歷史範疇對茅盾五四時期的文學觀予以評述，我們不同意有的研究者把茅盾五四時期的文學主張延長到「五卅」運動。

　　「五四時期」作爲一個發展過程來考察，新文化運動和文學革命呈現出幾個既有聯繫又有區別的歷史階段。茅盾作爲五四時代的先進知識青年，並非一開始就拿起筆來爲《新青年》撰文或者直接投身於以《新青年》爲陣地所發動的新文化運動和文學革命之中；他是在以科學與民主爲旗幟的思想解放運動的推動和十月革命的影響下，如饑似渴地閱讀《新青年》等進步刊物，

〔註 1〕　《「五四」運動的檢討》，1931 年 8 月《前哨·文學導報》第 1 卷第 1 期。

新思潮開啓了他心靈的窗戶，開始摸索著追求真理，尋找著如何改革社會的答案，並於 1917 年底在上海商務印書館主辦的《學生雜誌》上，發表鼓動青年學生積極參加新文化運動的論文，號召青年「尤須有自主心，以造成高尚之人格，切用之學問，有奮鬥力以戰退惡運，以建設新業」，惟有這樣，「浩浩黃冑，其果有振興之日」，「暗暗社會，其果有革新之望」；〔註 2〕而青年學生要成為「社會之中堅」，則必須「翻然覺悟，革心洗腸」，以「個性之解放」、「人格之獨立」等新思想，作為「學術之利器」，「力排有生以來所薰染於腦海中之舊習慣、舊思想」，以「吸收新知新學」，「抱定人定勝天之旨」，發揚「奮鬥主義」精神，認清「時勢實造英雄」的真理，創造「吾族」文明，做一個「創歷史上之新紀元者」。〔註 3〕可見，茅盾一踏進新文化思想論壇，便顯示出一個青年思想啓蒙者的特質，他雖然不是「新青年」派的成員，但是他提倡「思想革新」的文化主張和改革社會的政治思想，卻洋溢著愛國主義激情，表現了革命民主主義的戰鬥特色，這不僅同《新青年》授予青年以「修身治國之道」的宗旨是一致的，而且與《新青年》同人堅持科學與民主的時代精神，反對封建舊思想舊文化，反對帝國主義欺凌，以爭取民眾的民族的解放的步調是合拍的。尤其可貴的是，他一開始就自覺地把思想文化革命同改革社會、振興中華、創造文明的政治抱負和愛國宏願結合起來，同全球風靡的新文化新思想以及創造人類歷史上的新紀元的博大胸懷聯繫起來，初步顯露出他的思想是向著時代的深度和高度發展。

由於他是以先進的思想，啓蒙者的姿態，獻身於五四新文化運動，因此從 1920 年他正式致力於新文學運動的倡導起，就將文學革命同思想革命以及「再生我中華民族」的政治理想結合起來。他當時明確地認識到，「現在新思想一日千里，新思想是欲新文藝去替他宣傳鼓吹的」；〔註 4〕倘能堅定地踏上文學革命這條路，那一定能使中華民族的文學藝術「發皇滋長，開了花，結了果實」，而這「藝術之花」又定能「滋養我再生我中華民族的精神，使他從衰老回到少壯，從頹喪回到奮發，從灰色轉到鮮明，從枯朽裡爆出新芽來」。〔註 5〕並「敢代國內有志文學的人宣言：我們的最終目的

〔註 2〕 《學生與社會》，1917 年 12 月《學生雜誌》第 4 卷第 12 號。
〔註 3〕 《一九一八年之學生》，1918 年 1 月《學生雜誌》第 5 卷第 1 號。
〔註 4〕 《小說新潮欄宣言》，1920 年 1 月《小說月報》第 11 卷第 1 號。
〔註 5〕 《一年來的感想與明年的計劃》，1921 年 12 月《小說月報》第 12 卷第 12 號。

是要在世界文學中爭個地位，並做出我們民族對於將來文明的貢獻」。〔註6〕
基於這種對新文學傳播新思想是為著振興中華民族、為人類將來文明多作貢獻的深刻認識，所以他在大量評介外國文學的同時，積極探究新文學運動的理論主張，致力於新文學思想的創建。如果說，在五四文學革命的倡導期，胡適、陳獨秀、周作人等提出了較系統的新文學主張的話；那麼，在五四新文學的發展期即1920年前後，茅盾便結合新文學發展的具體情狀，博採西歐新文藝思潮之長，對文學革命先驅們的文學主張則作了進一步的補充和發揮，並形成了具有自己思想特色的為人生的進化的新文學觀。

對於茅盾的新文學觀只有放在這樣的特定歷史條件下來看，才能比較全面地、深入地理解它的特殊意義：一是五四愛國運動後，「新青年」派的文學理論主張的探討，除了李大釗於1920年初在成都的《星期日》上發表的《什麼是新文學》和魯迅的一些文學見解尚有重要的思想理論價值外，其他的主要成員如陳獨秀、胡適、周作人等在文學思想上並沒有什麼新的建樹，甚至胡、周的文學主張還有些倒退，「新潮社」的文學主張也沒有什麼大的進展；他們大都在白話文學的創建或戲劇改革方面發表了些意見，至於如何從文學思想方面進一步探索五四新文學的發展方向，似乎他們並沒有做出更新的努力。二是隨著五四新文化運動的深入和馬克思主義思想影響的日益擴大，「新青年」派在思想信仰上的分歧越來越大，發展到1921年「新青年」團體從組織上解散了，雖然有的成員繼承《新青年》的戰鬥的現實主義傳統在彷徨中前進，但畢竟成了散兵游勇布不成陣；也有的成員離開了新文學戰線或者背離了五四文學革命的正確方向而向右轉；當然尚有些骨幹成員轉變為馬克思主義者，不過他們已把主要精力用於政治運動和實際性的革命工作了。茅盾曾回憶說：「『五四』時代初期的反封建的色彩，是明明白白的；但是『反』了以後應當建設怎樣一種新的文化呢？這問題在當時並沒有確定的回答。不是沒有人試作回答，而是沒有人的提案能得普遍一致的擁護。那時候，參加『反封建』運動的人們並不是屬於同一的社會階層，因而到了問題是『將來如何』的時候，意見就很分歧了。然而也不是沒有比較最有勢力的一種意見，這就是所謂『只問病源，不開藥方』」；「同時這種意識當然也會反映到文藝的領域」。〔註7〕正在「新青年」派倡導和發動的新文學運動面臨著新的轉機新

〔註6〕《新文學史料》第3輯。
〔註7〕《中國新文學大系·小說一集導言》。

的課題的關頭，茅盾卻滿懷革命豪情，同繼續前進的文學革命先驅們取同調，以《學生雜誌》、《小說月報》、《改造》、上海《文學旬刊》等爲陣地，發表了大量的文藝論文和譯介文章，提出了一套更加完整的新文學主張。它是文學革命先驅們文學思想的繼承和發展。這便爲五四文學革命不停頓地向無產階級思想指導的「革命文學」過渡在文學理論上作出了獨特的貢獻，有力地推動著中國新文學沿著正確的道路向前發展。

一

1920 年 1 月，茅盾在《東方雜誌》上發表了第一篇文學論文，正式提出「文學是爲表現人生而作的」，並要求「文學成爲社會化」，「放出平民文學的精神」。對於五四時期這種爲人生的進化的文學觀，他在《新舊文學平議之評議》一文中表述得更加清楚：「我以爲新文學就是進化的文學，進化的文學有三件要素：一是普遍的性質；二是有表現人生、指導人生的能力；三是爲平民的非爲一般特殊階級的人的。惟其是要有普遍性的，所以我們要用語體來做；唯其是注重表現人生、指導人生的，所以我們要注重思想，不重格式；唯其是爲平民的，所以要有人道主義的精神，光明活潑的氣象。」

如果從思想基礎來考察，五四文學革命先驅們的文學主張大都建立在進化的文學觀念上。胡適根據一時代有一時代文學的進化文學觀，提出了白話文一定要取代文言文的文學主張；陳獨秀依照「新陳代謝」的進化規律，提出了文學革命的「三大主義」；周作人本著「從動物進化的人類」〔註8〕的理論，提出了「人的文學」觀等。雖然茅盾的新文學主張仍然建立在進化的文學觀念上，與先驅們的文學主張一樣，具有革命的意義，但是他所說的「進化」更加突出地強調「發展」，強調「革命」，強調「創造」，因之他的文學觀含有一定的辯證唯物史觀的因素，使其新文學主張帶有新的思想特色。

新文學表現什麼人、爲什麼人服務，是個根本問題和原則問題。茅盾的新文學觀在回答這個問題上，雖然尚未達到階級論的高度，但它卻明確地指出新文學是「爲平民的非爲一般特殊階級的人」。他所謂的「平民」不能單單理解爲小資產階級和民族資產階級，而應包括廣大的人民群眾，其中最主要的是那些生活在社會最低層的被侮辱被損害被壓迫的普通的老百姓，尤爲可

〔註8〕《人的文學》。

貴的是他提出新文學要表現「第四階級」即無產階級。〔註9〕茅盾當時比較推崇19世紀「俄國近代文學」，認為它們是「平民的呼籲」，非是英國文學家狄更斯站在「上流人」的立場上來「描寫下流社會的苦況」，而俄國文學家如托爾斯泰、屠格涅夫等雖「出身高貴」卻能以「真摯濃厚的感情」來描寫下流人的生活，因此看了「他們的著作，如同親聽污泥裡人說的話一般，決不信是上流人代說的，其中高爾該是苦出身，所以他的話更悲憤慷慨」。〔註10〕這不僅清楚地表明他所指的「平民」是與「上流人」相對立的「下流人」，而且也暗示出一個作家要真正反映「下流社會的苦況」、表達下流人的心聲，必須解決自身的立場、感情問題。1921年他寫的《評四五六月的創作》中，將當時發表的「百數十篇」的新創作歸為六大類，其中他最佩服的是魯迅的《故鄉》，說這篇描寫農村生活的作品能以「歷史遺傳的階級觀念」，揭示出「人與人中間的不瞭解，隔膜」的真正「原因」。這進一步地可以看出，茅盾所認為的「平民」主要指中國當時社會上以廣大農民、城市勞動者為主體的人民群眾，新文學創作應把他們作為主角，以「階級觀念」來觀察表現他們的生活。茅盾所謂的「特殊階級的人」，即指那些同「平民」處在尖銳對立的階級地位的「達官顯宦，貴族階級」，〔註11〕聯繫中國當時社會的階級狀況，應是那些封建軍閥、買辦豪紳等統治階級以及侵凌我國的帝國主義者，這是中國人民的敵人，是新文學批判、鞭韃、否定的對象。茅盾彼時雖然還不是一個無產階級階級論者，但他在對待新文學表現什麼人、為什麼人服務這個問題上卻表現出明顯的階級對立觀，至少他能清楚地看到社會上的「平民」與「貴族」是根本對立的兩大階級，新文學應表現並服務於前者而要揭露並否定後者。這種認識，比文學革命倡導期胡適提出新文學的描寫領域要擴大到「工廠之男女工人、人力車夫、內地農家、各處小負販及小店鋪」，〔註12〕以及周作人提出的「平民文學」的命題，不僅階級色彩鮮明得多，更重要的是能觸及到作家的階級觀念、感情和立場問題。

但是，五四時期的茅盾畢竟不是馬克思主義者，他思想中的階級論因素並不居主導地位，因此在新文學表現什麼人、為什麼人這個問題上，常常流

〔註9〕 《社會背景與創作》，1921年7月《小說月報》第12卷第7號。
〔註10〕 《俄國近代文學雜譚》（上），1920年1月《小說月報》第11卷第1號。
〔註11〕 《履人傳》，1918年4月《學生雜誌》第5卷第4號。
〔註12〕 《建設的文學革命論》。

露出普遍的人性觀，強調新文學應宣揚「人道主義的精神」。他不僅指出 19 世紀俄國的平民文學是「人道主義文學的開端」，〔註13〕「人道主義的文學，可稱是俄國文學的特色」；〔註14〕而且從論述文學與人的關係中回答「我們中華的國民文學爲什麼至今未確立，我們中華的文學爲什麼不能發達的和西洋一樣」的問題時，其人性觀表現得更清楚。他認爲根本原因在於「我們一向不知道文學和人的關係」，總是把「文學當做聖賢的留聲機」，當成「文以載道」的工具，從來不曉得「文學屬於人（即著作家）的」或「人是屬於文學的」，更不明白「文學的目的是綜合地表現人生」。因此從文學的進化軌跡來看，「文學者表現的人生應該是全人類的生活」，所表現的「思想和感情一定是屬於民眾的，屬於全人類的」，這樣的文學「總是人的文學——真的文學」；而「文學家所負荷的使命，就他本國而言，便是發展本國的國民文學，民族的文學；就世界而言，便是要聯合促進世界的文學。在我們中國現在呢，文學家的大責任便是創造並確立中國的國民文學」。〔註15〕他在《〈小說月報〉改革宣言》中講得也比較明確：「一國文藝爲一國國民性之反映，亦惟能表現國民性之文藝能有真價值，能在世界文學中占一席地。」很顯然，他是從文學與人的關係上考察了文學的社會功能和全世界文學發展的總趨勢，乃是創造人的文學，因而「文學家是爲人類服務的」，文學作品「是溝通人類感情代全人類呼籲的唯一工具」；並從世界文學發展的總方向上指出五四新文學的「先決的重大責任，就是創造我們的國民文學」。〔註16〕這樣就把我國新文學的創建同世界文學的發展結合起來，並從而說明一個民族的文學的興衰與全人類的文學事業緊密相關的。茅盾這裡提出的「人的文學」或「國民文學」，同陳獨秀提出的「建設平易的抒情的國民文學」、周作人提出的「人的文學」在思想基礎上基本是一致的，並沒有實質性的突破。強調文學表現「人」、描寫「國民」、爲「全人類服務」，宣洩「全人類的感情」，這是明顯地「鼓吹普遍的人性和文學的『全人類性』」，並不是運用了不「準確的概念」。〔註17〕無產階級的文學批評沒有必要爲賢者諱，這正說明茅盾在探索新文學爲什麼人

〔註13〕《俄國近代文學雜譚》（上），1920 年 1 月《小說月報》第 11 卷第 1 號。
〔註14〕《安得烈夫死耗》，1920 年 1 月《小說月報》第 11 卷第 1 號。
〔註15〕《文學和人的關係及中國古來對於文學者身份的誤認》，1921 年 1 月《小說月報》第 12 卷第 1 號。
〔註16〕同上註。
〔註17〕《茅盾早期思想研究》，《中國現代文學研究叢刊》第 1 輯。

這個根本問題時，思想比較複雜，既受到西方人道主義文藝思潮的衝激，又受到無產階級思想的影響，但起主導作用的是前者，這就決定了他五四時期的文學觀基本上沒有出離進化論和人道主義的思想軌道。

況且，進化論和人道主義在五四時期反封建鬥爭中具有相當大的積極意義，即使他「鼓吹文學的『全人類性』」也不能否定其文學觀的進步性；尤其茅盾當時已認識到「馬克思的唯物史觀，前半截是很不錯的」，〔註18〕因而他的進化文學觀或人道主義文藝思想愈發具有了戰鬥的革命的特色。這不僅表現在論述文學「為什麼人」上有了一定的階級傾向性，而且也反映在新文學究竟應表現什麼樣的生活內容、思想感情和時代精神的探討上。「新青年」派的文學革命主張，不論是胡適、周作人或者是陳獨秀、李大釗，他們在新文學的思想內容的建設方面都提出了一些可貴的見解，尤其李大釗提出的「宏深的思想、學理，堅信的主義」和「博愛的精神，就是新文學新運動的土壤、根基」的觀點更是內涵豐富，發人深思。茅盾正是在先驅們的認識基礎上，對新文學的思想內容從理論上作了進一步闡發，顯示出他的進化文學觀的深刻性和具體性：

其一，強調新文學表現人生、反映人生，這是五四時期為人生派的共同認識，但是具體表現哪些人的人生，反映哪些人的生活，在認識上並不一致。由於茅盾明確地認識到表現人生的文學主要是為下層社會的廣大民眾服務的，〔註19〕因此他要求新文學應該真實地反映人民群眾的生活，當然他也要求「文學家所欲表現的人生，決不是一人一家的人生，乃是一社會一民族的人生」。〔註20〕但是要真正做到真實地反映現實人生並不容易，「有許多近代的藝術家把『表面的事實』當作『永久的真實』，他們想表現『永久的真實』，但其結果只描寫了些『表面的實事』，不知『永久的真實』是伏在『表面的實事』之下的，進入於靈魂界或精神界」；而陀思妥也夫斯基則是「用最高意義的所謂寫實」，他「描寫白癡，描寫墮落，不僅是描寫這些白癡的表面生活，卻把他們的靈魂生活放大了描寫出來」。〔註21〕茅盾

〔註18〕《尼采的學說》，1920 年 1 月《學生雜誌》第 7 卷第 1～4 號。

〔註19〕《文學上的古典主義浪漫主義和寫實主義》，1920 年 9 月《學生雜誌》第 7 卷第 9 號。

〔註20〕《現在文學家的責任是什麼？》1920 年 1 月《東方雜誌》第 17 卷第 1 號。

〔註21〕《塞爾維亞文學批評家拉夫令的〈陀斯妥以夫斯基評〉》，1921 年 11 月《小說月報》第 12 卷第 11 號。

不僅強調要眞實地描寫人生，甚至要求將寫實的筆觸伸進人物的靈魂深處，而且強調對「人」作具體分析，然後確定文學反映人生的側重點。聯繫當時中國社會的背景，他指出「現社會中的人，似乎可分爲三流：（A）絲毫不曾受著西方文化影響的純粹中國式的老百姓，是一流；（B）受著西方文化影響，主張勇敢進取的，又是一流；（C）介乎兩者之間的，不主張反古而又不主張激烈的新主義的，又是一流」。這是從社會思想及對現實鬥爭的態度上對社會的人作了分析，新文學則應眞實地反映這三部分人的生活。尤其要把「中國式老百姓」的生活和「青年的煩悶，煩悶後的趨向，趨向的先兆」等重大問題，「在文學作品中表現出來；而且不僅是表現罷了，應該把光明的路指導給煩悶者，使新信仰與新理想重覆在他們心中震盪起來」。因此，他「覺得文學的使命是聲訴現代人的煩悶，幫助人們擺脫幾千年遺傳的人類共有的偏心與弱點，使那無形中還受著歷史束縛的現代人的感情能夠互相溝通，使人與人中間的無形界線漸漸泯滅」。〔註22〕這不但說明新文學應該眞實地反映現實普通人生最關注的問題，同時要爲患有時代苦悶症的青年指出光明的道路來，使新文學起到改造人的靈魂、溝通人與人之間思想感情的作用。描寫悲苦人生、表現青年煩悶是當時新文學的重要課題；但一般的作者並不能給主人公指出一條正確的前進途徑，不論是葉紹鈞或者是冰心、郁達夫的小說，大都缺乏「新信仰與新理想」的思想光輝。可見，茅盾這一思想對於引導新文學正確地表現人生、指導人生具有深刻的現實意義和歷史意義。

其二，與上述緊密聯繫在一起的，他多次強調「文學是描寫人生，猶不能無理想做個骨子」，〔註23〕即不但要眞實地反映人民群眾的苦難，以及現實「社會內兵荒」所造成人們生活的不安和悲慘，同時也要表現苦難人們對理想的憧憬，使作品具有「人道主義的精神，光明活潑的氣象」。茅盾在《波蘭近代文學泰斗顯克微支》一文中指出：顯克微支既是新興的民族文學的領袖，又是世界文學的推進者，他是「有理想有主張地表現人類的生活，喊出人類的籲求」，因此他的作品「不論是描寫血肉橫飛的戰爭，暗無天日的官吏鄉紳土豪，在淒慘的表面的底下，一定有個面目完全不同的根本思想伏著：——

〔註22〕 《創作的前途》，1921 年 7 月《小說月報》第 12 卷第 7 號。
〔註23〕 《文學上的古典主義浪漫主義和寫實主義》，1920 年 9 月《學生雜誌》第 7
　　　　卷第 9 號。

這就是『愛』，愛人類的『愛』。〔註24〕托爾斯泰的作品不僅親切活現地描寫下等社會的生活的痛苦，而且「常常有個中心的思想環繞，這便是人道主義」，因此，「他書中的環境是現實的環境，他書中的陪襯人物，也都是現實的人；獨有書中的主人翁便不是現實的，而是理想的，是托爾斯泰主觀的英雄」。特別「高爾該的文學，革命性極強極烈，又極動人」；〔註25〕他對魯迅反映了「新生活」的朦朧理想的《故鄉》也是最佩服的。這說明茅盾非常重視文學作品思想內容的理想性和革命性，儘管他所說的新理想並非科學社會主義，帶有濃厚的人道主義空想色彩，然而當時能夠自覺地提倡表現人道主義理想和革命民主主義精神，對激勵人們積極投入反帝反封建的革命洪流也是具有巨大的鼓舞力量的。尤為可貴的是，那時一般的文學創作重在暴露病態社會的病根和國民的劣根性，就是文學革命的主將魯迅也是以暴露舊社會的黑暗腐敗和國民性的弱點為主；但茅盾卻強調新文學應表現「國民美的特性」。他說：「俄國國民美的特性，是能忍苦地和黑暗反抗，能用徹底的精神做事，能愛他，能有四海同胞主義的精神。這些國民性經郭克里（Gogoli）以來許多文學家的描寫發揮，不但在俄國有了絕大的影響，並且在世界也發生了絕大影響。這樣的國民性的文學才是有價值的文學。」因此他「相信一個民族既有幾千年的歷史，他的民族性裡一定藏著善美的特點；把他發揚光大起來，是該民族不容辭的神聖的職責。中華這麼一個民族，其國民性豈遂無一些美點？從前的文學家因為把文學的目的弄錯了，所以不曾發揮這些美點，反把劣點發揮了。這些『國粹文學』內所表見的中華國民性，我們不能承認是真的中華國民性。」〔註26〕「把忠厚善良的老百姓都描寫成愚呆可厭的蠢物，令人誹笑，不令人起同情」，這算不上「真的文學」。〔註27〕茅盾強調新文學應表現新的理想、描寫國民性美點的見解，反映了他對現實生活和中華民族達到了一定的本質的認識，從而顯示出他的文學觀具有辯證唯物主義思想因素的嶄新特色。

其三，由於他認識到文學是時代的產物，因此他反覆強調新文學應表現時代精神。文學革命先驅的文學主張雖然不同程度地觸及到這個問題，但是

〔註24〕 1921 年 2 月《小說月報》第 12 期第 2 號。
〔註25〕 《文學上的古典主義浪漫主義和寫實主義》，1920 年 9 月《學生雜誌》第 7 卷第 9 號。
〔註26〕 《新文學研究者的責任與努力》，1921 年 2 月《小說月報》第 12 卷第 2 號。
〔註27〕 《創作的前途》，1921 年 7 月《小說月報》第 12 卷第 7 號。

大都沒有像茅盾對文學與時代的關係認識得那麼深刻，對文學表現時代精神強調得那麼突出。他不止一次地指出：真的文學惟是反映時代的文學，因此「是怨以怒的社會背景產生怨以怒的文學，不是先有了怨以怒的文學然後造成怨以怒的社會背景」，「表明『怨以怒』的文學正是亂世文學的正宗」。〔註28〕這是從文學與時代的內在聯繫上說明新文學必須受時代制約，反映時代要求，體現時代精神，而「怨以怒」的反抗情緒則是「新舊思想的衝突」、統治階級與被統治階級的鬥爭異常激烈的「亂世文學」所反映的時代精神的體現。茅盾力倡的為人生文學究竟應反映什麼時代精神呢？他曾以進化論的發展觀作了說明：「人群進化的大路到底是無政府主義呢，是社會主義呢，原也難說。不過有一句話可以斷定，就是德謨克拉西的思想確是一盞明燈。舉凡文學，美術，都欲德謨克拉西化，不能再為一個階級少數人的私有物。」〔註29〕可見，德謨克拉西是平民文學應表現的時代精神，這同陳獨秀當時所說的白話文學最有價值的時代精神是德謨克拉西，與李大釗所說的世界絕大的思想潮流是平民主義（即德謨克拉西），同毛澤東同志所指出的「各種對抗強權（包括文學強權）的根本主義，為『平民主義』（德謨克拉西）」，〔註30〕在認識上是完全一致的；但是茅盾還認為「現在德謨克拉西已經放大範圍」，它已經和「尼采所深惡的德謨克拉西」有些不同，即注進一些新的思想因素。〔註31〕他的這種看法同早期共產主義者李大釗在《平民主義》一文對「德謨克拉西」的解釋是基本吻合的。如果具體地加以考察，那茅盾提倡新文學所表現的「德謨克拉西」這種時代精神，在五四時期的現實社會的各方面又呈現出不同的思想特色：他號召青年學生為革新思想應發揚「個性之解放」精神，為建設新制度新文明應發揚創造精神，為振興吾族應發揚「切實力行，猛勇前進」的精神，為掃蕩舊思想舊文化舊制度以「創造新價值，創造新原理，創造新標準」，應發揚「從新估定一切的價值」的批判精神，對上層貴族階級及一切惡勢力要發揚反抗精神，對一切被侮辱被損害被壓迫的勞苦大眾要發揚人道主義精神，等等。對於這種革命民主主義的時代精神，新文學應結合五四時期的特定的「社會背景」，選取各種不同題材，從不同的角度予以體現。例

〔註28〕《社會背景與創作》，1921年7月《小說月報》第12卷第7號。
〔註29〕《文學上的古典主義浪漫主義和寫實主義》，1920年9月《學生雜誌》第7卷第9號。
〔註30〕《〈湘江評論〉創刊宣言》。
〔註31〕《尼采的學說》，1920年1月《學生雜誌》第7卷第1～4號。

如，「現時眞應該有一部小說描寫出在『水深火熱』之下的青年，不惟不因受了挫折而致頹喪，反而把他的意志愈煉愈堅，信仰愈磨愈固，拿不求近功信仰眞理的精神，去和黑暗奮鬥」，這樣的作品「眞是黑暗中的一道光明」，足以體現出時代精神，此乃「我們所渴望」的新文學。他不僅強調新文學應表現「德謨克拉西」這種五四時代精神的主潮，更可貴的是他看到蘇聯布爾什維主義對世界潮流的影響。鮮明地指出：「今俄之 Bolshevism（布爾什維主義）已彌漫於東歐，且將及於西歐，世界潮流澎湃動盪」，「20 世紀後數十年之局面決將受其影響，聽其支配」。〔註32〕這既表現出他敏銳的政治遠見，也反映其受到蘇聯十月革命的影響，並堅信布爾什維主義必將支配世界局勢。雖然茅盾在五四時期尚未明確提出新文學應張揚科學社會主義精神，但是從他積極譯介俄羅斯文學、蘇聯建國後的文學、法國無產階級文學，多次評介高爾基等文章中，可以看出他的政治傾向性，這也是他五四時期新文學觀中之所以含有先進思想因素的重要原因之所在。

由於「爲平民的非爲一般特殊階級的人」的新文學具有「普遍的性質」，即爲全社會廣大民眾乃至全人類服務，所以必須「用語體來做」，即以白話文來表現。堅持以白話取代文言還是固守文言反對白話，這是五四文學革命中新舊文學鬥爭的重要方面，是五四新文學運動能否勝利的攻堅戰役。茅盾從新文學爲什麼人這個根本問題上，不但說明文學的思想內容必須進行徹底革新，而且也說明了提倡白話體進行文學形式改革的重要性和必要性，這就同當時反對國語運動的復古派和「主張新舊平行」的折衷派劃清了界限。茅盾對「國語的文學，文學的國語」運動是堅定不移的，〔註33〕充滿信心的；但是守舊派卻瘋狂反對白話文學運動，極力維護文言，力排白話語體；而折衷派則主張「美文」用文言，「通俗的說理的」用白話，堅持「新舊平行」。〔註34〕茅盾對折衷派的「新舊平行」說，從理論和史實的結合上予以有力的「評議」，指出「『美文』並不定是文言，白話的或不用典的，也可以美」，以捍衛「用語體做」的新文學主張。他指出「努力創作語體文學的人，應當有兩個責任：一是改正一般人對於文學的觀念，一是改良中國幾千年來習慣上沿用的文法」，主張「採用西洋文法的語體文」，但不要「離一般人能懂的程度太遠」，這是「過渡時代

〔註32〕《托爾斯泰與今日之俄羅斯》，1919 年《學生雜誌》第 6 卷第 4～6 號。
〔註33〕《新文學研究者的責任與努力》，1921 年 2 月《小說月報》第 12 卷第 2 號。
〔註34〕《新舊文學平議之評議》，1920 年 1 月《小說月報》第 11 卷第 1 號。

試驗時代不得已的辦法」。〔註35〕當有人對他的「語體文歐化」的說法提出不同意見時，他對「歐化」作了這樣的解釋：「『造名詞』極難，不得已用了『歐化』二字，遂引起許多人的誤解，把記者的相對主張，認為絕對的主張，把『化』放大，認為一絲一毫都要『歐』化」，其實「我們主張語體文的文字可以參用一點西洋文法，實即『研究改良』的意思」。〔註36〕經他這樣補充說明，使他的語體文主張減少了片面性，增加了新特色，這對於「用語體」創造新文學和建設我國的語法體系都具有一定的現實指導意義。當時「有人主張詩應有聲調格律，反對沒有聲調（？）格律的白話詩，視白話詩若『洪水猛獸』」，誣「白話詩即拾自由詩的唾餘」。對復古派的詆毀，茅盾回擊說：「古人所立的規式格律，當然是古人為表現自己的思想方便而設，何能以之為詩的永久法式？如果古人有這思想，那麼這便是專制的荒謬的思想，如果古人本未曾有此思想，而後人強要奉之，則後人便是奴隸的不自尊的思想了。」〔註37〕這種敢於破舊立新的革命思想，為白話詩的創作和發展掃清了道路，指明了方向。

新文學的創造必須有個藝術標準。茅盾的新文學觀的重要特徵之一，即觸及到「真善美」的統一問題，初步提出新文學應該符合「真善美」的藝術標準，具備「真善美」相和諧的美學境界。在五四新文學運動中，一些新文學的倡導者和創造者，雖然他們的美學傾向並不一致，對「真善美」的看法也有分歧，但是他們的文學主張和創作實踐的成敗得失，總是同「真善美」的統一聯繫著。胡適在探討新文學的「創造方法和創作手段」過程中，曾多次涉及到「真善美」的統一問題，儘管表述不夠科學，認識不夠深刻，但他總是在「真善美」的關係中突出強調新文學要「真」，反對「說謊的文學」和「總是一個美滿的團圓」的中國傳統的戲劇觀念，提倡敢於「睜開眼睛來看世間的真實現狀」和敢於老實地把「社會種種腐敗齷齪的實在情形寫出來」的求實精神。周作人曾提出「以真為主，美既在其中」的美學見解，將新文學的「真」與「美」統一起來，並指出「真」是「美」的基礎。魯迅一貫地致力於「真善美」統一的追求。許壽裳在《我所認識的魯迅》一書中指出：「魯迅為反對不真，不善，不美而畢生努力奮鬥，以期臻於真善美的境界」。五四

〔註35〕 《語體文歐化之我觀》，1921年6月《小說月報》第12卷第6號。
〔註36〕 《通訊》，1921年12月《小說月報》第12卷第12號。
〔註37〕 《駁反對白話詩者》，1922年3月《文學旬刊》第31期。

時期，不僅魯迅的小說、詩歌、雜文、散文的創作堅持眞善美統一的藝術法則，竭力創造眞善美的境界，而且在他的爲人生的文學觀裡，「眞善美」三者的奧妙成爲他不斷探索的命題。茅盾踏上五四新文學論壇，即反對「假惡醜」的僞文學，提倡「眞善美」的新文學，不但把「眞善美」作爲評價中外古今文學的美學標準，並且號召新文學的作者要努力創造具有「眞善美」統一境界的新文學。他雖然開始對「眞善美」三者關係表述所用的概念不夠科學，但是其基本看法是可取的。他認爲，「最新的不就是最美的、最好的。凡是一個新，都是帶著時代的色彩，適應於某時代的，在某個時代便是新；唯獨『美』『好』不然。『美』『好』是眞實。眞實的價值不因時代而改變。」〔註 38〕這裡，茅盾不僅對新文學的「新」作了精闢的解釋，重要的是提出了「眞」「好」「美」三者統一的藝術標準，試圖從文學的本質上和發展上揭示五四新文學應遵循的藝術規律。儘管「眞好美」同「眞善美」在用語上不盡相同，但精神實質是吻合的，尤其在「眞好美」三者關係的理解上，強調「眞」是「好美」的基礎，是文學永久不變的「價值」，這基本上符合「眞善美」之間的辯證關係。同時，他還認識到文學要創造眞善美合一的藝術境界，是現實生活決定的，不是作者主觀臆造的。因爲「現社會現人生無論怎樣缺點多，綜合以觀，到底有眞善美隱伏在罪惡下面」；〔註39〕一個民族的民族性裡不管存有多少劣點，但是它總藏著一定的「善美的特點」。新文學的任務，就是要把現實人生的「眞善美」和國民性中的善美特點挖掘出來，「綜合地表現人生」，這樣才能創造出符合「眞善美」統一美學理想的新文學；否則，違背「眞善美」藝術規律就會產生「假惡醜」的「僞品」。不僅「文以載道」的封建文學、禮拜六派的消閒文學，從根本上背離了「眞善美」統一的法則，就是當時一些新文學作品也不完全符合「眞善美」的文學準則，他認爲現在創作界內確實有不能眞實地表現深厚生活的作品；〔註 40〕而要創造眞實表現社會生活的「眞文學」，則必須把「眞善美」合一的境界，作爲立志創造新文學者的奮斗目標。在中國新文學初創期，茅盾就比較明確地提出新文學作者要從封建文學的老八股老教條的僵死局面下解放出來，從「爲藝術而藝術」的資產階級文藝思潮的迷霧中走出來，按照「眞善美」統一的藝術規律創造具有時代或

〔註38〕 《小説新潮欄宣言》，1920 年 1 月《小説月報》第 11 卷第 1 號。
〔註39〕 《爲新文學研究者進一解》，1921 年 9 月《改造》第 3 卷第 1 號。
〔註40〕 《社會背景與創作》，1921 年 7 月《小説月報》第 12 卷第 7 號。

永久價值的新文學，又一次顯示出他文學觀的獨到和深刻。

　　總之，茅盾五四時期的新文學觀，不論在文學爲什麼人這個原則問題上，或者在文學的思想內容和語言形式的革新上，或者在「眞善美」統一的探求上，對文學革命先驅的文學主張都有所繼承有所補充有所發展，它同封建主義文學觀、爲藝術而藝術等資產階級文學觀徹底劃清了界限，非常突出地十分自覺地強調了新文學必須爲改革社會人生、爲振興中華民族、爲創造人類文明效力的崇高的社會職能。在五四新文學運動過程中，守舊派死保住封建文學觀不放，鼓吹「文以載道」、「代聖賢立言」。封建文人認爲「『登高而賦』也一定要有忠君愛國不忘天下的主意放在賦中；觸景作詩，也一定要有規世懲俗不忘聖言的大道理放在詩中。做一部小說，也一定要加上勸善懲惡的頭銜」，因而「文章是替古哲聖賢宣傳大道理，文章是替聖君賢相歌功頌德，文章是替善男惡女認明果報不爽罷了」。這種封建文學是地道的特殊階級的並非平民階級的貴族文學，是新文學的大敵，必須徹底摧毀推倒。另一方面，在五四思想解放運動的浪潮下，西方各種思潮包括文藝思想在我國廣爲傳播，一些資產階級文人把唯美主義當成時髦的貨色，鼓吹文藝無目的論和「爲藝術而藝術」的文學觀（當然它對摧毀封建文學觀起過一定作用），或者把文學當成一種純粹的享樂和遊戲，「只當做消遣品」；或者「得意的時候固然要借文學來說得意話，失意的時候也要借文學來發牢騷」，把文學完全看成是表現「自我」的工具，實際上這種文學「只是作者一人的文學罷了，不是時代的文學，更說不上什麼國民文學了」。無論是封建文學還是「爲藝術而藝術」的文學等，茅盾認爲都是有悖於平民階級的社會人生的，都是「和人類隔絕的，是和時代隔絕的，不知有人類，不知有時代」，惟有進化的爲人生的文學才是「眞的文學」，才是人類的「最新的福音」，〔註41〕也是五四時期要竭力創造的新文學。

二

　　五四文學革命最艱巨最光榮的歷史使命，是在徹底推倒封建舊文學的基礎上創建語體的表現時代精神的爲人生的新文學。陳獨秀、胡適、周作人等在如何創造新文學方面都提出一些重要見解，做了很多有益的工作，尤其魯

〔註41〕《文學和人的關係及中國古來對於文學者身份的誤認》，1921 年 1 月《小說月報》第 12 卷第 1 號。

迅從創作實踐上為新文學的創造樹起了豐碑，提供了範例，為現代新文學這座大廈奠定了基石；茅盾在前驅的基礎上，對怎樣創建新文學的途徑、方法等作了進一步的探究，顯示出他認識的睿智和深切。

譯介西洋文學是在「中國新文學運動」中創造真正有價值的新文學的「路子」之一。〔註42〕這不僅是茅盾的認識，而且是五四新文學的倡導者和創造者的共同主張。陳獨秀早已提出應以燦爛的歐洲文學為楷模，胡適主張以西洋近代文學為創造新文學的模範，周作人提出以西歐人道主義文學為榜樣，同茅盾並肩協力戰鬥的鄭振鐸講得更明確：「想在中國創造新文學，從那些紛如亂絲的，古典式的，陳陳相因的，大部分為非人的中國文學書中，是決不能成功的。所以不能不取材於世界各國，取愈多而所得愈深。新文學如可有發達的希望，我們從事文學者實不可放棄了這個介紹的責任。」〔註43〕茅盾多次強調譯介外國文學對創造我國新文學的重要性和迫切性，他曾從比較的角度指出：「中西文學程度相差之遠，足有一世紀光景，所以現在中國研究文學的人，都想先從介紹入手，取西洋寫實自然的往規，做個榜樣，然後自己著手創造」。〔註44〕他不僅從中西文學的差距上說明譯介外國文學的必要性，而且還從文學的社會功能上闡述譯介外國文學的現實意義。他認為「文學是人精神的糧食，他不但使人欣忭忘我，不但使人感極而下淚，不但使人精神上得相感通，而且使人精神向上，齊向一個更大的共同的靈魂」；然而要創造具有如此強烈的教育作用和社會功能的文學作品，「自古至今的文學家沒有一個人曾經獨立完成了這件大工作，必須合攏來，乃得稍近於完成」。因此，「翻譯文學作品和創作一般地重要，而在尚未成熟的『人的文學』之邦像現在我國，翻譯尤為重要；否則，將以何者療救靈魂的貧乏，修補人性的缺陷呢？」〔註45〕正是基於這種認識，他在《紀念佛羅貝爾的百年生日》一文中指出：「紀念他的百年生日，對於國內的將來不免有兩層希望：一是希望把佛羅貝爾的科學的描寫態度介紹過來，校正國內幾千年文人的『想當然』描寫的積習；二是希望佛羅貝爾的『視文學如視宗教』的虔誠嚴肅的文學觀在國內普遍起來，校正數千年來文人玩

〔註42〕《文學和人的關係及中國古來對於文學者身份的誤認》，1921 年 1 月《小說月報》第 12 卷第 1 號。
〔註43〕《文藝叢談》，1921 年 1 月《小說月報》第 12 卷第 1 號。
〔註44〕《答黃君厚生〈讀小說新潮宣言的感想〉》，1920 年 4 月《小說月報》第 11 卷第 4 號。
〔註45〕《一年來的感想與明年的計劃》，1921 年 12 月《小說月報》第 12 卷第 12 號。

視文學的心理」。〔註46〕說明譯介外國文學必須有的放矢，解決新文學運動中的問題，促進中國文學事業的發展。

　　如果說在對於譯介西洋文學的重要性的認識上，文學革命倡導者基本上一致，只有深淺之別的話；那麼在對待譯介西洋文學的態度、方法等方面則有明顯差異，甚至有質的區別。在五四思想解放運動中，大部分先驅者「對於現狀，對於歷史，對於外國事物，沒有歷史唯物主義的批判精神，所謂壞就是絕對的壞，一切皆壞；所謂好就是絕對的好，一切皆好」。〔註47〕這種形式主義的思想方法表現在文學上，就成了盲目地否定中國文學遺產，盲目地模仿西洋文學，以及形形色色的文學上的「主義」的生搬硬套。當時能夠以批判的眼光，一分為二的態度來對待西方文學的並不多見。茅盾則能打破形而上學的羈絆，根據我國新文學建設的需要，基本上以唯物主義的批判精神來譯介外國文學，檢驗辨別各種思潮的真偽優劣，以備創造新文學所用。列寧曾說：「無產階級文化並不是從天上掉下來的，也不是那些自命為無產階級文化專家杜撰出來的。」〔註48〕他既反對「臆造新的無產階級文化」，又反對漠視「現有的文化的優秀典範、傳統和成果」；〔註49〕但列寧並不盲目崇拜資產階級文化，他在強調必須「確切地瞭解人類全部發展過程創造的文化」的同時，特別指出「要用批判的態度來領會這些知識，使自己的頭腦不被一堆無用的垃圾塞滿，能具備現代有學識的人所必備的一切知識」。〔註50〕茅盾對待過去一切時代文化遺產的認識和態度雖然尚未達到列寧主義這樣的高度，但他的思想中卻具有一定量的歷史唯物主義因素。他當時清楚地認識到：「前人學說有缺點，自是意中事，不算前人不體面。後人倘然不能把他的缺點尋出，把他優點顯出，或者更發揚之，那才是後人的不體面呢」。因此，「我們無論對於那種學說，該有公平的眼光去看他；而且更要明白，這不過是一種學說，一種工具，幫助我們改良生活，求得真理的。所以介紹儘管介紹，卻不可當他們是神聖不可動的；我們儘管挑了些合用的來用，把不合用的丟了，甚至於忘卻，也不妨。」〔註51〕基於這種認識，茅盾曾用批判的眼光介

〔註46〕1921 年 12 月《小說月報》第 12 期第 12 號。
〔註47〕毛澤東：《反對黨八股》。
〔註48〕《列寧全集》第 31 卷，第 254 頁。
〔註49〕《列寧論文學與藝術》，第 609 頁。
〔註50〕《列寧全集》第 31 卷，第 254 頁。
〔註51〕《尼采的學說》，1920 年 1 月《學生雜誌》第 7 卷第 1～4 號。

紹尼采學說，並未對其全部思想進行簡單化的否定，而是採取「揚棄」的態度，並結合五四時期現實鬥爭的需要，吸取了尼采「從新估定一切的價值」的思想，「借重來做摧毀歷史傳統的畸形的桎梏的舊道德的利器」，以便在摧毀封建舊道德舊意識的新文化運動中「創造一種新道德」。〔註52〕這不僅為新文學運動的順利發展掃除了思想障礙，而且為新文學的創建打下了良好的思想基礎。不論是對於西洋的各種文藝思潮或者外國作家作品，茅盾在大量地翻譯評價過程中，都能採取具體的分析態度，力求取其精華去其糟粕，以為創造新文學之所需。他認為「介紹西洋文學的目的，一半果是欲介紹他們的文學藝術來，一半也為的是欲介紹世界的現代思想」，「凡是好的西洋文學都該介紹這辦法」。這就是說，對於好的外國文學既要吸收它的現代先進思想的營養，作為新文學思想內容革新的借鑒，又要學習它的精巧的文學藝術，作為新文學藝術形式改革的範例；然而西洋文學並不都是思想和藝術的完美統一體，其文藝思想也往往是良莠交雜，因此譯介時必須嚴加鑒別，「如英國唯美派王爾德的《人生裝飾觀》的著作，也不是篇篇可以介紹。王爾德的『藝術是最高的實體，人生不過是裝飾』的思想，不能不說他是和現在精神相反；諸如此類的著作，我們若漫不分別地介紹過來，委實是太不經濟的事——於成就新文學運動的目的是不經濟的」；惟有全然掌握了「文學批評的知識」，全然「瞭解這篇作品的意義，理會得這篇作品的特色」，才能使你的譯介不失去「作品的真精神」。特別在「介紹時一定不能只顧著這作品內所含的思想而把藝術的要素不顧」，這是因為「文學作品雖然不同純藝術品，然而藝術的要素一定是很具備的」，所以譯介中一定要抓住「文學作品最重要的藝術色就是該作品的神韻」，灰色的文學決不能譯成紅色，神秘而帶頹喪氣的文學決不能譯成光明而矯健的文學。〔註53〕只有這種具備真正文學的價值的譯述，方有利於新文學創造的借鑒與採用。學習外國文學作品的藝術技巧對創建新文學之所以重要，茅盾能從思想內容與藝術形式的辯證關係中較正確地認識到：「文學是思想一面的東西」，然而文學的構成卻「全靠藝術」，例如「同是一個對象，自然派去描摹便成自然主義的文學，神秘派去描摹便成神秘主義的文學」，由此可知「欲創造新文學，思想固然要緊，藝術更不容忽視」。〔註54〕

〔註52〕《尼采的學說》，1920 年 1 月《學生雜誌》第 7 卷第 1～4 號。
〔註53〕《新文學研究者的責任與努力》，1921 年 2 月《小說月報》第 12 卷第 2 號。
〔註54〕《小說新潮欄宣言》，1920 年 1 月《小說月報》第 11 卷第 1 號。

況且，「文學的描寫技術實是創作家天才的結晶，離了創作品便沒有文學技術可見」，故「把西洋文學進化的路徑介紹過來，把西洋的含有文學技術的創作品介紹過來，這件重要的工作大概須得翻譯者去做了」。〔註55〕

他不止對於外國文學作品的譯介，主張採取這種具體的批判態度，對於各種文藝思潮的介紹，或古典主義或浪漫主義或寫實主義或表象主義等，都能運用「公平的眼光」予以鑒別，既能指出可取之處，又能點出毛病所在。例如對於寫實主義（或自然主義），陳獨秀等介紹過，並把它作為五四新文學的主要創作思想，但他們大都沒有對寫實主義這種文藝思潮作具體分析；茅盾對於寫實主義（或自然主義）不僅努力介紹推崇，而且能進行一分為二的評判。他在充分肯定寫實主義的特長的同時，也尖銳地指出它的「毛病」：一是太重客觀描寫，因為從「藝術方面」來看，「本來不能專重客觀，也不能專重主觀」，「專重主觀，其弊在不切實；專重客觀，其弊在枯澀而乏輕靈活潑之致」。二是「太重批判而不加主觀的見解」（這裡指缺乏理想色彩），因為「批評」雖是「寫實主義的好處，同時也是寫實主義的缺點。他把社會上各種問題一件一件分開來看，盡量揭穿他的黑幕，這一番發聲振聵的手段，原自不可菲薄；但是徒事批評而不出主觀的見解，便使讀者感著沉悶煩憂的痛苦，終至失望」。〔註56〕為了彌補寫實主義這個「老大毛病」，他主張創造新文學必須以「理想」作為描寫人生的「骨子」。由於茅盾認準了以批判的眼光譯介外國文學是創造我國新文學的重要途徑，所以他在《〈小說月報〉改革宣言》中申明：「同人以為研究文學哲理介紹文學流派雖為刻不容緩之事，而迻譯西歐名著使讀者得見某派面目之一班，不起空中樓閣之憾，尤為重要。」〔註57〕茅盾關於譯介外國文學的主張和實踐，有利於五四時期反帝反封建以爭取民族解放的政治鬥爭，有利於以民主與科學為旗幟的新文化思想運動，並且為新文學的創建作了極為有益的「藝術營料」和「精神糧食」的運輸工作。

此外，他對中國「舊文學」也並不像有些文學革命倡導者那樣採取完全否定的態度，他「相信現在創造中國的新文藝時，西洋文學和中國文學都有幾分的幫助。我們並不想僅求保守舊的而不求進步，我們是想把舊的做研究材料，

〔註55〕 《一年來的感想與明年的計劃》，1921 年 12 月《小說月報》第 12 卷第 12 號。
〔註56〕 《文學上的古典主義浪漫主義和寫實主義》，1920 年 9 月《學生雜誌》第 7卷第 9 號。
〔註57〕 《〈小說月報〉改革宣言》，1921 年 1 月《小說月報》第 12 卷第 1 號。

提出他的特質，和西洋文學的特質結合，另創一種自有的新文學來」。〔註 58〕
這種對中國古代文學的科學態度以及中西文學「特質結合」的見解，在當時是
高人一籌的。

　　「今日談革新文學非徒事模仿西洋而已，實將創造中國之新文藝，對世
界盡貢獻之責任」。〔註59〕這不僅表現了他爲我國創造新文學對人類作貢獻而
樹立的雄心壯志，更重要的是：指出革新文學不在「模仿西洋」，而在「創造」，
進一步顯示了他文學觀的革命性和先進性。陳獨秀曾良莠不分地強調中國新
文學應以西歐文學爲模本，胡適帶有「全盤西化」的傾向，周作人說中國新
文學的創建必須學習日本那種善於「模仿」的精神。他們在五四新文學倡導
期強調「模仿」西洋文學以創造新文學，反對封建舊文學，是不乏積極意義
的；但是「模仿」不能代替「創造」，惟有發揚創造精神，在借鑒外國進步文
學的前提下，才能建設眞正具有中國民族特點的新文學。對於這一點他們尚
未明確地指出；然而茅盾卻看到了：「我國自改革以來，舉國所事，莫非摹擬
西人。然常此摹擬，何以自立？」爲使我國在「20 世紀之發明史上」占一席
地位，必「具自行創造之宏願」。〔註60〕國家民族的興旺發達需要這種「創造」
精神，文學事業的創建與發展同樣也需要這種「創造」精神。他曾對當時文
壇上一味摹擬而缺乏「創造」精神所帶來的弊病，予以尖銳批評：雖然介紹
了西洋文學，「但如沒有創作，則我們的目的仍未完成」，所以「在現在這時
期，創作的重要，正和介紹一般」；短篇小說之所以「缺少活氣和個性」，此
弊根源在於「讀了翻譯的或原文的小說便下筆做小說，純是模仿，而不去獨
立創造」，文學作品固然是人生的反映，但「必須先有了獨立精神，然後作品
能表見他的個性」。如果一個致力於新文學創造的作家只會「模仿」，那是最
沒有出息的，不僅不能盡到創造新文學的責任，而且要走到邪路上去，必然
產生一些公式化、模式化的作品。這是因爲「模仿的作品中的人物大都是借
來，不是自己創造的，但是作品中的背景卻不能不自造；借來的人物配上自
造的背景是一定不能調和的」；「既然人物是借來的，便大都只能偷得一個樣
式，而作品的人物卻不能只是一個。所以結果是一篇作品的許多人物都只是
一個模型裡的出產品的，還能有什麼活氣」；「其他如題材的無變化，佈局的

〔註58〕　《小說新潮欄宣言》，1920 年 1 月《小說月報》第 11 卷第 1 號。
〔註59〕　《〈小說月報〉改革宣言》，1921 年 1 月《小說月報》第 12 卷第 1 號。
〔註60〕　《一九一八年之學生》，1918 年 1 月《學生雜誌》第 5 卷第 1 號。

一例」，這些「弊端都源於模仿」，這表明「模仿的小說實是大害」。在新文學初創期，針對新文學創作的流弊，提倡「創造」精神反對一味「摹仿」，既具有現實的戰鬥意義，又具有深遠的歷史意義，即使今天重溫這些見解也頗感新鮮，且不乏進步意義。

茅盾之所以反對「東抄西摘，生吞活剝」，「模仿著做」，是因為他認識到五四時期創造的新文學應是「民族的文學」，而民族文學「則於個性之外更須有國民性」，也就是說民族文學應是個性與國民性的統一，若一味地模仿西洋文學，不但抹煞了新文學的個性，而且也抹煞了新文學的民族特性。「所謂國民性並非指一國的風土民情，乃是指這一國國民共有的美的特性」。可見光「模仿」不「創造」是絕對產生不出「國民性的文學」，惟有在借鑒外國優秀文學遺產的條件下，紮根於中華民族的生活土壤裡，真正發揮獨創精神，才能創造出個性與國民性完美結合的「有價值的文學」。〔註61〕這些見解雖然尚未完全達到馬克思主義文學原理的高度，但在五四時期卻是極其先進的。

創造新文學應堅持以寫實主義為主的多種創作方法。茅盾認為「寫實主義在今日尚有切實介紹之必要；而同時非寫實的文學亦應充其量輸入」。〔註62〕這說明他對外國文學是博採眾長，而尤為注重寫實主義。雖然「奉什麼主義為天經地義，以什麼主義為唯一的『文宗』，這誠然有些無謂；但如果看見了現今國內文學界一般的缺點，適可以某種主義來補救校正，而暫多用些心力去研究那一種主義，則亦未可厚非」。〔註63〕鑒於某些國人歷來認為文學是「消遣」或「遊戲」的錯誤觀念和歷來相傳的「但求想當然，不求實地觀察」的寫作方法，茅盾強調堅持寫實主義創作方法是完全正確的，是非常適時的；但他對其他創作方法也並不排斥，從創造新文學的需要出發，取其所長而用之。在五四文學革命中，「為人生」的作家雖然大都提倡並堅持寫實主義，不過這裡也有明顯的差異。陳獨秀和胡適都提倡寫實主義，但他們對寫實主義和自然主義的界限分不清（茅盾有時也分不清）；周作人雖然基本上主張以寫實主義創造「人的文學」，但他也鼓吹帶有空想色彩的理想主義；魯迅堅持以嚴峻的寫實主義為主體，以浪漫主義、象徵主義相輔，他是開闢以多種創作方法創造新文學的大師；茅盾則是從理論上探索以多種創作方法相互為用來創造新文學的巨匠。

〔註61〕《新文學研究者的責任與努力》，1921 年 2 月《小說月報》第 12 卷第 2 號。
〔註62〕《〈小說月報〉改革宣言》，1921 年 1 月《小說月報》第 12 卷第 1 號。
〔註63〕《一年來的感想與明年的計劃》，1921 年 12 月《小說月報》第 12 卷第 12 號。

　　由於五四時期創造的新文學是爲人生的文學，必須反映現實社會與人生密切相關的問題，必須反映與貴族階級相對立的廣大人民群眾的苦難和抗爭，所以只有堅持寫實主義創作方法才有利於爲人生文學的創造（當然不是唯一的）。因爲「寫實主義對於惡社會的腐敗根極力抨擊，是一種有實力的革命文學」，〔註64〕這種「新文學的寫實主義，於材料上最注重精密嚴肅，描寫一定要忠實」，〔註65〕「它不是隨便的取一種人生或社會的現象描寫之」，「他的特質，實在於（一）科學的描寫法與（二）謹愼的，有意義的描寫對象之截取，而第二個特質尤爲重要」，寫實主義文學家左拉的《羅供馬喀爾》、屠格涅夫的《獵人筆記》、托爾斯泰的《復活》、陀思妥也夫斯基的《罪與罰》等作品，決不只是忠實地描寫社會或人生的片斷，而在截取這些生活片斷時必定「融化有作者的最高理想在中間」；中國當時文壇上充斥的「黑幕小說」，「僅是以描寫社會的醜惡的狀態爲能事」，絕對不能當作「寫實主義的文學」。〔註66〕要堅持寫實主義創作方法來創建有價值的新文學，茅盾認爲必須切實地做到：一是不能「爲創作而創作」，必須眞實地描寫人生經歷，忠誠地反映「勞動者的實際生活」，如能像魯迅的《風波》「把農民生活的全體做創作的背景，把他們的思想強烈地表現出來」，〔註67〕方爲上品。二是反對面壁虛造，主觀杜撰，「關在一間小屋子裡，日夜讀小說，模仿著做，便眞有創造天才的人也做不出好東西，何況沒有天才的人呢」，〔註68〕「現今創作壇的條陳是『到民間去』；到民間去先經驗了，先造出中國的自然主義文學來。否則，現在的『新文學』創作要回到『舊路』」，〔註69〕這是何等先進的見解，它在很大程度上爲新文學指出一條唯物主義的認識路線和接近廣大農民的創作道路。三是要眞實地描寫勞動者的生活狀況和思想感情，必須消除「知識階級中人和城市勞動者」的「隔膜」，〔註70〕這不僅觸及到作家的思想改造問題，而且還明確地提出要「在第四階級社會內有過經驗」，即對無產階級生活有著深切的感受。四是應從現實生活出發，提煉並塑造具有鮮明「個性」的人物形象，不能像當時的

〔註64〕《我們現在可以提倡表象主義的文學麼？》，1920年5月《小說月報》第11卷第2號。

〔註65〕《什麼是文學》，《中國新文學大系・文學論爭集》。

〔註66〕鄭振鐸：《文藝叢談》，1921年3月《小說月報》第12卷第3號。

〔註67〕《評四五六月的創作》。

〔註68〕《新文學研究者的責任與努力》，1921年2月《小說月報》第12卷第2號。

〔註69〕《評四五六月的創作》。

〔註70〕同上註。

「戀愛小說」那樣「都是一個面目」，好似「一個模型裡鑄出來」，〔註71〕這裡初步接觸到人物形象的典型化問題。五是為人生的文學要「不說一句『宣傳』式的話」，〔註72〕以生動的藝術形象來表現新思想和「對未來光明的信仰」以及國民性的善美特質，使作品自然而然地閃耀出「理想」的光彩。六是「創作文學時必不可缺的，是觀察的能力與想像的能力」，這是熟悉人生、瞭解人生、反映人生、表現理想的創作過程中的兩個重要步驟，也是遵循形象思維進行構思的關鍵環節。

茅盾不僅批判繼承並發展了寫實主義，強調它在創造新文學中的巨大作用，而且還根據新文學創造的需要以及寫實主義本身的局限，提倡表象主義（即象徵主義）。他認為「寫實主義的缺點，使人心灰，使人失望，而且太刺激人的感情，精神太無調劑，我們提倡表象，便是想得到調劑的緣故」；加之「現在的社會人心的迷溺，不是一味藥可以醫好」；況且從文學的發展來看，「表象主義是承接寫實之後，到新浪漫的一個過程，所以我們不得不先提倡」。〔註73〕其實，表象主義（即象徵主義）是19世紀80年代中期在法國興起的頹廢主義文藝思潮中的一個流派，是巴黎公社失敗後思想趨向低沉的小資產階級思想情緒在文藝中的反映。它強調文學藝術的目的就是用神秘的聯想去象徵、暗示一個比虛假痛苦的現實社會更理想的「另一世界」；強調作者在抒寫內心的感受和情緒時，去明顯而就幽深，輕描寫而重影射暗示，雖然有些成功的作品能給讀者留下回味的餘地，但相當多的作品朦朧晦澀，充滿頹廢傷感的情調，宣揚個人主義和神秘主義。對此，茅盾雖然未以批判的眼光予以辨別，顯得含糊；但從他提倡表象主義的動機來看，還是積極的，即使對表象主義本身也不是全盤吸收，只是取其能夠暗示「理想」、含蓄蘊借等合理因素來補充寫實主義之不足。特別對新浪漫主義，茅盾相當推崇，認為這是世界文學和中國新文學發展的趨向，並取其「兼觀察與想像，而綜合地表現人生」的特長以指導新文學的創作。在他看來，「世界萬物，人類生活，莫不有善的一面與惡的一面」，「舉浪漫派文學與自然派文學就是各走一端的」，前者偏在善的一面，後者偏在惡的一面，惟有新浪漫派的文學兼而得之，

〔註71〕 《評四五六月的創作》。
〔註72〕 《春季創作壇漫評》，1921年4月《小說月報》第12卷第4號。
〔註73〕 《我們現在可以提倡表象主義的文學麼？》，1920年5月《小說月報》第11卷第2號。

能全面反映人生，創造有價值的「國民性的文學」。〔註74〕1921 年他在《19世紀末丹麥大文豪約柯柏生》一文中指出：他的作品早已具備現代新浪漫派的色彩，即「新的理想重覆在心中覺醒過來，心理描寫而帶主觀氣，喊出現代人煩悶而帶新理想新信仰的文學便醞釀出來」。〔註75〕其實，所謂新浪漫主義不過是 19 世紀末 20 世紀初在歐洲興起的資產階級文藝思潮，它是象徵主義、頹廢主義、唯美主義與浪漫主義在特定條件下的混合與發展，是現代主義的先驅。由於歷史與認識的局限，茅盾對新浪漫主義尚未進行具體評判，只攝取它的「分析與綜合」的創作手段和表現新理想的精神，意在更有效地創造為人生的新文學。「博採眾家，取其所長」，以多種創作方法指導新文學的創造，魯迅和茅盾的認識是一致的；所不同的是，魯迅在創作實踐與理論探討的結合上作出了獨特的貢獻，茅盾則是在理論建設和譯介外國文學上作了極為有益的工作。

尤為可貴的是，茅盾當時試圖從蘇聯十月革命後的社會制度、政權性質上來揭示文學藝術發展的根本原因。這不僅有利於推動中國新文學的創建和發展，而且在一定程度上暗示出新文學的社會主義方向。從他對蘇聯十月革命後社會主義文學藝術的許多介紹文章中，既可以看出他堅信「赤化後的俄國，更能促進藝術的進步，滋培新藝術的產生」；〔註76〕又可以看出他堅決捍衛蘇聯社會主義文學，駁斥一些人對無產階級文學藝術的詆毀，以雄辯的事實說明惟有社會主義制度、「勞農政府」才能保證文學藝術的更大發展。他指出：「勞農俄國是很注意文學和藝術的發展的，他們有個全俄藝術會，會員多至 15 萬人；新近他們的中央執行部（全俄藝術會的中央執行部）發出通告給西歐各國的文學家與藝術家，謝他們對俄的好意；並勸告他們：只有第四階級（即無產階級）的執政時代能完全擔保藝術的自由發展，不受一絲一毫的壓制牽掣」，「高爾基現仍在莫斯科很受勞農政府的優待」，「勞農俄國現在對於文藝的注意，簡直要比俄皇時代加上萬萬倍」。〔註77〕正由於受到十月革命的影響，所以他預見到「無產階級的自由活動於藝術界中，也許就是開始藝術史的一頁新歷史的先聲」。〔註78〕

〔註74〕《新文學研究者的責任與努力》，1921 年 2 月《小說月報》第 12 卷第 2 號。
〔註75〕1921 年 6 月《小說月報》第 12 卷第 5 期。
〔註76〕《最近俄國文壇的各方面》，1922 年 1 月《小說月報》第 13 卷第 1 號。
〔註77〕《勞農俄國治下的文藝生活》，1921 年 1 月《小說月報》第 12 卷第 1 號。
〔註78〕《俄國戲院的近況》，1922 年 3 月《小說月報》第 13 卷第 3 號。

三

　　茅盾五四時期為人生的進化文學觀，不是他主觀臆造的或頭腦裡固有的，也不是上天恩賜的，它是建立在唯物主義思想基礎之上的。馬克思主義要求研究問題，應採取實事求是的態度，即從國內外的「實際情況出發，從中引出其固有的而不是臆造的規律性，即找出周圍事變的內部聯繫，作為我們行動的嚮導。而要這樣做，就須不憑主觀想像，不憑一時的熱情，不憑死的書本，而憑客觀存在的事實，詳細地佔有材料，在馬克思列寧主義一般原則的指導下，從這些材料中引出正確的結論」。〔註79〕茅盾當時為探究文學革命的理論主張，雖然不能自覺地以馬列主義原理來指導，但他基本能博採眾家學說之長，並以崇尚實際的唯物主義態度，從國內外古往今來的文學發展情況出發，找出中外古今文學變化的內在聯繫，引出一些閃耀著真理光輝的結論，且結合五四文學革命的實際情況，以形成自己的新文學觀。

　　馬克思對於「凡是人類思想所建樹的一切，他都重新探討過，批判過，根據工人運動的實踐──檢驗過，於是就得出了那些資產階級狹隘性所限制或被資產階級偏見束縛住的人所不能得出的結論」。〔註80〕說明一個偉大的馬克思主義思想家，必須具有偉大的批判精神和實踐精神，只有對人類思想發展史上所出現的思想成果，經過自己的批判吸收和革命實踐的檢驗，才能形成自己的思想體系。五四初期的茅盾並非馬克思主義者，然而他卻能以重新估價一切價值的批判精神對待世界文藝發展史上出現的各種文藝思潮和文學作品，又能積極投身五四文學革命實踐，把有批判地吸取前人的文藝思想成果同解決五四新文學運動的實際問題結合起來。1920年他在《小說新潮欄宣言》裡對西歐文學發展的軌跡作了簡要地概述：「西洋古典主義的文學到盧騷方才打破，浪漫主義到易卜生告終，自然主義從左拉起，表現主義是梅德林開起頭來，一直到現在的新浪漫派；先是局促於前人的範圍內，後來解放（盧騷是文學解放時代），注重主觀的描寫；從主觀到客觀，又從客觀變回主觀，卻已不是從前的主觀：這其間進化的次序不是一步可以上天的。我們中國現在的文學只好說尚徘徊於『古典』『浪漫』的中間，《儒林外史》和《官場現形記》之類雖然也曾寫到社會的腐敗，卻決不能就算是中國的寫實小說」，因此五四文學革命重在提倡「寫實派自然派」的文學，「為將來自己創造先做系統的研究」。這裡他雖然對

〔註79〕毛澤東：《改造我們的學習》。
〔註80〕《列寧全集》第 31 卷，第 253 頁。

各種「主義」尚未以批評的眼光作出評判，但卻根據世界文學進化的規律聯繫中國文學發展的現狀，指出提倡「寫實主義」（或自然主義）乃是五四新文學運動的當務之急；同時，他在與胡先驌的論爭中寫了《「歐美新文學最近之趨勢」書後》，肯定寫實主義的歷史功績，駁斥胡先驌的寫實文學「專寫下級社會罪惡」的謬說：「文學既為表現人生，豈僅當表現貴族階級之華貴生活而棄去最大多數之平民階級之卑賤生活乎？」〔註81〕

在五四時期，不止茅盾的文學觀建立在進化論的基石上，而且新文學的倡導者的文學主張大都源於進化觀念；不過當時能像茅盾那樣「想用不偏頗的眼光解說這三主義的意義和本身的價值」以及「想用『鳥瞰』的記述說明文藝進化之大路線」〔註82〕的人並不多見。1920 年他寫了《文學上的古典主義浪漫主義和寫實主義》的長篇論文，以「公平的眼光」論述了「文藝進化之大路線」，並汲取其合理的思想因素，從而提出自己對五四新文學的見解。

首先，他從當時的社會背景考察了古典主義興起的時代原因，探討了它的歷史「淵源」，說明「約摸是佔了 18 世紀一個全世紀的，便是所謂古典主義統治的時代」。他對於古典主義不是採取形而上學的態度，而是作了具體分析，否定了「假古典主義」，肯定了真正古典主義在文學史上的地位：它在內容是偏重於「理」的，在文體上力求「勻稱諧和完具全備」，達到「一成的無可增損的美」。如果古典文學真能「辦到這步文境，就藝術上說，自有他的價值」，不管它在思想內容上是否「合於德謨克拉西」；但是後世人摹仿這種古典主義而做假古典文學則「通體惡化，不成個東西」，把古典文學的莊、雅、遠、淡的藝術風格模擬成弱、晦、迂、拙的惡風。如中國文學史上的「韓柳歐蘇的文，李杜蘇黃的詩」，可算得是「古典文學，原也有他們的價值，因為他們是先有了一個理想的目的，然後自己創作」，但是後來人沒有學他們的「理想」和「創造」精神，只是在詩文的形式上「專一模仿，可就糟了」，五四時期批判的「選學妖孽」「桐城謬種」都是這種假古典文學。茅盾這種只反對「冒牌的古典文學，而不是原始的古典文學」的態度，是含有歷史唯物主義思想成分的。由於「18 世紀中到末全是假的冒牌的古典文學興盛」，欲將文學發展引上死胡同，所以「浪漫派也就起來反對了」。

〔註81〕1920 年 9 月《東方雜誌》第 17 卷第 18 號。
〔註82〕《文學上的古典主義浪漫主義和寫實主義》，1920 年 9 月《學生雜誌》第 7 卷第 9 號。

　　茅盾對於浪漫主義文學除了考察它的歷史淵源，指出「浪漫文學的骨子，浪漫思想，便是文藝復興時代的產物」外，並從浪漫文學同古典文學的比較中，具體論述了浪漫主義的特點：古典文學認爲美是絕對的，浪漫文學認爲美是人類創造的，是相對的；古典文學是靜的，浪漫文學是動的；古典文學是斷絕嗜欲的，浪漫文學是放縱嗜欲的；古典文學務求文體格局的完備勻稱，浪漫文學於文體方面的要求則相反；古典文學的人生觀是淡泊的，不立異的，不求猛進的，浪漫文學的人生觀則是好功的，創造的，重奮鬥的，一言以蔽之，浪漫文學的精神便是「自由」的，正如浪漫文學「發祥的福地」法蘭西革命所要求的「自由」在思想上是一致的。這種比較，儘管沒有達到馬克思主義階級論的高度，有些說法比較含糊不夠準確，但是古典主義和浪漫主義的基本特點是概括出來了，在五四時期能達到這樣的認識水平也是不容易的。特別令人敬佩的是，他能從「外部衝突」和「內部衝突」來揭示 19 世紀中期以後浪漫主義文學衰退的「病根」：它不僅因爲哲學上的唯心論影響，根本脫離了現實「自然」，「把主觀的描寫抬到過分高了」，只管一味地「去空想妄索」，「只管向壁虛造，沒根沒柢地去發揮他們主觀的眞善美」，到頭來「落在前人的窠臼」，喪失了浪漫文學的敢於標新立異的創造精神；特別工業革命以來，社會經濟組織和人類的生活完全改了樣，那種爲浪漫文學所歌詠的自然美麗、壯嚴風雅的城鄉生活變了面目，使「浪漫文學的思想和當時現實人生」發生了「衝突」。而且，從「內部衝突」來看，由於「科學萬能的思想深中人心，幾乎處處地方都要用科學方法來配合上去」，因此「不太合科學方法的浪漫文學自然也欲受智識階級的鄙視」，這是「浪漫文學內的病根」。正是這種外部衝突和內部衝突，「成爲推倒浪漫文學的原動力而生出寫實文學來」。

　　關於「寫實主義」，茅盾並非絕對地肯定，而是批判地接受，他認爲「不是浪漫派的著作沒有壞的，也不是寫實派的著作全是好的」。「寫實派從思想一面攻擊浪漫派的話，實是浪漫派老大的毛病」，因爲「浪漫文學大體都不是替平民說話的」，是不符合「德謨克拉西思想的眞理」（主要指後期消極浪漫主義），「這是從思想的立腳點，寫實主義根本地反對浪漫文學的」，當然「寫實派非難浪漫派的藝術不對，不是說浪漫派的著作沒有藝術價值，是說浪漫派的藝術不是『合理』的藝術；『合理』的藝術，在寫實派說來，便是客觀——觀察——的藝術」。茅盾並不認爲「寫實派的話是千眞萬確，天經地義的眞理」，而且用「旁觀的態度」對寫實主義和浪漫主義作了比較分析：浪漫注重

想像，寫實注重觀察；浪漫承認有相對的美，寫實認爲現實只有醜惡；浪漫文學專寫上等社會生活，寫實文學專寫下等社會生活；浪漫文學重藝術，寫實文學重人生。這種比較雖然存在一定的片面性，但基本上抓住了這兩種文學的主要特點。

根據中國文學進化的情況，儘管茅盾主張寫實主義文學（或自然主義），然而他卻認爲浪漫派或寫實派都不是眞正理想的新文學，因爲在他看來：「自然派只用分析的方法去觀察人生表現人生，以致見的都是罪惡，其結果是使人失望，悲悶，正和浪漫文學的空想虛無使人失望一般，都不能引導健全的人生觀」，惟有新浪漫主義既補救了自然派只重觀察不重想像、浪漫派只重想像不重觀察的偏向，又能採取分析和綜合的手段來表現人生。因此，「能幫助新思潮的文學該是新浪漫的文學，能引我們到眞確人生觀的文學該是新浪漫的文學，不是自然主義的文學，所以今後的新文學運動該是新浪漫主義的文學」，這對於「實在連眞眞的浪漫文學（指舊浪漫主義）都不曾有過，一向蹈躅於好古主義的下面」〔註83〕的中國文學界是極爲迫切的。

由上述可以看出，五四時期茅盾基本上能運用唯物主義的批判眼光，來研究剖析各種文藝思潮，並從中國文學的發展歷史、現實狀況以及前進趨向，取古典主義、浪漫主義、寫實主義（或自然主義）和新浪漫主義等文藝思想之所長，去其之所短，加以改造、發揮和利用，形成自己的獨具特色的爲人生的進化文學觀。

由於他開始時基本上還沒有掌握馬克思主義的辯證唯物史觀，因此他的文學觀必不可免地存在一些矛盾和局限。例如：對於寫實主義和自然主義、自然派作家作品和寫實派作家作品不能給以更明確更科學的解說，往往只看到它們的共同之處而看不到它們的異點，或者把二者混爲一物。對於新浪漫主義文學只看到它的「革命的解放的創新的」、能綜合地表現人生等長處，但對其嚴重的缺陷並未進行批判，直到後來特別是 1957 年寫《夜讀偶記》時，才作了具體分析，既指出「當時便用『新浪漫主義』這個術語的人們是把初期象徵派和羅曼・羅蘭的早期作品都作爲『新浪漫主義』一律看待」，同「現代派」所用的「『新浪漫主義』稍稍有點區別」，又指出「新浪漫主義」的「逃避現實，歪曲現實」的反現實主義的實質。況且，他當時是把「新浪漫主義」當成最理想的新文學，越發顯得不妥了。此外，對創作與社會背景、文學與

〔註83〕《爲新文學研究者進一解》，1921 年 9 月《改造》第 3 卷第 1 號。

人生關係的理解也沒有完全擺脫機械唯物論的束縛。1921 年中國共產黨誕生了，茅盾亦加入共產黨。隨著中國革命的深入和馬列主義廣泛傳播，茅盾政治觀的變化引起了他文藝觀的相應變化，即他的文學觀沿著進化論的軌跡逐步向無產階級階級論的軌道過渡，1925 年寫成的《論無產階級藝術》標誌著他的文學觀達到了一個嶄新的高度。(此文最初收在《五四文學初探》一書中)

1981.12.1

茅盾「五卅」前後的無產階級文學觀

　　「五四」和「五卅」是兩個不同的偉大時代，後者爲「第四期之前夜」，即無產階級以獨立的階級力量領導中國革命的前夜。「活躍於『五卅』前後的人物在精神上雖然邁過了『五四』而前進，卻也未始不是『五四』產兒中最勇敢的幾個」。〔註1〕茅盾在「五卅」前後，不僅在激烈的政治鬥爭中，繼承並發揚了五四時代徹底反帝反封建的革命傳統，以勇敢的姿態出現在工人運動的洪流裡；而且在新文學戰線上，毅然積極地探討無產階級文學的基本原理，以「爲無產階級的藝術」〔註2〕來充實和補正自己五四前後的爲人生的進化文學觀，並試圖爲中國新文學走上嶄新的道路，提供比較全面的無產階級文學理論主張。

　　早期共產黨人和一些革命文學家，自五四文學革命以來，已關注「革命文學」的探討，並提出一些含有馬克思主義思想因素的文學見解，但是能夠試用階級觀點逐步地比較系統地闡述無產階級文學藝術的基本問題，接近或達到馬克思主義高度的，不能不推崇茅盾。早在 1922 年黨所領導的社會主義青年團第一次全國大會制定的決議中，即提出「使文學成爲無產階級化」〔註3〕的口號；1923 年黨的機關刊物《新青年》發表的「新宣言」指出，由於無產階級在社會關係中「處於革命領袖的地位」，因而必須以無產階級思想「竭力以指導中國社會思想之正常軌道」，〔註4〕其中當然應包括對革命文學的指

〔註1〕　《讀〈倪煥之〉》，1929 年 7 月《文學週報》第 8 卷第 20 期。
〔註2〕　《論無產階級藝術》，1925 年 5～10 月陸續發表於《文學週報》。
〔註3〕　1922 年 5 月《先驅》第 8 期。
〔註4〕　1923 年 6 月《新青年》季刊第 1 期。

導。這說明黨成立後便注意引導新文學向著無產階級的方向發展；不過，這僅僅是原則性的號召，尚未作具體闡述。1923 年郭沫若提出了「我們的運動要在文學之中爆發出無產階級的精神」，要「反抗資本主義的毒龍」，表現出明顯的無產階級思想傾向；但是他的提法又比較含糊，且把「爆發出無產階級精神」同表現「精赤裸裸的人性」﹝註 5﹞混為一團。是年，秋士在《告研究文學的青年》中號召文學工作者「到民間去」，「誠心去尋找實際運動的路徑」，批評「現在還沒有進煤窯的文學家」，﹝註 6﹞這雖然在一定程度上為革命文學的創作指出一條深入工農鬥爭生活的唯物主義認識路線，但在表述上缺乏準確的鮮明的階級概念。鄧中夏強調革命文學應是「最有效用的工具」，「須多做能表現民族偉大精神的作品」，惟有「從事革命的實際活動」的詩人，方可「做出革命的詩歌」。﹝註 7﹞表明他不但重視革命文學的社會功利，而且非常關注作家對實際革命生活的體驗和感受，這便觸及到革命文學的一些重要問題。1924 年惲代英在《文學與革命》一文中，對革命文學與革命感情的關係講得更清楚一些，不僅指出「先有革命的感情，才會有革命文學」，同時告誡「你希望做一個革命文學家，你第一件事是要投身於革命事業，培養你的革命感情」。﹝註 8﹞如果說，上述對「革命文學」的探討尚未明確的從無產階級的角度著眼，那麼，沈澤民對「革命文學」的解釋，便顯得清楚了。早在 1922 年他便注意無產階級藝術的探索，由於受時代條件的限制，他當時著重通過譯介「新俄藝術」來研究無產階級文學的「面目」。﹝註 9﹞1924年他在《文學與革命的文學》裡對於「無產階級藝術何等面目」作了進一步解說，不止從文學與時代的關係上論述了無產階級文學必然興起，且要「勝過一切過去時代的文學」，同時從文學與民眾的關係中指出「一個革命的文學者，實是民眾生活情緒的組織者」；不止從文學與作家世界觀的關係上說明只有革命思想的人才能創造「革命的文學」，同時從「文學始終只是生活的反映」的基本規律上強調作家只有深入「工人罷工的運動」，「瞭解無產階級的每一種潛在的情緒」，才「配創造革命的文學」，這是「因為現代的革命的泉源是在無產階級裡面，不走到這個階級裡面，決不能交通他們的情緒生

﹝註 5﹞　《我們的新文學運動》，1923 年 5 月《創造週報》第 3 號。
﹝註 6﹞　1923 年 11 月《中國青年》週刊第 5 期。
﹝註 7﹞　《貢獻於新詩人之前》，1923 年 12 月《中國青年》第 10 期。
﹝註 8﹞　1924 年 5 月《中國青年》第 31 期。
﹝註 9﹞　《新俄藝術的趨勢》(譯者附注)，1922 年 8 月《小說月報》第 13 卷第 8 號。

活，決不能產生革命的文學」。〔註10〕這些看法雖然不夠系統，但基本上接近馬克思主義文藝觀，同其他人對「革命文學」的見解相比，具有明顯的無產階級思想色彩。

1924年後的文藝界，蔣光慈曾同一些文藝青年於上海組織春雷社，提倡革命文學，並在1925年寫的《現代中國社會與革命文學》中表明自己對「革命文學」的看法：「誰個能夠將現社會的缺點，罪惡，黑暗……痛痛快快地寫將出來，誰個能夠高喊著人們向這缺點，罪惡，黑暗……奮鬥，則他就是革命的文學家，他的作品就是革命的文學」；而要創造這樣的革命文學，「近視眼不能做革命的文學家，無革命性的不能做革命的文學家，安於現社會生活的不能做革命的文學家，市儈不能做革命的文學家」，惟有《女神》的作者郭沫若才是「現在中國唯一的」革命文學家，葉紹鈞、冰心的寫實主義文學都是「市儈派的小說家」的作品。〔註11〕他強調「革命文學」或「革命文學家」都必須具有革命性、反抗性是正確的，說郭沫若是革命文學家也是對的，但是他把葉紹鈞、冰心的寫實小說統統視為「市儈派的小說」或「貴族式」的小說，卻表現了一種「左」的傾向，特別對「革命文學」的解釋並未完全達到階級論的高度。1925～1926年，魯迅已注意馬克思主義文藝的研究，並試圖以馬克思主義眼光來評判蘇俄詩人的作品；1927年春他發表了《革命時代的文學》的講演，從文學與革命的關係上論述了革命文學產生的時代條件，並提出了「革命人做出東西來，才是革命文學」的精當見解，但魯迅這時對中國革命文學能否產生在估量上不無偏頗之處。「五卅」前後，郭沫若發表了《孤鴻——致成仿吾的一封信》、《文藝家的覺悟》、《革命與文學》等重要文章，標誌著他的文藝觀發生了重大轉變，不僅明確地提出了「革命文學」的口號，而且對文藝與時代的關係、文藝與生活的關係、文藝與政治的關係、作家世界觀與創作的關係等重要文藝理論問題，試圖以馬克思主義文藝觀予以解答（見後文）；但這時他的文藝觀從總體來看並不像有的研究者所說的已完全達到「馬克思主義化」，它不止對革命文藝一些問題的解釋存在簡單化、片面性，同時以心理學理論來探討文學「興盛的原故」、文學的本質等問題，不免帶上唯心主義色彩，儘管對此不能過分苛求，然而諱飾它也不是歷史唯物主義態度。相比之下，從茅盾「五卅」前後發表的《論無

〔註10〕1924年11月《國民日報》附刊《覺悟》。
〔註11〕1925年1月《國民日報》附刊《覺悟》。

產階級藝術》（1925）、《告有志研究文學者》（1925）、《文學者的新使命》（1925）等重要論文來看，他的無產階級文學觀（初步形成）顯得較全面較紮實一些，馬克思主義階級論的色彩較強烈一些，表現出一個共產黨人「以蘇聯的文學為借鑒」來論述無產階級文學所達到的時代水平。〔註 12〕

一

　　從無產階級歷史地位的變化上，探討無產階級文學形成的歷史必然性。

　　「唯物主義本身包含有所謂黨性，要求在對事變做任何估計時都必須直率而公開地站到一定社會集團的立場上。」茅盾在對「文學發展的史蹟」的考察估量中，並非如同客觀主義者那樣只會「滿足於肯定『不可克服的歷史趨勢』」，〔註 13〕而是公然站在無產階級的黨性立場上，以較明確的階級觀點揭示出無產階級文學的產生是「無產階級由被治地位，一變而為治者」〔註 14〕的歷史地位決定的，說明處於「治者地位」的「無產階級應當保持、鞏固、日益擴大自己的領導，同時要在思想戰線許多新的區域中也佔有適當的陣地」，而「在文學領域中奪取陣地，也同樣地早晚應當成為事實」。〔註 15〕

　　從文學發展史來看，「文學作品描寫的對象是由全民眾的而漸漸縮小至於特殊階級的」。這一方面揭示出文學作品以誰為描寫對象是決定文學性質的重要因素，另一方面也指明以「特殊階級」為文學作品的主角是進入階級社會後文學發展的必然趨勢。茅盾認為，歐洲中世紀的騎士文學以帝王貴族為描寫對象，這是貴族文學的重要特徵；而後，英國的李卻特生和菲爾丁，雖然在小說裡也寫了平凡的小人物，但這並非是無產階級文學；19世紀初，由於在西歐占統治地位的階級仍然是資產階級，因之浪漫派的文學必然以「描寫華貴的生活為中心點」，從根本上擯斥一般民眾的平凡生活；隨著無產階級登上歷史舞臺後，不僅法國左拉的作品有專寫勞動者的，而且「無產階級生活乃始終成為多數作者汲取題材的泉源」。如羅曼・羅蘭曾提倡「民眾藝術」，並指出法國畫家彌愛的《撿穗》等描繪田家風光的作

〔註 12〕　《論無產階級藝術》，1925 年 5～10 月陸續發表於《文學週報》。

〔註 13〕　《列寧全集》第 1 卷，第 379 頁。

〔註 14〕　《論無產階級藝術》，1925 年 5～10 月陸續發表於《文學週報》。

〔註 15〕　俄共（布）中央一九二五年六月十八日決議：《關於黨在文藝方面的政策》。

品，即是「民眾藝術」。但是茅盾並未停留在對描寫勞動者作品的一般表面認識上，輕率地把描寫無產階級生活的或「民眾藝術」當成真正的無產階級藝術，而是以階級觀點對「民眾藝術」的實質作了剖析，明確地指出所謂「民眾藝術」只不過是「有產階級智識界的一種烏托邦思想而已」。因為在充滿階級對立和階級鬥爭的資本主義世界裡，「『全民眾』將成為一個怎樣可笑的名詞？我們看見的是此一階級和彼一階級，何嘗有不分階級的全民眾？」可見他對「民眾藝術」的階級實質的認識比以前有了質的飛躍，同時對文學的階級屬性及其社會政治功能的認識，也接近馬克思主義的思想水準。由於在階級社會裡任何一個時代的統治思想始終都是統治階級的思想，因而在資產階級占統治地位的時代裡，其「文化是資產階級獨尊的社會裡的孵化品，是為了擁護他們治者階級的利益而產生的」，而「那一向被編著而認為尊嚴神聖自由獨立的藝術，實際上也不過是治者階級保持其權威的一種工具」。〔註 16〕這不僅揭示出資產階級文學的階級實質及其功能，而且也暗示出由資產階級知識分子所創作的而又產生於資產階級占統治地位社會的所謂「民眾藝術」的性質，從而說明不是在無產階級意識指導下只徒有描寫「無產階級生活」或者「為民眾的，是民眾」的「美名」的文學，決不能算是無產階級文學。

既然以左拉為代表的寫實派（或自然派）和以羅曼·羅蘭為代表的新浪漫派（茅盾當時的認識）筆下的勞動者形象不是無產階級文學的表徵，那麼到什麼時候誰的作品才稱得上真正的無產階級文學呢？在中國新文學論壇上，茅盾較早地指出 19 世紀後半期，高爾基描寫無產階級生活的作品，是真正的無產階級文學（之前，一般都認為 19 世紀後期高爾基的文學作品是寫實主義的革命民主主義文學）。他的深刻之見，不在於指出高爾基真正以無產階級作為文學作品的描寫對象，更重要的是揭示了作品所表現的思想內容的階級實質：即「第一個把無產階級所受的痛苦真切地寫出來，第一個把無產階級靈魂的偉大無偽飾無誇張的表現出來，第一個把無產階級所負的巨大的使命明白地指出來給全世界人看」；也就是說他的作品能夠真實地「表現無產階級的靈魂，確是無產階級自己的喊聲」，〔註 17〕把高度的藝術真實同鮮明的政治傾向統一起來，反映了無產階級對新文學的根本要求和願望。特別蘇聯十

〔註 16〕《論無產階級藝術》，1925 年 5～10 月陸續發表於《文學週報》。
〔註 17〕同上註。

月革命的勝利，建立了世界上第一個無產階級專政的社會主義國家，無產階級真正成了國家的主人，由過去的被統治地位一躍變成主宰自己命運、推動社會歷史的「治者」，於是「一向被視作愚昧無識汙賤的無產階級突然發展了潛伏的偉大的創造力，對於人類文化克盡其新貢獻」。這說明「本世紀初」由於人類歷史進入一個無產階級革命的新時代，俄國無產階級在十月革命中真正失去了「鎖鏈」而獲得了「整個世界」，因此不僅在政治上發揮了空前的創造精神，而且也為無產階級文學的創造揭開了新篇章，「無產階級藝術這個名詞正式引起世界文壇的注意」，高爾基的作品也風行全世界。儘管因蘇聯革命最初幾年的內亂外患以及物質上的缺乏，使無產階級文學作品屈指可數，[註18]但是無產階級文學的發展前景定會燦爛似錦。這是世界文學發展的必然趨勢，也是無產階級的偉大歷史地位決定的。

從茅盾對無產階級文學的探察中，與他早期的為人生的進化文學觀相比，至少在文學表現什麼人、為誰服務以及文學發展的根本原因和總的方向上，能夠以較為明確的階級觀點加以闡述，初步顯示出新的思想特色：一是修正了早期文學應表現人生、為人生、為人類服務的含糊說法，認識到文學在階級社會裡是同階級利益聯繫在一起，同占統治地位的階級意識聯繫在一起，故新文學必須表現無產階級及一切勞動者的生活、願望和要求，為無產階級及人民大眾的解放事業服務。二是由早期的以進化歷史觀來解釋文學的發展，躍進到了以階級觀點來說明文學的發展，即推動文學發展的根本原因是階級更替決定的，如果資產階級取代了封建階級的治者地位，那文學作品必然是以資產階級作為主要描寫對象，如果無產階級取代了資產階級的治者地位，那無產階級文學才能真正繁榮起來。三是早期認為新浪漫主義（以羅曼·羅蘭為代表）是最理想的文學，是新文學的發展方向，現在認識到羅曼·羅蘭的新浪漫主義（這裡主要指「民眾藝術」）充其量不過是資產階級文學，真正代表文學發展方向的是無產階級文學，蘇聯十月革命後剛萌發的無產階級文學已展示了新文學發展的歷史趨向。四是他早期往往站在籠統的人道或人性的立場上，來評述每個時代的文學，現在卻初步站在無產階級立場上，對資產階級文學進行歷史的評判，對無產階級文學給予熱情讚揚、充分肯定和積極扶植，表現出鮮明的政治傾向性。

〔註18〕 《論無產階級藝術》，1925 年 5～10 月陸續發表於《文學週報》。

二

從文學藝術的階級意識上，考察無產階級文學藝術的範疇，同一切非無產階級文學藝術劃清界限，揭示出無產階級文藝的基本特徵。

在現在世界上，一切文化或文學藝術都是屬於一定階級的觀念形態，爲藝術的藝術、超階級的藝術，實際上是不存在的。茅盾正是從文學藝術的階級意識上探討了無產階級文學同「農民藝術」、「革命文學」、「舊有的社會主義文學」的區別，從而說明無產階級文學是一種新的文學，具有新的質的規定性。

同舊有的農民藝術相比，無產階級文學藝術不僅僅是描寫無產階級的生活，重要的是表現無產階級思想。茅盾認爲，農民文學藝術如范爾冷的田園詩、克魯依夫的農民詩，雖然極爲透徹地表現了農民的痛苦生活，在某種意義上說也算描寫農村無產者的悲苦，但這並不是無產階級文學。無產階級文學的最根本特徵：一是在描寫無產階級生活的過程中，應以無產階級精神爲中心，創造一種適應並服務於無產階級居於治者地位的新世界的文學；二是表現的無產階級精神必須是集體主義的，摒棄「農民藝術」所宣揚的家族主義、宗教迷信等思想意識。可貴的是，茅盾不止揭示了無產階級文學的階級本質，而且能從農民的經濟條件、生產地位、生產方式諸方面，剖析農民思想多傾向於個人主義、家族主義、宗教迷信的階級根源，並說明農民那種綠林俠客的無組織的原始革命行動，決不能動搖資產階級的統治基礎。所以，即使描寫農民這種「革命行動」或「革命精神」的作品，也不能算無產階級文學；惟有看其是否表現集體主義精神，才是判定無產階級文學還是農民藝術的試金石。〔註19〕

同「革命的藝術」相比，無產階級文學並不等於「革命文學」，「凡對於資產階級表示極端之憎恨者，未必準是無產階級藝術」。在茅盾看來，無產階級文學與「革命文學」的根本區別在於：凡是含有反抗傳統思想的文學作品，都可以稱爲革命文學，它的性質是單純的破壞，即革命文學具有徹底否定和批判的特點；而無產階級文學的目的，不僅是破壞是批判，它應該體現「階級鬥爭的高貴的理想」，即描寫和讚頌勞動者在無產階級奪取政權的鬥爭中，必須以「如何勇敢奮鬥」爲描寫中心，把對於資產階級的憎恨心理的刻劃作爲襯托，以展示無產階級不怕犧牲，英勇奮鬥精神的階級基礎，否則，

〔註19〕《論無產階級藝術》，1925年5～10月陸續發表於《文學週報》。

如果將對資產階級的憎恨作為描寫的中心點，那就與無產階級以解放全人類為己任的偉大胸懷相悖。這是因為，無產階級革命所堅決反對的，是「居於此世界中治者地位並成為世界戰爭的主動人的資產階級，並不是資產階級中的任何個人」，即革命是一個階級對一個階級的暴烈行動，無產階級要攻擊的首先是熱衷於侵略戰爭的帝國主義分子，要推翻的是整個資產階級及其國家機器，即使無產階級「不得不訴之武力，很勇敢的戰爭」，目的也不是為了單純的「復仇」，而是「為求自由，為求發展，為求達到自己歷史的使命，為求永久和平」，因此堅決的反對那些尚可避免的「殺戮」。正是基於這種深刻認識，茅盾認為俄國十月革命後有些單純描寫紅軍如何痛快的殺敵的詩歌，不能「視為無產階級藝術的正宗」。〔註20〕同舊有的社會主義文學相比，無產階級文學同它的「理想相距甚近」，因而兩者易於「相混」；但是，它們之間也有質的區別。舊有的社會主義文學，就是表同情於社會主義或宣傳社會主義的文學作品，它的作者大都是在資產階級社會裡為資產階級文化盡力的知識分子，「雖然有些知識階級的作家對於勞動階級極抱同情，對於社會主義有信仰，但是『過去』像一根無形的線，永遠牽掣他們的思想和人生觀」，因而「他們的社會主義文學大都有的是一副個人主義的骨骼」。這不但說明了舊有的社會主義文學和無產階級文學的根本區別，在於是以個人主義還是以集體主義作為創作的思想基礎，而且還說明了一個致力於革命文學的作家，僅僅對無產階級表同情、對社會主義有信仰，尚創造不出真正無產階級文學，必須在思想感情上徹底斬斷同資產階級個人主義世界觀的千絲萬縷的聯繫，確立無產階級的人生觀和集體主義思想。茅盾認為，范爾海侖的戲曲《曉光》，懷著對無產階級表同情的感情，描寫了工人罷工的勝利，刻劃了一個「好領袖」。之所以稱此劇為舊有的社會主義文學而不是無產階級文學，要害在於「這篇戲曲是把社會主義的輕紗，披在領袖的個人主義的骨架上」。具體來說，作品在個人主義的唯心英雄史觀的指導下，描寫了領袖與工人群眾的關係，把領導罷工的「首領」寫成一個決定勝利的「特出的超人」，是個「牧者」，而罷工的群眾卻是無知無識的「羊」，這是同無產階級的唯物史觀相背道的；「依無產階級的集體主義，群眾的首領不過是群眾的集合的力量之人格化，是集合的意志之表現，是群眾理想的啟示者」。〔註21〕這種對

〔註20〕 《論無產階級藝術》，1925 年 5～10 月陸續發表於《文學週報》。

〔註21〕 同上註。

於無產階級文學如何正確處理和描寫領袖與群眾關係的深刻見地,至今聽起來仍發人深省。

從文學與思想意識的關係上來探討新文學的本質特徵和社會功能,茅盾早在五四文學革命中,就認識到「文學是思想一面的東西」,「新思想是欲新文藝去替他宣傳鼓吹的」,〔註22〕因而「自來一種新思想發生,一定先靠文學家做先鋒隊,借文學的描寫手段和批評手段去『發聲振聵』」,如人道主義勞動主義創於大文豪托爾斯泰,大勇主義始於大文豪羅曼·羅蘭,社會主義由文豪蕭伯納哈德曼積極提倡(以上舉例雖然表述不準確,但他主要強調新思想需靠文學藝術來傳播),現在中國正是新思潮勃興之際,當然文藝應「表現正確人生觀」。〔註23〕這些見解在五四新文學運動中是具有相當的進步性和革命性,不過比較籠統含糊,究竟五四新文學表現的新思想是什麼性質並不清楚,這表現出茅盾早期進化文學觀的一定局限性;然而到「五卅」前後,他能以初步的無產階級階級論,比較準確地辨別無產階級文學意識同農民藝術意識、革命文學意識、舊有社會主義文學意識的本質不同,清楚地揭示出無產階級文學意識的根本點就是無產階級的集體主義精神,它與形形色色的個人主義劃清了界限;而無產階級文學的崇高社會職能,則是為「無產階級居於治者地位的世界」、為實現「階級鬥爭的高貴的理想」〔註24〕而效力。

三

從文學的內容和形式的和諧統一上,探討無產階級文學的內容和形式的具體創建,並從而批判了某些錯誤文學觀點。

在對待文學藝術的內容與形式的關係上,茅盾批判了當時的兩種錯誤看法:一是認為文學的內容和形式並無和諧統一的必要和可能,一是認為只要注重了內容,形式可以隨隨便便。前者否認了文學的內容和形式的必然聯繫以及形式對內容的反作用,後者從根本上否定了內容和形式對立統一的理論。無產階級文學藝術是一種嶄新的革命文藝,因此無產階級作家不但「承認形式與內容須得諧和;形式與內容是一件東西的兩面,不可分離的」,而且也相信「無產階級藝術的完成,有待於內容之充實,亦有待於

〔註22〕 《小說新潮欄宣言》,1920《小說月報》第11卷第1期。
〔註23〕 《現在文學家的責任是什麼?》,1920年1月《東方雜誌》第17卷第1號。
〔註24〕 《論無產階級藝術》,1925年5～10月陸續發表於《文學週報》。

形式之創造」。〔註25〕茅盾對無產階級文學內容與形式辯證關係的理解，在很大程度上符合馬克思主義文藝思想對無產階級文學的要求，即「政治和藝術的統一，內容和形式的統一，革命的政治內容和盡可能完美的藝術形式的統一」。〔註26〕這就是說，在無產階級藝術中，思想內容和藝術形式是密不可分的，作品的成就不僅決定於思想內容構思的深度和創作傾向的先進性，而且也決定於藝術形式的完美性；如果一個革命作家不善於把所選擇的內容，體現在完美的藝術形式中，必定歪曲作品的思想，因而貢獻給人民的不是藝術品，而是臆造出來的公式。〔註27〕

然而，在文學的內容與形式的辯證統一中，內容畢竟是起決定作用的。因此，茅盾首先通過考察蘇聯建國初期的文學現象，探討了無產階級文學在內容方面的具體要求：其一，無產階級文藝的題材應多樣化，必須「以全社會及自然界的現象為汲取題材之泉源」，作家「尋覓題材的範圍」要擴大；只有這樣，無產階級文學的思想內容才能豐富多采，那種認為「無產階級藝術的題材只限於勞動者生活，甚至有『無產階級文藝即勞動文藝』之語」，那是極錯誤的觀念。蘇聯剛取得政權之初的藝術，其內容之所以淺狹，造成單調化，從客觀原因來看，蘇聯十月革命後正是極端困難時期，「無產階級藝術實在只是在萌芽」。從主觀原因來看：一是作者「觀念的褊狹」，只「喜取階級鬥爭中的流血的經驗作題材，把藝術的內容限制在無產階級『作戰』這一方面」，把「本階級作戰的勇敢視為描寫的唯一對象」，當然這是蘇聯無產階級藝術草創期的必然現象，如果長此下去，將妨礙無產階級文學內容的豐富充實；二是「作者缺乏經驗，除勞動者生活外便沒有題材」，而對過去文學作品常寫的題材，如家庭問題的解決、人心中善念與惡念之交戰等，作者又不敢觸及。其實，這是不必要的擔心，即使同一題材由於作者的觀點立場不同，處理方法不同，也能一則成為無產階級藝術，一則成為舊藝術。茅盾這些見解何等的正確和深刻！

其二，無產階級文學應該表現無產階級「建設全新的人類生活」的理想，即展示無產階級為之力戰而後能達到的共產主義理想；然而在蘇聯初期的無產階級文學作品裡，「最大的弊病卻在失卻了階級鬥爭的高貴的意義」，「誤以

〔註25〕《論無產階級藝術》，1925 年 5～10 月陸續發表於《文學週報》。
〔註26〕毛澤東：《在延安文藝座談會上的講話》。
〔註27〕《論無產階級藝術》，1925 年 5～10 月陸續發表於《文學週報》。

刺激和煽動作爲藝術的全目的」，豈不知無產階級通過流血的鬥爭所達到的理想，並不是破壞而是建設，即建設的新生活，不但是全新的，而且是無限的豐富，異常的和諧。這樣的理想生活，不是單純地描寫作戰和勇敢所能包括的，它要求無產階級藝術具有與這種新生活同樣豐富多采的題材和充實的內容；況且，提高無產階級的革命精神，並不是靠無產階級藝術的一時的「刺激與鼓動」，而主要依靠「認識了自己的歷史的使命而生長的，是受了艱苦的現實的壓迫而迸發的」，須知過分的刺激常能麻痹讀者的同情心，並能損害作品藝術上的美麗。〔註28〕

其三，無產階級文學必須反映時代精神，此乃「文學實是一階級的人生的反映」的固有規律決定的。如果說五四時期茅盾主張文學爲人生、表現時代精神比較含糊的話，那麼「五卅」前後他已明確地認識到，文學表現人生並非是整個的人生而是「階級的人生」，文學反映的時代精神並非一時代所有階級的思想感情意志，而是「治者階級的意識便是時代精神的集中的表現」。由於「社會上每換一個治者階級來作統治者，便有一個新的文藝運動起來」，而今正是「勞資兩大階級對抗時代」，因而隨著無產階級革命高潮而興起的無產階級文學，只有集中地表現無產階級思想意識，才能使革命文學具有新的時代特色，〔註29〕這是決定無產階級文學有無時代價值和藝術生命力的重要因素。

其四，無產階級文學要寫出人物性格的複雜性，應「直接觀察現代社會的各色人等而取以爲型」或選一「模特兒」，不僅要描寫人物的職業特性、性的特性、民族特性和地方特性，而且應刻劃人物的階級特性。「因爲所屬的階級不同，人們又必有階級的特性」，但是「要描寫階級的特性，比描寫職業的特性要艱難得多；其故在職業的特性是顯而易見的，作家大都能見到，至於階級的特性就比較深伏些」，在世界文學人物畫廊中，巴爾扎克對法國中產階級的描寫、屠格涅夫對俄國80年代智識階級的描寫、高爾基對蘇俄無產階級的描寫，「算是頂成功了」，〔註30〕其人物的階級性表現得相當鮮明。尤其可貴的是，茅盾當時認識到，無產階級文學對一個資本家的描寫，既要揭露他作爲「一階級的代表並且他的行爲和思想是被他的社會地位所決定的」資產

〔註28〕 《論無產階級藝術》，1925年5～10月陸續發表於《文學週報》。
〔註29〕 《告有志研究文學者》，1925年7月《學生雜誌》第12卷第7號。
〔註30〕 《人物的研究》，1925年3月《小說月報》第16卷第3號。

階級的反動階級性，又要寫出他作爲社會關係總和的活人所具有的與其他階級相通的品格〔註 31〕（當然他把資本家說成「品格高貴的好人」是有片面性的）。從總的方面看，他對無產階級文學內容的理解，力避形而上學的機械論和「殺殺打打」的「左」的傾向，盡力試圖以辯證唯物史觀予以解說。

思想內容對無產階級文學的創建固然重要，但是內容與形式是相輔相成的，「新思想必須有新形式爲體附」。究竟如何創造無產階級藝術的新形式呢？茅盾主張：第一，「從利用舊有的以爲開始」，即批判繼承前代寶貴的文學遺產，「最好是從前人已走到的一級再往前進，無理由地不必要地赤手空拳去幹叫獨創，大可不必」；第二，在前人的基礎上，「無產階級應努力發揮他的藝術創造天才」，「自創新形式」來適應新內容表達的需要。這些見解是切實可行的，是符合藝術發展規律的，基本上體現了一個馬克思主義文藝理論家的科學態度。

他所以主張批判、改造和利用舊的藝術形式，因爲他認識到：一是內容與形式這對範疇，內容是最活躍的，容易變化的，而形式具有相對的獨立性，比較穩定，變化較慢，故「不能像內容一樣突然翻新」；再是「形式是技巧堆累的結果，是過去無數大天才心血的結晶」，這是一份寶貴遺產。「無產階級首先從他的前輩學習形式的技術。這是無產階級應有的權利，也是對於前輩大天才的心血結晶所應表示的相當的敬意，並不辱沒了革命的無產階級藝術家的身份」。〔註 32〕這種對待前輩文學遺產的態度，基本上符合列寧所指出的：「馬克思主義並不把資產階級時代底最珍貴的獲得物完全拋棄，相反地，而是把人類思想及文化底兩千年以上發展中的有價值的一切東西，加以攝取與改造。」〔註 33〕

爲了更好地批判、學習、改造、利用前人的藝術形式，茅盾批判了「左傾的幼稚病的指向」，即「誤以爲凡去自己時代愈遠者即愈陳舊腐敗」，「誤認最近代的新派藝術的形式便是最合於被採用的遺產」。所謂最近代的新派藝術，即未來派、意象派、表現派、立體派等等。它們之所以不能作爲無產階級藝術繼承的遺產，茅盾以深刻的階級分析，揭露它們「只是舊的社會階級在衰落時所產生的變態心理的反映」，只是「傳統社會將衰落時所發生的一種

〔註31〕 《論無產階級藝術》，1925 年 5～10 月陸續發表於《文學週報》。
〔註32〕 同上註。
〔註33〕 列寧：《論無產階級的文化》。

病象，不配視作健全的結晶」。這是因為，「凡一個社會階級在已經完成它的歷史的前進的使命而到末期並且漸趨衰落的時候，它的藝術的內容一定也漸趨衰落，所謂『靈思既竭』是也；跟著內容的衰落的，便是藝術的形式了。」這些近代「新派」的藝術，正是產生於資本主義到了沒落腐朽的階段，也就是資產階級「漸為坐食的或掠奪他階級勞動成果以自肥的時期」。它們妄圖以「表現新的享樂與肉感的刺激之新藝術來促起將死的社會階級之已停滯的生命感覺」，因此這種已經腐爛的所謂「新藝術」，不配作無產階級文學的「滋補品」；相反地，那些產生於資產階級鼎盛時期的文學藝術，因它是「一個社會階級的健全的心靈的產物」，如「革命的浪漫主義文學」，故可作為「無產階級的真正的文藝的遺產」，俄國文學的普希金、萊蒙托夫、戈格里、托爾斯泰等在「文學形式上的成績是值得寶貴的，可以留用的」。也就是說，「除了幾個帶著立異炫奇的心理的新派如未來派立體派而外，餘者都是抱了『先去利用已有的遺產，不足則加以創新』的態度的」。這是茅盾對於創建無產階級文學藝術形式的主張，堅決反對那種對過去優秀文學遺產所採取的「踐碎那些藝術的花」〔註34〕的極左情緒。

早在五四文學革命時期，茅盾曾從文學的內容與形式的關係上探討過為人生文學的創建，提出一些含有唯物辯證因素的文學見解。但是，究其實新文學在內容方面應該寫什麼樣的題材、表現什麼思想、反映什麼時代精神、刻畫什麼人物等，總未超出民主主義或人道主義的文藝思想範疇，至於在藝術形式方面應該以什麼為準則來批判、接受、利用前人的藝術成果，如何創造新的藝術形式，也缺乏明確的主張，特別對現代派文藝思潮更缺乏深刻批判；然而到了「五卅」前後，他對無產階級文學的內容與形式的創造，卻基本上提出了符合馬克思主義文藝思想的主張，既表現了鮮明的階級論色彩，又避免了左傾幼稚病的偏見。

四

從文學創作的特殊思維規律上，論述無產階級文學產生的條件。

茅盾提出一個文學藝術產生的公式：「新而活的意象＋自己批評（即個人的選擇）＋社會的選擇＝藝術。」實質上，前兩個條件主要指文學藝術創造

〔註34〕《論無產階級藝術》，1925年5～10月陸續發表於《文學週報》。

必須遵循形象思維規律，並以邏輯思維規律相輔助；後一個條件著重指文學藝術有無存在的價值，必須經過社會實踐的檢驗。這是一條基本上建立在辯證唯物主義認識路線上的公式。

　　對於如何按照以形象思維爲主以邏輯思維爲助的規律創造新文學，茅盾在《告有志研究文學者》一文中作了具體解說：

> 　　意象可說是外界（有質的或抽象的）投射於我們意識鏡上所起的影子；只要我們的意識鏡是對著外物，而外物又是不息的在流轉在變動，則我們意識界內的意象亦必不斷地生出來，而且自在地結合，自在地消散。當這些意象在吾人意識界裡方生方滅，忽起忽落的時候，我們意識界裡卻有一位「審美」先生將他們（意象）捉住了，要整理他們，要使他們互相和諧；於是那些可以整理可以和諧的意象便被留起來編製好了，那些不受整理無法和諧的，便被擯斥了。將編製好的和諧的意象用文字表現出來，就成了文學；那些集團的意象的和諧程度愈高，便是那「文學」愈好。和諧是極重要的條件，而使意象得成爲和諧的集團的，卻是審美觀念。沒有意象，固然無從產生文學；沒有審美觀念，亦不能有文學。

要而言之，「新而活的意象，在吾人意識裡是不斷地在創造，然而隨時受著自己的合理觀念與審美觀念的取締或約束，只把那些美的和諧的高貴的保存下來，然後或借文字或借線條或借音浪以表現之」，這便是文學藝術產生的思維過程。茅盾雖然在表述上用的概念不是十分準確的，但基本上符合馬克思主義的反映論。

　　他所說的「意象」，是指作家進入創作過程遵循著形象思維規律，外界五光十色的生活現象反映在作家頭腦所形成的一些感性認識；所謂「審美觀念」，即借助邏輯思維也就是理性的美學思想的指導，對一些具體的感性材料（即意象）進行分析評判，捨棄那些次要的非本質的意象，選擇那些主要的帶有本質特徵的感性材料，進行藝術概括。這就是說，在整個創作過程中，主要運用形象思維，同時也要借助邏輯思維，惟此才能進行「將豐富的感性材料加以去粗取精、去偽存眞、由此及彼、由表及裡的改造製作工夫」，〔註35〕創造出生動鮮明的藝術形象。無產階級文學藝術的創造同樣要遵循這一創作規律。茅盾特別強調「個人的選擇」，而這種「個人的選

〔註35〕毛澤東：《實踐論》。

擇」同開展文藝批評聯繫在一起。即在無產階級宇宙觀和審美觀指導下，站在本階級的立場上開展文學批評，對創造無產階級文學極為重要。他指出：「雖然自來的文藝批評家常常發『藝術超然獨立』的高論，其實何嘗辦到真正的超然獨立？這種高調，不過是間接的防止有什麼不利於被支配階級的藝術之發生罷了。我們如果不願意被甜蜜好聽的高調所麻痹，如果不願意被巧妙的遮眼法所迷惑；我們應該承認文藝批評論確是站在一階級的立足點上為本階級的利益而立論的；所以無產階級藝術的批評論將自居於擁護無產階級利益的地位而盡其批評職能，是當然無疑的。」〔註36〕這裡論述的是文學批評不是「超然獨立」的，它具有鮮明的階級性，無產階級文藝批評當然應該為無產階級利益服務，不僅要為無產階級文學藝術的創建掃清道路，發揮「權威」的作用，即使在新文學的具體創作過程中，也應該在無產階級審美觀的指導下，通過文學批評，對「新而活的意象」進行篩選、提煉、概括，創造出合乎無產階級利益的新文學。

茅盾認為，一種文學藝術創造出來，能否在當時社會生活中保存和提倡起來，是否具有時代價值和藝術生命力，還必須經過「社會的選擇」，也就是要經過社會實踐的檢驗。在階級社會裡，「社會的選擇」也主要是階級的選擇，社會實踐的檢驗也主要是階級鬥爭實踐的檢驗。因而這個選擇或檢驗必須以「階級利益為標準」，惟有反映某一時代處在統治地位的那個階級的願望和要求，適應時代需要的文學，才能「存在與擴大」。在「資產階級支配一切的社會裡的無產階級藝術正處在土地不良空氣陳腐而又有壓迫的不利條件之下」，它雖然被無產階級和人民群眾所承認，卻被資產階級的社會選擇力所制裁，所以「這個新的藝術之花難望能茂盛」，在現今世界裡（指當時）惟有十月革命後的蘇聯，才能充分地發展無產階級文學藝術。正是基於這種合乎文學發展規律的認識，茅盾在蘇聯無產階級文學萌芽期便預見到：「大批的佳製尚在未來」。

五四文學革命中，茅盾尚未從形象思維規律上探討新文學產生的條件，雖然他著重於「創作與社會背景」的關係上論述過新文學產生的時代條件，但那時還沒有完全擺脫機械唯物論的束縛；「五卅」前後他不僅認識到文學的產生和發展取決於占支配地位那個階級所提供的時代條件，而且也認識到反轉來這種文學還要為占支配地位那個階級的利益服務。無產階級文學是一種

〔註36〕《論無產階級藝術》，1925 年 5～10 月陸續發表於《文學週報》。

全新的文學，因此「需要新的土地和新的空氣來培養」。這些認識同早期比較已發生了質的飛躍；特別從思維規律上來論述新文學產生的條件，更是茅盾文藝觀的重大突破和發展。

五

從文學對人類應有社會功利的角度，探討無產階級文學的偉大使命。

茅盾曾說：「我們是功利主義者，我們首先是從作品對於當時當地所產生的社會效果來評價一部作品的；但是，我們也反對只看到眼前效果而忘記了長遠的利益。真正有價值的作品應當是在當時當地既產生了社會影響而且在數十年乃至百年以後也仍然能感動讀者。」〔註 37〕由於他一貫堅持文學功利論，故早在《告有志研究文學者》〔註 38〕一文中，則就「文學對於人類的貢獻」問題作了深入的研究。

首先對五種不同功利說進行具體分析：一種認為文學對人類盡的最大力量是「解釋高尚的理想」，二種認為文學對於人類的貢獻是「把人類本性解釋明白」，三種認為文學是痛苦疲勞的人類的慰安品，四種認為文學對人群的最大貢獻是「美的創造」，五種認為文學對人類最大的貢獻是「解釋時代精神」。眾所周知，人們對於藝術作品功利效果的評價，實際上是把體現於藝術同現實關係中的真、善、美分別加以考察的，其中對真與善的社會功利評價，往往看得比對藝術作品的美的評價更重要；而這種社會功利評價，在階級社會裡，是以各階級的經濟利益、政治需要和道德範疇為標準；無產階級對藝術作品的社會功利評價不同於其他階級社會功利的評價之處在於，它是以是否符合社會發展的根本規律、符合最大多數人的根本利益為功利標準的。茅盾對於文學作品社會功利評價標準的理解，基本符合上述認識。因而他認為對文學作品評價的「五種說法」，雖然大都「說出了一部分的真理，所謂各有各見」，但是「都有缺點」。他承認文學可以「給我們以慰安」、「給我們以美的欣賞」，但這是「文學題中應有之義，似乎談不到什麼對於人類的貢獻」；他也不否認文藝作品具有「解釋高尚的理想」、解釋「人類本性」、解釋「時代精神」的社會作用，但總覺得這些說法「尚嫌含渾」；惟有表現「一時代統治階級的思想、意志、感情」即「時代精神」的，表現「階級的人生」的文學，

〔註 37〕1959 年 3 月 22 日《給瑪爾茲的信》。
〔註 38〕《告有志研究文學者》，1925 年 7 月《學生雜誌》第 12 卷第 7 號。

才算盡了對於人類的貢獻。這因為他認識到，在人類社會發展史上，特別進入階級社會之後，「凡此前仆後繼的階級統治，都是對於人類文化的演進，各盡了應盡的一分力的」，故反映一時代統治階級思想意識，即是體現時代精神的文學，它對於推動人類社會發展具有一定的進步功利作用。社會發展到無產階級革命時代所產生的無產階級文學藝術，才真正體現了人類對文學的社會功利要求。因為它既符合社會發展的規律，又反映了最大多數人的根本利益，充分表現出時代精神。正是從這一認識出發，茅盾不同意無產階級文學把「刺激和煽動」作為「全目的」，要求無產階級文學「助成無產階級達到終極的理想」，〔註39〕即為實現全人類的徹底解放達到共產主義而發揮巨大作用。這是文學藝術對人類盡的最大貢獻，也是無產階級文學的最神聖的社會職能。

根據無產階級對文藝的社會功利要求，茅盾在《文學者的新使命》〔註40〕一文裡，結合當時中國革命的現狀和新文學運動的實況，對那些致力於新文學運動的文學工作者，提出了「新使命」：第一，新文學工作者「決不能離開現實人生，專去謳歌去描寫將來的理想世界」，在文學作品中必須處理好忠實地描寫現實人生同表現將來社會理想的關係；第二，「文學者目前的使命就是抓住了被壓迫民族與階級的革命運動的精神，用深刻偉大的文學表現出來，使這種精神普遍到民間，深印入被壓迫者的頭腦，因此保持他們的自求解放運動的高潮，並感召起更偉大更熱烈的革命運動來」。這不僅明確地指出了新文學者應自覺地以完美的文學藝術去表現無產階級領導的新民主主義革命精神，而且突出地強調了這種反映革命時代精神的新文學，必須對被壓迫民族被壓迫階級的解放運動產生巨大的推動作用；第三，「文學者更須認明被壓迫的無產階級有怎樣不同的思想方式，怎樣偉大的創造力和組織力」，而後以精湛的文學藝術「確切地著名地表現出來」，竭力宣揚無產階級文學藝術的優越性。只有上述的「文學方足稱為能於如實地表現實人生而外，更指人生向美善的將來，這便是文學者的新使命」。

茅盾在五四時期一踏進新文壇，便注重文學改造社會人生、溝通人類感情、宣揚德謨克拉西精神等社會功能作用，強調「文學家來為人類服務」，並指出新文學者的責任是創造一種真正表現「國民共有的美的特性」〔註41〕的

〔註39〕《論無產階級藝術》，1925 年 5～10 月陸續發表於《文學週報》。
〔註40〕1925 年 9 月《文學週報》第 190 期。
〔註41〕《新文學研究者的責任與努力》，1921 年 2 月《小說月報》第 12 卷第 2 號。

民族文學。這些見解無疑具有相當的進步意義，但同「五卅」前後他對文學的社會功利、文學者的使命的認識相比，卻有了明顯差距。其主要表現在：五四時期著重以進化論和人性觀去探究這一新文學的重大課題，顯得觀點「含渾」；五卅時期基本上用無產階級階級論為武器試探這一問題，其看法具有鮮明的階級性。

六

統觀茅盾「五卅」前後的文藝思想，對於無產階級文學藝術一些根本問題的認識，他試圖站在無產階級黨性立場上，基本上運用辯證唯物主義和歷史唯物主義宇宙觀來探討。不僅同他自己早期的為人生文學觀相比大都發生了質變，而且與同時代文藝觀已「全盤變了」〔註42〕的郭沫若相比，亦顯出茅盾的初步無產階級文學觀所達到的馬克思主義化的程度，要高一些，深一些，準一些（當然不是說他已經完全馬克思主義化了）。這裡並非要貶低郭沫若對無產階級文學所作出的重要貢獻，更不是想否認他的「革命文學」主張所達到的馬克思主義水平，而是想通過比較對現代文學史上一些問題作出更符合歷史本來面目的評判。下面不妨對郭沫若和茅盾的無產階級文學觀試作比較：其一，從對無產階級革命文學性質的理解來看，郭沫若認為，「今日的文藝，是我們現在走在革命途上的文藝，是我們被壓迫者的呼號，是生命窮促的喊叫，是鬥士的咒文，是革命豫期的歡喜。這今日的文藝是革命的文藝」。〔註43〕這雖然在一定程度上揭示出「革命文藝」的戰鬥性、反抗性、理想性的特點，但總覺得階級觀點不夠鮮明，況且「革命文藝」並不完全是「無產階級文藝」。他還說過「現在所需要的文藝是站在第四階級說話的文藝，這種文藝在形式上是現實主義的，內容是社會主義的」；〔註44〕「時代所要求的文學是同情於無產階級的社會主義的寫實主義的文學，中國的要求已經和世界的要求一致」。〔註45〕顯然，他對無產階級文學本質的認識較前明確了，既指出文學內容是「社會主義的」，又指出形式上是「現實主義的」，儘管這些說法不夠準確，但畢竟揭示了無產階級文學應是「社會主義的寫實主

〔註42〕《沫若文集》第 11 卷，第 299 頁。
〔註43〕《孤鴻——致成仿吾的一封信》。
〔註44〕《文藝家的覺悟》。
〔註45〕《革命與文學》。

義的文學」這一本質特徵。然而，同上面茅盾對無產階級文學性質的理解來比較，便微嫌郭沫若的看法空泛一些，而且表述上也不夠確切。其二，從對文藝與生活關係的理解來看，郭沫若到「五卅」前後才堅信「文藝是生活的反映」，又認識到「文藝是宣傳的利器」，〔註46〕這雖然含有辯證唯物主義因素，但這種理解卻是茅盾在五四文學革命時期已達到的水平；到了「五卅」茅盾不只認識到「文學決不可僅僅是一面鏡子，應該是一個指南針」，〔註47〕糾正了早期在文學與生活關係理解上的機械唯物論的偏頗；並且還深刻地認識到無產階級文學如何正確反映生活、怎樣開拓表現生活的新領域以及文學如何發揮對生活的反作用。其三，從對文學的社會使命的理解來看，郭沫若認為「今日的文藝，只在它能夠促進社會革命之實現上承認它有存在的可能。而今日之文藝也只能在社會革命之促進上才配受得文藝的稱號」。〔註48〕這雖然強調了文學對社會革命的功能，指出了革命文學的時代使命，但有些提法未免絕對化，固然文藝促進社會革命是它的重要社會職責，是決定文藝有無存在價值的重要條件，但這並非文藝的唯一社會職能，也不是它存在的唯一條件。茅盾上面對革命文藝新使命的論述是基本符合歷史唯物主義的，顯然比郭的認識深刻、具體、確切一些。其四，從對文學與革命關係的理解來看，郭沫若認為文學與革命「互為因果，有完全一致的可能」，而且「文學的內容是跟著革命的意義轉變的，革命的意義變了，文學便因之而變了」。這種認識是符合辯證唯物史觀的，但有些說法就比較偏激，如「文學是永遠革命的，真正的文學是只有革命文學的一種」、「文學這個公名中包含著兩個範疇：一個是革命的文學，一個是反革命的文學」〔註49〕等，這些觀點看來「革命性很強」，其實含有「左」的思想因素。茅盾在「五卅」前後對文學與革命的看法，基本上達到了馬克思主義的高度，不止具體分析了無產階級文學同革命文學、舊有的社會主義文學的區別和聯繫，並認識到無產階級革命的興起必然產生無產階級文學藝術，更重要的是能從無產階級奪取政權後已變為「治者階級」的歷史地位上揭示出無產階級文學必然發生的深刻階級根源。由以上簡單比較中可以看出，郭、茅在「五卅」前後雖然都初步獲得了無產階級

〔註46〕 《孤鴻——致成仿吾的一封信》。
〔註47〕 1925 年 9 月《文學週報》第 190 期。
〔註48〕 《孤鴻——致成仿吾的一封信》。
〔註49〕 《革命與文學》。

文學觀，但在對待無產階級文學的一些基本問題的看法上卻表現出明顯的差異。

　　茅盾「五卅」前後的文學觀，從對一些基本問題的認識上來看，接近或達到馬克思主義水平。但這並非偶然，它不但有個發展過程，而且也有個時代條件。

　　早在五四文學革命時期，茅盾在 1919 年發表的《托爾斯泰與今日之俄羅斯》一文中，不僅看到了蘇聯十月革命後的布爾什維主義的曙光將照耀全世界，而且還指出托氏創造的現實主義文學對十月革命的爆發起了「動力」作用。隨著新文學運動的深入發展和茅盾成了中國共產黨員之後，他的為人生的進化文學觀中不斷增進無產階級思想因素。1921 年，他不但提出中國的作家應「在第四階級（即無產階級）社會有過經驗」，〔註50〕新文學要「描寫城市勞動者生活」，而且號召作家「到民間去」，消除知識分子同勞動者之間的「隔膜」，用「階級觀念」寫好農村題材。〔註51〕同年，他在《勞農俄國治下的文藝生活》一文中指出：「只有第四階級的執政時代能完全擔保藝術的自由發展，不受一絲一毫的壓制牽制」。1922 年初，他讚美蘇聯建國之初的革命詩人布洛克的《十二個》是「最有力的革命詩」，它不僅是「憎恨舊世界，憎恨懶的有產階級」的豐碑，並且是「頌讚勞農俄國革命精神的祝詞」，特別《薛細亞人》一詩則是「宣傳勞農精神，要求世界『起來呀！』的檄文」。〔註52〕同時，進一步明確地指出：「赤化後的俄國，更能促進藝術的進步，滋培新藝術的產生」，〔註53〕預見到「無產階級的自由活動於藝術界中，也許就是開始藝術史的一頁新歷史的先聲」。〔註54〕同年 10 月有人寫信給茅盾說：「中國現代很少描寫第四階級的作品，有的也是很膚淺；推其所以缺少底原因，還是不曉得第四階級底實在生活吧！就是說，中國現代文學者和第四階級隔離，一方第四階級還沒有得到社會正當的位置！」對於這些見解，茅盾不僅欣然承認「尊論極是」，而且也批評「現在描寫第四階級生活的小說所以不很好，由於作者未曾熟悉第四階級的生活」。〔註55〕很明顯地可以看出，茅盾對赤化

〔註50〕　《社會背景與創作》，1921 年 7 月《小說月報》第 12 卷第 7 號。
〔註51〕　《評四五六月的創作》，1921《小說月報》第 12 卷第 8 號。
〔註52〕　《海外文壇消息》，1922 年 1 月《小說月報》第 13 卷第 1 號。
〔註53〕　《最近俄國文壇的各方面》，1922 年 1 月《小說月報》第 13 卷第 1 號。
〔註54〕　《俄國戲院的近況》，1922 年 3 月《小說月報》第 13 卷第 3 號。
〔註55〕　《通信》，1922 年 10 月《小說月報》第 13 卷第 10 號。

後俄國的無產階級文學的研究和譯介越來越積極，在中國提倡第四階級文學的態度越來越自覺，並且對無產階級文藝本質的認識日益加深。1924 年初，他借用德國文壇上年輕的革命作家土勒的話指出：「『無產階級的藝術』的要點即在以無產階級的智識界及靈魂界為描寫的主點，務要取那震動全人類的變動（如革命）為題材；舊時專注重描寫個人禍福得失的劇本是『有產階級的藝術』，已成為過去的陳跡了。」〔註56〕同年 4 月，茅盾不但進一步認識到「政治的變動對於文學思想的影響甚大」，「革命的時期，文學必有蓬勃的朝氣」，〔註57〕而且還從蘇聯新興的無產階級小說創作中，概括出「新寫實主義」的具體特點。〔註58〕他對無產階級文學的這些基本看法，同他 1925 年發表的標誌其已初步獲得無產階級文學觀的長文《論無產階級藝術》，在思想意脈上是一致的；況且，他從五四文學革命以來對文學與民眾、文學與生活、文學與時代、文學與作家、真善美的統一、內容與形式、文學的使命等一系列問題的探討，已含有辯證唯物史觀的一些因素，這為他無產階級文學觀的初步形成打下了堅實的基礎。正如他自己所說：「五卅」前後是「用『為無產階級的藝術』來充實和修正『為人生的藝術』」，〔註59〕說明他的無產階級文學觀的初步獲得，同早期的為人生的進化文學觀既有聯繫又有區別，正是「為人生的藝術」向更新階段的必然發展。

無產階級文學在世界文學發展史上是一種嶄新的文學，它是無產階級革命運動的產物，是同無產階級的革命鬥爭實踐直接或間接地聯繫在一起，因此離開無產階級革命的時代條件，就不可能產生無產階級文學作品及其文藝思想。蘇聯十月革命的成功，為無產階級文學的發展開拓了光輝前景，雖然最初幾年由於內亂外患、物質上的困難以及文藝界出現了「未來派」、「象徵派」、「無產階級文化派」等文學派別，影響了無產階級文學的正常發展；但是，無產階級文學畢竟在新的時代條件下艱苦曲折地萌芽成長，特別 1925 年俄共（布）中央發表了《關於黨在文藝方面的政策》，為蘇聯無產階級文學的發展掃清了道路指明了方向，並先後出現了《鐵流》、《毀滅》等優秀的無產階級文學作品，高爾基便是蘇聯無產階級文學的代表和首領。茅盾自五四义

〔註56〕《海外文壇消息》，1924 年 1 月《小說月報》第 15 卷第 1 號。
〔註57〕《希臘新文學》，1924 年 4 月《小說月報》第 15 卷第 4 號。
〔註58〕《俄國的新寫實主義及其他》，1924 年 4 月《小說月報》第 15 卷第 4 號。
〔註59〕《新文學史料》第 2 輯。

學革命以來，就非常重視蘇聯無產階級文學的介紹和研究，這可以說是他無產階級文學觀初步形成的極為重要的國際條件。他曾回憶說：1925 年中國還不存在無產階級的藝術，我引用了許多蘇聯的材料，討論的也是當時蘇聯文學中存在的問題，以蘇聯文學為借鑒來論述無產階級文學的。〔註60〕

誠然當時中國尚未有成熟的無產階級文學作品，但是隨著中國工人階級革命運動的發展和新文學運動的深入，已經出現了一些帶有無產階級思想萌芽的創作；特別是 1925 年中國第一次大革命日趨高漲和「革命文學」口號連續提出，更激起茅盾積極探討無產階級文學的熱情。這可以說是他無產階級文學觀初步形成的國內的時代條件。在中國新民主主義革命史上，「五卅」是「一個偉大的時代」。〔註61〕在中國共產黨領導下，第二次全國勞動大會於 1925 年「五一」勞動節在廣州召開，5 月 30 日上海發生了震驚中外的「五卅」慘案，反帝愛國怒潮捲進了上海教育界。這時，茅盾不僅參加了發起上海教職員救國同志會，並起草「宣言」，而且直接負責商務印書館的黨的組織，領導罷工鬥爭。由於茅盾「和當時革命運動的領導核心有相當多的接觸」，〔註62〕並親自參加了反帝愛國運動和工人階級的革命鬥爭，真正看到了工人階級力量的強大，因而預感到這是無產階級革命的前夜。為了配合無產階級領導的反帝反封建的革命鬥爭，茅盾利用「政治鬥爭」之餘，圍繞「五卅」慘案寫了 7 篇散文，宣洩自己的感情和義憤，無情地抨擊帝國主義的法西斯暴行，熱情地讚揚工人階級的正義鬥爭；同時於「五卅」前後寫下了《論無產階級藝術》等文藝論文，積極探討並提倡無產階級文學，以「指引中國的文藝創作走上嶄新的道路」。〔註63〕

茅盾後來追憶說：自己對無產階級文藝理論的探討，「在今天已是文藝工作者普通的常識，但在當時卻成了曠野的呼聲」。〔註64〕其實，他關於無產階級文學的一些見解，不僅在中國革命文學的初創期產生過重要影響，而且對於今天繁榮和發展社會主義新時期的文學，仍具有現實意義。誠然，中國的革命文學在十月革命後蘇聯無產階級文學影響下，走過了自己的漫長而曲折的道路（茅盾本人的創作道路也有過曲折），現已取得了很大的成績；但也必

〔註60〕 《新文學史料》第 2 輯。
〔註61〕 《讀〈倪煥之〉》，1929 年 7 月《文學週報》第 8 卷第 20 期。
〔註62〕 《〈茅盾選集〉自序》。
〔註63〕 《新文學史料》第 2 輯。
〔註64〕 同上註。

須看到，由於「左」的和右的干擾，致使茅盾當年「提到的一些問題，在今天也未圓滿地解決」。〔註65〕如果我們對茅盾有關無產階級文學問題的思想遺產，能夠加以深入地全面地系統地研究，那對於解決當前文學思想或創作中的一些問題，是大有益處的。

1981.12.25.

〔註65〕《新文學史料》第 2 輯。

茅盾與文學上的自然主義

　　探究茅盾前期爲人生的進化文學觀的源流，不能不對他與自然主義文藝思潮的關係，作一番具體深入的考察與分析。

　　從茅盾五四前後所譯介的文章和撰寫的文藝論文中，不難看出他對西方文學上的自然主義，不僅大力介紹過，而且也積極提倡過，即「主張吸取以左拉爲首的興盛時期的自然主義，作爲當務之急」。〔註1〕然而，最近在他出版的《我走過的道路》一書中卻說：「我主張先要大力地介紹寫實主義自然主義，但又堅決地反對提倡它們。」〔註2〕這似乎並不完全符合史實。誠然，他在致力於介紹寫實主義自然主義的過程中，曾一度不同意提倡它們；但全面以觀，茅盾對自然主義的態度，往往是既懷疑又相信，而且前後還有變化。爲搞清他與自然主義的眞實關係，正確的做法，則是依據史料進行實事求是的具體分析。

　　首先，應該看到茅盾並不承認寫實主義和自然主義是屬於兩個不同的思想範疇，而大致上把它們當成同一概念。有的研究者認爲茅盾提倡的寫實主義，就是現實主義，與自然主義無緣。這種說法，恐怕作者自己也難同意。綜觀他前期的論文，可以發現他不能完全明確地分清寫實主義和自然主義的界限，常常混爲一談。有時用自然主義，有時提寫實主義，有時寫實主義自然主義並列出垷，表面一看似乎這是代表兩種不同的藝術流派或創作方法，然而從其表述的思想內涵加以仔細推敲，大都闡明的是自然主義和寫實主義相聯繫的內容。儘管他把寫實主義自然主義視爲一體，但有時也表現出他對

<hr>

〔註1〕（日）松井博光著《黎明的文學》，第96頁。
〔註2〕《我走過的道路》（上），第135頁。

二者關係的含渾猶豫。試想，如果他眞正認定寫實主義與自然主義是完全相同的概念，那爲什麼要將二者並提，這豈不是重複累贅，越發造成意念的混亂嗎？由此只能說明茅盾把二者視爲一物，心裡並不踏實，總感覺它們之間還是有些微差別的，但自己又看不清主要的區別所在。他在肯定文學上的自然主義與寫實主義實爲一物的前提下，曾引用西方文藝批評家的看法，指出它們的區別在於描寫方法上的客觀化多少。客觀化較少的是寫實主義，較多的是自然主義；而且寫實派作者觀察現實，努力把所得的印象如實反映出來，既不用理性去解釋，也不用想像來補飾，自然派只不過把這種手段更推之於極端罷了。〔註3〕這雖然不能完全代表茅盾的觀點，但至少反映出他對寫實主義與自然主義的聯繫與區別曾在疑豫中進行過探索。正由於他對二者的關係認不清或疑豫，或以自然主義去理解寫實主義，或以寫實主義去解釋自然主義，致使在他提倡的自然主義裡含有寫實主義成分，在寫實主義裡含有自然主義成分；甚至將一些現實主義作家都歸入自然主義作家群中，如法國的巴爾扎克、福樓拜，俄國的契訶夫、托爾斯泰、高爾基等。這樣必不可免地給他的文藝思想造成一種複雜形態，需要我們認眞地研究和辨別。

其次，應該看到茅盾對自然主義的態度，前後是有變化的。一開始，他既主張提倡它，而又有所疑慮，甚至反對；後來卻比較自信地積極地提倡起來了。1920 年 1 月，他在《小說新潮欄宣言》裡，明確提出中國現在要介紹新派小說，應該先從寫實派自然派介紹起，而且「本欄的宗旨也就在此」。這裡的「介紹」不是爲介紹而介紹，是含有「提倡」的意思，旨在爲創造中國新文學作準備。是年 2 月，他在《我們現在可以提倡表象主義的文學麼？》一文中指出：「我們提倡寫實一年多了，社會的惡根發露盡了，有什麼反應呢？可知現在的社會人心的迷溺，不是一味藥所可以醫好，我們該並時走幾條路，所以表象該提倡了。」這清楚說明他們提倡自然主義一年餘了，而且實踐證明，光靠自然主義這一味藥，很難治好社會人心的「迷溺」，則必須提倡象徵主義。這既反映出他確實早在 1919 年就提倡自然主義或寫實主義，又看出他對自然主義或寫實主義並不完全肯定和相信。同年 8 月，他在《文學上的古典主義浪漫主義和寫實主義》的長文裡，以「不偏頗的眼光解說這三個主義的意義和本身的價值」，這是他通過文藝思潮進化的規程，比較客觀地全面地介紹寫實主義自然主義的文章，既肯定其長處又否定其短處，但以肯定爲主。

〔註3〕《自然主義的懷疑與解答》，1922 年 6 月《小說月報》第 13 卷第 6 號。

1921 年 1 月，他在《〈小說月報〉改革宣言》一文中，仍以為自然主義或寫實主義在今日尚有切實介紹之必要。與此同時，他在《為新文學研究者進一解》一文裡，卻又堅決反對提倡自然主義而主張提倡新浪漫主義了。他認為，自然派只用分析的方法去觀察人生表現人生，以致見的都是罪惡，其結果是使人失望、悲悶，正和浪漫派文學（指 19 世紀的消極浪漫主義）的空想虛無使人失望一般，都不能引導「健全的人生觀」。所以浪漫主義文學固然有缺點，自然主義文學的缺點更大。而在社會黑暗特甚，思想錮弊特甚，一般青年未曾徹底瞭解新思想意義的中國，提倡自然主義盛行自然主義，其害更甚；特別「現在中國提倡新思潮的，當然不想把唯物主義科學萬能主義在中國提倡，則新文學一面也當然要和它步調一致，要盡力提倡非自然主義文學，便是新浪漫主義了」。這些分析儘管還有欠缺之處，但是他反對提倡自然主義文學而鼓吹新浪漫主義文學的立場是十分鮮明的，這同他前後對自然主義或寫實主義的態度是有一定矛盾的。是年 12 月，他在《一年的感想與明年的計劃》裡卻指出：「現代文藝都不免受過自然主義的洗禮，那麼，就文學進化的通則而言，中國新文學的將來亦是免不得要經過這一步的。」故不能不提倡自然主義了。1922 年 2 月，他在「文學作品有主義與無主義的討論」中，曾堅定地主張：「西洋文學進化途中所已演過的主義，我們也有演過之必要；特別自然主義尤有演過之必要，因為他的時期雖短，他的影響於文藝界全體卻非常之大。」同年 4 月，茅盾在《語體文歐化問題和文學主義問題的討論》中，講得更明確：「科學方法已是我們的金科玉律，浪漫主義文學裡的別的原素，絕對不適宜於今日，只好讓自然主義先來了。」他把自然主義的客觀描寫方法當成金科玉律，故主張先行提倡它，而讓浪漫主義文學靠邊站了，這同他在《為新文學研究者進一解》對自然主義和浪漫主義的態度相比，有了明顯的相反變化。是年，曾以《小說月報》為陣地開展過「自然主義的論戰」，茅盾在論戰中，不僅堅信自然主義，提倡自然主義，而且對自然主義本身的「缺欠」還作了一些解釋。當時有的論者提出，自然派文學不應該「如實」地描寫人類的醜惡；茅盾的看法是：「這也是從前一般反對自然主義的醜惡描寫者所說過的；但是我們先要問：『人間世是不是真有這些醜惡存在著？』既存在著，而自己不肯直說，是否等於自欺？再者，人間世既有這些缺點存在著，那便是人性的缺點；缺點該不該改正？」又說：「『自然主義者描寫了人間的悲哀，不會給人間解決悲哀』……也是從前人反對自然主義文學的一個理由，

我從前也有一時因此而不贊成自然主義文學。但是試問專一誇大地描寫人間英雄氣的浪漫文學何以會在 19 世紀後半倒楣呢？是不是自然先生開了『現實』之門，把人類從甜美的理想夢中驚醒了結果？」〔註4〕很顯然，這裡茅盾對自然主義文學的認識比剛開始有了重大變化，他駁斥別人不同意自然主義的看法正是他以前反對提倡自然主義的重要理由，可見他由不同意提倡自然主義變為贊成自然主義文學了。這年 7 月，他在《自然主義與中國現代小說》的長文中，於批判「禮拜六」派舊小說的同時，積極「提倡文學上的自然主義」，並對一些不同意提倡自然主義的「理由」，逐一進行駁斥，反覆申明自己提倡自然主義文學的理由。此文，似可看作是茅盾對 1922 年關於自然主義論戰的一個總結，反映了他對自然主義文學的比較完整的看法；此後，他寫的《「左拉主義」的危險性》、《文學與人生》、《「寫實小說之流弊」？》等文，可以說是對上文的補充和發揮，仍然主張提倡自然主義文學。可見，說他始終堅決反對提倡自然主義，與史實並不完全相符。即使在五卅運動前後，由於茅盾初步獲得了無產階級文學觀，雖然他對自然主義文學不再積極提倡了，但是自然主義對他以後的文學思想和創作實踐仍留下或明或暗或深或淺的影響。

問題的實質不在於他提倡不提倡（即使提倡自然主義文學也不見得是一個歷史的錯誤），而在於提倡自然主義文學的指導思想是積極的還是消極的，對自然主義是不加分析的生搬硬套，還是結合中國文學實況有批判地吸收，自然主義對他的為人生的現實主義文學觀的形成是利多還是弊多？對於這些問題，應該進行歷史的具體分析，作出比較切合實際的結論。

一

五四前後，如同政治思想戰線不少人分不清科學社會主義和其他社會主義的本質界限一樣，在新文學陣營中也有不少文學革命的倡導者分不清什麼是寫實主義什麼是自然主義，但是把它們拿過來為創造新文學急需致用的總的想法，卻是一致的。比較而言，茅盾當時雖然也弄不清寫實主義和自然主義的根本區別，但是他熱衷於介紹或提倡自然主義文學的指導思想，卻顯得更積極更切實一些。他不僅從世界文學思潮發展流程著眼，更重要的是從中國文學的具體實情出發，把介紹或提倡自然主義同世界文學的發展和中國新

〔註4〕 《自然主義的論戰》，1925 年 5 月《小說月報》第 13 卷第 5 號。

文學的創建緊密結合起來，作爲一個既有聯繫又有區別的統一體來探究。

茅盾考察了一部近代西洋文學思潮史，認識到中國文學的發展大大落後於世界文學。他認爲中國近代文學尚徘徊於古典主義和浪漫主義之間，《儒林外史》和《官場現形記》之類的小說雖然也曾描寫到社會的黑暗腐敗，但決不能算是中國的寫實小說（此說不確切，這兩部小說應屬古典寫實主義小說），因此必須把寫實派自然派的文藝先行介紹或倡導。〔註 5〕這便是他介紹或提倡自然主義文學的指導思想之一。

五四時期，茅盾還不能自覺地以歷史唯物主義觀點，揭示世界文學發展的本質規律，他主要以進化論來闡述「文藝進化的大路線」。在他看來，古典主義、浪漫主義、自然主義、新理想主義，這是文學演進的四個不同歷史階段，後者否定前者，依次推進。不僅西洋文學的發展不能超越這一進化的規律，而且中國文學的演進也要受這個進化路線的制約。「治哲學的倘然不先看哲學史，看古來大哲學家的著作，不曉得以前各家本體論的說頭怎樣，現在研究到怎樣，價值論認識論又怎樣，而只看現代最新的學說，則所得的仍只是常識，不算是研究。」〔註6〕正是基於這種唯物主義的認識，茅盾具體地研究了西方文藝思潮發展史，以「公平的眼光」，對古典主義、浪漫主義、自然主義等的意義和本身的價值，作了比較全面深入的分析和評判，〔註7〕並認識到這些藝術流派或文藝思潮的進化的次序不是一步可以上天的，而是按順序前進的。他的高明之處，不像當時有的新文學倡導者把西洋文學進化規程生吞活剝地照搬到中國來，而是根據中國文學發展的具體情況，作出抉擇取捨。如果按照西洋文學的發展現狀來看，已到了表象主義（即象徵主義）或新浪漫主義階段，那麼中國五四時期新文學的創建是否就應該從表象主義、新浪漫主義開始呢？他的回答是否定的。雖然茅盾當時也提倡過表象主義，不過這僅僅是爲了補救自然主義文學的缺陷而已；他雖然也提倡過新浪漫主義，不過這僅僅是指出中國新文學的發展方向而已（當然這個方向是不正確的）。然而總的來看，他是從現實需要出發，積極介紹或提倡自然主義文學。這是因爲，通過中西文學的比較研究，他清楚地看到，「西洋小說已出浪漫主義進

〔註 5〕《小說新潮欄宣言》，1920 年 1 月《小說月報》第 11 卷第 1 號。
〔註 6〕同上註。
〔註 7〕《文學上的古典主義浪漫主義和寫實主義》，1920 年 8 月《學生雜誌》第 7 卷第 9 期。

而爲寫實主義、表象主義、新浪漫主義，我國卻還是停留在寫實以前，這個又顯然是步人後塵」，〔註 8〕也就是說中國文學沒有經過自然主義的洗禮；但是「就文學進化的通則而言，中國新文學的將來亦是免不得要經過這一步的。」所以他「覺得現在有注意自然主義文學的必要，現在再不注意，將來更沒有時候」。〔註 9〕可見，茅盾介紹或提倡自然主義，既順應世界文學進化傾向的要求，又合乎五四時期新文學革命的需要。

茅盾深入研究了中國舊文學的弊端，認識到「文以載道」和以「文學爲遊戲爲消遣，這是國人歷來對於文學的觀念；但憑想當然，不求實地觀察，這是國人歷來相傳的描寫方法；這兩者實是中國文學不能進步的主要原因。而要校正這兩個毛病，自然主義文學的輸進似乎是對症藥」。〔註 10〕這便是他介紹或提倡自然主義文學的指導思想之二。

在茅盾看來，中國封建文學觀念不外乎「文以載道」和「遊戲態度」兩種。主張文以載道的以爲文學必包含聖賢之大道，把古代的儒家學說奉爲圭璧。這種文學的「弊病尤在把眞實的文學拋去，而把含有重義的非純文學當作文學作品」，其貽害「非但把眞正的文學埋沒了，還使人不懂文學的眞義」；「把文學當作遊戲，吾國一般文人，多犯著這個通病，他們對於文藝作品，不過興之所至，視爲不甚重要，或且以爲是不關人生的色彩飾物」，因此作品的思想「全是些遊戲玩世的思想」，比如往往把風流與戀愛並提，把戀愛和花酒視爲一樣，不過逢場作戲，尋尋開心而已。〔註 11〕在這兩種文學觀念指導下所寫的作品，表現在寫作技術上的共同錯誤有二：一是忽視文學創作重在描寫，而採取平庸瑣碎的記帳式的敘述法；一是不知客觀的觀察，只知主觀的向壁虛造，使作品充滿了虛僞做作的氣味。封建舊文學這些流弊，不僅表現在充斥於當時文壇的禮拜六派的作品中；而且也汙染了新文學的創作，比如「就描寫方法而言，他們缺乏了客觀的態度，就採取題材而言，他們缺了目的」。茅盾認爲，自然主義恰巧可以補救這兩個弱點，恰好是對症的特效良藥。這說明他提倡自然主義文學的動機完全是爲了除舊文學之弊，鋪新文學之路。自然主義何以能擔當這個重任？我們以爲茅盾當時的看法，基本上是

〔註 8〕　《小說新潮欄宣言》，1920 年 1 月《小說月報》第 11 卷第 1 號。
〔註 9〕　《一年來的感想與明年的計劃》，1921 年 12 月《小說月報》第 12 卷第 12 號。
〔註 10〕　同上註。
〔註 11〕　《什麼是文學》，1924 年出版的松江暑假講演會《學術演講錄》第 2 期。

正確的，可信的。

　　首先，從寫作方法看，左拉主張把所觀察的照實描寫出來，這種客觀描寫的最大好處是眞實、細緻，沒有不合情理的地方，惟有用這種嚴格的客觀描寫法方能慢慢校正中國現代舊小說的記帳式的不合情理的描寫法。茅盾認爲這種客觀描寫法符合眞善美統一規律的要求。因爲自然主義者的最大的目標是「眞」，而「眞」又是善與美的基礎與前提，即「不眞的就不會美，不算善」；但是若求嚴格的「眞」，則必須事事觀察，並將觀察的結果以客觀描寫法眞實地描寫出來。中國舊文學否認客觀描寫，實際上違背了文學創作的眞實性原則，違背了眞善美統一的美學規律。所以主張客觀描寫法，是革除舊文學弊病的有效方法之一。

　　其次，茅盾認爲自然主義者的實地觀察精神是新文學工作者「所當引爲『南針』的」，因爲這也是療治中國舊文學病根的良藥之一。這種實地觀察確是西洋進步文學的優良傳統和寶貴經驗。即使浪漫派大家雨果的《哀史》的描寫已頗有實地觀察的功夫，而寫實派大家巴爾扎克和福樓拜等人，更注意於實地觀察，描寫的社會至少是親身經歷過的，描寫的人物一定是實有其人的；而這種實地觀察的精神，到自然派便達到極點，他們不僅對於全書的大背景，一個社會，要實地觀察一下，即使是寫到一片巴黎城裡的小咖啡館，他們也要親身觀察全巴黎城的咖啡館，比較其房屋的建築，內部的陳設及其空氣，然後取其最普通的可爲代表的，描寫入書裡。這是現代世界作家人人遵守的原則，然而中國舊派作家對此幾乎完全忽視，新派作家也有大半不能嚴格遵照，致造成作品失眞虛僞的惡果。而要糾正這一弊端，非經過長期的實地觀察的訓練不能成功，「這又是自然主義確能針對現代小說病根下藥的一證」。

　　再次，自然主義尙能校正作者的不正確的創作動機。中國舊派小說家創作小說的動機，大都是發牢騷或是風流自賞，本來是極其嚴肅的社會政治問題，可到了他們的筆下便成了攻訐隱私，借文字以報私怨的東西。這主要因爲，他們始終未用純客觀的心理去看待正經莊嚴的人生，始終不曾爲表現人生而描寫人生；自然派作者恰恰與其相反。他們「對於一椿人生，完全用客觀的冷靜頭腦去看，絲毫不攙入主觀的心理」，比如對於性欲的看法，簡直和孝悌義行一樣看待，讀者從他們作品裡所見到的不是性欲的描寫，而是一椿悲哀的人生。自然主義的這一特點，對於「專以小說爲『發牢騷』，『自解嘲』，

『風流自賞』的工具的中國小說家，眞是淸毒的藥」。〔註12〕

此外，自然主義尙可解決新文學創作內容淺薄的毛病。就取材而言，中國有志於新文學的人，雖然都想努力創作社會小說，然而難免淺薄之譏。茅盾認爲，這是「因作者未曾學自然派作者先事研究的緣故」，缺乏科學原理指導所致。自然派作家大都研究過進化論和社會問題，霍普德曼在作自然主義戲曲以前，曾經熱烈地讀過達爾文的著作、馬克思和聖西門的著作，就是一個現成的例。中國新文學作者要設法「免去內容單薄與用意淺顯兩個毛病」，則必須「學自然派作家，把科學上發現的原理應用到小說裡，並研究社會問題，男女問題，進化論種種學說」，這也是自然主義能夠針對現代新小說弊病下藥的一證。

自然主義也是克服新文學創作中的雷同化的妙方。在五四前後的新作中，婚姻問題是個非常時髦的題材，這與當時反封建爭取個性解放的時代精神聯繫在一起，但是組成表現婚姻主題的情節人物幾乎篇篇相似：或是男女自幼以媒妁之言訂婚，男的讀書，女的不讀書，而後男的要求女家讀書，與未婚妻通信，其結果或失敗或成功；或是男女因爲讀書後，覺悟了，各有所愛，故而宣告離婚，但是父母不允。這些雷同化的作品雖然反映了人生，但在藝術上是沒有什麼價值的。造成這種現象的原因，主要是作者缺乏實地觀察，或靠一時的靈感，或靠主觀上的想當然。如果依照自然派的描寫方法，凡寫一地一事，全以實地觀察爲準，莫泊桑小說中的人物多半是實在的，福樓拜作《薩蘭坡》，除多考古籍外，且親至該地。可見，「自然派的精神並不只在所描寫者是實事，而在實地觀察後方描寫」。由於宇宙間的萬事萬物是千姿百態，各式各樣的，所以「惟先做過綿密的觀察而後寫出來的，方才同做一題而內容不雷同」。新文學工作者若能學自然派這種實地觀察而後描寫的方法，「於創作之前，眞曾努力對於事象去觀察」，把握住人與事的共性和個性，那就能避免創作中的「雷同現象」。〔註13〕

茅盾對自然主義作用的估價雖然有些偏高之嫌，他爲醫治中國文學病根所開的藥方雖然也不都是靈丹，但是他提倡自然主義文學的指導思想卻是積極的，正確的，而且對自然主義的分析也不乏精到之處。

質言之，不論是從世界文學進化軌跡著眼來介紹或提倡自然主義，或者

〔註12〕《自然主義與中國現代小說》，1922年7月《小說月報》第13卷第7號。
〔註13〕《一般的傾向》，1922年4月《時事新報》附刊《文學旬刊》第33期。

是從糾正中國文學弊端出發來介紹或提倡自然主義，總的目的只有一個，那就是爲了探究自然主義的合理的思想成分和藝術經驗，使作家在初創期堅持自然主義，以創建中國爲人生的新文學。這是茅盾介紹或提倡自然主義的指導思想之三。

創造新文學必須堅持「某種主義」。在新文學初創期，有的作家認爲「只要是『人的文學』就好了，斤斤於什麼主義，什麼派別，未免無謂」；〔註14〕也有的提出自然主義等成了「新鐐銬」，〔註15〕束縛作家手腳。這就是說，文學創作是絕對自由的，任何主義也不能信奉。茅盾不同意這種看法，辯駁道：一是「奉什麼主義爲天經地義，以什麼主義爲唯一的『文宗』，這誠然有些無謂；但如果看見了現今國內文學界一般的缺點，適可以某種主義來補救校正，而暫時的多用些心力去研究那一種主義，則亦無可厚非」。根據當時國人對於文學的傳統觀念和採取的描寫方法，首先必須提倡並堅持自然主義，「不論自然主義的文學有多少缺點，單就校正國人的兩大病而言，實是利多害少」。〔註16〕二是「如果爲要打破『舊鐐銬』，因而向慕新的某種主義，把新主義的精神融會了自己的心情，創造他自己的作品，這新主義便不是鐐銬了」。〔註17〕這說明對新主義不能教條主義的搬用，必須融會貫通，具體結合創作實踐，吸取有用的精神營養，以補救自身的弱點，提高創作水平。茅盾以爲舊毒極深的中國文學界，現在要做到忠誠地描寫自己對生活的感觸，「先應該經過自然主義的淘洗」，雖然「自然主義在一方面看來，自然也是桎梏，但在今日而要一般人養成客觀描寫的習慣，似乎可以先學學自然主義」。〔註18〕三是「文學上各主義的本身價值是一回事，而各主義在某時代的價值又是一事；文學之所以有現在的情形，不是漫無源流的，各主義之迭興，也不是憑空跳出來的」，「一則因爲『時代精神』變換了，一則因爲文藝本身盛極而衰故有反動」。這不僅說明了文學上各種主義的產生有著深刻的時代根源，也揭示出它們的出現是由文學本身的規律決定的。正由於這樣，故文學上每一種新主義出現，總是「把前代的缺點救濟過來，同

〔註14〕《一年來的感想與明年的計劃》，1921 年 12 月《小說月報》第 12 卷第 12 號。
〔註15〕《爲什麼中國今日沒有好小說出現？》，1922 年 3 月《小說月報》第 13 卷第 3 號。
〔註16〕《一年來的感想與明年的計劃》，1921 年 12 月《小說月報》第 12 卷第 12 號。
〔註17〕《爲什麼中國今日沒有好小說出現？》，1922 年 3 月《小說月報》第 13 卷第 3 號。
〔註18〕《通信》，1922 年 7 月《小說月報》第 13 卷第 7 號。

時向前進一步」。根據中國文學的實況，浪漫主義文學（指消極浪漫主義）不適宜於今日，[註19]只有先提倡自然主義才能糾正前代文學的缺點，推動新文學前進。四是「藝術當然要尊重自由創造的精神，一種有歷史的有權威的主義當然不能束縛新藝術的創造，人類過去的藝術發展史早把這消息告訴我們了；但是過去的藝術發展史同時又告訴我們：民族的文藝的新生，常常是靠了一種外來的文藝思潮的提倡，由紛如亂絲的局面暫時的趨向於一條道，然後再各自發展」。當時中國文藝界「紛如亂絲」，連什麼是文藝都不能人盡知之，「大部分作者在盲目亂動，於此而提倡自由創造，實即是自由盲動罷咧」。針對這種情況，茅盾認為只有先提倡自然主義，才能「趕快醫治作者讀者共有的毛病，領他們共上了一條正路」。[註20]可見，無論從哪個方面來看，在五四前後的新文學初創階段，文學界不能沒有權威的主義，對任何主義都採取絕對否定的態度是有害於新文學的誕生與發展，從而說明在當時的特定歷史條件下，提倡並堅持自然主義，對創建新文學是具有一定的緊迫感和必要性的。

創造新文學必須在藝術上「探本窮源」，而自然派的藝術則是首先應該探源索取的。茅盾先從文學的思想內容與藝術形式的關係上論述了欲創造新文學，思想固然要緊，藝術更不容忽視，說明在藝術上探本窮源的重要性。這是因為，雖然「文學是思想一面的東西」，然而「文學的構成，卻全靠藝術」，比如同是一個對象，自然派去描摹便成自然主義的文學，神秘派去描摹便成神秘主義的文學。他這裡所強調的「藝術」，不僅僅指文學的藝術表現形式，還應該包括藝術規律、創作方法、流派風格等。具體來說，新文學是屬於新的觀念形態，總是要表現一定的新的思想傾向；但是新思想的表現並不是抽象的邏輯推理，而是按照藝術法則，通過一定的審美評判，根據不同風格流派的要求，以藝術方法加以形象化的表現。當時各種新思潮洶湧騰躍，頗有「思想能夠一日千里的猛進」之勢，因此新文學欲表現新思想並不困難；但是「藝術」──不論是藝術規律，或者是藝術流派和藝術技巧，都是歷代作家辛勤耕耘的結果，是創造性的經驗積累，是藝術才華的結晶，並不像「新思想」那麼活躍，發展得那麼迅猛，它有相對的穩定性和獨立性。因此要創

〔註19〕《語體文歐化問題和文學主義問題的討論》，1922 年 4 月《小說月報》第 13 卷第 4 號。

〔註20〕《自然主義與中國現代小說》，1922 年 7 月《小說月報》第 13 卷第 7 號。

造新文學，在藝術方面必須認眞研究中外文學遺產，多方面地進行藝術上的「探本窮源」，即從中國舊文學裡「提出他的特質，和西洋文學的特質相結合，另創一種自有的新文學出來」，否則，若「不探到了舊帳本按次做去，冒冒失失『唯新是摹』，是立不住腳的」，因爲最新的藝術不就是最美最好的藝術。中國現在創造新文學，則應該首先把寫實派自然派文學作爲研究材料，從中提煉出藝術特質，吸取藝術養分，爲我所用。只有從自然派那裡攫取「客觀的藝術手段，然後做問題文學做得好，能動人」。因此，當時茅盾列舉了自然派寫實派 12 家的 30 部著作，以資藝術的「探本窮源」參考。這一步藝術探源完成後，我們創造自己的新文學方有了堅實的藝術「基礎」。〔註21〕

總之，放眼世界文學發展的總趨勢，面對中國文學界的歷史和現狀，立足創建一種自有的新文學，這是茅盾介紹或提倡自然主義的出發點和歸宿點，也是他的總的指導思想。且不論他對自然主義的看法有這樣或那樣的不恰當之處，單就這一指導思想而言，便充分表現出茅盾不愧爲中國新文學的巨匠和奠基者之一。

二

馬克思主義對於凡是人類思想所建樹的一切，都重新探討過，批判過，並根據工人運動的實踐一一檢驗過。〔註22〕五四前後的新文學先驅們，大都缺乏批判精神，往往對西方的近現代文學陷入盲目崇拜，絕對的肯定，一切皆好。茅盾當時從世界觀來看，雖然尚未達到馬克思主義思想高度，但是在對待世界文學發展史上出現的各種文藝思潮，卻表現出一種重新估價一切的批判精神（當然他的估價不無偏頗之處），並能把有批判地吸取前人的思想成果同解決五四文學革命運動的實際問題相結合。他對尼采學說尚能以「公平的眼光」去評判，汲取其「從新估定一切價值」的思想；那麼對待文學上的自然主義，基本上也能採取公平的批評態度，取其積極因素，去其消極成分，以創立符合中國新文學運動要求的新的現實主義。

爲了弄清茅盾對自然主義的評判正確與否，以及肯定了什麼否定了什麼、汲取了什麼捨棄了什麼，首先應該對以左拉爲代表的文學上的自然主義有個大概的瞭解。

〔註21〕《小說新潮欄宣言》，1920 年 1 月《小說月報》第 11 卷第 1 號。
〔註22〕《列寧全集》第 31 卷，第 253 頁。

　　依照茅盾五四前後的理解，自然主義（即寫實主義）是一種龐雜的藝術
流派和文藝思潮，它產生於 19 世紀中葉的法國，並把希臘荷馬史詩當成自然
主義的遠祖，將批判現實主義者巴爾扎克和福樓拜說成自然主義的先驅，及
至左拉手裡自然主義始眞正確立起來，到了莫泊桑手裡才「光大而至於大
成」；在德國，霍普德曼是最徹底的自然主義；「純粹的寫實主義和嫡派的自
然主義在俄國文學中顯見的，便是高爾該和乞呵甫兩個人」等，然而自然主
義的重鎮卻應推左拉、莫泊桑。很顯然，他是把批判現實主義、自然主義，
甚至高爾基的革命現實主義，都囊括在自然主義之中。這是很容易理解的。
19 世紀技術革命、科學理論、實驗方法等一系列新成果，使整個社會的物質
基礎、意識形態以及方法論，都發生了重大變革，盛極一時的浪漫主義在藝
術領域裡日益衰退，而批判現實主義和自然主義卻應運而生。由於自然主義
和批判現實主義是同一時代的產物，都打上了 19 世紀科學時代的烙印，具有
歷史的血緣關係，所以造成了自然主義內涵的複雜化，難怪茅盾等人視自然
主義和現實主義爲一物，認爲自然主義裡有現實主義，現實主義裡有自然主
義。不過，茅盾當時著力推崇和提倡的卻是左拉的自然主義。因此，這裡有
必要著重介紹一下左拉的自然主義的基本要點。

　　左拉的自然主義文藝觀，集中體現在《戲劇上的自然主義》（1880）、《實
驗小說》（先發表於俄國雜誌《歐洲消息》，1893 年修訂）等藝術論著中。它
的核心思想是：自然主義作家首先應該是一位科學家、解剖學家、遺傳學家、
觀察家和實驗家，而不是道德家或政治家；在創作過程中既不注重藝術概括
和提煉，也不強調藝術想像和虛構，唯一重視的是實地觀察和實驗方法，也
就是客觀描寫法。具體來說：其一，自然主義不是出於一個人或一群人的主
觀願望，它「發生於事物的永恆內核，發生於每一個作家所感到的基於自然
的必要」。因而，「自然主義意味著回到自然」，如同「科學家們決定從物體和
現象出發，以實驗爲工作的基礎，通過分析進行工作，這時候他們的手法便
意味著自然主義」一樣，在文學上也是如此：「自然主義是回到自然和人，它
是直接的觀察，精確的剖解、對存在事物的接受和描寫」，以具體代替抽象，
以分析代替公式。其二，自然主義作家「從人生的眞源來認識人」，而不憑主
觀理想去發現典型，因此自然主義作品沒有超現實的理想化人物或抽象化的
人物性格、謊言式的發明和絕對的事物，「只有眞正歷史上的眞實人物和日常
生活中的相對事物」。其三，自然主義小說是對「自然、種種存在和事物的探

討」、「想像不再具有作用」，它「不插手於對現實的增、刪，也不服從一個先入觀念的需要，從一塊整布上再成一件東西」，而「自然」（指客觀現實）就是自然主義小說的「全部需要」，必須從此開始「如實地接受自然，不從任何一點來變化它或削減它」，即原原本本地反映客觀現實的本來面目，「無須想像出一場冒險事件，把它複雜化，並給安排一系列戲劇效果，從而導致一個最後的結局，我們只須取材於生活中一個人或一群人的故事，忠實地記載他們的行為」〔註23〕。其四，自然主義小說家須接受當代實驗醫學、生理學以及遺傳與環境的科學知識，從懷疑直到實證，來理解人、解釋人，中間則經過觀察、實驗和假設等步驟，而以實驗為中心環節。也就是說，小說家是一位觀察家，同樣是一位實驗家，即觀察家「把已經觀察到的事實原樣擺出來，提出出發點，展示一個具體的環境，讓人物在那裡活動，事件在那裡發展」；接著，「實驗家出現了，並介紹一套實驗，那就是說，要在某一故事中安排若干人物的活動，從而顯示出若干事實的繼續之所以如此，乃是符合了決定論在檢驗現象時所要求的那些條件的」。例如，《貝姨》中對於洛男爵這個人物的刻劃，按照左拉的解釋，巴爾扎克所觀察到的一般事實，是一個男人的戀愛氣質在家庭中、家族中和社會中所遭到的破壞；他選好這個主題後，就從已知的事實出發，接著便進行他的實驗，「使於洛面向一系列的實驗，把他放在某些環境中，從而展示他那感情的複雜機器如何在工作」，但是巴爾扎克「並不滿足於對他所搜集的事實進行攝影，而是要直接干預，把他的人物放在某種情況之下，他自己則始終是這些情況的主人」。可見，自然主義小說「乃是小說家借助觀察而對個人作出的真正的實驗」，而在實驗的過程中即客觀描寫中並不完全排斥作家對客觀現實的直接干預。其五，自然主義小說家在實驗中，「必須修改自然，而又不違背自然」，即「實驗的觀念本身就帶有加工、修改的觀念」，但「實驗的觀念的出現完全是自發的，它的性質絕對是個人的，以它所導源的精神為依據；它是一種特殊的感情、一個它所獨有的東西，它構成每個人的創造能力、發明能力和天才」，因此「實驗方法並不是把小說家局限在狹窄範圍裡，而是使他充分發揮那做為一個思想家的智力和作為一個創造者的天才」；但是「藝術家的個人感情總是從屬於較高的真理規律和自然規律」。左拉雖然注意到作家主觀感情在創作中的作用，而且同他強調的客觀描寫有所矛盾，但他終究不滿意伯納德「說一部文學作品完全在於個人感情」

〔註23〕 左拉：《戲劇上的自然主義》，見《西方文論選》下卷。

的主觀決定論的見解，他認為「個人感情只是最初的衝動。往後一些，原已存在的自然卻會使人們感覺到它，或至少感覺到科學已暴露其祕密的那個部分，關於這一部分的自然，我們不再有任何權利去加幻想」〔註 24〕（這種見解也有片面性）。其六，自然主義的理論基礎是泰納的實證主義美學。泰納繼史達爾之後，在孔德的實證論和達爾文的進化論影響下，用自然科學規律解釋文藝現象，探討文學藝術發展規律，認為精神科學、文藝研究和自然科學在方法上是相似的，也應該持客觀態度，由事實出發，對所有的文藝流派一視同仁，從而探索並證明文學藝術發展的規律。他在《英國文學史》序言中著重以自然科學觀點闡述了他所發現的文學規律，主張文學創作和它的發展決定於「種族」（亦譯「人種」）、「環境」和「時代」三種力量：種族包含人的先天的、生理的、遺傳的因素，它是「內部的主源」；環境包含地理因素，它是「外表壓力」；時代包含文化的因素，它是「後天動量」。他認為，「在考察那作為內部主源、外部壓力和後天動量的『種族』、『環境』和『時代』時，我們不僅徹底研究了實際原因的全部，也徹底研究了可能動因的全部」。因此，在一部內容豐富的文學作品裡所找到的，「會是一種人的心理，時常也就是一個時代的心理，有時更是一種族的心理」。〔註25〕他的《藝術哲學》則是結合意大利文藝復興時期的繪畫、尼德蘭的繪畫、希臘的雕刻，進一步論證了上述規律。泰納的文學思想，特別對生理和遺傳的強調，對客觀態度的注重，為德國自然主義奠定了理論基礎。

在人類思想發展史上出現的每一種思潮，大都具有歷史的進步性和局限性，大都含有合理內核和消極成分。所以，馬克思主義者對待前人的思想成果，從不採取一概否定的形而上學態度，總是重新進行分析探討，予以批判的吸收或利用，在新的歷史或現實條件下加以改造或發展。對待文學上的自然主義也應該這樣，不加分析地籠統否定或肯定，或只抓一點不及其餘，都不是馬克思主義科學態度，對發展無產階級文學事業都是害多利少的。《蘇聯大百科全書》對文學上的自然主義採取了並非馬克思主義的科學的態度：「自然主義是資產階級文藝中的反現實主義的方法，它的實質是表面地描寫現實的個別現象，輕視藝術的概括，對所描寫的事物不作社會政治的、道德的和美學的評價。自然主義在描寫生活事件的時候只求表面上似乎眞實，對於個

〔註24〕左拉：《實驗小說》，見《西方文論選》下卷。
〔註25〕泰納：《〈英國文學史〉序言》，見《西方文論選》下卷。

別現象只作記錄式的描寫，而不表現這些現象的內在意義，不顯露本質的、典型的、合乎規律的東西。……自然主義的哲學基礎是實證主義。實證主義否認現實有客觀的法則，它把認識的作用歸納為對個別現象作表面的記錄和描寫，而把個別現象解釋為感覺的綜合。」這種對文學上自然主義的批判，雖然揭示出它的一些重要缺陷和嚴重局限，但是並不全面，不完全符合馬克思主義的實事求是的批判精神，至少對左拉文學上的自然主義尚未作出科學的評判，或輕或重地犯了簡單化、絕對化的形而上學的毛病。五四前後的茅盾對文學上自然主義的分析批判，雖然也沒有完全達到馬克思主義的認識水平，但是他能以公平的眼光、冷靜的思索，進行比較的分析評判，肯定或否定、吸取或捨棄，都是採取慎審的態度，充分顯示出他對待外國文學遺產的嚴謹而又機智作風以及敏銳認識。

以批判的態度，具體地、歷史地重新估量自然主義的價值，肯定其所長，指斥其所短。茅盾首先從舊浪漫主義與自然主義（或寫實主義）的比較中，評判其各自的優與劣。自然主義者毫不留情地反對在文學發展史上具有進步理想與想像的浪漫主義，非難浪漫派文學不合理，惟有自然派文學最合理。但是茅盾並不完全贊同自然主義者對浪漫主義的看法，他認為，若用旁觀的態度，以藝術的見解批評「寫實浪漫兩派，便見兩者各有好歹；並不是浪漫派的著作沒有壞的，也不是寫實的著作全是好的」；不過，「寫實派從思想一面攻擊浪漫派的話，實是浪漫派老大的毛病」，因為「浪漫文學大體都不替平民說話」，這是不符合「德謨克拉西思想」的。這個評判是比較公允的，並且他還提綱式地指出寫實主義和浪漫主義的不同：浪漫是注重想像，寫實是注重觀察，浪漫是主觀的文學，寫實是客觀的文學；浪漫承認有相對的美，美待人人創造，不以古人的美是極點，而寫實派不承認有美的存在，現實人生中所有的只是醜惡；浪漫主義文學專寫上等社會的生活，寫實主義文學專寫下等社會的生活。這種比較評述儘管有些提法不夠準確，但自然主義和浪漫主義的主要區別卻明確地揭示出來。茅盾還看到「寫實與浪漫各走一偏，原也不能分個究竟誰強誰弱」。這決不是折衷調和，而是比較切合實際的分析，況且他又指出寫實主義文學的弊病所在，更足以說明他的認識是可貴的。他認為，自然主義的弊病：一是「太重客觀描寫」，因為就藝術方面來看，「本來不能專重客觀，也不能專重主觀」，應該是主客觀統一，如果「專重主觀，其弊在不切實」，如果「專重客觀，其弊在枯澀而乏輕靈活潑之致」。二是「太

重批評而不加主觀的見解」，因爲就批評而論，這既是寫實主義的好處又是它的缺點，雖然它能徹底揭穿社會上的各種「黑幕」，是一種「發聲振瞶的手段」，但因在批評的過程中「不出主觀的見解」即指不出光明的路子，便使讀者感到沉憂、痛苦，終至失望。在對自然主義和浪漫主義作了具體評判的前提下，茅盾作了肯定性的預言：「浪漫文學所本有的思想自由，勇於創造的精神，到萬世之後，尚具有價值，永爲文學進化之原素」；「寫實文學中所包有的批評精神和平民化的精神，我也敢決言永爲文學中添出新氣象的」。〔註26〕中國的新文學發展，證明了茅盾的見解是比較穩妥的正確的。

其次，從新浪漫主義與自然主義（或寫實主義）的比較中，對自然主義作了進一步評判。他明確地指出：「文學上的自然主義極盛於 19 世紀末 20 年，正和科學的唯物主義並行，又是對於浪漫主義文學末流的反動，在文學思潮進化史中自然有相當的貢獻，但決不能靠他去創造最高格的文學」。這是因爲：「觀察和想像是文學的兩大原則，自然派文學只重觀察」，而輕視想像，惟有新浪漫主義才能糾正這個偏失；「分析和綜合是表現人生的兩種不同的方法」，但是自然派只用分析的方法去觀察人生表現人生，惟有新浪漫主義才能綜合地表現人生。〔註27〕因此，茅盾當時認爲將來最理想的文學是「新浪漫主義」（其實他對新浪漫主義的看法是有片面性的，後來有了新的認識，才對它作出正確評價）。

再次，茅盾在《「左拉主義」的危險性》一文中，對自然主義的評判較前更正確一些，它不是面面俱到，而是抓住要害，予以評點。他指出「自然主義的眞精神是科學的描寫法」，即「見什麼寫什麼，不想在醜惡的東西上面加套子，這是他們的共同的精神」，這點精神「有永恆的價值」，「至少也是文學者的 ABC，走遠路人的一雙腳」；即使「左拉那種『專在人間看出獸性』的偏見，似乎是他個人所處的特殊環境的結果，設若我們的根本的觀念不同，即使想勉強『效顰』，未必竟能像他那樣能夠從處處視出獸性來」，「至於左拉的偏見是什麼，毫不相干」（如左拉的人生觀等）。這種分析雖然不能說完全符合馬克思主義的批判精神，但至少表現出茅盾對自然主義能採取兩點論，力避形而上學的絕對化。

〔註26〕《文學上的古典主義浪漫主義和寫實主義》，1920 年 8 月《學生雜誌》第 7 卷第 9 期。

〔註27〕《爲新文學研究者進一解》，1921《改造》第 3 卷第 1 號。

　　由於茅盾對自然主義能夠採取分析批判的態度，這就為他從實際出發，汲取自然主義的有益養分，為我所需，提供了良好的基礎。五四前後，茅盾廣泛地接觸了西歐的各種文藝思潮，但他對每一種文藝思潮卻不是生吞活剝，兼收並蓄，總是以批判的眼力，進行冷靜的嚴肅的選擇，取其所長，避其所短，為創造新文學而用。因此，他積極介紹或提倡自然主義，並沒有號召人們學習自然主義的一切，更不是勸人們拜倒在自然主義文學腳下，而主要啟發人們接受自然主義的有價值的部分。綜合起來看，有這樣幾點是他當時所著重強調汲取和借鑒的：

　　第一，汲取了自然主義的理論基礎——泰納藝術哲學中的樸素唯物主義美學觀點，探討了文學與人生的關係。由於泰納沒有從社會經濟基礎、社會階級關係，而只是以自然科學觀點和實證論方法，來考察了文學藝術發展規律，因此不可能接觸到問題的本質。茅盾雖然也受到泰納美學思想中的消極成分的影響，但他主要接受其樸素的唯物主義成分，使其在對文學與人生問題的探討上，表現了帶有明顯階級論色彩的美學觀。「『文學是人生的反映』，人們忘掉生活，文學就把那種種反映出來。譬如人生是個杯子，文學就是杯子在鏡子裡的影子。」這雖然不符合辯證唯物主義的反映論，然而卻含有樸素的唯物主義美學因素，特別他作出了「文學的背景是社會」的結論，進一步說明了文學反映的人生是社會的人生，並非生物學觀點所認為的那種純自然屬性的人生。尤其可貴的是，茅盾這時已指出文學反映的人生社會是劃分階級的，有貴族階級，也有平民階級，城鄉勞動者階級和第四階級，文學主要應表現絕大多數的被侮辱、被損害的不幸的人生。這在一定程度上揭示了文學與人生的本質關係，說明新文學首先源於社會的有階級對立的人生。茅盾還認為，「講文學與人生的關係，單是說明『社會的』，還是不夠的」，而且應該探究文學同人種、環境、時代以及作者人格之間的關係，這顯然是受了泰納的文學創作及其發展是由種族、環境、時代三種力量決定的觀點的影響。不過，他沒有把「種族」當成文學的「內部主源」、把「環境」當成文學的「外部壓力」、把「時代」當成文學的「後天動量」，將它們的作用強調到不適當的程度。茅盾著重指出文學同它們之間的關係較緊密，它們也是人生的組成部分，不論文學創作，或者是文學的發展，都要受到它們的影響。他不僅看到了「人種的不同，文學的情調也不同，那一種人，有那一種的文學」，而且也看到了「環境在文學上影響非常厲害」，說明「一個時代有一個環境，就有

那時代環境下的文學」；他不僅指出了「各時代的作家所以各有不同的面目，是時代精神的緣故；同一時代的作家所以必有共同一致的傾向，也是時代精神的緣故」，而且也指出了作者的人格對文學的影響也「甚重要」，「革命的人，一定做革命的文學」。〔註28〕這些看法是符合唯物主義的，他儘管沒有以明確的階級觀點解釋「人種」、「環境」、「時代」這些概念，但比起泰納的文藝觀來，對這些問題的認識，茅盾的看法中社會的階級的色彩要鮮明得多。泰納所說的種族生活於其中的「環境」主要指自然環境，如地理、氣候等，而他所強調的地理因素，根本無法說明同一種族的文學藝術在不變的土壤、氣候等條件下所產生的不同的變革和發展；但是茅盾所強調的「環境」主要是社會環境，而這個社會環境「不是專限於物質的，當時的思想潮流，政治狀況，風俗習慣，都是那個時代的環境，著作家處處暗中受著他的環境的影響，決不能脫離環境而獨立」。泰納所理解的「時代」比較籠統抽象，反映不出革命階級的力量和階級鬥爭的發展趨勢，看不出什麼先進的時代精神；但茅盾所闡述的時代，主要指「時代精神」，而這種「時代精神支配著政治、哲學、文學、美術等等，猶影之與形」。〔註29〕中國當時處於一個「亂世」時代，反帝反封建的革命民主主義精神則是時代精神，而反映這種時代精神的創作應該是「怨以怒」的文學。〔註30〕這說明茅盾爲人生的文學思想，批判地吸收了泰納實證主義文學論的合理成分，並且有所發展和突破。

第二，汲取了左拉自然主義的科學精神，提出了文學藝術的最大目標是「眞」。這在瞞與騙的虛假文學充斥當時文壇的情勢下，確實是破石驚天之音。茅盾認爲，科學的精神重在求眞，故文藝也應該以求眞爲唯一目的。〔註31〕左拉完全把科學家和文學家等同起來，完全把科學家的實驗方法硬搬進文學創作領域，不免陷入機械唯物論；茅盾著重接受了自然主義的從眞實的事實出發去「尋求眞理」〔註32〕的精神，要求作家應該有嚴格的科學態度，像科學家那樣實事求是地去觀察人生、研究人生、反映人生，心裡怎樣想，口裡就怎樣說，老老實實，不可欺人。〔註33〕雖然他把「求眞」提到文學藝術的最高目標和唯

〔註28〕 《文學與人生》，1923 年出版的松江暑期演講會《學術演講錄》第 1 期。
〔註29〕 同上註。
〔註30〕 《社會背景與創作》，1921 年 7 月《小說月報》第 12 卷第 7 號。
〔註31〕 《文學與人生》，1923 年出版的松江暑期演講會《學術演講錄》第 1 期。
〔註32〕 左拉：《實驗小說》，見《西方文論選》下卷。
〔註33〕 《文學與人生》，1923 年出版的松江暑期演講會《學術演講錄》第 1 期。

一目的的高度來認識，不免有點強調過分之嫌，但是也反映出他已認識到「眞實」在文藝審美活動中的重要地位。他不僅指出文學要表現全體人生的眞的普遍性，而且也要表現各個人生的眞的特殊性，只有文學達到普遍的眞和特殊的眞的高度結合，才會「美」才算「善」；而這種文學的普遍的眞和特殊的眞，正是宇宙萬物莫有絕對相同的〔註 34〕的客觀物質世界的眞實反映。具體來說，茅盾所講的「眞」，首先是指文學作品是現實社會人生的眞實反映，它的內容必須具備客觀實在性，即「實在人生的寫眞」。〔註 35〕強調這一點非常重要，因爲沒有社會人生的客觀實在性，就沒有文學藝術的物質基礎，也就沒有成功的文學藝術。別林斯基曾指出：「客觀性是詩的條件，沒有客觀性就沒有詩；沒有客觀性，一切作品無論怎樣美，都會有死亡的萌芽。」〔註 36〕可見，文學藝術的第一性「眞實」，是客觀實在的眞實，而藝術內容的客觀實在眞實，正是來源於客觀事物本身固有的眞實。因此，他反覆要求致力於新文學的作家，必須接觸社會，經驗人生，努力求眞，堅決反對禮拜六派的虛假文學和中國舊文學的「大團圓」主義。〔註 37〕其次是指作家反映到作品裡的主觀感情的眞實，也就是作家對自己所表現的社會人生，必須傾注眞情實感。茅盾認爲，這種感情不僅要「眞摯」，而且這種「思想和感情一定確是屬於民眾，屬於全人類的，而不是作者個人的」，惟有這樣的文學才是「眞的文學」。〔註 38〕這裡值得提出研究的問題是：有人認爲自然主義者都反對文學作品表現主觀感情，只是強調反映現實人生的純客觀眞實。其實，這種理解並不全面。最徹底的自然主義者霍普德曼的主張的是這樣的。他說「藝術品所呈現的狀態應該完全和事實吻合，不要說不能滲雜一些主觀，連剪也不能。凡是人生中所有的動作不論其怎樣冗雜瑣細，毫無意味，也當一一再現於文學作品中」。〔註 39〕這是純粹的客觀主義；但是左拉的自然主義對此是有矛盾的，有時主要強調純客觀描寫，有時也不完全排斥作者的主觀情緒。他雖然不同意說一部文學作品完全在於個人的感情，但他也不贊成把文藝作品當成

〔註 34〕 《自然主義與中國現代小說》，1922 年 7 月《小說月報》第 13 卷第 7 號。
〔註 35〕 同上註。
〔註 36〕 《別林斯基全集》第 2 卷，第 419 頁。
〔註 37〕 《文學與人生》，1923 年出版的松江暑期演講會《學術演講錄》第 1 期。
〔註 38〕 《文學和人的關係及中國古來對於文學者身份的誤認》，1921 年 2 月《小說月報》第 12 卷第 2 號。
〔註 39〕 希眞：《霍普德曼傳》，1926 年 6 月《小說月報》第 13 卷第 6 號。

客觀世界的純客觀的照錄，不僅指出可以「修改自然」，而且認為個人的感情
是文學創作的最初的衝動，藝術家的這種個人感情總是要從屬於較高的眞理
規律和自然規律的。〔註 40〕茅盾接受了左拉自然主義眞實論的影響，因此在
強調文學作品內容的客觀眞實的同時，也注意到它的主觀眞實（偶而也有矛
盾）。正因如此，所以他極力反對當時名士派的虛情假意的文學，指斥他們作
品裡的思想全是些遊戲玩世的思想，全是些名士的風流牢騷，統統是假的；
主張新文學必須具有普遍眞的感情，「一定是全人類共有的眞情感的一部分，
一定能和人共鳴，決不像名士派之一味無病呻吟相比」。只有這種眞的文學，
才於社會有價值，才能盡到「文學的最大功用」。〔註41〕當然，這時茅盾對文
學眞實性的認識，雖然吸收了左拉自然主義文藝觀的合理成分，但也受到一
些消極因素影響，因此他未達到辯證唯物論的美學觀的眞實論高度。

　　第三，汲取了左拉自然主義的注重實地觀察的唯物主義的崇實思想，這
同自然主義的嚴格求眞的科學態度緊緊聯繫在一起。茅盾認為「實地觀察」
是自然主義者的共同主張，是我們所應當引為的指南，是自然主義帶來的兩
種法寶之一。左拉主張小說家應該是個觀察家，〔註42〕其小說所反映的主題、
人物，描寫的環境、事件，都必須源於被觀察過的客觀現實生活；不實地觀
察，作家就不能如實地描寫客觀世界的眞實存在。茅盾主要接受了自然主義
的崇尚實際的躬身觀察的精神，他並不贊同自然主義者用生物學的觀點來觀
察一切社會現象，把「人」看成只有動物的本能、消極地被環境和遺傳決定
著的動物；更不同意自然主義所認為的「社會環境是一群活著的人所造成的
結果，而這一群活著的人絕對地服從物理的和化學的規律，這些規律對於活
著的人一如對於沒有生命的物體同樣是起作用」〔註 43〕的物質機械的命定
論。他當時主張文藝創作應該在革命民主主義思想（德謨克拉西精神）指導
下，先「用科學的眼光去體察人生的各方面，尋出一個確是存在而大家不覺
得的罅漏」，再「用科學方法整理、佈局和和描寫」，最後「根據科學（廣義）
的原理，做這篇文字的背景」。這裡，有些表述雖然不十分清楚，但根據同文
他對「新潮派」幾篇小說的評價可以看出，他所說的「科學眼光」，主要指唯

〔註40〕左拉：《實驗小說》，見《西方文論選》下卷。
〔註41〕《什麼是文學》，1924 年出版的松江暑假講演會《學術演講錄》第 2 期。
〔註42〕左拉：《實驗小說》，見《西方文論選》下卷。
〔註43〕王道乾譯：《左拉》，1955 年平明出版社版，第 59 頁。

物主義態度；所謂的「科學方法」，主要指遵循客觀現實生活本身的規律；他所說的「科學原理」，主要指符合眞理的「哲意」。〔註44〕尤其可貴的是，他能根據實地觀察的要求，號召作家到民間去，去親身經驗，只有這樣才能創造出眞正的中國的自然主義文學來。〔註45〕當時一些新文學作品描寫農村勞動者生活的，與勞動者的實際生活相差很遠，描寫第四階級生活的，弄得非驢非馬，主要因爲作者「不曾實地觀察」，對勞動者生活不熟悉，在心理上「很隔膜」。〔註46〕這說明茅盾所強調的「實地觀察」，在很大程度上突破了自然主義的純客觀主義態度的局限，突破了自然主義在觀察中注重追求一些表面的局部的眞實而忽視社會生活中眞正本質的東西的局限。他在批判吳宓對寫實小說的誹謗時指出：「寫實派作家所謂『實地觀察』本來就不是定取實事做小說材料的意思，中國提倡寫實主義的人，似亦未曾主張過」，「我以爲中國不能有好的寫實小說出世，實因這些『小說匠』（主要指禮拜六派的小說家）以假亂眞所致」。〔註47〕在茅盾看來，眞正在觀察中捨棄典型的、本質的東西而專取一些平庸瑣碎的、低級醜惡的「事實」作小說材料的，不是寫實派小說家，而是那些禮拜六派的小說匠，這說明他對「實地觀察」的認識已接近或達到現實主義高度。特別他強調作家在實地觀察中，要像藍煞羅一樣，定了眼睛對黑暗的現實看，對殺人的慘景看；必須有鋼一般的硬心，去接觸現代社會的罪惡；「要以我們那幾乎不合理的自信力，去到現代的罪惡裡看出現代的偉大來」，堅決「詛咒一切命運論的文學」。〔註48〕這種敢於正視罪惡的現實並從罪惡的現實中看出「偉大」來的觀察態度，已完全擺脫了自然主義的機械的定命論的影響。

第四，汲取了自然主義的科學描寫法，主張新文學必須注重客觀描寫。茅盾曾不止一次地申明：「我們要從自然主義學的，並不是定命論等等，乃是他們的客觀描寫與實地觀察。自然主義者帶了這兩件法寶——客觀描寫與實地觀察——在西方大都市裡找求小說材料，所得的結果是受人詬病的定命論

〔註44〕 《對於系統的經濟的介紹西洋文學的意見》，1920 年 2 月《時事新報》副刊《學燈》。
〔註45〕 《評四五六月的創作》，1921 年 8 月《小說月報》第 12 卷第 8 號。
〔註46〕 《自然主義與中國現代小說》，1922 年 7 月《小說月報》第 13 卷第 7 號。
〔註47〕 《「寫實小說的流弊」？》，1921 年 11 月《時事新報》附刊《文學旬刊》第 57 期。
〔註48〕 《樂觀的文學》，1922 年 12 月《時事新報》附刊《文學旬刊》第 57 期。

等不健全思想。但是如今我們用了這兩件工具在中國社會裡找小說材料，恐未必所得定與西方自然主義者找得的相同罷。」〔註49〕這進一步說明他當時提醒人們所學習的，「並不是人生觀的自然主義」，而是「自然派技術上的長處」。〔註50〕必須看到，茅盾所說的科學描寫法或客觀描寫，是同左拉鼓吹的實驗方法一脈相承的。具體表現在創作過程中，「實地觀察」是一部作品構成的基礎和前提，而實驗的方法則是這部作品能夠真實地按照「真理規律和自然規律」，原原本本地反映「自然和人」的中心環節和唯一方法。〔註51〕茅盾排除了左拉實驗方法中機械定命論的思想，完全把它作為一種「寫真的器具」〔註52〕接受過來，針對著中國文學的弊病，力倡客觀描寫的科學方法。所謂「客觀的描寫」，別林斯基認為，「詩人所創造的一切人物形象對於他應該是一種完全外在於他的對象，作者的任務就在於把這個對象表現得盡可能地忠實，和它一致，這叫做客觀的描寫」；〔註53〕也就是「按照生活的全部真實性和赤裸裸的面貌來再現現實，忠於生活的一切細節」，它「所要求的不是生活的理想而是生活的本身，按照它本來的樣子」。〔註54〕這同左拉所說的「自然主義小說不插手於對現實的增、刪，也不服從一個先入觀念的需要」，「必須如實地接受自然，不從任何一點來變化它或削弱它」〔註55〕的觀點，並沒有根本區別，基本上是一致的。茅盾所主張的客觀描寫，雖然也強調過「絲毫不摻入主觀的心理」，照實地描寫人生，老老實實地把社會實有的人生摹寫出來，〔註56〕這未免帶一點客觀主義傾向；但是他並不完全同意自然主義者的「人生的主體實是黑暗的野蠻的」，「人在靈肉兩方面都是脆弱的、個人絕對的不能反抗環境」，必須如實地描寫「下流人的酗酒、犯罪、獸欲」〔註57〕實況的客觀描寫。他認為人生既有黑暗也有光明，既有野蠻也有文明，人性中既有美點也有劣點，現實社會既有罪惡也有偉大。因而，他對新文學的客觀描寫提出了新的要求：

〔註49〕　《自然主義與中國現代小說》，1922年7月《小說月報》第13卷第7號。
〔註50〕　《自然主義的懷疑與解答》，1922年6月《小說月報》第13卷第6號。
〔註51〕　左拉：《實驗小說》，見《西方文論選》下卷。
〔註52〕　《自然主義與中國現代小說》，1922年7月《小說月報》第13卷第7號。
〔註53〕　《別林斯基全集》第3卷，第419頁。
〔註54〕　別林斯基：《論俄國中篇小說》。
〔註55〕　左拉：《戲劇上的自然主義》，見《西方文論選》下卷。
〔註56〕　《人物研究》，1925年3月《小說月報》第16卷第3號。
〔註57〕　希真：《霍普德曼的自然主義作品》，1922年6月《小說月報》第13卷第6號。

作家必須從觀察的客觀事實出發，忠實地全面地描寫客觀存在，但這種眞實的客觀描寫並不完全是照錄生活實況，而必須「合情合理」地分析人生、描寫人生，反映人生的本來樣子。他既反對禮拜六派小說家那種專記敘人物的許多連續動作的「記帳式」的描寫法——只會一筆不漏地抄錄平庸、瑣碎、卑陋的日常生活，它不是什麼藝術創作，是「記帳」似的生活報告，是一些「粗製的流水帳式的事實的集合物」；〔註 58〕同時也反對黑幕派小說匠那種專門「死抄實境」的一味披露陰私的實錄黑幕的誨淫誨盜的小說。實質上，禮拜六派和黑幕派這種描寫法才是眞正地吮吸了自然主義的糟粕，並把自然主義的客觀描寫發展到惡性的極端。而茅盾所力倡的客觀描寫，卻接近或達到了現實主義的要求，即：現實主義「對於人類和人類生活的各種情況，作眞實的赤裸裸地描寫」，〔註 59〕「一方面認爲它的描寫對象是本來面目的生活本身，另一方面認爲現實主義藝術家並不是一個奴隸似的攝影師和『自然主義者』，他可說是用刪除、抹掉一系列不需要的細節的方法，突出現實中的典型特徵，對這個現實進行加工」。〔註 60〕可見，茅盾雖然擇取了自然主義的客觀描寫，但他並未停留在自然主義的水平上，而是向新的創作方法探求。

總之，茅盾對左拉的自然主義採取了冷靜的分析態度，認爲「物質的機械的命運論僅僅是自然派作品裡所含的一種思想，決不能代表全體，尤不能謂即是自然主義。自然主義是一回事，自然派作品內所含的思想又是一回事，不能相混。採用自然主義的描寫方法並非即是採用物質的機械的命運論」。〔註 61〕這種比較科學的思想方法，致使他的文學觀在接受了自然主義合理成分的基礎上，很自然地昇華到現實主義高度（儘管對他來說並不完全是自覺的）。

三

由於茅盾五四前後能夠結合中國革命的歷史特點和新文學發展的現狀，以公平的批判的眼光吸取西方各種文藝思潮（古典主義、浪漫主義、自然主義或寫實主義、象徵主義和新浪漫主義），尤其是自然主義（吸來的雖有消極的東西，但合理成分居多），因此形成了他的獨具特色的新的現實主義：其一，

〔註 58〕 《雜談》，1923 年 2 月《時事新報》附刊《文學旬刊》第 65 期。
〔註 59〕 高爾基：《我怎樣學習寫作》，第 11 頁。
〔註 60〕 盧那察爾斯基：《論社會主義現實主義》，見於永昌譯《蘇聯作家論社會主義現實主義》。
〔註 61〕 《自然主義與中國現代小說》，1922 年 7 月《小說月報》第 13 卷第 7 號。

否定與肯定相結合。如果說當時魯迅的現實主義主要具有徹底否定封建制度、禮教、傳統、意識的特點的話，那麼茅盾的現實主義一開始便顯示了否定與肯定相結合的特點。它不僅要求新文學徹底揭露舊社會的黑暗和封建傳統的罪惡，應給「惡社會的腐敗根極力抨擊」，〔註62〕而且還指出反映社會人生的文學「必然含有對於當時時代罪惡反抗的意思和對於未來光明的信仰」，即「隱隱指出：未來的希望，把新理想新信仰灌到人心中，這便是當今創作家最重大的職務」。〔註63〕正因為他認識到真實地反映人生的文學必須有「理想做個骨子」，〔註64〕故號召作家在暴露現代社會的罪惡裡應開掘出潛藏的「偉大」來，在抨擊舊社會的黑暗中要指出光明來。這說明，在茅盾看來，現實主義對現實社會的真實反映，不僅要徹底否定罪惡社會的「腐敗根」，而且要肯定光明，展示理想，必須將二者有機地結合起來。這樣，新文學才能做到綜合地全面地表現人生，才能「擔當喚醒民眾而給他們力量的重大責任」。〔註65〕由此出發，他主張文學家不但要鞭撻民族性的劣點，更重要的是挖掘民族性的美點，在文學作品裡「把他發揮光大起來，是該民族義不容辭的神聖的責任」。〔註66〕可見，茅盾的新現實主義不同於西方批判現實主義而具有中國社會和時代的鮮明特色。

其二，觀察與想像相結合。茅盾認為觀察和想像是新文學的兩大原則，但是自然主義只重視觀察而輕視想像（這裡的「想像」亦含理想的意思），這不能不說是個嚴重的缺陷。因此，他在吸收了自然派的實地觀察的唯物思想的同時，又採納了浪漫派的主觀想像，把觀察與想像結合起來，作為他的新現實主義創作方法的兩個相互聯繫的重要環節。正是他指出的，創作文學時必不可缺的是觀察的能力與想像的能力，而兩者偏一不可，〔註67〕必須把它們統一起來。這一特點是受否定與肯定相結合特點決定並為其服務的。因為茅盾主張新文學反映人生必須在徹底否定舊社會罪惡的同時，必須肯定光明的未來，這樣作家必須具有觀察與想像兩種能力。只有具備深刻的觀察能力，

〔註62〕《我們現在可以提倡表象主義的文學麼？》，1920 年 2 月《小說月報》第 11 卷第 2 號。
〔註63〕《創作的前途》，1921 年 7 月《小說月報》第 12 卷第 7 號。
〔註64〕《文學上的古典主義浪漫主義和寫實主義》，1920 年 8 月《學生雜誌》第 7 卷第 9 期。
〔註65〕《「大轉變時期」何時來呢？》，1923 年 12 月《文學週報》第 103 期。
〔註66〕《新文學研究者的責任與努力》，1921 年 2 月《小說月報》第 12 卷第 2 號。
〔註67〕同上註。

才能認清現實的罪惡及其根源，為徹底否定提供條件，如果觀察不深，認識不透，就不可能對罪惡的社會進行徹底否定；要在徹底否定的前提下肯定光明的未來，只有觀察能力還是不夠的，必須充分發揮想像能力，由此及彼，由表及裡，從現實生活自身的邏輯預示生活的新動向，從社會發展規律想像出歷史的趨向，預見光明的未來。

其三，分析與綜合相結合。所謂分析，就是以解剖的手段剖析人生的假惡醜，是一種片面的認識人生、反映人生的手段；所謂綜合，就是全面地認識人生反映人生的手段。因此茅盾認為，分析和綜合是文學表現人生的兩種必不可少的方法。如果像自然派那樣只用分析的方法去觀察、表現人生，以致所見的都是人生現實的罪惡，其結果使人失望與愁悶。〔註 68〕因此，他從新浪漫主義那裡接受了綜合表現人生的藝術手法，將分析與綜合結合起來，以作為新現實主義的兩個重要手段。因為在他看來，現實社會人生，無論怎樣缺點多，但是綜合以觀，終究有真善美隱伏在罪惡下面，〔註 69〕也就是說世間萬象、人類生活，莫不有善的一面與惡的一面，真善美與假惡醜對立統一而存在著。若文學創作只崇尚分析的表現法，不是偏在真善美一面，就是偏在假惡醜一面，而自然派文學則偏在假惡醜一面。文學如果只表現假惡醜，誠然有一定的認識作用和藝術價值，但只是反映了人生的一方面，到底算不得完整無缺地忠實地表現人生。〔註 70〕只有分析與綜合兩種手段結合運用，才能全面正確地表現人生，才能按照生活實際存在的樣子更真實更理想地反映現實。這一特點同第一個特點也是緊密聯繫在一起的，它是由第一個特點派生並為其效力的。

總之，茅盾新現實主義的特點，是由五四前後那個光明與黑暗、改革與保守、前進與倒退正在交戰的大動盪時代決定的，它標誌著現實主義歷史上的一個重大進步。

茅盾當時對自然主義所採取的分析批判態度，從總體上看畢竟尚未達到辯證唯物主義和歷史唯物主義的水平，因此不能不表現出一些認識上的矛盾性和局限性。歸結起來，主要表現在：（一）剛開始對自然主義的態度是既主張提倡又反對提倡，後來經過自然主義問題論爭，又積極贊同提倡，甚至把

〔註 68〕《為新文學研究者進一解》，1921《改造》第 3 卷第 1 號。
〔註 69〕同上註。
〔註 70〕《新文學研究者的責任與努力》，1921 年 2 月《小說月報》第 12 卷第 2 號。

它看成創造爲人生文學和醫治中國文學痼疾的最好的創作方法；一開始對自然主義的缺陷看得多一些，認識清醒一些，後來看得少一些，甚至對某些缺欠還作了些辯解。（二）不論是泰納的美學觀或者左拉自然主義文藝觀，總是局限於實證論、實驗醫學、遺傳學等框框裡，尚未接觸到社會的階級關係、階級鬥爭及其發展方向與革命理想，只囿於自然科學觀點和實驗觀點來探討一些文學藝術問題，雖然有些可取的見解，但對文學的本質及其發展的根本原因等問題是解釋不清的。如對文學的主要描寫對象「人」的本質認識，自然主義不是從人的社會關係、社會的複雜結構去認識人描寫人，往往從人的最原始的生理因素和關係中去認識人描寫人，主張回到自然和人，不是以階級觀點來挖掘人的社會本質，而是以遺傳規律來證明人的自然本能和生理因素決定人的情感欲望和社會道德及罪惡，對此茅盾儘管有所指斥，卻不能以鮮明的階級觀點進行分析。（三）對產生於 19 世紀的自然主義和寫實主義（批判現實主義）基本上視爲一物，只看清了它們在眞實性、客觀描寫、實地觀察等方面的共同點和一致性，而不能完全自覺地從理論上認準它們的分歧點，儘管有時也意識到它們之間有些微差別，但綜合以觀並未把兩者進行比較分析，始終把自然主義和寫實主義混在一起。比如關於細節描寫的眞實性問題，自然主義和寫實主義都很重視，都很強調，但它們在細節問題上的分歧也很清楚：寫實主義文學的細節描寫始終是作品整體描寫的一個有機組成部分，是爲整體描寫服務的，是爲了藝術地渲染出整體的眞實，並不特別顯示它的獨立意義；而自然主義文學的細節描寫卻具有頭等重要的意義，羅列生活細節和照錄生活細節成爲自然主義眞實性的主要標誌。再如，寫實主義和自然主義都強調文學的客觀性，都重視客觀事實，都認爲文學的眞實性來源於現實生活；但是寫實主義並不認爲生活事實完全等於生活的眞實，也不認爲藝術的眞實就是照錄生活事實，而是強調藝術提煉、藝術概括；自然主義往往認爲生活事實是客觀存在的事物，是眞實的事物，只有如實地描寫出來，作品就有了眞實性，作家不必對生活進行刪減，更不需要藝術概括和虛構。對這些分歧，茅盾雖然認識得不十分清楚，但是他也未完全接受自然主義在眞實性問題上的一些缺欠。此外，他對於文學與人種、環境、時代的關係的理解，只注意到三者對文學的直接影響，但沒有看到文學對它們的反映是能動的不是被動的；他只強調「人生是個杯子，文學就是杯子在鏡子裡的影子」，但沒有進一步指出文學反映人生並非被動地照鏡子。由於對自然主義

認識上的局限，不免給他前期的文藝思想的某些觀點帶來機械論的色彩，或者殘留著自然主義的消極影響。

　　儘管如此，但從總體上看，還是分析地批判地吸收文學上的自然主義，豐富和充實了他的新現實主義的內容，使其放射出耀目的思想光輝。

　　從對茅盾與文學上自然主義關係的初探中，不難發現一個帶有規律性的問題：在現今世界上，一個民族文學的繁榮昌盛，或者在破舊的基石上重新創建新文學，都離不開批判地借鑒其他民族的優秀文學。茅盾在五四前後，為創建中國現代新文學並使之進入世界文學之林，同文學革命先驅們一道積極地譯介西方各種文學流派，特別對自然主義在某些時候尤為注重，表現了宏偉的氣魄和冷靜的批判精神，作出了獨特的貢獻，這是值得我們認眞研究和重視的。

1982.6.15

茅盾前期的新小說觀

　　小說藝術作爲一種獨立的文體，早已出現於中國文學發展的長河裡，但封建社會一直把它當成不能登大雅之堂的「閒書」，長期被剝奪了在文學史上的「正宗」地位；具有劃時代意義的五四文學革命，徹底推翻了傳統的封建文學，並開始創建富有新的時代特色的現代文學的高樓大廈，從此小說藝術獲得了新的生命和新的價值。不僅文體本身發生了巨大變革，而且小說創作得到了欣欣向榮的發展，且以新的風貌踏上高尚的文學寶殿，已成爲現代文學大廈的主體。五四前後，魯迅著重通過創作實踐，爲現代新小說的革新作出了巨大貢獻，提供了極爲豐富的小說藝術經驗；茅盾著重於新小說理論的探討，通過評價外國現代小說或評論我國文壇的新人新作或批評舊小說等文學實踐活動，形成了具有系統理論色彩的新小說藝術觀。

　　茅盾早就指出五四文學革命誕生的新小說不能僅僅看成是「白話小說」，因爲以「白話」做成的小說不完全是「新小說」；實際上，他是在與「舊式章回體小說」、「不分章回的舊式小說」、「中西混合的舊式小說」（主要是鴛鴦蝴蝶派小說）等比較研究中，對小說的創作目的、思想內容、人物性格、結構形態、創作手法諸方面作了深入的理論探討，從而顯示出他的小說藝術觀的新特徵。

一

　　歷史唯物主義的美學論，並非把藝術的本身看成是藝術的全部目的，藝術所包含的美的價值僅僅是其一種目的，更爲重要的是社會功利目的和社會實用價值。茅盾一踏進文學藝術領域便深曉此理，反覆強調文藝的社會功利

作用。他正是遵循文藝的社會功利律，首先從創作態度上徹底劃清了中國現代的新舊派小說的根本區別。他說：「我們要在現代小說中指出何者是新何者是舊，唯一的方法就是在看作者對於文學所抱的態度；舊派把文學看成消遣品，看作遊戲之事，看作載道之器，或竟看作牟利的商品，新派以為文學是表現人生的，訴通人與人之間的感情，擴大人們的同情的。」〔註1〕對文學所抱的何種「態度」集中體現了一個作家對文藝社會功利目的認識正確與否和深刻與否。茅盾所要求的新小說的功利價值，非是個人的狹隘的功利觀念，而是崇高的為社會人生的為廣大民眾的乃至全人類的功利目的。他所希求小說藝術表現的人生，決不是一人一家的人生，乃是一社會一民族的人生；〔註2〕他所希求訴通的感情，決不止是為了表現自我內心的衝動，而是為著溝通人類感情；他所希求擴大的同情，決沒有一毫私心，而這種同情感「一定確是屬於民眾的，屬於人類的」。〔註3〕這種功利目的，雖然缺乏鮮明的階級性，但同當時舊小說的反動功利論和「超功利論」來比，卻具有強烈的戰鬥性，革命性和明顯的進步性。

茅盾在五四前後的新文壇上，力倡和堅持新小說的功利目的，是符合時代的要求和民眾的願望，是同現代的舊派小說的「文以載道」觀和「遊戲」觀針鋒相對的。「載道」的舊小說雖然也主張「有為而作」，強調功利目的，但它並非為著改造社會人生，為了溝通人類的共同感情，而是「替古哲聖賢宣傳大道」，「替聖君賢相歌功頌德」、「替善男惡女認明果報不爽」。〔註4〕從這一反動功利目的出發，中了毒的中國小說家拋去了真正的人生不去觀察不去描寫，「只把聖經賢傳上朽腐了的格言作為全篇的『柱意』，憑空去想像出些人事，去附會他『因文以見道』的大作」。〔註5〕這說明「載道」派的小說違背了文學是生活反映的根本規律，「把真實的文學棄去」，〔註6〕只將小說作為封建宗法制度和思想的傳聲筒，當成給帝王將相塗脂抹粉的裝飾品，作為宣傳封建迷信思想的留聲機。它雖然並不「非功利」，然而這種功利目的只能

〔註1〕 《自然主義與中國現代小說》，1922年7月《小說月報》第13卷第7號。
〔註2〕 《現代文學家的責任是什麼？》，1920年1月《東方雜誌》第17卷第1期。
〔註3〕 《文學和人的關係及中國古來對於文學者身份的誤認》，1921年1月《小說月報》第12卷第1號。
〔註4〕 同上註。
〔註5〕 《自然主義與中國現代小說》，1922年7月《小說月報》第13卷第7號。
〔註6〕 《什麼是文學》，松江暑期演講會《學術演講錄》第2期。

起到維護封建舊秩序、鞏固封建統治、麻痺人民鬥爭意志、毒化社會人生、阻礙歷史前進的反動作用。如果說中國古典的「載道」派小說的社會功能並不完全是反動的，尚有一部分小說具有一定的進步作用，那麼五四前後氾濫於文壇的現代「載道」派小說，基本同五四時代的反帝反封建精神背道而馳，其反動的功利作用是顯而易見的。茅盾不僅深刻尖銳地痛斥了「載道」派小說所抱的反動功利的態度，而且對名士派、唯美派的「遊戲」態度或「超功利」態度也進行嚴肅的全面的批判。名士派的文人把小說當作遊戲或消愁遣悶的玩意，「以為是不關人生的色彩飾物」。在他們看來，人生作事都沒有什麼意義，一味地崇高風流落磊，專從空想，不務實際，信奉虛無主義，一切都帶上遊戲滑稽的色彩；反映在小說裡的思想幾乎「全是些遊戲玩世的思想」，比如描寫男女戀愛原是極嚴肅的事情，可到他們筆下便成了「浪子的風流」，既不正經又遊戲玩笑，視戀愛與花酒一樣，不過逢場作戲尋開心而已。在這種遊戲小說觀的指導下，人類的一切行為反映在作品裡無不變成了灰色：「奮鬥以求改善生活，是可敬的行為，然而名士譏之為『俗』；謹慎小心，動必以禮，也是可敬的行為，然而名士譏以為『迂』；哀憐被損害與被侮辱者，原是人類最高貴的同情，然而名士卻笑為『婦人之仁』。」茅盾認為「文學的最大功用，在充實人生的空虛，而名士派的文學作品，叫人看了只覺得人生是空虛的」，這樣的小說對人類社會毫無益處，只可供給「一班廢物去玩賞，與全社會的健康分子是沒有關係的」，〔註7〕當時氾濫成災的禮拜六派的小說大部分是這種遊戲消閒的物品。所謂唯美派，不過是名士派的變種，他們痛罵小說的社會傾向「是功利主義，是文學的商品化」，崇拜「無用的美」，鼓吹「為藝術而藝術」，「滿口自然美，滿口唯美主義，其實連何謂美，何謂藝術，都不甚明瞭」。〔註8〕如他們在《禮拜六》、《快活林》等雜誌上，視唯美主義為時髦，一個勁地鼓吹「醉呀」「美呀」的濫調，高唱小說無目的論和超功利論；甚至創造社一方面與超功利的唯美派進行鬥爭，一方面也主張「為藝術而藝術」，要求「除去一切功利打算，專求文學的全與美」。〔註9〕茅盾對唯美派的「為藝術而藝術」主張的批判，雖然未能對它可以抵制「文以載道」、衝破八股教條尚有一定的積極的歷史意義加以肯定，

〔註7〕《什麼是文學》，松江暑期演講會《學術演講錄》第 2 期。
〔註8〕同上註。
〔註9〕成仿吾：《新文學的使命》。

但他卻能從五四前後特定的歷史範疇著眼，從新小說必須具有改造人生的功能出發，對唯美派的超功利論的危害性作了具體分析。「五四」前後正是我國社會發生大變動、思想界處於大變革的時期，人們迫切要求小說藝術為「人」的解放和社會民族的解放服務，為反帝反封建的新民主主義革命服務；而唯美派的「超功利」論對於這一重大的人生課題，「非特無益，反又害之」，「把國家興旺大事，等之春花秋月」。總之，「文以載道」或遊戲態度，雖然是中國舊小說中的「兩個相對的極端」，一個並不「非功利」，一個卻是超功利，但是這種似乎矛盾的現象，卻掩蓋不了它們共同的本質，即反對「文學的目的是綜合地表現人生」，〔註10〕反對小說通過它本身的藝術規律為改造人生變革社會服務。

茅盾根據文學藝術的功利律，對新小說的社會功能提出一些明確要求，這就從小說創作的功利目的和指導思想上同現代舊派小說劃清了界限，新小說必須為改造人生服務，必須「為人類服務」〔註11〕，決不能把它當成自我表現的手段，更不是高興時的遊戲或失意時的消遣，它徹底地從個人的小天地裡和帝王貴閥手裡掙脫出來，成了全體民眾改造人類社會的武器，「是溝通人類感情代全人類呼籲的工具」。〔註12〕雖然由於時代和認識的局限，茅盾當時對小說藝術社會功利的階級性看不十分清楚，有點籠統含渾，但是認真分析起來，他所強調的為人生服務或為人類服務仍有具體的階級內容。他不是要求新小說為一般的特殊階級即上層貴族統治者或一切人類服務，而是為包括城鄉勞動者在內的普通的平民服務，也就是為被侮辱、被損害的人生服務。從這一最根本的功利目的出發，聯繫五四前後的時代背景，茅盾要求新小說：第一，「滋養我再生我中華民族的精神，使他從衰老回到少壯，從頹喪回到奮發，從灰色轉到鮮明，從枯朽裡爆出新芽」，〔註13〕這就要求新小說應在煥發中國人民的精神面貌，振興中華民族的解放事業中發揮特殊的功能。第二，在當時惡濁的社會裡，「最大的急務是改造人們使它們像個人」，〔註14〕因而

〔註10〕 《「大轉變時期」何時來呢？》，1923 年 12 月《文學周報》第 103 期。
〔註11〕 《文學和人的關係及中國古來對於文學者身份的誤認》，1921 年 1 月《小說月報》第 12 卷第 1 號。
〔註12〕 同上註。
〔註13〕 《一年來的感想與明年的計劃》，1921 年 12 月《小說月報》第 12 卷第 12 號。
〔註14〕 《介紹外國文學作品的目的》，1922 年 8 月《時事新報》附刊《文學旬刊》第 45 期。

新小說家「要在非常紛擾的人生中尋求永久的人性」，使小說眞正成爲解放「人」和改造「人」的「精神糧食」，它「不但使人欣忭忘我，不但使人感極而下淚，不但使人精神深相感通，而且使人精神向上，齊向一個更大的共同靈魂」。〔註 15〕這雖然是以人性說論述了新小說在改造「人」方面應發揮的作用，但在五四時期徹底摧毀封建意識的精神枷鎖以爭取「人」的解放鬥爭中，卻具有相當的進步性。第三，無情地暴露舊中國的「毒瘡」，反抗一切的壓迫，剝穿一切虛僞，針砭「老中國的兒女們的灰色人生」。〔註 16〕這是要求新小說在暴露黑暗社會、對罪惡的反抗、對灰色人生改造方面發揮戰鬥作用。第四，「激勵人心的積極性」，擔當起「喚醒民眾而給他們力量的重大責任」；〔註 17〕隨著茅盾的文藝觀的階級色彩的加濃，他對新小說的功利要求具體了，指出「目前的使命就是抓住了被壓迫民族與階級的革命運動的精神，用深刻偉大的文學表現出來，使這種精神普遍到民間，深印入被壓迫者的腦筋，因以保持他們自求解放運動的高潮，並且感召起更偉大更熱烈的革命運動來」，〔註 18〕這便進一步指明新小說在無產階級領導的新民主主義革命運動中所具有的崇高職能。第五，「現時代是人心迷亂的時代，是青年徬徨於歧途的時代」，〔註 19〕新文學家就應該像魯迅那樣在小說創作中「指引青年一個方針：怎樣生活著，怎樣動作的大方針」，〔註 20〕也就是爲他們展示一條前進的光明之路。總之，茅盾所要求的新小說的功利是被壓迫階級的功利，是人民大眾的功利，是革命的功利。這種功利是一種符合人類社會前進要求的崇高的藝術功利主義，是眞正小說藝術美的堅實基石；如果新小說背離廣大民眾這個審美主體的起碼的功利要求，它決不會有長久的美學價值。正是從人民大眾的功利主義出發，他既反對那種供少數人賞玩的貴族式小說，又反對那種標榜唯美、爲藝術而藝術、實際包含著少數人最狹隘功利主義的消遣遊戲小說，更反對那種鼓吹聖賢之道、歌頌帝王將相的帶有反動功利目的的小說。這是茅盾從對小說所抱的態度及其功利目的上，揭示了新舊小說的根本區別以及新小說的重要特徵之一。

〔註 15〕 《一年來的感想與明年的計劃》，1921 年 12 月《小說月報》第 12 卷第 12 號。
〔註 16〕 《魯迅論》，1927 年 10 月《小說月報》第 18 卷第 11 號。
〔註 17〕 《「大轉變時期」何時來呢？》，1923 年 12 月《文學周報》第 103 期。
〔註 18〕 《文學者的新使命》，1925 年 9 月《文學週報》第 190 期。
〔註 19〕 《現代文學家的責任是什麼？》，1920 年 1 月《東方雜誌》第 17 卷第 1 期。
〔註 20〕 《魯迅論》，1927 年 10 月《小說月報》第 18 卷第 11 號。

二

由於對小說所持的態度和功利目的不同，因而現代新舊小說所表現的思想內容當然也不同。所謂小說作品的思想內容，應是思想與生活兩者融合無間的統一，是一個生動的具體的自身完整的藝術形象，它是由作家所選擇、加工過的一定生活方面、生活現象所組成，並爲作家對生活的認識和感情所統攝，既是對現實生活在其本質的統一性與現象的豐富性相結合的形態上的把握與反映，又是對作家在提煉、構思過程中所寄寓的思想感情和美學理想的表現，而作家的思想感情和理想又可能相應地反映和集中著一定時代一定階級人的思想感情和審美理想。通常以主題、題材、人物等概念來概括小說的思想內容。

在茅盾看來，小說的最神聖崇高的社會職能是爲全社會、全民族、全人類，一言以蔽之爲整個人生。聯繫五四前後的生活現實來看，最大的人生課題是反帝反封建以爭取「人」和民族的獨立自由解放。正因如此，所以新小說的題材具有深廣性、真實性的特點。作爲小說題材的社會生活本身，它的不同側面的社會意義是不相同的，它們與生活本質、歷史主流的聯繫有廣狹深淺的差別，因而不同題材在思想容量上存在著客觀的差別。一般說來，社會歷史進程中的巨大事件，波瀾壯闊的革命鬥爭比日常生活片斷，往往更能集中而充分地體現出人生社會的本質及其發展趨勢，有可能成爲表現更深廣的、具有重大社會人生意義的主題的題材。茅盾當時雖然不能明確地以無產階級觀點闡明新小說選材的重要性，但卻能以革命民主主義思想指明取材的範圍。他並不排斥新小說描寫日常生活，然而他更重視關切社會人生的重大題材，爲題材的選擇開拓了既深且廣的生活領域。歸結起來大致有這樣幾方面：一是中國現時代背景下的社會生活，尤其重要的是那些被侮辱被損害的悲慘人生；二是「全社會的病根」，國民的「普遍弱點」；〔註21〕三是「正當廣東東江戰雲彌漫的時候」，可從火線上選取戰爭題材；〔註22〕四是現社會上的轟轟烈烈的鬥爭可做「小說材料」，〔註23〕如民眾對「罪惡的反抗」等；五是農民的生活、城市勞動者的生活，特別是第四階級即無產階級的生活；六是知識青年的苦悶，等等。從題材的選取範圍，最充分地體現

〔註21〕 《現代文學家的責任是什麼？》，1920 年 1 月《東方雜誌》第 17 卷第 1 期。
〔註22〕 《現成的希望》，1925 年 3 月《文學週報》第 164 期。
〔註23〕 同上註。

出茅盾的審美意識的傾向性，他所關注的不是全社會所有的階級，主要是
被壓迫被奴役的掙扎在半封建半殖民地社會最低層的廣大民眾，以及那些
暫時患有時代苦悶症的知識青年；他所關注的事件不是那些缺乏人生意義
的生活瑣事，而著重是那些與改造社會人生，爭取個人的、民族的、階級
的解放有重大關係的「轟轟烈烈」的事情；這些題材不僅同全體人民和中
華民族的命運聯繫在一起，而且也同五四運動開始的新民主主義革命息息
相關。新小說的取材，不止是既深且廣——即莫停留於人生的表面現象，
應深入「堂奧」，開掘人生的木質，莫局限於「一個人」，要放眼於「全人
類生活」；〔註 24〕而且選材要「眞」，——即必須從生活出發，從眞正經驗
了的生活領域裡，特別要從第四階級的生活裡選材，進一步開掘悲慘人生
的「血」和「淚」之所以造成的舊社會的「腐根」。不僅選材要「眞」，而
且新小說的最大藝術目標就是要達到「眞」的境界，即「一方面要表現全
體人生的眞的普遍性，一方面也要表現各個人生的眞的特殊性」。〔註 25〕可
見選材的眞實與否，關係到新小說的生命，也關係新小說與現代舊小說能
否從根本上劃清界限。

　　與新小說題材的深廣性和眞實性相反，現代舊小說的題材具有狹淺性和
虛假性的特徵。從辛亥革命到五四前後，中國半封建半殖民地社會的經濟基
礎和上層建築包括意識形態領域，已瀕臨全面崩潰全面解體，特別經過具有
劃時代意義的五四運動，馬列主義和民主主義思潮在我國廣泛傳播，反帝反
封建的民主主義革命洪流洶湧澎湃，蕩滌著舊中國大地上的一切污泥濁水，
不僅階級、階層、各社會勢力以及人與人之間的關係正在發生著深刻變化，
而且人們的思想意識、倫理道德也正在同封建傳統觀念、儒家學說背道而行。
在這種歷史背景下，現代舊小說的「載道」派仍然抱著古代舊小說的糟粕不
放，無視現實人生的最大課題，把選材的範圍囿於大官貴人之家，地主豪紳
之門，才子佳人之群，遺老遺少之中，很少觸及廣大民眾的日常現實生活，
更不顧及那些反映著人生本貭、體現著時代主流和方向的重大題材。它們大
都不是從現實生活中攫取創作題材，而是爲著替封建階級唱輓歌、替大官權
貴抹粉、替聖經賢傳張目，「只知主觀的向壁虛造」，「滿紙是虛僞做作的氣

〔註24〕《文學和人的關係及中國古來對於文學者身份的誤認》，1921 年 1 月《小說月
　　　　報》第 12 卷第 1 號。
〔註25〕《自然主義與中國現代小說》，1922 年 7 月《小說月報》第 13 卷第 7 號。

味」。〔註26〕這說明「載道」派小說的選材背離了五四前後的社會背景和時代的主流，造成了題材的狹窄膚淺虛偽做作。至於現代舊小說的「遊戲」派等，其「題材包括從才子佳人式的豔史到無奇不有的武俠小說」，〔註27〕越發背離了五四前後絕大多數人的現實的真實的人生。他們把小說完全當成為趣味而趣味、為娛樂而娛樂的消閒與消遣品，當成人生的遊戲，鼓吹什麼：「買笑耗金錢，覓醉礙衛生，顧曲苦喧囂，不若讀小說之省儉而安樂也。讀小說則以小銀元一枚，換得新奇小說數十篇，倦遊歸齋，挑燈展卷，或與良友抵掌評論，或伴愛妻並肩互談，意興稍闌，則以其餘留於明日讀之。」〔註28〕為達小說這種消極偏狹的職能，其題材範圍大致為言情、宮闈、武俠、偵探、黑幕、滑稽等。它們不是根據美學的真實律從現實生活中提煉的，大都是憑藉小說家的想入非非，施展獵奇的本領，以荒誕無稽、嘩眾取寵為勝，以致造成現代舊小說題材的狹淺性和虛偽性。

　　茅盾主張的新小說不僅在題材上同現代舊小說具有明顯的差異，同時在主題思想的提煉上更有本質的不同。小說的題材與主題緊密相關，很難把它們之間關係所表現出的複雜形態分得一清二楚。一般說，題材是構成已規定了的作品內容的基本材料，是作品的基礎，主要是屬於小說內容的客觀方面，它顯示著小說所反映的一定生活現象的範圍；主題思想則是作品所反映的一定生活現象的社會意義和作家對這種生活現象的認識與評價，是寓於小說藝術畫面中的帶有普遍性的東西，它反映著作家對生活本質認識的高度和政治傾向。正如高爾基所說：「主題是從作者的經驗中產生，由生活暗示給他的一種思想」。〔註29〕說明主題思想是與生動具體的題材密切結合、從形象中自然流露出來的思想。茅盾要求現代新小說表現的主題思想，具有先進性、深刻性和含蓄性的特點。他不是站在一般的民主主義立場上看待小說主題思想的變革，而是站在含有無產階級思想因素的革命民主主義的思想高度，從新文學的革命功利目的和改造人生的社會職能出發，來認識和論述新小說的主題思想的：其一，他認為新小說是「時代的反映，社會背景的圖畫」，因而或隱或顯地必然含有對於當時舊社會罪惡進行反抗的意思和對於未來光明的信

〔註26〕　《自然主義與中國現代小說》，1922 年 7 月《小說月報》第 13 卷第 7 號。
〔註27〕　夏志清：《中國現代小說史》。
〔註28〕　《出版贅言》，1914 年 6 月《禮拜六》週刊。
〔註29〕　高爾基：《文學論文選》，第 296 頁。

仰，指出新小說不僅要有暴露的主題，而且也應有歌頌的主題。這是由現實社會生活的客觀辯證法決定的。五四前後的社會背景，「從表面看，經濟困難，內政腐敗，兵禍，天災」，人民處於水深火熱之中；但是從本質來看，被壓迫被奴役被侵凌的中華民族正在覺醒，反帝反封建的怒火越燒越旺，痛苦中孕育著希望，鬥爭中包含著勝利。新小說創作既要揭露半封建半殖民地社會的吃人本質及其腐敗黑暗的「病根」，又要「隱隱指出未來的希望，把新理想新信仰灌到人心中，這便是當今創作家最重大的職務」。〔註 30〕他當時所說的「新理想新信仰」，主要指革命民主主義和人道主義，並非科學社會主義，不過隨著革命的深入發展和茅盾加入中國共產黨，「新理想新信仰」的階級性質也在逐步起變化。正因為如此，所以他指出新小說的「積極責任把德謨克拉西」透過形象予以顯現，使作品放出平民精神光輝，〔註 31〕具有人道主義精神，光明活潑的氣象。〔註 32〕描寫青年「煩悶」生活的小說，它應該是「現代青年心力的結晶，良心的呼聲」，從藝術畫面的「字縫裡隱隱」地表現出「他們對舊習慣的反抗精神，對於新理想的追慕，以及寶愛自己剎那時的感情，努力要創造的誠意」，〔註 33〕並要把「光明的路指導給煩悶者」；〔註 34〕「新思想要求他們（作家）注意社會問題；同情於第四階級，愛『被損害者與被侮辱者』」，〔註 35〕因之這類小說應「含有廣大的愛，高潔的自己犧牲的精神」。〔註 36〕不僅要通過他們的不幸遭遇和悲劇命運，無情抨擊吃人的黑暗社會制度及其反動思想意識，而且要表現出他們的不安於奴隸地位的反抗情緒和嚮往「善美的將來」的樂觀精神，反映他們以「鋼一般的硬心，去接觸現代的罪惡」，以「幾乎不合理的自信力，去到現代的罪惡裡看出現代的偉大來」。〔註 37〕惟有這樣，新小說才能真實地揭示現實人生的本質，展示歷史發展的趨向，體現五四前後的時代精神，故它的主題思想具有先進性和深刻性。又由於茅盾強調新小說所表現的人生不是個人的局部的而是全社會的，所表現的思想感情不純是作者個人的而是全體國民的全人類的，強調「描寫全社會的病根」，或抒寫全民眾

〔註 30〕 《創作的前途》，1921 年 7 月《小說月報》第 12 卷第 7 號。
〔註 31〕 《現代文學家的責任是什麼？》，1920 年 1 月《東方雜誌》第 17 卷第 1 期。
〔註 32〕 《新舊文學平議之評議》，1920 年 1 月《小說月報》第 11 卷第 1 號。
〔註 33〕 《一般的傾向》1922 年 4 月《文學旬刊》第 33 期。
〔註 34〕 《創作的前途》，1921 年 7 月《小說月報》第 12 卷第 7 號。
〔註 35〕 《自然主義與中國現代小說》，1922 年 7 月《小說月報》第 13 卷第 7 號。
〔註 36〕 《「寫實小說之流弊」？》，1921 年 11 月《文學旬刊》第 54 期。
〔註 37〕 《樂觀的文學》，1922 年 12 月《文學旬刊》第 57 期。

的思想感情,「便不得不請出幾個人來做代表」,〔註 38〕也就是通過個別表現一般,將具有普遍意義的主題思想寓於典型的藝術畫面之中,因而這便給新小說的主題思想帶來含蓄性的特徵。他認為主題思想的表達,決不能游離於藝術畫面之外,更不能以抽象議論的方式喊出來,必須遵循小說藝術本身的規律,透過活生生的形象隱隱地暗示出來。他讚美魯迅的小說《一件小事》的主題思想表達得「極明顯」,然而「這裡,沒有頌揚勞工神聖的老調子,也沒有呼喊無產階級最革命的口號,但是我們卻看見鳩首囚形的愚笨卑劣的代表的人形下面,卻有一顆質樸的心,熱而且跳的心」;魯迅在小說裡決不「板起臉教訓」青年,而是通過藝術美感作用,「指引青年應該如何生活如何行動」。〔註 39〕

新小說主題思想的先進性、深刻性和含蓄性的特徵同現代舊小說主題的陳腐性和單薄性特徵形成鮮明的對立。由於大部分現代舊小說作家不是立足於時代的高度,以符合時的新思想來認識評價生活並從而提煉主題,而是站在封建階級衛道或資產階級為藝術而藝術的立場上,一切從「文以載道」或遊戲消閒的反動消極的功利目的出發,因此舊小說所表現的主題思想,大都具有沒落陳腐、單薄淺窄的特徵。它們不是社會人生的真實的本質的反映,或者「憑空去想像些人事」,藉以宣揚忠孝節義的封建觀念,為腐朽沒落的貴族階級唱輓歌,如「稱讚張天師的符法,擁護孔聖人的禮教,崇拜社會上特權階級的心理」;或者「把人生的任何活動都當作笑謔的資料」,〔註 40〕幾乎「全書塗滿了灰色」,因之「思想方面自然也是卑鄙不足道,言愛情不出才子佳人偷香竊玉的舊套,言政治言社會,不外慨歎人心日非世道淪夷的老調」,他們「雖然也做人道主義小說,也做描寫無產階級窮困的小說,而其結果,人道主義反成了淺薄的慈善主義,描寫無產階級窮困的小說反成了訕笑譏刺無產階級的粗陋與可厭了」。〔註 41〕當時氾濫於文壇的「禮拜六」派的小說大都屬於這類貨色:寫哀情,往往是「有情人不能成為眷屬」而抱所謂「終天之恨」,或宣揚宿命論或讚美封建道德或鼓吹悲觀厭世主義;寫社會,不是譴責而變為展覽醜惡,使這類黑幕小說成了教唆吃喝嫖賭、殺人放火、姦淫拐

〔註38〕 《現代文學家的責任是什麼?》,1920 年 1 月《東方雜誌》第 17 卷第 1 期。
〔註39〕 《魯迅論》,1927 年 10 月《小說月報》第 18 卷第 11 號。
〔註40〕 《樂觀的文學》,1922 年 12 月《文學旬刊》第 57 期。
〔註41〕 《自然主義與中國現代小說》,1922 年 7 月《小說月報》第 13 卷第 7 號。

騙的教本；寫歷史往往熱中於宮闈秘史之類的香豔獵奇的東西；寫武俠常常宣揚煉丹修道、神魔鬼怪之類的迷信思想等等。實質上，這些以欣賞獸欲鬼窟、醇酒豔婦爲特色的小說所宣洩的，不過是帶著改良色彩的封建道德和笑罵一切的虛無主義、玩世主義。正是茅盾所指出的：「戀愛是人間何等樣的神聖事，然而一到『風流自賞』的文士筆下，便滿紙是輕薄口吻，肉麻態度，成了『誨淫』的東西；言社會言政治又是何等樣的正經事，然而一到『發牢騷』的『墨客』筆下，便成了攻訐隱私，借文字以報私怨的東西」。這種小說是中了「書中自有黃金屋，書中有女顏如玉」的毒，中了「拜金主義」的毒，它們是「真文藝的仇敵」，是「摧殘文藝蔭芽的濃霜」。〔註 42〕這不僅深刻地揭露了現代舊小說主題思想的陳腐性、淺薄性，而且說明了這種小說對改造社會人生、對新文學發展所產生的嚴重危害性，它同茅盾所要求的新小說的主題思想有著本質的區別。

　　小說的主題不以思想的抽象形態存在，它是融貫於具體的形象中；而在小說的藝術畫面中的人物形象又是具有核心地位。這是因小說藝術反映的對象，是作爲社會本質與其豐富多彩的表現相統一的生動完整的現實生活，故帶有時代、民族、階級、個性特徵的活生生的人，總是作品反映的中心對象。可見，描寫怎樣的人物，塑造什麼形象，不止是決定著小說作品的內容實質，並且關係到小說的生命、價值、性質等問題。小說以什麼人做爲主人公是小說發展史上的一次革命，它是檢驗五四前後現代新舊小說的重要試金石。魯迅曾指出：「古之小說，主角是勇將策士，俠盜贓官，佳人才子，後來則有妓女嫖客，無賴奴才之流」。〔註 43〕經過五四文學革命，小說的主角才開始發生帶有根本性的變化。不過充斥五四前後文場的現代「禮拜六」派的大部分小說，卻對「古之小說」的糟粕加以惡性發展，而把它的現實主義傳統丟掉了，幾乎所有小說的主人公大都是些將相俠客、達官貴人、遺老遺少、淫婦癡女、紈褲子弟、風流才子、牛鬼蛇神等，即使出現些勞動人民，不是被置於配角地位，就是被歪曲成奴才或滑稽小丑。由於現代舊小說家把小說看成「載道」的工具，因而在他們筆下出現的人物不是源於現實生活，而是根據宣揚封建道德或某些概念的需要，憑主觀的搜索東拼西湊，虛造成一些「道德」的傳聲筒或某種「概念」的化身，好的絕對好，是某種「理念」的高級標本，壞的絕對壞，彷彿假醜惡

〔註 42〕《自然主義與中國現代小說》，1922 年 7 月《小說月報》第 13 卷第 7 號。
〔註 43〕魯迅：《〈總退卻〉序》。

集於一身。這些人物沒有鮮明的活生生的個性特徵，也沒有複雜的心理活動，更談不上是典型環境中的典型性格，單一性、理念化則是它們的主要特色。現代舊小說的人物不僅具有單一性的特徵，而且富有荒誕性的特點。為了單純地追求小說的娛樂性和趣味性，他們筆下的人物可以不受現實生活邏輯和人物性格邏輯的制約，隨意的醜化，隨意的美化，隨意的神化，特別那些俠客、偵探形象被寫得神乎其神，彷彿是一些不食人間煙火的「怪物」，甚至達到極其荒誕的程度。因為舊小說中的人物只是為著「載道」或消遣的需要，它不必從社會的複雜的人生關係中觀察分析一切人、一切階層、階級和集團，提煉並創造各種具有鮮明個性的人物形象；只要從古代小說、野史、筆記等抄襲下來，加以改頭換面，或者從外國小說如《福爾摩斯探案》等照抄照搬過來，加以塗脂抹粉，便構成了稀奇古怪的人物系列。所以，現代舊小說人物的雷同化、公式化的傾向特別嚴重，很難看出什麼獨創性，只見陳陳相因，大同小異。

茅盾站在徹底革除現代舊小說的弊端、創造綜合表現人生的新小說的立場上，不僅揭露了舊小說在人物塑造上的種種劣點，而且對新小說人物的創造提出了一些精闢的見解，在中國現代小說發展史上具有開拓性的意義。由於他深刻地認識到新小說必須真實反映人生，特別要表現被損害者與被侮辱者的悲苦人生，因而小說的主角不再是那些貴族特權階級的人物或什麼才子佳人、俠盜贓官，應該是平民階層的廣大民眾，是那些普通的老百姓，其中當然包括無產階級和農民階級。這些人物以主人公的姿態出現在小說創作中，在一定程度上體現了新文學的發展方向，標誌著小說藝術發生了根本性的變化。為了強調新小說的描寫對象，他在《創作的前途》等文中，對「現社會中人」即普通的中國人，從思想範疇劃歸「三流」，作了具體分析，指出「創作家很應該把上述形成社會的三流人們的思想行事，細細描寫，在各方面都創出偉大的著作來」。他所要求新小說塑造的普通人形象，作者必須懷有平民主義和人道主義精神，不僅要寫他們身上的弱點，同時也要寫出他們身上的美點，不僅要寫出他們的苦難遭遇，而且要隱隱指出未來的希望，決不能以玩弄和遊戲的態度來歪曲和醜化他們。茅盾曾批評過去舊小說雖有些描寫普通老百姓的生活和思想的小說，但大都「寫壞了，把忠厚善良的老百姓，都描寫成愚駭可厭的蠢物，令人誹笑，不令人起同情。嚴格說來，簡直沒有一部描寫中國式老百姓的小說，配得上稱為真的文學作品」。塑造這樣完整的普通人形象，要開掘社會各種錯綜關係在人物身上的影響，並力求透過人物的

複雜性格反映出現實人生的更多的本質方面，從而使其概括更廣的社會內容和具有普遍的社會意義。茅盾當時曾指出阿 Q 這個人物的廣泛深刻的典型意義，說：「阿 Q 這人，要在現社會中實指出來，是辦不到的，但是我讀這篇小說的時候，總覺得阿 Q 這人很面熟，是呵，他是中國人品性的結晶呵！……而且阿 Q 所代表的中國人的品性，又是中國上中社會階級的品性！」〔註44〕新小說的主人公既然應該具有複雜的性格特徵，那就必須努力創造個性與共性相統一的典型形象。稍後茅盾在《人物的研究》一文中對此論述得比較深刻，他認為：人物的職業特性、階級特性、性的特性、特種人的特性、民族的特性和地方的特性，這「種種特性是許多人共有的類性，而不是某人所特有的個性。如果作家只描寫他的類性，而不於類之外再描寫他的個性，那麼我們就得不了一個典型人物」；尤為可貴的是，他指出要寫出人物的階級特性，「因為所屬的階級不同，人們又必有階級的特性」，而階級特性並不像「職業的特性是顯而易見的」，它比較「隱伏些」，作家必須深入開掘，「高爾基對於無產階級的描寫，算是頂成功了」。〔註45〕正是從這一先進的典型原則出發，他要求新小說的人物形象既要有共性，又要有鮮明的個性，在社會人生的各種錯綜複雜關係中創造出具有真正的複雜的性格特徵的典型，茅盾當時便指出魯迅《吶喊》集中的主要人物形象即是這種典型。新小說要創造具鮮明個性的典型形象，他最忌恨當時雷同的戀愛小說，同為「他們所創造的人物又都是一個面目，那些人物的思想是一個樣的，舉動是一個樣的，到何種地步說何等話，也是一個樣的。不但書中人物不能一個有一個的個性，竟弄成所有一切人物都只有一個個性」，這樣的戀愛小說實在是「摹擬的偽品」。〔註46〕茅盾認為要克服小說人物塑造的模式化、公式化的傾向，最重要的是作家應發揮獨創精神，真正從現實生活出發，充分運用「觀察的能力和想像的能力」，堅決反對閉門抄襲。「如果關在一間小屋子裡，日夜讀小說，模仿著做，便真有創造天才的人也做不出好東西，何況沒有天才的人呢。模仿的作品中的人物大都是借來，不是自己創造的」，因此「大都只能偷得一個樣式，而作品的人物決不能只是一個」，像這種「一篇作品的許多人物都只是一個模型裡的產物，這還能有什麼活氣」？〔註47〕

〔註44〕 《通信》，1922 年 2 月《小說月報》第 13 卷第 2 號。
〔註45〕 《人物的研究》，1925 年 3 月《小說月報》第 16 卷第 3 號。
〔註46〕 《評四五六月的創作》，1921 年 8 月《小說月報》第 12 卷第 8 號。
〔註47〕 《新文學研究者的責任與努力》，1921 年 2 月《小說月報》第 12 卷第 2 號。

　　爲塑造具有鮮明個性的性格內容複雜的典型形象，茅盾特別重視社會環境對人物形成的作用，因而他強調寫好典型環境。他認爲，作爲新文學的重要品種小說藝術的「背景是社會」的，而社會環境「在文學上的影響非常厲害」，「在上海的人，作品總提著上海的情形；從事革命的人，講話總帶著革命的氣概；生在富貴人家的，雖熱心於平民主義，有時不期然而然的有種公子氣出來」，故「一個時代有一個環境，就有那時代環境下的文學」。〔註 48〕由於社會環境對文學有如此密切關係，所以作家不能把小說描寫的人物看成是脫離環境而存在的「超人」，或者視爲主觀抽象物，應看到他是錯綜複雜的人生關係所形成的社會環境的產物，它的性格不單單是自然屬性，更主要是打著時代的社會的階級的烙印，因此小說的典型社會環境的描寫，是關係到能否刻劃出典型性格的關鍵一環。茅盾當時曾批評「描寫學校生活的小說和描寫無產階級生活的小說竟差不多，其中的人物是一樣的」，缺乏個性特徵，性格內容也比較「單調」，其「真正原因還是作者的環境相彷彿」，〔註 49〕即沒有寫好形成典型性格的典型環境。這不僅指明了寫好社會環境對塑造具有個性特徵的人物關係重大，而且也說明了環境描寫和人物描寫在新小說創作中具有極爲重要的地位，即「小說的骨幹卻在有『人物的個性』和『背景的空氣』。沒有這兩者，該篇小說的著作是多事。換一面講，要一篇小說出色，專在情節佈局上著想是難得成功的，應該在人物與背景上著想」，因此「人物的個性和背景的空氣愈顯明愈好」。〔註 50〕這是何等精到的見解！

　　綜上所述，可以看到茅盾對新小說思想內容的認識同現代的舊小說有著本質的區別，他對舊小說流弊的批判是尖銳的深刻的，對新小說的見解基本上是正確的，頗有深刻的獨到之見，在很大程度上反映出他的新小說觀的革命的、戰鬥的、現實的、獨創的特色。

三

　　創造新小說，思想內容固然要緊，「藝術更不容忽視」。〔註 51〕茅盾不僅對小說的內容革新作了深入的探討，而且對藝術形式改革也進行了具體研究。他

〔註 48〕　《文學與人生》，1823 年松江暑期演講會《學術演講錄》第 1 期。
〔註 49〕　《文學家的環境》，1922 年 11 月《小說月報》第 13 卷第 11 號。
〔註 50〕　《雜談》，1923 年 2 月《文學旬刊》第 65 期。
〔註 51〕　《小說新潮欄宣言》，1920《小說月報》第 11 卷第 1 號。

認為「結構（或情節）、人物、環境三項是一篇小說的顯明的構成材料」。〔註52〕
如果在小說形成過程中尚未找到恰當的形式將它們組織起來時，那就不存在確定的內容，只存在可能構成小說的基本材料。所謂恰當的藝術形式，首先就是遵照生活自身的規律，發掘出事物之間的內在聯繫，從而根據主題的需要，從材料中選擇必要的成分加以適當組織，即賦予材料一定的結構。可見結構是小說藝術形式的重要因素，它是把性格不同人物的相互關係、特定關係所形成的情節、環境和細節等，有重點而又協調、勻稱、完整地加以巧妙組合，以便準確、充分、完善地表現主題思想的重要藝術手段。

　　不同的創作意圖，不同的主題思想，規定作品的不同的結構，不同的形象的組織方式。如果說，古典小說的章回體結構曾築成《紅樓夢》、《水滸傳》、《三國演義》等幾部傑作，在組織情節和場面來揭示人物性格，從而表現主題方面，起過重要作用的話；那麼，這種章回體結構到了現代舊小說家手裡，由於他們死抱住「文以載道」和「遊戲消閒」的創作目的不放，徹底「拋棄了真實的人生不寫不察」，完全依據宣揚封建道德和娛樂消遣的需要，把胡編假造的「人事」硬塞進章回體的格式裡，抹殺了章回體結構形態的某些長處，卻使它固有的弱點得到惡性發展，形成了舊小說結構形式的程式化、僵死化、單一化，不僅「束縛了作者的自由發揮」，破壞了藝術形式的美，而且把小說藝術引進了死胡同。茅盾對現代舊派小說結構的流弊作了具體揭露：第一種是沿用舊章回體長篇小說結構，每回書的字數大略相等，回目要用一個對子，每回開頭必用「話說」「卻說」等字樣，結尾必用「要知後事如何，且聽下回分解」，並附兩句詩；全書完全用商家「四柱帳」的辦法，筆筆從頭到底一老一實地敘述，以能交代一切人物的結局為高手；對於小說中並行的幾件事，往往又學劣手下圍棋的方法，老老實實地從每個角做起，棋子一排排向外擴展，用這種呆板的手段造成所謂「穿插」的章法，每回末尾故作驚人之筆，使讀者大吃一驚。對於這種程式化的結構，現代的章回體小說家尊為「義法」，一味模仿，以至醜態百出。第二種是「不分章回的舊式小說」和「中西混合的舊式小說」結構，既沿襲了舊章回小說的結構法，又抄襲西洋小說的結構法，它們雖然廢去章回體結構的某些法式，但就總的「佈局而言，除少有改變外，大關節尚不能脫離離合悲歡終至大團圓的舊格式，仍舊局促於舊鐐鎖之下，沒有什麼創作精神」。第三種是短篇居多，雖然學到「西洋短篇小說裡

〔註52〕《人物的研究》，1925 年 3 月《小說月報》第 16 卷第 3 號。

顯而易見的一點特別佈局法」，〔註53〕但從總的方面來看仍然不能完全擺脫僵死的章回體結構的桎梏。現代舊小說的結構不僅具有程式化、單一化的特徵，更爲嚴重的是「末後必有個大團圓」〔註54〕的結局。這種形式主義的結構方式損害了小說情節的典型化，違背了現實主義創作原則。它不是根據社會生活的客觀規律合理地構思小說的結構，而是完全出於作者的主觀意圖的需要，它在客觀上掩蓋了半封建半殖民社會各種尖銳的矛盾，造成作品的虛假性。

　　茅盾認爲，現代新小說的創作目的和表現的主題同現代舊小說是根本不同的，它要求作者完全從現實人生出發，綜合地表現人生並發揮改造社會人生的功能，而透過形象所展示的思想傾向不再是沒落階級的腐朽思想意識，乃是體現時代精神的新思想。因此，新小說必須根據新的創作目的和新的思想內容的要求，採取與之相適應的結構形式。如果說舊小說的結構形式具有程式化、單一化的特徵，那麼新小說的結構形態則應具有靈活性、多樣性的特點。這是因爲新小說是根據表達主題的需要，真正遵照生活的本來面貌和不同人物相互關係合理安排情節結構的，而生活本身及人與人之間關係又是紛紜複雜、千形百態，故它的結構形式必然具有很大靈活性，決不能依照僵死不變的結構形式硬套豐富多采的生活和多種多樣的人物。茅盾非常重視小說「人物的串合」即合理安排結構。他認識到人物是構成新小說的核心，結構就是「怎樣串合這些人物」，如何使這些人物合乎生活邏輯地「互相發生關係」；而反映現實人生的「小說中的人物，有主人與僕婢，有情人與情敵，有債戶與債主，地主與佃農……他們的地位是相對的，生活是相反的，作家要把他們之間的關係支配得好，實在不容易的」。因此必須發掘出這些處在相對地位的人與人之間的內在聯繫，「按照書中各人物的身份而使他們在極自然的動作下發生彼此間的關係」，採取合理的靈活的結構態式。否則，將會「鬧了大笑話」，那些「車載斗量的『才子佳人』式的舊小說，差不多全犯了人物串合不得其法的毛病」，〔註55〕其主要原因在於違背了生活本身的固有規律和人與人之間的真實關係。與新小說結構的靈活性相聯繫的則是它的多樣性，這與舊小說的結構程式化所造成的單一性正好相反。他認爲「宇宙間森羅萬象

〔註53〕　《自然主義與中國現代小說》，1922 年 7 月《小說月報》第 13 卷第 7 號。
〔註54〕　《文學與人生》，1823 年松江暑期演講會《學術演講錄》第 1 期。
〔註55〕　《人物的研究》，1925 年 3 月《小說月報》第 16 卷第 3 號。

都受一個原則的支配，然而宇宙萬物卻又莫有二物絕對相同」。〔註56〕既然宇宙萬物顯現出「多樣統一」的形態，那麼作為忠實反映人生的新小說的結構必須服從「多樣統一」的原則，這樣才能表現複雜豐富的生括內容，展示人物豐滿完整的性格，單一僵死的結構是絕對不能勝任的。魯迅小說的結構形式是多種多樣、變化多端的，當時茅盾讚美說：「在中國新文壇上，魯迅君常常是創造新形式的先鋒：《吶喊》裡的十多篇小說幾乎一篇有一篇的形式，這些新形式又莫不給青年以極大的影響」。〔註57〕這不僅說明了魯迅根據「多樣統一」的美學原則在寫作實踐中創造了多樣化的結構形態，為中國新小說的發展作出了獨特貢獻，而且也表現出茅盾在理論上對新小說的結構藝術提出了十分正確的見解，它對於指導新小說的創作起了不可低估的作用。正由於他重視新的結構形式的創造，所以不止是對現代舊小說的僵死化結構予以揭露，並且對新小說創造中的結構公式化的傾向也給以批評。他在《一般的傾向》中指出：「描寫男女戀愛的短篇小說，差不多都是敘述男女兩個學生怎樣在公園相見，怎樣的通信，大談其男女解放，怎樣相愛起來，怎樣的成為美眷，或者受父母的逼迫而不能如願」等。像這樣公式化的單調的「內容佈局」，既不能真實地「反映人生」，又欠少「藝術上的價值」，其根本原因在於尚未通過實地觀察從生活出發來安排結構。「因為從客觀方面說，天下本無絕對相同的兩件事，從主觀方面說，天下亦決無兩人觀察一件事而所見完全相同的」。這種基本上達到了辯證唯物主義的認識，是他強調藝術結構靈活性和多樣性的思想基礎。

　　為使新小說真實地表現人生的豐富內容、揭示人物性格的複雜性，徹底清除現代舊派小說的流弊，糾正新派小說創作的缺點，茅盾在藝術表現上力倡「客觀的描寫」手法。這是在描寫手段上同舊派小說劃清了界限。他認為，現代舊小說沒有真正意義上的描寫，小說中「一個人物第一次登場，必用數十字乃至數百字寫零用帳似的細細地把那個人的面貌、身材、服裝、舉止，一一登記出來，或作一首『西江月』，一篇『古風』以為代替」；又「喜歡詳詳細細敘述每一件事的每個動作，而不喜 ——恐怕實在亦即是不能——分析一個動作而描寫之」。讀者「看了這種『記帳』式的敘述，只覺得眼前有的是個木頭人，不是活人，是一個無思想的木人，不是個有頭腦能思想的活人；

〔註56〕《自然主義與中國現代小說》，1922年7月《小說月報》第13卷第7號。
〔註57〕《讀〈吶喊〉》，1923年10月《文學週刊》第91期。

如果是個活人，他做這些動作的時候，全身總該有表情，由這些表情，我們乃間接的窺見他內心的活動。須知眞藝術家的本能即在能夠從許多動作中揀出一個緊要的來描寫一下，以表見那人的內心活動；這樣寫在紙上的一段人生，才有藝術價值，才算是藝術品！須知文學作品重在描寫，並非記敘，尤不取『記帳式』的記敘；人類的頭腦能聯想，能受暗示，對於日常的生活有許多地方都能聞甲而聯想及乙，並不待『記帳式』的一筆不漏，方能使人覺得親切有味。現代的章回小說體派小說，根本錯誤即在把能受暗示能聯想的人類的頭腦看作只是撥一撥動一動的算盤珠」。〔註58〕這段精闢的論述，深刻地說明了堅持「記帳式」的敘述還是採取描寫手段，並不是單純的表現方法問題，而是直接關係到能否成功地塑造小說的人物形象問題，關係到對廣大讀者究竟採取什麼態度的問題。運用記帳式的敘述只能寫人物的一些瑣碎的外在動作，並不能揭示人物的本質特徵和內心世界，所以給讀者的印象不是現實生活中提煉出的有血有肉的活人，大多是一些沒有思想靈魂缺乏鮮明個性的木頭人；採取描寫的手段，不僅要選擇一些足以表現人物性格特徵的動作加以細緻的描寫，而且要透過外在表情的描寫來展示人物的內心活動，並爲讀者留下自由馳騁的想像餘地，這樣刻劃的人物才能具有立體感，才是躍然於紙上的栩栩如生的活人。茅盾並不是一般地反對敘述，他所反對的是把活人寫成木人，撇開現實人生全靠杜撰的記帳式的敘述，因爲這種「敘述」根本創作不出有價值的小說。

由於塑造人物是創造新小說的重心，所以描寫手段主要用於人物的描寫。至於如何運用描寫手段寫好典型人物，茅盾作了具體的探索：第一，小說的人物大凡分「靜的人物和動的人物」。所謂「靜的人物」，即在作品中一出現就定了形，直到情節結束性格也不發生大的變動；所謂「動的人物」，即不定形的發展中的人物，隨著小說情節的發展，其性格有個演變的過程。對於前者，必須描寫出他「如何應付各種環境」，從而在他與周圍環境的接觸和衝突中揭示其性格特徵；對於後者，則「描寫許多不同的環境或事變如何影響而變成一個性格」，也就是要求作家在複雜的矛盾衝突中描寫人物的成長或轉變。這實際上，觸及到如何描寫出典型環境中的典型人物的問題。第二，小說家描寫人物，有寫人物一生的，有寫人物的半生的，也有只寫人物生活的一片斷的。如果作家是描寫人物一生的，應展示「一個人格成長的全歷史」，

〔註58〕 《自然主義與中國現代小說》，1922 年 7 月《小說月報》第 13 卷第 7 號。

特別應指出「這個人格在發展的途程中究竟遇到什麼助力與阻力」，進而揭示出是「怎樣的環境與事變交互影響於此人格的形成」，這樣便要求小說的情節邏輯發展和人物性格邏輯發展取得「步驟一致」；如果作家只寫人物的半生經驗，郅麼尤其「應暗示此人物前半生經驗對於他現在性格有如何的影響」，這樣「那人物方是活的立體的，不是死的平板的」。第三，在一部小說中不能僅有一個人物，多的有數十，少則也有五六個；如果這些人物都是相似的思想性格，便顯得單調了。因此，作家創造人物時，必須「注意人物個性的相反」，形成鮮明的對照。可以從這種對照描寫中，從「他們的極繁雜的關係中」，相互映襯，進一步展示人物的性格特徵。第四，描寫人物的方法，小說家可以用簡筆，也可以用工筆，只要他手段好，一樣的能傳神，關鍵在於能否「傳神」上。所謂「簡筆」，即傳神寫意的白描手法，它不同於不分鉅細地像流水帳式的敘述；所謂「工筆」，即抓住足夠顯示人物本質特徵的外形動作或表情，進行精雕細刻的精心描寫，茅盾認為刻劃人物，「用簡筆以傳神，比較的不容易，倒不如工筆描寫來得妥當，容易見好」；而工筆又有兩種方法：一是直接描寫法，即「分析描寫」，將人物的思想性格加以分析解剖，寫得「愈詳明愈好」；一是間接描寫，又名「戲劇描寫」，即作者對於「人物的思想性格不用抽象的話來說明，只著意描寫該人物的動作，讀者自去從動作中尋求該人物的思想性格」，或者「借書中別的人物的議論作旁面的表現，也可以」。〔註59〕第五，不論描寫人物的國民性或青年人的煩悶，都要透過鮮明個性的描寫來揭示其思想性格的本質複雜性，不能使描寫流於表面化和絕對化。比如描寫青年的煩悶，「真應該有一部小說描寫出在『水深火熱』之下的青年，不惟不因受了挫折而頹喪，反而把他的意志愈煉愈堅，信仰愈磨愈固，拿不求近功信仰真理的精神，去和黑暗奮鬥」。〔註60〕再如描寫中國現代人的國民性，不僅要真實地寫出「弱點」，而且也要寫出「美點」，這樣才能描寫出具有典型性的藝術形象。茅盾這些以描寫手段來刻劃小說人物形象的見解，今天看來也許是一般的寫作常識了，但是在五四前後的新小說初創期，顯得何等的精妙、獨到而新鮮！

　　茅盾提出的新小說「重在描寫」，不僅僅著眼於方法論，他是作為創作原則大力提倡的，不只是主張一般的「描寫」，主要強調「客觀描寫」。他認為

〔註59〕《人物的研究》，1925年3月《小說月報》第16卷第3號。
〔註60〕《創作的前途》，1921年7月《小說月報》第12卷第7號。

這種「客觀描寫」是持「純客觀的態度」，最大的好處是「眞實與細緻」，比如一個動作可以分析地描寫出來，「細緻嚴密，沒有絲毫不合情理之處」，這恰好同現代舊小說的「記帳式」敘述法或不合情理的描寫法相反，它是達到寫實主義的「最大的目標是『眞』的重要手段。採取這種「客觀描寫」，既是根治舊派小說的「遊戲消閒的觀念」和「向壁虛造」的荒誕無稽弊病的對症藥，又是校正舊小說的「記帳式」敘述法和新派小說作者在「技術方面頗有犯了和舊派相同的毛病」的最佳良方。由於現代舊派小說的「記帳式」的敘述法是建立在「遊戲消遣的金錢主義的文學觀念」和主觀唯心主義思想基礎之上，所以極力排斥「客觀的描寫」；因為新小說的「客觀描寫」是建立在「為人生」的文學觀念和唯物主義的思想基礎之上，所以不但反對舊小說的脫離現實人生的「不忠實的描寫」，而且堅持「必須事事觀察」，以達「表現全體人生的眞的普遍性」和「眞的特殊性」。可見「客觀的描寫」是以「實地觀察」為前提的。惟有採取客觀描寫和實地觀察的態度，才有可能做到：「小說家選取一段人生來描寫，其目的不在此段人生本身，而在另一內在的根本問題」，也就是通過對一段人生的眞實描寫，小說可以揭示出更深廣的帶有規律性的社會本質問題。現實主義大家巴爾扎克、福樓拜等人，非常重視「實地觀察，描寫的社會至少是親身經歷過的，描寫的人物一定是實有其人的」；現代中國的新派小說家之所以有些人在表現技術上犯了同舊派一樣的「不能客觀的描寫」毛病，主要原因是「不曾實地觀察」。雖然有些青年作者，「新思想要求他們注意社會問題，同情於第四階級，愛『被損害者與被侮辱者』，他們照辦了，他們要把這種精神灌到創作中」，但由於「他們對於第四階級的生活狀況素不熟悉」，即使「手段怎樣的高強」，「勉強描寫素不熟悉的人生」，「總要露出不眞實的馬腳來」，甚至因為對第四階級中人的心理很隔膜，故描寫心理時「往往滲雜許多作者主觀的心理，弄得非驢非馬」。〔註61〕正由於通過「實地觀察」進行「客觀描寫」對於創作新小說如此重要，所以茅盾強調作家必須親自到第四階級中去體驗生活，到民間去經驗，否則「現在的『新文學』創作要回到『舊路』」。〔註62〕這實際上為新小說的創造指出一條唯物主義創作路線，並在一定程度上暗示出新文學必須為工農的發展方向。

〔註61〕 《自然主義與中國現代小說》，1922 年 7 月《小說月報》第 13 卷第 7 號。
〔註62〕 《評四五六月的創作》，1921 年 8 月《小說月報》第 12 卷第 8 號。

四

　　五四文學革命在中國文學發展史上是一場空前深刻而廣泛的革命，不論是詩歌領域、戲劇領域或小說領域，都發生了帶有根本性的變革，從文學思想到文學創作均取得了輝煌的成果，爲我們現代文學的發展奠定了堅實基礎，並提供了新鮮經驗。其中小說藝術革新的成就，或理論探討或創作實踐都表現得相當顯著。從創作看，魯迅、葉聖陶、冰心、郁達夫等在小說藝術的革新方面作出了獨特的貢獻；從小說理論的探討方面，寫出了一批有一定理論價值並在實踐上產生過積極影響的文章，如胡適的《論短篇小說》、劉半農的《詩與小說精神上之革新》和《中國之下等小說》、志希的《今日中國之小說界》等。它們或對充斥於當時文壇的現代舊派小說作了一定的批判，或對小說的發展作了一些探源，或對新小說的基本特徵作了論述，其中《今日中國之小說界》一文充滿了破舊立新精神，寫得比較有份量。雖然它們在小說領域革命中起過不可忽略的作用，但是它們對現代舊派小說的批判或對新小說的建設，總嫌理論的先進性、戰鬥性、深刻性不足。五四文學革命發展期躍上論壇的茅盾，對於小說藝術的革新，從理論的角度作了廣泛而深入的探索，寫了很多專論、評論、評介，形成了自己的新小說觀。同前驅或同時代作家的小說論相比，顯得他的新小說觀比較先進、完整、系統，且富有革命性和戰鬥性的色彩。

　　精神的堡壘需要精神的武器去摧毀。現代舊派小說主要指鴛鴦蝴蝶派（黑幕派、禮拜六派）等。它們當時成了五四前後小說領域進行徹底文學革命的最頑固的橋頭堡，因而能不能摧毀這個舊精神堡壘已成了能否創建新小說藝術的帶有關鍵性的戰役。在這場批判現代舊派小說的戰鬥中，茅盾以《小說月報》、上海《文學旬刊》等爲陣地，以先進的小說理論爲思想武器，寫了不少有深度有廣度有分析有說服力的文章。不僅從舊派小說的創作動機、思想內容、藝術形式等方面進行了具體的批判，而且還從作者的極端利己主義世界觀、作品的消極社會效果以及對小說藝術的嚴重危害等方面作了深入的挖掘。這對於清除舊小說的流弊、爲新小說的發展鋪平道路，具有強烈的現實意義。可見，茅盾的新小說觀具有徹底破舊的戰鬥特色。

　　破舊是爲了立新。在新小說的創建過程中，有沒有一種先進的小說理論作指導，其成效是大不一樣的。有了先進的理論指導，如同創作道路上有了明燈。方向明確了，既能同舊小說劃清界限，保證新小說的發展速度和質量，

又能減少盲目性，少走彎路或不走彎路，尤其在鴛鴦蝴蝶派小說氾濫的五四前後，先進理論的指導更爲迫切和重要。茅盾對新小說藝術的社會功能、同人生和時代的關係，思想內容方面的題材、主題、人物、環境等具體特徵，以及藝術形式方面的結構形態、表現方法甚至創作原則等，都作了深入的探討，提出一系列比較正確的切實的見解，並以此爲準則對當時的新小說創作進行了具體評述，尤其對魯迅的小說作了充分的肯定。這不僅對新小說的創作實踐具有理論的指導意義，爲新小說藝術樹立了楷模，即使對今天的小說創作也大有裨益。可見，茅盾的新小說觀又具有立新的先進特色。

在我們對茅盾前期的新小說觀作了肯定性的評價的同時，也應該指出它的明顯的歷史局限性。主要表現在：其一，茅盾以新小說理論對鴛鴦蝴蝶派等現代舊小說進行了比較徹底的深入的批判，在大方向上是正確的，並且也作了一些具體分析，如對古代的章回體就沒有完全否定、對「中西混合的舊式小說」在佈局方法上也作了一些肯定等。但總的來看，他當時的批判並未完全達到歷史唯物主義思想高度，嚴格說來尚存在一定的片面性。曾有人指出：「五四運動以後，本來對一切非文藝形式的文字，完全予以否定的。而章回小說，不論它的前因後果，以及它的內容如何，當時都是指爲鴛鴦蝴蝶派」。〔註 63〕茅盾對現代舊派小說雖然尚未達到絕對否定的程度，但總使人感到具體的歷史的分析評判不夠。現代舊派小說擁有龐大的作者隊伍，創作編輯的報刊花樣繁多，長短篇小說浩如煙海，據有人不完全統計僅長篇言情小說、社會小說約一千多餘部，若加上武俠、偵探、宮闈小說近兩千部。從總的創作目的、思想傾向和藝術傾向以及社會效果方面予以否定性的批判是無可厚非的，然而對一些少數作家少數作品在現代文學史上是否應該給予某些肯定，卻應該取審愼態度和實事求是的做法。如張恨水前期的一些「揭露黑暗勢力」的小說應該給予一定的歷史地位；即使徐枕亞的《玉梨魂》這樣的「鴛鴦蝴蝶派」的代表作品，在批判了它的維護封建禮教的反動傾向的同時，對主人公夢霞最後爲資產階級領導的辛亥革命壯烈捐軀的精神是否應作一定的肯定？特別對於現代舊派小說運用的章回體形式，在指出它的程式化、單一化的嚴重缺陷的同時，是否還應該考慮一下究竟它有沒有可取之處，不然爲什麼現代章回體舊小說擁有那麼多的讀者，難道這些讀者都是抱著遊戲、消遣的目的來看閒書的「小市民」嗎？如果說，由於當時創建新小說的

〔註 63〕 《新文學史料》，1982 年第 1 輯第 86 頁。

大破大立的需要或者因為時代的認識的局限，對這派的小說不可能作出歷史的公允的評價，那麼今天研究或教授現代文學史就應該比當年茅盾對現代舊派小說的評判更科學一些，對過去的歷史結論，正確的應該維護，不正確的或者有點片面性的，是否可以重新評論或者加以補充呢？其二，茅盾的五四前後的新小說理論，雖然含有辯證唯物主義因素，但從總體來看，並未出離西方資產階級文藝思想範疇，因而給他的新小說觀帶來一定的矛盾性和局限性。如對西方的現實主義小說家和自然主義小說家，只看到他們創作傾向的一致性，對於區別性就含糊不清，所以便把自然主義小說和寫實主義小說混為一團；西方自然主義小說固然同中國現代的舊小說相比，具有很多的優越性，其自然主義描寫方法和實地觀察態度可為療救中國新舊小說弊病的對症之藥，對此予以肯定是應該的，但是也應該具體指出自然主義小說的嚴重缺陷（當然也作了一定分析），否則容易給人以「排除眾家獨尊自然主義一家」的印象。

茅盾五四前後的新小說觀，基本具有革命的、戰鬥的、辯證的思想特色，存在的不足僅是歷史的局限；隨著新文學運動的發展和自身世界觀的轉變，他的新文學觀到了五卅前後基本接近或達到無產階級思想的高度。

1982.3.19

茅盾前期論現實主義文學批評

　　毛澤東同志說：「文藝界的主要的鬥爭方法之一是文藝批評。」現代的文學批評是伴隨著五四文學革命的前進步伐登上歷史舞臺的。它以革命民主主義與其相聯繫的人道主義思想作指針，以現實主義美學原則作標準，敏銳地審視和洞察著文學領域，掃蕩封建主義舊文學，培植民主主義新文學，爲中國現代新文學的創建作出了重要貢獻，顯示出全新的文藝批評姿態。雖然文學批評古已有之，但「中國一向沒有正式的什麼文學批評論；有的幾部古書如《詩品》、《文心雕龍》之類，其實不是文學批評論，只是詩賦、詞贊……等等文體的主觀的定義罷了。」〔註1〕茅盾對中國古代文學批評的估價是否偏低，姑且不論，不過他指出了一個重要現象，即封建時代的文學批評並不十分活躍，特別缺乏系統的完整的文學批評論。到了近代，文學批評有所發展，它不僅繼承了古代的評點式的，或詞贊、詩話式的文學批評傳統，而且出現了以梁啓超的《小說與群治之關係》爲代表的改良主義小說理論，以及《小說叢話》這樣形式獨特的文學批評。但從總體來看，近代文學批評並未脫開古代文學批評的舊套。五四時期的現代文學批評，由於緊密配合著徹底反帝反封的新民主主義革命，所以顯示出生動活躍，尖銳潑辣，破舊立新，所向披靡的戰鬥風貌。不僅建立了許多重要的文學批評陣地，出現了文學批評隊伍的雛型，而且在戰鬥的文學批評中，湧現了各種各樣的文學批評形式，也初步有了不同思想色彩的文學批評論。

　　茅盾一躍上五四文學論壇，便表現出驚人的文學批評才能。他是五四新

〔註1〕《「文學批評」管見一》。

文學運動中，湧現出來的傑出的文學批評家，更是文學研究會的文學批評主將。如果說，側重於社會批評的《新青年》和綜合性的刊物《新潮》上面的文學批評，還顯得零散，火力不集中；那麼，1921 年 1 月文學研究會成立，由茅盾接編並全面革新的《小說月報》，它不僅是一個純文藝性的大型刊物，而且也是集中開展文學批評的重要陣地。茅盾高舉現實主義文學批評大旗，以《小說月報》、上海《文學旬刊》等為陣地，積極倡導新文學理論，開展文學批評工作。不僅以戰鬥的文藝批評，同封建的、鴛鴦蝴蝶派的舊文學「紮硬寨，打死仗」，為新文學發展披荊斬棘，掃清道路，而且獎掖新人新作，批評不良的創作傾向，培育文學新生力量，促進了新文學創作的發展。在大力開展文學批評以推動文學事業發展這一點上，茅盾同俄國文學批評家別林斯基有相似之處。別林斯基認為，文學批評應當成為刊物的生命和靈魂，是它的經常工作，因而從 1900 年起，他多年都以雜誌為陣地，對俄國文學進行概括的評述，從理論上闡明了文學的社會使命和美學價值。在中國，從 1921 年起，茅盾便以《小說月報》等為陣地，擔負起評述當時我國文學的任務，不僅寫了綜合評述文學創作的文章，而且也寫了一些作品論，流派論，提出一些新的文學創作中急待解決的重要課題，指導文學創作實踐，向著健全的方向發展。比如《春季創作壇漫評》、《評四五六月的創作》、《〈創造〉給我的印象》、《讀〈吶喊〉》等，則是五四文學批評活動中具有開拓意義的批評文章。可見，文學批評在早期的茅盾手裡，成為他經常自覺地使用的文學武器。他的辛勤的勞績為我國現代文學批評奠定了基礎。

一

　　文學批評是對文學作品的是非、真假、美醜、善惡作理論上的鑒別和判斷，也就是根據一定的欣賞實踐，通過一定的理論分析，對文藝作品客觀的社會價值和美學價值作出評價。因此，努力掌握先進的美學理論和文藝批評標準，是正確開展文學批評的重要條件和前提。茅盾當時認為：「我們現在講文學批評，無非是把西洋的學說搬過來，向民眾宣傳」。〔註 2〕這說明他最初開展文學批評的理論基礎，主要吸取了「西洋的學說」。五四時期，他較系統地研究了歐洲的古典主義、浪漫主義、自然主義（或寫實主義）、新理想主義

_____

〔註 2〕 《「文學批評」管見一》。

等文學流派，也考察了先秦以來我國文學發展的歷史，形成了他的為人生的進步的文學觀，提出了眞、善、美統一的美學主張，確立了現實主義文學批評標準。他認為，「最新的不就是最美的、最好的」，惟「『美』，『好』是眞實」。〔註3〕根據眞、善、美統一的美學規律，他不僅強調為人生而藝術的現實主義文學應把「眞」作為最大的目標，忠實地反映現實人生的本來面目；而且又把藝術上的眞實性同社會的功利的「善」結合起來。從而提出了為人生的藝術要徹底揭露「全社會的病根」，並指出光明的路來，以激勵人們向上的積極性，達到改革社會的目的。同時，這種眞與善的文學必須是美的，是按照藝術規律創造的。茅盾當時的文學思想儘管還存在著某些機械論因素，但在文學與生活的關係上，基本上堅持了唯物主義美學原則。茅盾也非常注重時代和文學的關係，特別是時代和作家的關係。明確地指出「眞的文學也只是時代的文學」；〔註4〕「一個時代有一個環境，就有那個時代環境下的文學。環境本不是專限於物質的，當時的思想潮流，政治狀況，風俗習慣，都是那個時代的環境，著作家處處暗中受著他的環境的影響，決不能夠脫離環境而獨立」，〔註5〕並進一步強調文學作品應該反映作家所處的時代背景和社會生活；惟有眞實地反映一定時代背景下的現實生活的文學，才是眞正的為人生的文學。他認為不論是對當時文學創作狀況的考察，或者是對具體作家作品的評論，都與當時時代、社會環境緊密聯繫在一起。這些先進的現實主義文學思想，正是他在五四時期開展文學批評所堅持的標準和前提條件。

二

　　茅盾的文藝批評，最突出的特點是同活生生的文藝實踐聯繫在一起，總是以切實的考察和縝密的研究作為理論判斷的基礎，他從不主觀武斷，亂捧亂砍，因而他的立論精闢，分析紮實，有理有據，令人信服。他在進行文藝批評時，既不無的放矢地空發議論，也不玩弄一些概念，他總是從研究、考察文藝創作的實際狀況入手，對一些具體作品進行有說服力的分析，並從而提出創作中應注意的問題。在五四文學革命初期，雖然魯迅等作家，以《狂人日記》等作品，顯示了新文學的實績，但從所有的創作領域來看，眞正稱得

〔註3〕《小說新潮欄宣言》。
〔註4〕《社會背景與創作》。
〔註5〕《文學與人生》。

上新文學的作品並不多。面對這種創作現況，究竟存在哪些突出問題？應該如何解決這些問題？茅盾通過切實的考察，不僅指出了新文學創作中的問題，並且提出解決問題的方法。例如在《春季創作壇漫評》中，他對從有關報紙雜誌上看過的短篇小說 87 篇，劇本 8 篇，長篇小說兩種，一一列出篇名、作者以及諸篇所發表的報刊，並分門別類地進行了評述，既肯定了一些符合現實主義美學思想的好作品，「表示是革命文學」，又指出一些作品「於觀察現實方面欠些工夫」，並希望作家遵循「自然主義」去創造「爲人生而藝術」的小說。他在《評四五六月的創作》一文裡，將三個月中創作的 120 多篇小說，共分爲「描寫男女戀愛的」、「描寫農民生活的」、「描寫城市勞動者生活的」、「描寫家庭生活的」、「描寫學校生活的」、「描寫一般學校生活的」等六類，並列舉出六類所屬的篇數，根據六類中所包括的篇數，深入地探討了當時創作壇的狀況。茅盾獨闢蹊徑地運用類別三個月創作的方法，眞是別開生面。他通過這種方式評述作品，既可以顯出諸篇作品各所描寫的社會的一角，又可以通過一角去窺察同屬於一類創作的全貌，從中尋覓出共同的色彩與中心思想，以及描寫技術方面的不同的格式；並根據創作中存在的「描寫勞動者生活的作品顯然和勞動者的實際生活不符」的問題，明確地提出了「現今創作壇的條陳是『到民間去』；到民間去經驗了，先造出中國的自然主義文學來」。這篇評述體現了茅盾的現實主義的文藝批評觀，即：「當今批評創作者的職務不重在指出這篇好，那篇歹，而重在指出（一）現在的創作壇（從事創作的人們）所忽略的是哪方面，所過重的是哪方面，（二）在這過重的方面，——就是多描寫的哪方面———一般創作家的文學見解和文學技術已到了什麼地步。」可見，茅盾的文學批評是注重整個文學的傾向，注重總的趨向中每個作家的風格，注重每篇作品的色彩，及其反映的思想傾向。俄國文藝批評家車爾尼雪夫斯基曾說：「一般說，批評總是根據文學所提供的事實而發揮的，文學作品是批評結論必要的材料。」〔註 6〕茅盾有類似的見解，並且也是這樣實踐的。

三

強調和重視文學作品的思想性及其社會功利，是茅盾進步的文藝批評的又一特點。他在文學批評中非常強調和注重文藝作品的思想性，以及所產生

〔註 6〕 《車爾尼雪夫斯基論文學》（上），第 6 頁。

的積極的社會作用，反對文藝作品的無思想性和超功利傾向。他認為「文學作品不是消遣品了，是溝通人類感情代全人類呼籲的唯一工具」，〔註7〕是改造人生的不可缺的利器；又說「文學是有激勵人心的積極性的。尤其在我們這時代，我們希望文學能夠擔當喚醒民眾而給他們力量的重大責任」；〔註8〕文學應當有「對當時時代罪惡反抗的意思和對未來光明的信仰」。〔註9〕他號召新文學家「要有鋼一般的硬心去接觸現代的罪惡」，「要以我們那幾乎不合理的自信力去到現代的罪惡裡，看出現代的偉大來」。〔註10〕可以看出茅盾強調的思想，即是指當時的文學作品要以革命民主主義思想為指導，真實地反映時代，徹底揭露當時黑暗的現實，同情社會底層的被壓迫的人民，起到激勵人心、喚醒民眾以積極改造社會的教育作用。於是，他從對文學作品這一要求出發，針對當時文學創作的實際情況，銳敏地感到文學作品思想性的薄弱。因此，他對當時有些文學作品不能反映當時社會的罪惡、人民的痛苦的狀況，極不滿意，而對那些反抗時代的罪惡、同情被損害者，和激勵人心、喚醒民眾的作品及其作者，則表示敬意，並給以極大的鼓勵。如他在《春季創作壇漫評》一文中，從他讀過的春季創作的一些作品中，選取了24篇，進行了重點的精鍊的分析，並對這24篇作品的思想性，作了肯定和讚揚：「我對於上面的24位作家，表示非常的敬意，因為他們著作中的呼聲都是表示對於罪惡的反抗和對於被損害者的同情，雖然他們的作品不怎樣完全，這是不關緊要的。」他要求文學作品既然描寫社會，反映人生，揭露時代罪惡，同情被損害者，那作家就應當體察時代，瞭解人生，研究社會，只有這樣，才有可能寫出反映社會、反映人生，具有積極思想性和良好社會作用的作品。

尤其可貴的是，茅盾關於重視思想性評述的獨特之處在於：看作品能否從人生觀上指導人們，特別是青年一代，來作為評價小說主題思想的重要依據。他在《創作的前途》一文中，針對當時有些作品「把忠厚善良的老百姓，都描寫成愚騃可厭的蠢物，令人誹笑，不令人起同情」；描寫「新舊人物對於婚姻問題女子求學問題的小說」，大多不能赤裸裸地描寫出新舊思想衝突的「根本原因」，往往造成悲劇；對於「青年的煩悶」，作品描寫得過於悲觀，「絕

〔註7〕 《文學和人的關係及中國古來對於文學者身份的誤認》。
〔註8〕 《「大轉變時期」何時來呢？》。
〔註9〕 《創作的前途》。
〔註10〕 《樂觀的文學》。

少光明」等情況，因而要求作者在描寫此類題材時，應「隱隱指出未來的希望，把新理想新信仰灌到人心中，這便是當今創作家最重大的職務。」特別描寫「青年人的煩悶」的作品，「應該把光明的路指導給煩悶者，使新信仰與新理想重複在他們心中震盪起來。」這是當時先進的革命者和知識分子在探索國家、民族、個人前途命運的時代特徵，在茅盾文藝批評中的反映。

四

重視文學作品的藝術性，強調作家的藝術個性，是茅盾文學批評不可忽視的特色。文學作品主題的揭示，思想傾向的流露，以及對社會的教育作用，均靠藝術形象的描繪而體現出來。所以，藝術形象描繪得如何，關係到文學作品的成敗得失。而藝術技巧的高低，又直接影響到藝術形象描繪得成功與否。對此，茅盾有深刻的認識。他在積極強調文學作品的思想性的同時，也極力主張文學作品應有高度的藝術性，要注重藝術形象的描繪。他在《小說新潮欄宣言》中，非常辯證地指出：「文學是思想一面的東西，這話是不錯的。然而文學的構成，卻全靠藝術。同是一個對象，自然派去描摹便成為自然主義的文學，神秘派去描摹便成為神秘主義的文學，由此可知欲創造新文學，思想固然要緊，藝術更不容忽視。」即「文學作品雖然不同純藝術品，然而藝術的要素一定是很具備的。」〔註11〕他主張文學作品要有藝術性，絕不是提倡沒有思想性的藝術性，而是把思想性和藝術性有機地統一起來，作為評價文學作品的標準。

茅盾從強調文學作品藝術性的角度出發，還要求作家要有自己獨特的風格。他說：「真正的作家必有他自己獨具的風格，在他的作品裡，必能將他的性格精細地透映出來。文學所以能動人，便在這種獨具的風格」。〔註12〕茅盾在這裡所說的作家「獨具的風格」，即指作家的創作個性。作家的創作個性表現在作品中，便成為作品的風格。文如其人，作品的風格體現著作家的個性特點。由於作家所處的時代和社會地位、生活閱歷、文化教養等方面的不同，便形成作家不同的個性特徵。不同個性的作家，便創作出不同風格的作品。作家所創作的作品風格，是作家在長期創作實踐中自然形成，和逐步發展起來的。助長和仿襲是形不成自己作品風格的。正如茅盾所說，作品的風格「最

〔註11〕 《新文學研究者的責任與努力》。
〔註12〕 《獨創與因襲》。

好因其自然，盡量發展，不必助長。若要去擬去仿張大家、王大家，那一定
是『畫虎不成』。正如男人扮了女人，任是怎樣馴熟，總不免有些扭扭捏捏，
裝腔作勢；想將別人的風格移到自己的文章裡，任你手段怎樣高妙，也免不
了有些做作氣。明知吃力不討好又何必白費心呢？」〔註13〕他所反對的是離
開作家及其作品的實際情況，不努力形成和發展自己作品的風格，而一味地
「助長」和摹仿別人的藝術技巧；如果為了發展自己的個性和作品的風格，
在作家自己個性及其作品的基礎上，正確地借鑒別人成熟的藝術技巧，那麼
茅盾則是積極提倡的。他說：「所謂文學描寫的技術實是創作家天才的結晶，
離了創作品便沒有文學的技術可見，這自是不錯，所以，如果說凡創作家一
定也就是創出一些新的從未有過的文學上的技術的，這話自然也不錯；但如
因此而謂別人所成就的文學技術於自己的創作時完全無影響無助力，這就似
乎未必是了。」〔註14〕正因為茅盾注重文學的藝術性和獨創性，所以在評論
中，對於那些思想性與藝術性達到較完美結合的，或者具有鮮明個性色彩的
作品，他都予以充分肯定；而對那些藝術粗糙，或缺乏藝術性的作品給予尖
銳的批評。

五

　　及時地指出創作中具有普遍性的不良傾向，是茅盾文藝批評的又一鮮明
特點。他在《新文學研究者的責任與努力》、《春季創作壇漫評》、《社會背景
與創作》、《評四五六月的創作》、《獨創與因襲》、《一般的傾向》、《自然主義
與中國現代小說》等文章中，都不同程度地、從不同的角度，指出了當時創
作中存在的一些不良傾向。概括起來，主要有以下幾方面：

因襲與模仿

　　力去陳言，勇於獨創，是新文學發展的標誌之一。當時創作界，能夠這
樣做的，為數甚少，多數人的創作中，存在著因襲與模仿的弊病。茅盾認為
這種弊病的存在，危害很大，不利於新文學的健康發展。對此，他進行了尖
銳的批評：「舊文學最顯明的弊病是因襲與模仿。新文學革了舊文學的命，
自當脫胎換骨，一新面目，才算是有出息。可是，兩三年來，雖也有幾個力

〔註13〕　《獨創與因襲》。
〔註14〕　《一年來的感想與明年的計劃》。

去陳言，戞戞獨造的作家，許多人總還不免有因襲與模仿的舊病」，「現在作品日盛，輾轉承襲，痕跡易顯；更有那貪便宜的，專以堆砌、模擬爲事，每況愈下；因而現象很覺不好，彷彿要走還原路。近來有好多作品，竟是空得一無所有，除掉那流行的濫調和做作出來的別人的風格。這種東西，只好裝裝幌子罷了，配說是創作麼？」〔註15〕因襲的文學，在創作中就難以出新，新文學也就不能發展。模仿中國的舊文學和西洋文學的皮毛，作家就形成不了自己獨具的風格。爲了使新文學擺脫舊文學的束縛，能夠脫胎換骨，一新面目，就必須掃除因襲與模仿的弊病，發揮獨創性。所以，茅盾向當時創作界指出：「文學貴在『創作』，文學不能不忌同求異。人家用過的，我固不必去拾唾餘；就是我自創的，被別人或自己用熟了時，也得割愛」，「眞正的作家必有他自己的風格，在他的作品裡，必能將他的性格精細地透露出來。」〔註16〕茅盾反對因襲與模仿，絕不是對舊文學和西洋文學一概摒棄不顧，他所反對的是一味地生吞活剝的照搬。至於舊文學和西洋文學中的有用的東西，應當積極地借鑒。這種借鑒，必須經過消化，變成自己的。不能爲借鑒而借鑒，借鑒是爲了從中吸取養料，以發展自己獨具的風格。所以，茅盾強調：「至於將他們消化，以供己用，原是極好，也是必要的。因爲消化以後，他們已不是誰們的而是我們的了。我說『創作』，也得先有了消化了的材料，才行。」〔註17〕

　　茅盾從發展新文學，文學貴在「獨創」的觀點出發，對當時創作中存在的作品雖多而變化太少、題材雷同、手法相似的弊端，極爲不滿。他通過閱讀大量作品，深深感到這一弊端的嚴重性，及其對新文學的危害。例如，描寫男女戀愛生活的作品，在當時創作中占絕大部分。當然，茅盾並不反對表現戀愛題材，也不是認爲此類題材的作品就不好。他所反對的是這類作品的內容單薄，題材雷同，用意淺顯，藝術手法相似。他曾在《評四五六月的創作》中，把所有這類題材的作品，概括爲只有兩種不同的形式：「（1）男女兩人的戀愛因爲家庭關係不能自由達到目的，結果是悲劇居多。（2）男女兩人雙方沒有牽制可以自由戀愛了，然或因男多愛一女，或因女多愛一男，便發生了三角式的戀愛關係，結果也是悲劇居多。」問題並不僅僅在於這類題材

〔註15〕《獨創與因襲》。
〔註16〕同上註。
〔註17〕同上註。

作品格式上的類似，而主要在於這些作品中所創造的人物都是一樣的面孔，甚至連人物的言語舉動都一樣，「不但書中人物不能一個有一個的個性，竟弄成所有的人物都只有一個個性，這樣的戀愛小說實在比舊日『某生某女』體小說高得不多。」又比如，當時描寫社會上貧富階級不同等而寓有人道主義的作品，也是如此。茅盾將這樣作品分為三種情況：「一是寫汽車碰死人，二是寫工廠裡工人的死，三是寫大洋房旁邊凍死叫化子。」不僅這三類作品的題材如此，而且構思佈局，描寫方法大致相同。茅盾認為如此雷同相似的作品，實在是欠少藝術價值。對此，他毫不掩飾地闡明了自己的看法：這些作品所寫的事實，「確是社會上常見的事實，而且大半是著作者身受的事，但是我總覺得這樣的『反映人生』的作品，欠少了藝術上的價值。如果僅能從記述『人生實錄』便算為藝術作品，那麼，新聞紙第三張所記的瑣事，豈非都成了小說麼？我以為總不是的。」〔註18〕

茅盾不僅在《一般的傾向》中，一針見血地指出了當時創作中存在著的這種弊病，而且從以下兩方面入手，深入地分析了產生這種弊端的原因：

首先，他指出：「現在的創作所以如此雷同，因為作家太把小說『詩化』了。換句話，就是作家把做詩的方法去做小說，太執板了。」當時創作界的人們中多數認為：「小說要努力做，便不成好小說，須得靠一時的靈感。」茅盾反對這種流行的說法，他強調寫小說，應在較長時間內對社會生活實地觀察後，方能描寫，「中外古今的大文豪的大傑作，何嘗不是構思幾年，修改數次而成的呢？」靠一時的靈感，或者說衝動是寫不出成功的小說來的。「亦惟先做過綿密的觀察而後寫出來的，方才同做一題而內容不雷同。」這是因為「天下本無絕對相同的兩件事」，也決沒有「兩人觀察一件事而所見完全相同的。」所以，從現實生活出發，在創作前對現實生活進行實地觀察，在進入創作中要有豐富的想像能力。這樣，即便寫同一題材的作品，也是各有千秋，不會雷同。

其次，有的「作者只看了別人的創作裡描寫的人生世態，而自己不先深入自己周圍的人生世態，不是自己捉來的，卻是從別人那裡看來的。」把別人作品裡的人生世態，搬到自己作品裡來，決不是創作中的什麼「捷徑」，而是彎路。這樣的作品，就必然雷同化。

〔註18〕 《一般的傾向》，1922 年 4 月 1 日《文學旬刊》第 33 期。

內容單薄，用意淺顯

　　內容單薄，用意淺顯，幾乎是當時文藝創作中，特別是小說創作中的通病。茅盾結合創作的實際情況，有針對性地批評了這一通病。他說：「譬如一篇描寫男女戀愛的小說，所講無非一男一女互相愛戀而因家屬不許，『好事多磨』，終於不諧，如此而已，……描寫青年煩悶的小說，只能寫些某青年志向如何純潔，而現社會卻處處黑暗可謂悲觀等等話頭；描寫『父』與『子』的衝突，只能寫些拘守舊禮教的父怎樣不許兒子自由結婚；總而言之，內容欠濃厚，欠複雜，用意太簡單，太表面。」〔註 19〕造成這一通病的原因，固然與作者的觀察力是否銳敏有關，但主要在於作者採取題材的目的不清楚。茅盾認為，作家選取什麼題材，必須有明確的目的。作家創作作品的目的，並不在於作家所擷取的某一題材本身，而在於通過描寫的題材，深刻挖掘和揭示的思想意義。正如他所指出的：「我們要曉得：小說家選取一段人生來描寫，其目的不在此段人生本身，而在另一內在的根本問題。批評家說俄國作家屠格涅夫寫青年的戀愛不是只寫戀愛，是寫青年的政治思想和人生觀，不過借戀愛來具體表現一下而已；正是這意思。」〔註 20〕茅盾殷切希望現代新派小說作家，要照此方向努力，這樣，方能寫出反映社會，反映人生，激勵人心，喚醒民眾的真正文學作品。

　　以上所述，可見茅盾在前期進行的文藝批評工作中，所堅持的進步的現實主義文藝批評觀點；針對當時創作情況指出的不良的傾向，對產生不良傾向的原因，所進行的有說服力的分析；以及對當時從事新文學創作的作家，所指出的努力方向。這不僅對當時新文學的發展，指導創作實踐，起了積極的作用，就是對今天的創作來說，仍有強烈的指導作用和積極的借鑒意義。

六

　　幫助讀者提高閱讀和鑒賞能力，突出地強調向外國文學學習，是茅盾前期開展文藝批評的又一特點。

　　五四時期文學界便認識到文藝批評的「兩重使命」在於：一是「指導著作

〔註19〕《自然主義與現代主義》。
〔註20〕同上註。

家使遵守正當的途程」，一是「指導讀者，使充分瞭解作品的眞價值」。〔註21〕
對於完成這「兩種使命」，茅盾作出了獨特的貢獻。他不僅通過批評文學創作
的不良傾向，或評價新人新作，爲作家指出了明確的現實主義創作原則，以
及克服缺點、提高創作質量的具體措施和途徑，而且根據讀者的要求，及時
進行指導，以培養和提高讀者正確理解、鑒賞文學作品的能力。1922 年冰心
創作的《瘋人筆記》在《小說月報》上發表後，有位名曰「嘯雲」的讀者來
信反映，感到這篇小說「迷離惝恍，莫名其妙」，不知所云，難以把握。茅盾
爲了幫助讀者認識這篇小說的特點，及時地指出：「《瘋人筆記》是神秘而且
帶點象徵的作品」，「我自知我的性情就不是能領悟神秘象徵派的」。〔註22〕魯
迅的名篇《阿 Q 正傳》陸續發表後，有的讀者給《小說月報》去信，既稱讚
魯迅的「一枝筆眞正鋒芒得很」，又指責他的筆「似是太鋒芒了了，稍感不眞實，
諷刺過分」。這裡提出了一個關係到《阿 Q 正傳》的藝術生命問題，即它究竟
眞實不眞實，如何認識它的藝術眞實？茅盾爲了幫助讀者正確認識魯迅小說
的偉大價值，從而提高他們閱讀、鑒賞魯迅小說的水平，根據美學的典型原
則，給讀者以深刻的指導：「阿 Q 這人，要在現社會中去實指出來，是辦不到
的，但是我讀這篇小說的時候，總覺得阿 Q 這個人很是面熟。是啊，他是中
國人品性的結晶呀！」〔註23〕

　　爲了更好地開展文藝批評，以推動五四新文學的發展，茅盾突出地強調
學習「西洋的學說」，對外國採取「拿來主義」。他不僅以批評的眼光接受並
介紹過資產階級民主主義、人道主義、進化論，甚至尼采的學說，而且也學
習並介紹過社會主義、歷史唯物主義。在文學方面，他較系統地介紹並研究
過西洋的文藝思潮，特別對左拉的自然主義、泰納的藝術哲學尤爲注重介紹。
可以說，他是博採眾長，形成了自己的現實主義文藝批評觀。在《讀〈吶喊〉》
中，他引用丹麥大批評家布蘭兌斯的觀點來總結魯迅小說的創作經驗，說明
「有天才的人，應該也有勇氣。他必須敢於自信他的靈感，他必須自信，凡
在他腦膜上閃過的幻想都是健全的，而那些自然而然來到的形式，即使是新
形式，都有要求承認的權利。」以此來論證魯迅是位富有天才的敢於創新的
小說家，是「創造『新形式』的先鋒」。特別對「問題小說」、「社會小說」，

〔註21〕《文學旬刊》第 37 期：《本欄的旨趣和態度》。
〔註22〕《通訊》，見《小說月報》第 13 卷第 7 號。
〔註23〕同上註。

或爲人生的現實主義小說的大力提倡，無不受外國文藝思想的影響。總之，以批評的眼光學習外國的進步思想或文學觀，結合中國文學的歷史和現狀開展文藝批評，不但是茅盾早期文藝批評的一個特點，而且也是他文藝批評思想的重要來源。

正由於茅盾能夠結合中國文學的實際情況，善於向外國學習，所以他早期的文藝批評觀帶有歷史唯物論因素的革命民主主義思想色彩，代表著五四時期現實主義文藝批評的最高水平。比如，魯迅的小說是五四新文學創作中成就最高的代表，不論是思想性或藝術性都達到了同時代作家不可企及的高度。但在 1923 年前的文學批評文字中，眞正能認識到魯迅小說的偉大價值的並不多，甚至有的批評主觀武斷貶斥《吶喊》中的大部分小說。有的批評者曾說什麼「《狂人日記》很平凡，《阿 Q 正傳》的描寫雖佳，而結構極壞，《孔乙己》、《藥》、《明天》皆未免庸俗，《一件小事》是一篇拙劣的隨筆」云云。然而茅盾卻不同凡響地於 1923 年寫出《讀〈吶喊〉》，以敏銳的現實主義批評眼光，結合當時的歷史背景，不僅深入地剖析了《吶喊》集小說的思想意義，並且以階級對立的觀點揭示了魯迅小說人物形象塑造的深刻性，充分肯定了阿 Q 典型的眞實性和普遍意義，由衷地推崇魯迅在藝術上的勇於探索的精神。在五四時期，茅盾對魯迅小說的價值就能達這樣的認識高度，實在是可貴得很。

七

強烈的戰鬥性是茅盾早期文藝批評的又一重要特色。自 1921 年茅盾接編改革後的《小說月報》後，便自覺地擔負起批評鴛鴦蝴蝶派小說的戰鬥任務，他同新文學陣營的其他批評者一道，對鴛鴦蝴蝶派展開一場圍剿戰，爲五四新文學的健全發展清道鋪路。早在 1920 年 1 月，他發表的第一篇文學論文中便指出：文學是「『血』和『淚』寫成的，不是『濃情』和『豔意』做成的，是人類中少不得的文章，不是茶餘酒後消遣的東西。」這就初步地揭露了鴛鴦蝴蝶派小說的實質。此後，茅盾寫了許多富有強烈戰鬥色彩的文章，從內容到形式，從創作動機到社會效果等方面，對鴛鴦蝴蝶派小說的消極性，作了比較深刻的、全面的剖析，特別是《自然主義與中國現代小說》一文，更是對鴛鴦蝴蝶派的沉重打擊。它不但深刻地揭露了鴛鴦蝴蝶派文人的「文以載道」和「遊戲消遣」文學觀念的流毒，而且聯繫其小說作品，尖銳地指責

它們在內容上「拋棄了眞實的人生不察不寫，只寫了些佯啼假笑的不自然的惡札；其甚者，竟空撰男女淫欲之事，創爲『黑幕小說』，以自快其『文字上的手淫』」，在形式上呆板地沿襲舊小說的章回體，在技術上只是「記帳式」的敘述，同時對它們的「藝術觀」和人生觀也作出深入的剖析。茅盾不僅對鴛鴦蝴蝶派小說的本質作了入木三分的分析、批判，並且對那種把鴛鴦蝴蝶小說硬說成是新寫實小說的魚目混珠的論調，也進行了淋漓痛快的揭露，戳穿其卑鄙的目的和險惡的用心。1922 年「學衡派」吳宓曾在《中華新報》上登出一篇《寫實小說之流弊》的文章，別有用心地把寫實小說和黑幕、禮拜六派小說混爲一團，統統說成是「寫實小說」，然後橫加撻伐，冠以罪名。茅盾當即寫了《「寫實小說之流弊」？》一文，予以痛擊，一針見血地揭穿了吳宓這種魚目混珠以售其奸的險惡用心，進而揭露了鴛鴦蝴蝶派小說的弊端，捍衛了寫實主義新小說的應有地位。鴛鴦蝴蝶派小說如同「病菌得了機會」就蔓延，後來借 1923 年創辦的通俗刊物《小說世界》廣爲流佈，雖然它們披著白話新小說的外衣，實質還是鴛鴦蝴蝶派的新反撲。上海《文學旬刊》連續幾期載文集中火力鞭撻，形成圍剿之勢。在這場圍剿戰中，茅盾進一步發揮其文學批評的戰鬥威力。

以上著重對茅盾前期開展文藝批評的主要經驗及功績作了概括的評述。雖然 1921 年以後，茅盾的現實主義文藝批評已含有無產階級思想因素，但是眞正（或者說基本上）獲得了馬克思主義文藝批評觀，是在 1925 年「五卅」運動前後。這時他明確地認識到：「批評論是站在一階級的立點上爲本階級的利益而立論的。雖然自來的文藝批評家常常發『藝術超然獨立』的高論，其實何嘗辦到眞正的超然獨立？這種高調，不過間接的防止有什麼利於被支配階級的藝術之發生罷了。我們如果不願意被甜蜜好聽的高調所麻醉，如果不願意被巧妙的遮眼法所迷惑；我們應該承認文藝批評論確是站在一階級的立點上爲本階級的利益而立論的。所以無產階級藝術的批評論將自居於擁護無產階級利益的地位而盡其批評的職能，是當然無疑的。」〔註 24〕表明他當時對文藝批評的認識已接近或達到階級論的高度了。

〔註 24〕 《論無產階級藝術》。

茅盾與白話運動

　　白話運動是五四新文學運動的重要組成部分，主要指語言、文體等形式方面的改革。早在 1917 年，胡適、陳獨秀等新文學先驅，就把以白話取代文言、廢除舊格律等字樣寫在文學革命的旗幟上，作爲新文學運動的重要任務之一標示出來；1918 年 4 月，胡適發表了《建設的文學革命論》，提出了「國語的文學，文學的國語」的白話文學主張，把文學運動和國語運動結合起來，於是「『文學革命』和『國語統一』遂呈雙潮合一之觀」；1919 年「五四」愛國運動的爆發，大大推動了白話運動的蓬勃發展，幾乎所有的報刊都「白話化」了。這樣，新文學運動的以白話取代文言正宗地位的改革任務，便取得了決定性的勝利。從此，白話運動和文學革命兩大潮流合而爲一，「轟騰澎湃之勢愈不可遏」。〔註 1〕

　　五四時期白話運動所取得的重要成就，應該載入史冊；白話運動倡導者或捍衛者的歷史功績，應該充分肯定。但建國以後由於某些原因，曾影響了對白話運動及其倡導者或捍衛者的歷史地位的公正評價。具體來說，我們今天無論評述哪一個中國新文學運動的倡導者或奠基者的歷史功過，都不能不考察他對白話運動的態度及其白話主張。在對茅盾研究的專著或論文中，很少談及他對白話運動的貢獻。其實，茅盾踏上五四文壇，雖然沒有像陳獨秀、胡適、錢玄同、劉半農等人提出系統的白話主張，但是他在捍衛五四白話運動成果並將白話運動進行到底的鬥爭中，卻表現出無比的堅定性和徹底性，而且提出一些重要的白話見解。

〔註 1〕 黎錦熙：《國語運動史綱》。

一

　　由於以白話取代文言的白話運動，直接戳穿了封建思想賴以存在的堅硬
外殼，剝奪了統治階級及其御用文人施行文化專制主義的得力工具，因此新
文學運動一興起，便激怒了維護幾千年語言舊習慣的保守勢力及封建統治階
級，遭到它們強烈反對。魯迅曾指出：「記得初提倡白話的時候，是得到各方
面劇烈攻擊的。」〔註2〕這場白話與文言的鬥爭持續了相當長的階段，幾乎貫
穿了 30 年的中國現代文學發展史的前 20 年；其鬥爭實質，是革命派同守舊
派的鬥爭，是白話新文學同文言舊文學誰勝誰負的鬥爭。魯迅說：「總要上下
四方尋求，得到一種最黑，最黑，最黑的咒文，先來詛咒一切反對白話，妨
害白話者。即使人死了真有靈魂，因這最惡的心，應該墮入地獄，也將決不
改悔，總要先詛咒一切反對白話，妨害白話者，」〔註3〕這不僅表現了魯迅堅
決反對一切反對白話者的大無畏精神，而且也深刻地反映了白話與文言之爭
的尖銳性和複雜性。但是，五四新文學運動的倡導者或擁護者，並不是都能
將這場「文白之爭」進行到底的，所表現的立場和態度也並非都是那樣的堅
定不移的。胡適曾是白話文學的積極鼓吹者，是五四時期文壇上風雲一時的
人物，並受到復古派的詆毀和攻擊，但是隨著新文化運動的深入和中國革命
的發展，他卻由一個新文學的倡導者逐步走向對立面，同復古派站到一條線
上了；錢玄同、劉半農等在五四白話運動中，不愧為「新青年」派的戰將，
後來也逃離了「白話與文言之爭」的火線。真正繼承五四新文學運動的戰鬥
傳統的、堅決捍衛並發展白話運動戰果的，是魯迅、郭沫若、茅盾等為代表
的革命文學新軍。茅盾在「文白之爭」中，始終同文化革命的旗手魯迅站在
同一戰壕裡，表現出立場堅定、頭腦冷靜、認識敏銳、批判有力、分析有理
的戰鬥風姿。

批判折衷派的「新舊平行」說

　　在五四時期，「極力主張白話和極力主張文言兩派」發生過激烈「衝突」，
而主張白話的新文學陣營則對維護文言正宗地位的舊文學營壘進行了勇猛的
反擊。正在白話運動衝破復古勢力的阻力蓬勃發展的時候，冒出一個折衷派，
主張「新舊並行」，也就是：「美文的（文學作品）用舊——即文言」，「通俗

〔註2〕魯迅：《墳・寫在〈墳〉後面》。
〔註3〕魯迅：《朝花夕拾・二十四孝圖》。

的說理的（應用文）用新——即白話」。〔註 4〕這種表面看來不偏不倚的折衷
論調，比赤裸裸地反對白話維護文言的主張帶有更大的迷惑性和危險性，因
而折衷派能起到復古派起不到的作用。1919 年 8 月，胡適的同鄉黃覺僧曾在
上海《時事新報》上發表一篇《折衷的新文學革新論》，既不贊成「反對文學
革新之國粹論者」，又不同意文學革命者以白話取代文言，主張「通俗的美術
文（用於通俗教育者）與中國舊美術文」並行，即文言文與白話文分庭抗禮，
實際上這是打著折衷的幌子為文言文張目。胡適當即予以駁斥，指出「若要
使中國有新文學，若要使中國文學能達今日的意思，能表今人的感情，能代
表這個時代的文明程度，非用白話不可」；〔註 5〕他所以極力反對新舊美術文
並存或文言白話並行，因為在他看來死文言只能做死文學，惟有白話才能做
活文學。茅盾對折衷派的新舊並行說的批判，雖然沒有像胡適那樣從文學與
社會與時代與個人情感的關係上，論述廢文言倡白話的必要性；但他卻能以
進化論的發展觀，從新文學的「普遍性質」（即廣泛的群眾性、社會性）及「美
文」的本質上，闡明了提倡白話廢棄文言的深遠意義，並且避免了胡適的文
言只能做死文學、白話才能做活文學的絕對化傾向，使他的批判顯示出辯證
法的威力。他認為，「所謂『美文』並不是定是文言，白話或不用典的，也可
以美」。這就比較辯證地指出，「美文」不僅文言可以作，白話也可以做，單
從表現形式的角度看，這是符合文學史實的；但是判定新舊文學的性質，「不
在形式」〔註 6〕（主要指語言）而在內容實質。衡量文學內容實質不能只看
「新」，因為「最新的不就是最美的」，惟有「真實」才是「美」〔註 7〕的。這
比胡適的認識深刻得多，辯證得多了。既然文學的新舊在內容不在形式，那
麼五四新文學為什麼先強調形式的改革、為什麼必須用白話語體來做呢？這
是因為決定新舊文學性質的主導因素——文學反映的社會生活內容已經發生
「驟變」，文學的社會功利要求也變了。五四時代是一個徹底反帝反封建的時
代，是一個爭取人性解放和民族獨立的時代，是一個平民主義精神大發揚的
時代。因此，茅盾認為文學不能再是少數封建貴族階級的「載道」或「遊戲」
的工具，它必須具有「表現人生、指導人生的能力」，它必須是「為平民的非

〔註 4〕《新舊文學平議之評議》，1920 年 1 月《小說月報》第 11 卷第 1 號。
〔註 5〕胡適：《答黃覺僧君〈折衷的文學革新論〉》，見《胡適文選》。
〔註 6〕《新舊文學平議之評議》，1920 年 1 月《小說月報》第 11 卷第 1 號。
〔註 7〕《小說新潮欄宣言》，1920 年 1 月《小說月報》第 11 卷第 1 號。

爲一般的特殊階級的人的」。〔註 8〕由於新文學反映的生活或時代的內容及其
社會功利發生巨變，故文學形式則必須進行相應的變革，僵化的文言勢必要
讓位給白話。因爲，惟有白話才能適應新文學的平民化、社會化的需要；惟
有語體才能使新文學完成表現新內容新精神新人物的歷史使命，才能使之勝
任指導人生、改造社會的崇高職能，才能使白話文學「在意識形態的鬥爭上」
發揮「更有效的工具」〔註9〕作用。這就有力地回擊了折衷派的主張，愈加助
長了白話文學的威勢。

駁斥反對白話詩者

　　新文學初興之時，先驅們即提出「廢騈廢律之說」，〔註 10〕並以舊詩壇
作爲文學革命的突破口。當時守舊派梅覲莊提出「小說詞曲固可用白話，詩
文則不可」；〔註 11〕胡適堅決反對這種看法，他認爲白話可以作小說之利器，
也可以「爲韻文之利器」，且要「實地試驗」，以白話作詩，「闢一文學殖民
地」。〔註 12〕由於文言格律詩是在漫長的封建社會形成，一直被視爲封建正
統文學，它在社會上有著很深的影響，受到保守勢力的竭力維護，因而一開
始打破舊格律，創造白話詩，便遇到很大阻力，激起守舊派的反對。劉半農
曾回憶說：「在民國六年時，提倡白話文已是非聖無法，罪大惡極，何況提倡
白話詩。所以胡適之詩中有『兩個黃蝴蝶』一句，就惹惱了一位黃侃先生，
從此呼適之爲黃蝴蝶而不名；又在他所編的《文心雕龍札記》中大罵白話詩
爲驢鳴狗吠」。〔註 13〕但是文學革命新軍敢於辟除舊詩壇上的「荊棘」，大膽
地進行白話詩詞的「嘗試」，隨著五四新文學運動的深入發展，白話詩也蔚然
成風，1920 年胡適的白話詩《嘗試集》正式出版，受到新文學陣營的「開風
氣的嘗試」的讚譽。這一下可惹惱了復古派，胡先驌攻擊「《嘗試集》，死文
學也」，並咒其「必死必朽」；〔註 14〕吳宓更加露骨地詆毀白話詩，反對廢格
律棄文言，主張「鎔鑄新材料以入舊格律」。〔註 15〕針對 1922 年前後「反對

〔註 8〕　《新舊文學平議之評議》，1920 年 1 月《小說月報》第 11 卷第 1 號。
〔註 9〕　《關於「創作」》，1931 年 9 月《北斗》創刊號。
〔註 10〕　胡適：《文學改良芻議》。
〔註 11〕　胡適：《〈嘗試集〉自序》。
〔註 12〕　同上註。
〔註 13〕　劉半農：《〈初期白話詩稿〉序》。
〔註 14〕　胡先驌：《評〈嘗試集〉》，《學衡》第 1 期。
〔註 15〕　吳宓：《論今日文學創作之正法》，《學衡》第 15 期。

沒有聲調（？）格律的白話詩」的聲浪，茅盾撰寫了《駁反對白話詩者》予以反擊，以捍衛五四新文學運動的初步成果。他首先列舉了反對白話詩者的論點，然後逐一駁斥：第一，反對白話詩者以為詩應該有「聲調格律」，並「運用聲調格律以澤其思想」；茅盾巧妙地反駁說：「思想怎樣可以運用聲調格律來『澤』它？難道一有了聲調格律，不好的思想就會變成好的麼？難道這就稱是『澤』麼？」這不僅揭露了反對白話詩者的「不通」，已到了黔驢技窮的地步，而且也說明了舊體詩的聲調格律根本沒有那麼大的神力，它已成了詩歌發展的鐐銬，不砸碎它新詩運動是難以前進的。第二，反對者誣「白話詩即拾自由詩的唾餘」；茅盾辯證地駁斥道：「白話詩固與自由詩同，要破棄一切格律規式，但這並非拾取唾餘，乃是見善而從」，並讚頌「近代歐美文學史上早已填滿了這些自由詩作者的大名」。這既維護了白話自由詩的方向，又提出了一條學習外國進步文學以創建我國新文學的重要原則——「見善而從」。第三，反對者認為「白話詩只為『少年』所喜」；茅盾一針見血地指斥：因為少年「不屑徒為古人的格律規式的奴隸，那當然是喜歡白話詩啊」，並進一步揭露了保古派的奴隸嘴臉：「古人所立的規式格律，當然是古人為表現自己的思想方便而設，何能以之為詩的永久法式？如果古人有這思想，那麼這便是專制的荒謬的思想，如果古人未嘗有此思想，而後人強要奉之，則後人便是奴隸的不自尊的思想了。」〔註16〕這是充滿辯證邏輯威力的駁斥：一是從內容決定形式、形式為內容服務的關係上，說明聲調格律是由詩所表現的思想內容決定的，不同時代的詩歌要表現不同的思想內容，因此表現古代人思想的格律法式當然必不適應五四時代新詩所表現的思想內容需要；二是從世界觀的高度，揭露反對白話詩者之所以墨守成規、維護舊詩格律，是因為不求改革的保守思想作怪，是奴隸性的表現。可見，茅盾的駁斥比起胡適來具有更大的雄辯力和銳利性，有理有據地斥退守舊派對白話詩運動的攻擊，為保衛白話文學成果，為白話詩的發展掃清了道路，作出了貢獻。

批判形形色色的復古派

在五四愛國運動高潮中，白話運動聲威大振，取得了以白話取代文言正宗地位的決定性勝利；但隨著五四運動走向低潮，各種反動政治勢力的日趨囂張，「文學界的反動運動」也逐步形成了。1922 年出現的「學衡」派和「整

〔註16〕《駁反對白話詩者》，1922 年 3 月上海《文學旬刊》第 31 期。

理國故」派以及 1925 年復活的「甲寅派」，則是構成文學界反動運動的三股主要勢力。雖然它們各自表演形態及其方式不同，然而「和其他反動運動一樣，文學上的反動運動的主要口號是『復古』。不論他們是反對白話，主張文言的，或是主張到故紙堆裡尋求文學意義的，他們的根本觀念同是復古」，〔註 17〕儘管他們編造了「一大套理由」，但無論怎樣也掩蓋不住他們反對革新、復古倒算的反動實質。茅盾在這場反對復古逆流、保衛五四白話文學運動成果的鬥爭中，站在文化革命新軍的前列，自覺地挑起批判復古派的時代重任。因為，他深刻地認識到：「我明知時代先生的皮鞭落到中國人的脊樑上，必不容中國人不朝前進，人類歷史的長途本來作曲線進行，反動之後必有反反動，反動運動的生命是不會長久的、可是我們萬不能竟把這幅擔子交給時代先生，自己做個旁觀者，我們要站在兇惡的反動潮流前面，盡力抵抗」。〔註 18〕說明他基本上能以唯物主義觀點洞察這場鬥爭的規律，並能遵循它，駕馭它，鞭策自己做革命的促進派，不做時代的觀潮派，勇敢地擔起時代賦予的使命，對復古派的謬論進行了有理有力的批判。

白話與文言究竟孰勝孰敗。經過五四運動，白話文已取得優勢地位，但是一些「文言忠臣」始終不甘心，頑固地堅守文言陣地，惡意地詆毀白話，說什麼文言無比優美，不可戰勝，白話卑俗不堪，非能成氣。1923 年 2 月上海《民國日報》的《覺悟》上，登載了十幾篇關於「文言白話之爭」的文章。茅盾針對幾位反對白話者的「妙論」，寫下《雜感》（一）。它運用雄辯的外國「文白之爭」的史實予以駁斥，深刻地揭示了文言必敗、白話必勝的歷史趨勢。「中國人要發表思想、宣洩感情，須得學習兩種『工具』：一是文言，一是白話。」這雖是中國的「特別國情」，但在地球上類似這種情況的不乏其例，猶太民族和希臘民族則是通例。本世紀初，希伯來文是猶太族的「文言」，一種叫做 yiddish 的方言是他們的白話，而當時那些善用希伯來文的老宿常誣這種方言村俗不堪入文，正像我國文言「忠臣」對於白話的態度，根本否認白話能取代文言的正宗地位；可後來猶太新文人如潘萊士等極力提倡白話文，並用白話作文作小說作詩，雖曾遭到希伯來文的忠臣們的反對，但由於大勢所趨，眾心所向，終於「傖俗的 yiddish 戰勝了古老歷史的希伯來文」，這是歷史的必然，誰也阻擋不了。希臘的「文白之爭」經過文藝復興運動，白話逐

〔註 17〕《文學界的反動運動》，1924 年 5 月《文學週報》第 121 期。
〔註 18〕同上註。

步取代了文言，儘管希臘的國粹家竭力反抗，然而白話戰勝文言的歷史趨勢是改變不了的。猶太、希臘的「文白之爭」的結局尚且如此，那中國的「文白之爭」的結果不是十分清楚了嗎？這種中外對照的批駁，不僅能使反對白話者理屈詞窮、自甘失敗，並且對致力於白話文者也是個深刻啓示。最後，茅盾抓住復古派誣文學革命者是「迷新的瘋子」的謬論，進一步指出：「在人類進化史上，瘋人是不絕地出現的！而且這種瘋氣原也是普遍的，非一民族所得專；且幸而不爲一民族所專有」，「中國有之，西洋也有的」。〔註19〕這是何等有力的批駁和辛辣的嘲諷。

白話與文言到底孰美孰醜。在「文白之爭」中，反對白話者極力鼓吹「文言文所以能美，就在可以用典故」；尤其危險的是，這種「假美主義」傳染了做白話的人們，不僅「看不出那話頭裡的謬誤，反以爲有理，於是就極力把文言家用濫的詞頭兒搬到白話文的殼子裡來，結果就造成了現在流行的『假美』的怪東西」。可見，誇文言「美」貶白話「醜」，是復古派對五四白話文學運動反攻倒算的卑鄙伎倆，而且已毒化了一些新文學工作者，這是一種極爲可怕的復舊情景。正是茅盾尖銳揭露的：「不幸近來我們的文藝者，捧出了美的神壇，做白話文的人們大家來講究美，於是已經打破的舊觀念忽又團結成形，居然有中興之勢，變象的用典主義（以用典爲美的觀念），漸漸擴張它的勢力，遂成了今日的假美主義橫行一時的局面。」其實，「自從文學革命的第一槍放出之後，已經把這個舊觀念（用典主義）打破了」。爲了擊退這股復古惡流，以儆醒新文學工作者，因而必須搞清那樣的語言才算眞正的「美」，文字的「美」究竟從哪裡來的。對此，茅盾的見解是相當精到的，閃爍著眞理的威力。他認爲，不論是文言還是白話，它的「美」的最重要條件是，「排除因襲而自有創造」，古詩人之所以用「螓」「蛾」等字眼形容女子的頭面，能使讀者感到美麗，乃是因爲第一次用這些字；後來詩人大都用起這些詞彙，不僅見不得美，反見得討厭了，根本緣由在於第一個詩人是創造，給人以新鮮感，所以就美；後來詩人再用，那是抄襲模仿，所以便不美了。這裡，提出一個重要的美學標準，即「文章美不美，在乎他所含的創造的原素多不多」，「創造的原素愈多，便愈美」。「如果一篇文學作品的體裁、描寫法和意境，都是創造的，那麼這篇文章即使不用半個所謂美的詞頭兒，還是極美的一篇東西；不然，即使全篇裡塡滿了前人用過的風花雪月，

〔註19〕《雜感》（一），1923 年 4 月上海《文學旬刊》第 70 期。

亦不過像泥水匠畫照壁，雖然顏料用的是上等貨，畫出來的，終究不成東西」。復古派主張多用典故，不過是亂用陳詞套語，因襲古人而已。這不僅不能增加文章的「美」，反而破壞了「眞美」，從根本上違背了惟有獨創的語言才能產生美感的美學要求。說穿了，文言家宣揚這種「假美主義」，實質上是爲了反對白話維護文言的獨尊地位。茅盾不但揭破了文言家鼓吹「用典主義」的卑鄙用心，同時還正告新文學工作者千萬莫落進「『用典主義』的陷阱裡」，一定要「從創造中得美，不要偷了文言家的幾個濫熟的詞頭兒，便自以爲『美在斯矣』」。〔註20〕

剝開穿洋裝復古派的自相矛盾的嘴臉。「他們自己也研究西洋文學，他們似乎也承認中國舊書裡對於文學的研究不及西洋人那麼精深；但是他們竭力反對白話。他們忘記了自己所欽仰的英美文學大家原來都是用白話做文章的。」這種自相矛盾的行徑，正是這夥穿著西裝的復古派的兩面性決定的。因爲他們盲目崇洋，必然帶有洋奴的氣味；由於他們迷戀封建文學，必然沾染上封建奴性。這兩「性」的結合，就決定了他們在「文學界的反動運動」中的特點和態度。茅盾還從歷史的發展趨向上，揭露這夥復古派反對白話維護文言的必敗下場。「原來『現代人作文須以現代語』，也和民主主義一樣，是舉所趨，不可抗的了。」即以白話取代文言的白話運動如同民主主義革命運動一樣，是歷史的潮流，誰若阻擋是決無好下場的。在這種新的革命時代，「不用白話做的文學作品」，實際上是「一種假古董，本身就沒價值」。這支穿洋裝的復古勢力，雖然「無立足點」，也成不了大氣候，但他們「間接造成的罪惡不少，這便是因爲他們誘起了第二支的反動運動」。

所謂「第二支的反動運動」，則是以「甲寅」派爲代表的復古勢力。他們比穿洋裝的復古派倒退得還遠，不僅反對白話力倡文言，而且提出了「六經以外無文」的徹底復古的口號，妄圖從「六經」裡去「找求文學的意義」。他們認爲「『經』是文之極則」，說什麼「西洋人的文學觀念是中國古書所已有的，故當捧出自己的寶貝來，排斥洋貨，不要弄成『貧子忘己之珠』」。這是典型的妄自尊大的阿Q主義。茅盾斥責他們是「頭腦陳腐，思想固陋，實不值一駁」的反動傢伙；「他們本不敢如此猖獗」，之所以「引得這班糊塗蟲因風起波，居然高唱復古了」，這與「近年來『整理國故』的聲浪大盛」有關。可見，胡適倡導的「整理國故」運動是逆時代潮流而動，爲「開倒車的

〔註20〕《雜感》，1924年1月《文學週報》第105期。

人」〔註21〕大開綠燈。

揭露胡適主張「整理國故」所造成的危害

在 20 年代這場文言與白話的鬥爭中，胡適處於一個特殊地位，他既是國故運動的鼓吹者，又是「學衡」、「甲寅」等復古派反對白話運動的攻擊對象之一。胡適原是五四白話文學的積極倡導者，「五四」高潮剛過，他便鼓吹「國故學」，逐步煽起「整理國故」風浪，這說明他自己在否定自己，開始滑向新文化運動和白話文學運動的反面。但由於復古派大都一時看不清他的復古面目，所以仍把他作為白話運動的「領袖」來攻擊。可見，他起到了復古派起不到的危害白話運動的作用。茅盾以敏銳的觀察力和深刻的識力，對胡適及其「整理國故」運動進行了尖利的而又實事求是的分析批判。

首先，尖銳地指出新文學界這三年來是「進一步退兩步」。所謂「進一步」，則是「大家都承認白話也可以作為發表意見抒寫情緒的工具；大家也用白話來做論文，做小說，編劇本，做詩歌」，這是對白話運動所取得成績的肯定。所謂「退兩步」，表明「文學界的反動運動」和新文學運動本身所分化出去的右翼力量，嚴重地危害了白話文運動，造成了大倒退。其主要表現在：一是白話文的勢力尚未鞏固，而「做白話文的朋友」先懷疑起白話文是否能獨立擔負起發表意見、抒寫情緒的重任，甚至懷疑到白話文要做「通」是否先要做通文言文，於是他們便由提倡白話而退到崇尚文言了；二是白話文在社會上尚未打下廣泛牢固的根基，而「多數做白話文的朋友跟了幾個專家的腳跟，埋頭在故紙堆中，做他們的所謂『整理國故』」，結果「社會上卻引起了『亂翻古書』的流行病」。由於新文學陣營有了「裂縫」，以胡適為首的原先做白話文的人對守舊勢力的妥協退讓，不僅造成了白話運動的倒退，並且助長了復古派的氣焰，這樣文學界便出現了「頗佔優勢的反動運動」。

其次，具體分析「整理國故」運動造成的危害。茅盾並不否認「整理舊的」是「新文學運動題內應有之事」，即新文學運動對古書也要研究，且是其份內的任務，這種看法就比較辯證些；「整理國故」的主要錯誤在於：第一，這個口號提出的時機不對，轉移了鬥爭的大目標。「當白話運動的工作尚未完成，就是當白話還沒有奪取文言的『政權』，還沒有在社會中樹立深厚的根基的時候，我們應該目不旁瞬地做白話運動」，即使守舊勢力咒罵「執而不化」，

〔註21〕《文學界的反動運動》，1924 年 5 月《文學週報》第 121 期。

我們也「必須相信白話是萬能的」，必須「發誓不看古書，我們要狂妄的說，古書對我們無用」，這是白話運動的主攻方向決定的，絲毫不能動搖退讓；否則，一張揚「整理國故」，勢必喪失白話文已奪取的陣地，「多數新文學的朋友忘記了他們的歷史使命」，結果「弄成了事實上的『進一步退兩步』」。第二，「整理國故」為復古勢力造成了可乘之機，「爆發了反動運動」，對新文學運動進行反攻倒算：「新文學運動的第一事——也就是第一成功，是『說什麼，寫什麼』；現在反動派卻令小學生讀文言做文言了。新文學運動的第二成功，是把詞曲歌謠白話小說升作文學正宗，請經史子另尋靠山自立門戶」，即「改正中國數千年『文以載道』的觀念；現在反動派卻又揭出『六經以外無文』的舊招牌，叫人到經書裡尋求文章的正宗了。新文學運動的第三事是介紹西洋文藝思想，研究西洋文藝作品；但是反動派卻不問牛頭不對馬嘴，借了整理國故的光，大言西洋人的文藝思想乃中國古書裡所固有，我們只要到自己家裡去尋，不該乞諸於鄰」。這種反動運動的勢力，敢於如此倡狂，是與新文學陣線的分裂、胡適派的倒戈緊密相關。為「應付這種反動的攻勢」，茅盾號召新文學界一是「須成立一個撲滅反動勢力的聯合戰線」，二是「不可忘了自己的歷史使命——白話運動的普遍的宣傳與根基的鞏固」。〔註22〕表現出他在「文白之爭」中的策略思想和戰略觀點。

在 20 年代這一場擊退文學界的「反動運動」的戰鬥中，充分顯示出茅盾敢於鬥爭、善於批評、尊重事實、精於說理、論證嚴密、無懈可擊的戰鬥特點。

批判「文言復興運動」

30 年代中期，正當無產階級領導的左翼文學運動蓬勃發展之際，汪懋祖在《申報》上發表兩篇文章，高揭「中小學文言運動」的旗幟，煽起一股反對白話主張文言的黑風，這是 20 年代文學戰線的「文白論戰」在新的歷史條件下的延續，說明文言與白話的誰勝誰負問題，是經過了一個長期而艱巨的鬥爭歷程，才逐步解決的。

茅盾站在時代的高度，以歷史唯物主義觀點，從白話運動以來存在的「文言與白話的明爭暗鬥」的歷史，深刻地揭露了汪懋祖的復興文言反對白話是「吉訶德先生式」的行動，並把「文白論戰」發展到「一個新的階段」。他指

〔註22〕《進一步退兩步》，1924 年 5 月《文學週報》第 122 期。

出，「自從《新青年》開始了『白話運動』以來，文言和白話的明爭暗鬥不曾停止過」；不過五四前後文言派的「戰術是很有點笨拙」，說「《新青年》諸先生不會做文言文這才提倡白話」，隨後周氏兄弟《域外小說集》的翻印和胡適《中國哲學史大綱》的發表，完全證明復古派的論調站不住腳，於是他們又改變論調，說什麼若做白話文非飽讀古書不可，這樣「文言家已經由『進攻』而變爲『防禦』」戰術；但是白話運動的倡導者胡適卻很滿意復古派的非飽讀古書不可」的說法，於是他便從「建設國語文學」的口號裡發現一個新東西，即「替白話文學編家譜，證明它也是舊家子而不是暴發戶」。這表明胡適向封建復古派妥協了，並和他們共認了「祖宗」，從此「成爲他們的好朋友，而他們也不再反對『白話』」。這是因爲，胡適已用實驗主義考證給復古派看：「封建思想用『白話』也可以表達」，這就從根本上否認了「文白之爭」的實質是「新舊思想之爭」。但是汪懋祖「竟看不出現在穿了『白話』衣的中小學國文課本大部分即是堯、舜、禹、湯、文、武、孔、孟一脈相傳的聖道」，還在那裡「大聲疾呼正面主張中小學教文言」。對於這種「吉訶德先生式」的行動，「實在不能給它太高的估價」，只能說明他比那些老復古派還要愚笨得可笑。

茅盾深刻地總結道：「文言和白話之爭不是一個簡單的文字問題，而是思想問題；在反對文言運動的時候，應該同時抨擊那些穿了白話衣服的封建文藝」，對於「從種種不同的角度上傾向於『復古』或『逃避現實』的論調，應該給它嚴格的批評」。〔註 23〕說明 30 年代中期他對「文白之爭」的階級實質的認識比 20 年代更明確，批判文藝上的形形色色論調的態度更徹底，並且能自覺地把批判汪懋祖的文言復活運動同無產階級「大眾語文學的建立」結合起來，標誌著他在「文白之爭」中的批判水平達到了一個新的高度，並且說明「文白之爭」隨著中國革命和文學運動的發展出現了新的特點。

二

茅盾之所以能夠自覺地同反對白話維護文言的守舊勢力展開不懈的鬥爭，並決心將白話運動進行到底，除因爲他具有堅定的革命立場，以及獻身於中國新文學運動的崇高理想外，還在於他對白話運動的性質、意義有著深刻的認識，這爲他積極投身白話運動，提供了正確的指導思想。

〔註23〕《對於所謂「文言復興運動」的估價》，1934 年 8 月《文學》第 3 卷第 2 期。

　　五四時期興起的白話運動是新文學運動的重要組成部分，它所產生的社會影響，不僅僅局限於文學領域，可以毫無誇飾地說已波及到上層建築的各個部門。茅盾不止認識到白話運動這種巨大的影響，而且明確地看清了新文學運動與白話運動的不可分割的有機聯繫，即「新文學運動的第一步，一定是白話運動」。〔註 24〕也就是說，沒有白話運動的蓬勃開展便沒有新文學運動，新文學運動首要的任務是要開展「以白話取代文言正宗地位」的白話運動。這一認識同五四時期胡適的看法是一致的，說明他並沒有因為胡適這時（1924 年）已成了復古派的「朋友」而對他早期的一些正確的文學見解也否定了。胡適於 1919 年針對那種「文學革命決不是形式上的革命，決不是文言白話問題」的「高談文學革命」的空論，指出：「我們認定文字是文學的基礎，故文學革命的第一步就是文字問題的解決。我們認定『死文字定不能產生活文學』，故我們主張若要造一種活的文學，必須用白話來做他的工具。我們也知道單有白話未必就能造出新文學；我們也知道新文學必須要有新思想做裡子。但是我們認定文學革命須有先後的程序：先要做到文字體裁的大解放，方才可以用來做新思想新精神的運輸品。」〔註25〕這種「白話運動」（包括文學的其他形式的改革）是文學革命第一步的看法，既符合內容與形式這對範疇的辯證發展規律，又切合五四文學運動的特定的歷史條件。從理論上講，在一般情況下文學內容是主導，語言形式為內容服務，但在舊形式嚴重束縛對新內容的表達、不打破舊形式新文學就不能產生的條件下，形式也會轉化為起決定作用的主導方面，所以五四新文學運動先搞「白話運動」，從語言形式的改革入手，是切合規律的；從文學的發展過程看，內容比形式的發展變化快，往往內容的變化先於形式，由內容的變化而引起形式的相應變化。「五四」正是我國處於急劇變化的時代，新思潮洶湧澎湃，思想解放運動騰躍發展。在這種情勢下，文學的思想內容早已開始變化，但陳舊的文言、僵化的駢體格律等形式，已成了新文學表現新思想內容的嚴重桎梏；不徹底打破文言等舊形式、提倡白話等新形式，不但阻礙思想解放運動的深入，而且也影響新文學的順利發展。可見，「白話運動」是文學革命的第一步的設想，是切實可行的。茅盾雖然認定白話運動對新文學的發展具有如此重要的地位，但是他並不承認「白話是新文學的目的」，只是「確認白話是建設新文學的必要

〔註24〕 《進一步退兩步》，1924 年 5 月《文學週報》第 122 期。
〔註25〕 胡適：《〈嘗試集〉自序》。

工具」；〔註26〕雖然他對白話是新文學的「利器」的看法同胡適的見解是一致的，但是他沒有像胡適那樣把「國語的文學，文學的國語」看成是新文學運動的「唯一宗旨」和「根本方針」，他只是認為：

> 現在的新文學運動也帶著一個國語文學運動的性質；西洋各國語言成立的歷史，都是靠著一二位大文學家的著作做了根基，然後慢慢地修補寫正，成了一國的國語文字。中國的國語運動此時為發始試驗的時候，實在極需文學來幫忙；我相信新文學最終的目的雖不在此，卻是最初的成功一定是文學的國語，這是可以斷言的。現在尚有人們以為文言的文學看厭了，所以欲改用白話，或者以為文言的文學太難學太難懂了，所以欲用白話：這實在誤會已極！不先除去這些誤會，新文學運動永無圓滿成功的一日！〔註27〕

這種認識雖然同胡適對新文學運動與國語運動密切關係的見解相比，沒有重大的突破，但是茅盾的看法比較有分寸，力避把國語文學運動強調到不適當的程度，也沒有把它當成「新文學最終的目的」，只認為它是「最初的成功」，充分體現出徹底的文學革命精神。茅盾對白話運動意義性質的認識的獨到深刻之處，不僅僅表現在他從白話運動同新文學運動、國語運動的關係上作了探索，重要的是他能把白話運動與五四時期意識形態的鬥爭聯繫起來考察，認識到「新青年」派的白話文學主張是新興資產階級複雜的意識形態的反映，白話運動適應了意識形態鬥爭的需要，因此白話文則成了新興資產階級向封建意識進行鬥爭的最有效的工具；〔註28〕這同胡適的認識相比深刻得多了，已接觸到問題的本質了。由於茅盾有了這些明確而深刻的認識，所以他始終把白話運動作為中國思想解放運動、新文化運動和文學革命的互為一體的歷史使命，以徹底的革命精神來完成和捍衛它。

白話運動是伴隨著提倡科學與民主、反對封建意識，提倡新道德、反對舊道德，提倡新文學、反對舊文學的新文化運動和思想解放運動的產生而產生，發展而發展。因此，白話運動就不僅僅是個語言文字形式的改革問題，它滲透著兩種思想意識、兩種道德觀念、兩種文化文學形態的鬥爭。陳獨秀曾說過「五四」最有價值的時代精神是「德謨克拉西」，表現在文學上則是「白

〔註26〕 《文學界的反動運動》，1924 年 5 月《文學週報》第 121 期。
〔註27〕 《新文學研究者的責任與努力》，1921 年 2 月《小說月報》第 12 卷第 2 號。
〔註28〕 《關於「創作」》，1931 年 9 月《北斗》創刊號。

話文」運動，這種說法雖然並不全面，但卻指出了提倡白話運動就是民主主義時代精神的一種反映。這是復古派之所以瘋狂地反對白話運動的本質原因所在。茅盾深刻地認識到這一點，以明確的階級鬥爭觀點指出文言和白話之爭不是一個簡單的文字問題，而是思想問題，因此便決定了這場文白之爭在中國現代文學思想鬥爭史上的長期性、激烈性和複雜性的特點。正因為茅盾認清了「文白之爭」的實質及其特點，所以他不僅具有識別形形色色的反對白話維護文言的復古派的嘴臉與論調的敏銳力，而且富有同守舊勢力進行長期鬥爭的韌性精神。他始終和魯迅站在同一戰線上，為反對文學界的封建文學復活，捍衛白話文學運動的成果，堅持五四新文學的戰鬥方向，作出了自己的努力，這將永遠光耀於中國新文學的史冊裡。

1982.9

茅盾前期論文學的社會功利

　　統觀中外文學史上的狀況，會自然而然地發現，凡是眞實地反映社會生活的優秀作品，對於社會都具有進步的積極的功利價值，它是符合眞、善、美統一的美學規律的。因爲，眞正優秀的、美的文學作品，不僅要具備「眞」的品格，而且也具有「善」的特質，即對於改革社會人生、造福於人類有益處，對於推動歷史前進有所裨益。固然文學藝術含有供怡悅的美的價值，但這只是它的一種目的，更重要的它還具有社會的功利目的。恩格斯很重視文學的功利價值，他說自己從巴爾扎克的《人間喜劇》所學到的東西，甚至「比從當時所有職業的歷史學家、經濟學家和統計學家那裡學到的全部東西還要多」。〔註 1〕可見，眞實反映社會生活的成功之作，在說明人們認識生活、揭示社會眞理等方面，能發揮其他社會科學所不能代替的認識作用和教育作用，具有特殊的實用價值。因此 19 世紀俄國傑出的文藝批評家車爾尼雪夫斯基稱優秀的文學作品爲「人的生活教科書」。〔註2〕

　　五四時期，茅盾一步入文壇，就同「爲藝術而藝術」的「超功利」觀點劃清界限，他抱著改造社會、振興中華的崇高目的，積極提倡「爲人生而藝術」——爲革新思想而藝術，爲創造新文明而藝術，爲個性之解放而藝術，爲創歷史之新紀元而藝術，爲滋養中華民族精神而藝術，爲激勵民氣喚醒民眾而藝術。一言以蔽之，他是帶著廣闊而偉大的功利目的投入了新文學運動，起步便是一個進步的功利主義者。儘管五四前後他的功利見解尚未完全達到馬克思主義階級論的高度，但是和同時代的新文學工作者相比，他對新文學

〔註 1〕　《馬克思恩格斯選集》第 4 卷，第 463 頁。
〔註 2〕　車爾尼雪夫斯基：《藝術與現實的美學關係》。

功利的看法，頗有獨到之處，而且具有較完整的理論認識。魯迅後來回憶自己在五四時期開始創作白話小說，是抱著為人生且要改良這人生的明確的功利目的的，他深惡痛絕先前有人稱小說為「閒書」或當時有人鼓吹的「為藝術而藝術」。因此，他把小說作為改良人生的武器，揭示出一般人們的痛苦，以引起療救的注意。這說明五四時期的魯迅在創作實踐上堅持著進步的功利主義要求，充分發揮文學作品改良人生的工具作用。但是也應看到，魯迅當時對文學功利目的的認識，沒有給我們寫下完整的理論文章，缺乏較系統的美學理論感，甚至在評價廚川白村的《苦悶象徵》時，對其超功利的美學觀尚未予以批判。茅盾在五四前後並非在創作實踐中貫徹文學為人生並改良人生的功利主義，而是著重通過研究宣傳新文學理論主張或開展文藝批評，竭力強調文學的功利價值，並能從理論上來闡明文學的目的性和功利要求，形成了帶有無產階級思想因素的唯物主義的文學功利觀。

一

　　茅盾根據文學表現人生、指導人生的目的，對五四前後的革命民主主義新文學，提出了具體的功利要求，顯示了他的文學社會功利觀，具有廣闊性和多面性的特點。

　　新文學的崇高社會職能是為著指導人生和改造人生，這是由文學是人生的反映的基本規律決定的。茅盾這種對人生的認識儘管比較籠統，但是他並非要求文學表現一人一家的人生，而是一社會一民族的人生，這表明他不是個狹隘的功利主義者，而是一個廣闊的民族的功利主義者。新文學之所以應具有廣闊的功利價值，這與為人生文學的本質特性聯繫在一起。在茅盾看來，文學發展到五四時代，不再是「作者主觀的東西，不是一個人的，不是高興時的遊戲或失意時的消遣」，而是「成了一種科學，有它研究的對象，便是人生──現代的人生；有它研究的工具，便是詩（Poetry）劇本（Drama）說部（Fiction）」。因此「文學者只可把自身來就文學的範圍，不能隨自己喜悅來支配文學了。」文學的目的是綜合地表現人生──表現的人生應該是全人類的生活，沒有一毫私心，不存在一點主觀；雖然作品的人生也有思想和感情，但這些思想和感情一定是屬於民眾的，屬於全人類的，而不是作者個人的。「文學家是來為人類服務，應該把自己忘了，只知有文學；而文學呢，即等於人生！這是最新福音。我國文學的不發達，其患即在沒有聽到這個福音，路子

錯了；並非因為我們文學家沒有創造力，不曾應用創造力！」正因為為人生的文學是屬於民眾的，屬於全人類的，所以文學家所負荷的使命，就他本國而言，便是發展本國的國民文學，民族的文學；就世界而言，便是聯合促進世界的文學，而在我們中國現在「文學家的重大責任便是創造並確立中國的國民文學」。〔註3〕由於進化的為人生文學具有這種「普遍的性質」，便決定了新文學功利目的的深廣性和社會價值的多面性。雖然茅盾有些看法帶有明顯的人性論和機械論的局限性，然而其主要見解在五四前後那種「超功利」觀或狹隘功利主義氾濫於文壇的背景下，卻顯得異常的新鮮和進步。新文學欲具備表現人生、指導人生和改造人生的崇高而廣闊的功利價值，茅盾認為必須切實達到如下的具體的功利要求：

第一，新文學作品既不是「裝飾品」，也不是「消遣品」，而「是溝通人類感情代全人類呼籲的唯一工具，從此，世界上不同色的人種可以融化可以調和。」〔註4〕顯然這種不分階級、不分民族、不分國界的帶著全人類性功利目的的文學，「在現實種界國界以及語言差別尚未完全消滅以前，這個最終的目的不能驟然達到」，但它卻是新文學運動發展的理想前景，即使「現時的新文學運動都不免帶著強烈的民族色彩」。他認為當時的愛爾蘭的新文學運動或者猶太的新文學運動，「都是向著這傾向，對全世界的人類要求公道的同情的。」因此，「中國的新文學運動也不能不是這性質了」。正由於他是從世界文學進化的軌跡考察了現代新文學的性質，所以，重新估定了為人生新文學的廣闊而深遠的功利價值，即：「使文學更能表現當代全體人類的生活，更能宣洩當代全體人類的情感，更能聲訴當代全體人類的苦痛與期望，更能代替全體人類向不可知的運命作奮抗與呼籲。」〔註5〕這不僅將文學從個人狹隘的功利主義圈子裡解放出來，而且也衝破了為藝術而藝術的「超功利」的迷霧，把新文學納入廣闊的功利主義範疇。雖然這種廣泛的功利要求在現時代不可能一下子實現，帶有一定的空想色彩，但是基本精神卻能對新文學起到積極的引導作用，使其力求成為溝通人類感情的工具、聲訴痛苦和呼籲自由的工具、反抗黑暗和擺脫不幸命運的工具。因為茅盾當時站在世界上一切被損害、被壓迫民族的立場上，從革命民主主義的要求出發，來認識和強調新文學的

〔註3〕茅盾：《文學和人的關係及中國古來對文學者身份的誤認》。
〔註4〕同上註。
〔註5〕茅盾：《新文學研究者的責任與努力》。

廣闊的民族功利主義的，所以他對「被損害的民族的文學」的社會功利價值，特別重視和推崇，這就使他的文學功利觀帶有反侵略、反壓迫、反強暴，主持正義、同情弱小、渴求平等的戰鬥的民主的色彩。他認爲，「凡在地球上的民族都一樣是大地母親的兒子；沒有一個應該特別的強橫些，沒有一個配自稱爲『驕子』！所以一切民族的精神的結晶都應視同珍寶，視同人類全體共有的珍寶！而現在藝術的天地內是不分貴賤、不分尊卑的！」在這種認識指導下，他對被損害民族的文學所表現出的眞正的思想價值作了充分的肯定：「凡被損害的民族的求正義求公道的呼聲是眞的正義的公道。在榨床裡榨過留下來的人性方是眞正可寶貴的人性，不帶強者色彩的人性。」由於當時我們中國也是被帝國主義強盜侵凌和國內封建軍閥殘酷壓榨的一個被侮辱被損害的民族，反侵略、反壓迫、爭獨立、求解放，正是中國人民的共同願望和神聖使命，因此茅盾在《小說月報》上特闢「被損害的民族的文學專號」，大加譯介被壓迫民族的進步文學，充分利用和發揮被損害民族的進步文學的社會功能和思想價值，以喚醒中華民族的反抗意識和爭取獨立自由平等的覺悟。即：「他們中被損害而向下的靈魂感動我們，因爲我們自己亦悲傷我們同是不合理的傳統思想與制度的犧牲者；他們中被損害而仍舊向上的靈魂更感動我們，因爲由此我們更確信人性的砂礫裡有精金，更確信前途的黑暗背後就是光明！」〔註6〕這就使文學起到了溝通人類感情代全人類呼籲的作用。

第二，爲人生的新文學雖然帶有國民的文學、民族的文學性質，但是聯繫當時中國的社會階級狀況，茅盾強調它是爲平民階級服務的，決不是爲特殊階級的人。他所說的「平民」是個比較廣泛的概念，除了那少數的封建軍閥、買辦豪紳、帝國主義及其御用文人等「特殊階級」外，應包括社會上的廣大人民群眾，不能僅僅理解爲單指小資產階級和資產階級，它們的主體應是生活在社會最低層的被損害被奴役的老百姓，對於城鄉勞動者和第四階級（即無產階級），茅盾尤其重視。新文學就應該成爲指導他們認識人生、改造人生的利器。雖然只把文學藝術視爲溝通感情、改良人生的唯一工具，是帶有片面性的，但是不承認文學藝術的工具作用，也不是唯物主義的，特別在五四前後階級鬥爭、民族鬥爭激烈的歷史背景下，文學的武器作用顯得更重要，想超脫也超脫不了，這正是現實人生對新文學的客觀要求，這正是時代特點決定的。當時「中國的政治生涯幾乎到了破產的地位。野獸般的武人之

〔註6〕茅盾：《〈小說月報〉「被損害民族的文學專號」引言》。

專橫，沒廉恥的政治之蠢動，貪婪的外來資本家之壓迫，把我們中華的血淚排抑成黃河、揚子江一樣的洪流」；〔註7〕「現在社會內兵荒屢見，人人感著生活不安的苦痛，真可以說是『亂世』了」；〔註8〕「我們的時代是一個弱肉強食，有強權無公理的時代，一個良心枯萎，廉恥喪盡的時代，一個競於物利，冷酷殘忍的時代」。〔註9〕從上述的郭沫若、茅盾、成仿吾的剖析中，充分地看出當時中國處於半封建半殖民地的社會。兵荒馬亂，弱肉強食，冷酷殘忍，廉恥喪盡，強權橫行，公理不張，人民群眾在生死線上掙扎，這是當時多麼痛苦難忍的人生現實啊！作為與人生、與時代緊密相關的新文學，義不容辭地應該擔負起忠實地反映人生、真實地再現時代的歷史使命，充分發揮其批判罪惡社會、改造痛苦人生的作用，這才是新文學真正盡了為廣大民眾服務的社會職能。所以，茅盾反覆強調指出，文學作品的呼聲「表示對於罪惡的反抗和被損害者的同情」，對罪惡的「私產制」要施以攻擊，對「罪惡社會的腐敗極力抨擊」，並要表現人民群眾「對於舊習慣的反抗的精神」；惟有這種戰鬥的文學，才能發揮「一時代的文學是一時代缺陷與腐敗的抗議或糾正」〔註10〕的革命功利作用。文學的社會職責不能僅僅局限於對黑暗社會制度的抗爭和批評上，而且還要從現代的罪惡裡表現出現代的偉大來，給人們以樂觀向上的鼓舞力量，激勵人們積極投身到改造人生的偉大鬥爭。茅盾認為，黑暗的現實人生儘管充滿假惡醜，但總有真善美隱藏著，所以新文學不但「或隱或顯必然含有對於當時罪惡反對的意思」，而且也應該含有「對於未來光明的信仰」，那種一味揭露黑暗、宣揚悲觀主義的文學，不能給人以積極、自信、樂觀、奮進的力量。他在《包以爾的人生觀》一文中，借評介包以爾的人生觀和文學觀，曾指出光明和黑暗是一件東西的兩方面，人生的前途處處有荊棘，有黑暗，然而又無處不有光明，不有快樂，人生有光明與黑暗正像「一枝玫瑰上，長著刺，也長著美麗的花；有些人只看見刺，不見了花，這是他人的不幸，不是玫瑰花不名譽。生活的路子，本是坦蕩而光明的，有些人只覺得他是窄狹而黑暗，因為他們自要去尋窄狹，自尋黑暗，他們見的人生不是人生的真面目」。包以爾的人生觀對茅盾是有一定的影響的。他當

〔註7〕 郭沫若：《我們的文學新運動》。
〔註8〕 茅盾：《社會背景與創作》。
〔註9〕 成仿吾：《新文學之使命》。
〔註10〕 茅盾：《介紹外國文學作品的目的》。

時對人生的光明與對黑暗的看法，正反映在他對爲人生文學的功利要求上，所以他認爲文學要反映「人生的真面目」，必須既要詛咒黑暗，又要歌頌光明。只有這樣，新文學才能具有全面地表現人生、指導和改造人生的功利價值。

第三，新文學要具有爲人生並改造這人生的功利價值，它不僅是批判舊制度的武器，而且也應具備表現國民性的美點，改造其劣點，幫助煩悶青年解除痛苦的社會功能，文學革命主將魯迅步入文學領域，便自覺地以文藝作爲改造國民性的利器，被譽爲改造國民性的國手。茅盾雖然沒有像魯迅那樣，把國民性改造作爲自己從事文學革命的重要使命，並將改造國民性同救國救民、徹底反帝反封建的革命大業完全聯繫起來，但是他對國民性的改造也很重視，且認爲「一國之文藝爲一國國民性之反映，亦惟能表見國民性之文藝能有真價值，能在世界的文學中占一席地。」〔註 11〕他不僅從文學是否具有「真」的價值，能否進入全世界文學之林的高度，說明新文學反映國民性的重要性，並指出新文學表現國民性的職能是由它本身的或一本質特點決定的。而且，茅盾對新文學表現國民性有著獨到的見解，即如果說魯迅以小說作爲解剖刀來剖析國民性，側重於它的劣根性的針砭的話，那麼茅盾除了強調新文學要反映國民性的劣點外，還要求表現國民性中的善美特點，「把他發揚光大起來，是該民族義不容辭的神聖的責任。」〔註 12〕但是，聯繫當時中國的政治情勢和國民的精神狀態，茅盾尤其重視改造國民的劣點，並把它作爲新文學的「最大的急務」。他認爲，「處中國現在這政局之下，這社會環境之內，我們有血的，但凡不曾閉了眼，聾了耳，怎能壓住我們的血不沸騰？從自己熱烈地憎惡現實的心境發出呼聲，要求『血與淚』的文學，總該是正當而且合於『自由』的事。各人的性情容或有點不同；我是十二分的憎惡『豬一般的互相吞噬，而又怯弱昏迷，把自己千千萬萬的聰明人趕入桌子底下去』的人類，所以我最喜歡詛咒那些人類的作品」；「我們的社會裡，難道還少『豬一般的互相吞噬，而又怯弱昏迷，聽人趕到桌子底下去』的人麼？我們隨處可以遇到的人，都是不能忍兄弟般的規勸而反能忍受強暴者的辱罵的卑怯昏迷的人！平常兩個人在路上無心的碰一下，往往彼此不相諒，立刻互相辱罵毆打，然而他們低了頭一聲不響忍受軍閥惡吏的敲剝；這樣的人生，正是國內極普遍的人生！這還算什麼人生！我們無可奈何希望文學來喚醒這些人；

〔註11〕茅盾：《〈小說月報〉改革宣言》。
〔註12〕茅盾：《新文學研究者的責任與努力》。

我們迷信文學有偉大的力量，故敢作此奢望。我以為在現在我們這樣的社會裡，最大的急務是改造人們使他們像個人。社會裡充滿了不像人樣的人，醒著而住在裡面的作家都寧願裝作不見，夢想他理想中的幻美，這是我們所不能瞭解的。」〔註13〕這是何等深刻的見解！改造國民的「卑鄙昏迷」的劣根性，以文學喚醒他們的覺悟，使他們像個人，引導他們投身於反對「軍閥惡吏」的現實階級鬥爭，是新文學的「最大的急務」，也是對為人生而藝術提出的崇高的功利要求。

茅盾對當時患有時代苦悶症的青年尤為關注，號召文學家應發揮文學的特殊教育作用，真實地反映青年的煩憂，並為他們指出一條光明的路。五四反帝愛國運動走向低潮之際，一部分受到五四新思潮激蕩的知識青年，跟不上革命形勢的發展，因而看不到前途，他們積極投入工農革命鬥爭心有所懼，同黑暗勢力同流合污非其所願，於是陷入苦悶彷徨之境，即那個「時代是人心迷亂的時代，是青年彷徨於歧路的時代」。〔註14〕茅盾認為有些青年的煩悶已到了極點，不僅因為舊勢力壓迫太重，社會惰性太深，使其覺得前途絕少光明，產生悲觀情緒，而且也因為他們對於新思想瞭解得不徹底，造成思想迷亂，產生了厭世主義或享樂主義；因此，如何真正地反映「青年的煩悶，煩悶後的趨向，趨向的先兆」，乃是當時「重大的問題，應該在文學作品中表現出來」，特別是應該「把光明的路指導給煩悶者，使新信仰與新理想重複在他們心中震盪起來」。〔註15〕惟有這樣的文學，才能真正幫助青年解除苦痛，走向光明，才能具有積極的功利價值。聯繫當時文學界描寫青年煩悶的作品來看，是「苦悶彷徨的空氣支配了整個文壇」，〔註16〕大都不能給知識青年指出繼續努力奮鬥的方向，不能給苦悶青年以同黑暗抗爭的信心與勇氣。相形之下，越發顯示出茅盾的新文學功利見解是多麼的先進啊！

第四，新文學要達到指導人生和改造人生的功利目的，尚須發揮宣傳新思想的工具作用。茅盾一貫重視文學的宣傳新思想的功能作用，反覆強調新思想要借文學來鼓吹，新文學不僅是「現社會的對症藥」，且是「新思想宣傳的急先鋒」。〔註17〕他反對文學宣揚封建主義、利己主義、悲觀主義、頹廢主

〔註13〕 茅盾：《介紹外國文學作品的目的》。
〔註14〕 茅盾：《現在文學家的責任是什麼？》。
〔註15〕 茅盾：《創作的前途》。
〔註16〕 茅盾：《中國新文學大系・小說一集導言》。
〔註17〕 茅盾：《小說新潮欄宣言》。

義、淺薄的慈善主義，而是積極提倡宣傳新思想，即當時的時代精神。茅盾認爲「德謨克拉西」（民主主義、平民主義）就是最有價值的時代精神，不論是反對各種強權、掃蕩一切舊物，或者是創造新文明、振興中華、爭取勞苦大眾的解放，都要以這種革命民主主義思想爲武器。新文學只有表現這種新的時代精神，才能盡到指導人生和改造人生的最大功能；惟有這樣的新文學，才能「滋養我再生我中華民族的精神，使他從衰老回到少壯，從頹喪回到奮發，從灰色轉到鮮明，從枯朽裡爆出新芽來」；惟有這樣的新文學，才是「人精神的食糧，它不但使人欣忭忘我，不但使人感極而下淚，不但使人精神上得相感通，而且使人精神向上，齊向一個更大的共同的靈魂。」〔註 18〕這雖然對文學的宣傳教育功能的價值有誇大之嫌，但也指明新文學要有效地發揮認識作用、教育作用，成爲指導人生、改造人生的有力武器，必須以先進思想作靈魂，必須體現出時代精神。茅盾之所以如此重視新文學的宣傳工具作用，是基於他對文學與思想、文學與時代之間關係的深刻理解。他從研究人類思想發展史入手，揭示出這樣一條規律，即「向來一種新思想發生，一定先靠文學家做先鋒隊，借文學的描寫手段和批評手段去『發聲震聵』」。五四前後的中國，「正是新思潮勃發的時候，中國文學家應當有傳播新思想的志願，有表現正確的人生觀在著作中的手段」，因而文學家的「積極的責任是欲把德謨克拉西充滿在文學界，使文學成爲社會化，掃除貴族文學的面目，放出平民文學的精神。」〔註 19〕況且，文學又是時代的反映，惟有反映時代的文學才是眞的文學，因此反映時代主流、體現時代精神，是文學與時代的不可分割的密切關係決定的。雖然五四前後他強調新文學表現的時代精神主要是德謨克拉西，但是新的無產階級思想因素也在不斷增長。新文學除了應盡宣傳新思想的責任，尚須起到「辟邪去僞」的作用，即清除舊社會的邪門鬼道，戳穿一切虛僞的假面，眞實地反映人生的本來面目，從而引導人們去正視現實，更好地去改造人生。當然，茅盾指出新文學具有宣傳新思想的功能，並非要把文學作爲思想藝術傳聲筒或某些理念的圖解；他是非常尊重藝術本身的規律，反覆強調按照美的法則創造具有美的特徵的新文學，這樣才能具有進步的巨大的社會功利價值。

　　通過上述的簡析，可以看出茅盾在五四文學革命時期，便接受了樸素的

〔註 18〕茅盾：《一年來的感想與明年的計劃》。
〔註 19〕茅盾：《現在文學家的責任是什麼？》。

唯物主義美學觀，他一開始文學生涯就不是超功利或狹隘功利主義者，而是一個進步的功利主義者。他對文學的功利要求並不是抽象的，超時代的或超階級的，總是帶有時代的階級的社會功利價值的印痕，認定任何文學藝術都不能超越社會功利規律的制約。儘管如此，由於五四前後馬克思主義文藝學尚未譯介到中國，茅盾當時接受並推崇的主要是西方的寫實主義或自然主義美學思想，因而致使他對文學社會功利的認識還不能達到馬克思主義階級論的水準，不時地表露出一些人性論的看法。不過，他對「人性」的理解不是以生物學的觀點去看，完全把「人性」理解爲自然屬性，而主要把它理解爲人的社會屬性，即「從學理上承認人是社會的生物」，〔註20〕當然他也不否認人帶有自然屬性；他所理解的人的社會屬性也不完全是「階級性」，還有人類一些共同相通的東西。因此他提出的「人的文學」應是人類社會的產物和社會發展的結果，他對「人的文學」或爲人生而藝術的功利要求則具有廣闊的社會功利性。這並非說茅盾五四前後對文學社會功利的認識，已完全符合歷史唯物主義美學的要求，必須看到，他對文學本質、社會功利的見解尚有些含渾籠統之處。

二

　　隨著中國革命運動的發展和馬克思主義的廣泛傳播，以及新文學運動的深入，茅盾在五卅前後對文學問題的探討和認識，基本上接近或達到無產階級文藝思想的水平，對文學社會功利的看法具有明顯的階級色彩。

　　其實，早在 1922 年 9 月發表的《文學與政治社會》，他就明確地肯定了文藝與政治的關係，批判了「藝術派」那種「把凡帶些政治意味社會色彩的作品統統視爲下品」的階級偏見，以充分的文學發展史實說明文學在階級社會、革命時代無法超越政治，它必然具有政治的功利目的。當然他也並不認爲不同時代不同社會的所有文學都必須具備政治內容，「把文藝當作全然爲某種目的而設」，更沒有把文學當成政治的附庸；他著重從文學與社會與時代的關係上，揭示了「文學作品之所以要趨向於政治的或社會的」原因，從而說明進步的文學在革命的動盪時代和階級矛盾尖銳的社會，總是直接地或間接地同政治相關，那種否認「政治上功利主義」的觀點是不能成立的。他認爲，

〔註20〕茅盾：《文學與政治社會》。

19 世紀的俄國文學之所以幾乎都帶有政治功利，一是因為 19 世紀的俄國人民沒有公開的政治生活和社會生活，他們對於政治和經濟的意見只有通過文學加以表現，別無他路；二是因為 19 世紀俄國的政治腐敗、社會黑暗，已達到極點，作家本身受著腐敗政治和黑暗社會的痛苦，故「更加詛咒這政治社會」，如詩人普希金的著作「不能全然沒有政治意義」。19 世紀俄國的進步文學具有如此明顯的政治功利價值；那「匈牙利文學簡直借文學來做宣傳民族革命的工具了」。這主要因為「匈牙利的政治史就是力爭獨立力爭自由的血戰史」，政治獨立是該國作家腦子裡唯一的觀念，「政治上不獨立的痛苦，使匈牙利人寧願犧牲一切以購求獨立」。文學既然是為人生的，為人民代言的，那就不能不集中反映人民爭取政治獨立、反對異族侵略的強烈願望和呼聲，故「全部的匈牙利文學史就是匈牙利的政治史」，這完全是「它的政治狀況社會情形造成的」。「挪威稍有價值的詩人，都是政治家」，這是因為 19 世紀末挪威的文人沒有一個不熱心政治問題和社會問題的，並且「那時代的挪威人的全心靈都沉浸在政治獨立這個問題裡」。當時被損害的小民族波希米亞的作家，「不但把政治思想放在文學作品裡，並且還揀取了一種最宜於宣傳政治思想的文學的體式」。即使喜好讚歎大自然的保加利亞的詩人伐佐夫，由於他參加過 1875 年的革命戰爭，熱心於革命，所以他不能不把「讚美自然的筆來描寫革命軍的戰爭」，這完全因為社會政治環境使然，其作品「自然而然成為社會的與政治的」。茅盾不僅以雄辯的史實「證明文學之趨於政治的」，而且也指出了「中國將興的新文學」的發展趨勢，即「革命文學」必須帶有政治功利目的，具有社會意義。這是由中國當時的政治形勢和歷史背景決定的，那些醉心於藝術獨立的人們「要把帶些政治意味和社會色彩的作品都屏出藝術之宮的門外」，只不過是一廂情願而已，人民群眾是不會答應的。儘管文學與政治（或革命）密切相關，但是他並非指所有時代、所有國家的所有文學，都要成為宣傳革命的工具，都要做為政治鬥爭的武器；他主要是從「政治社會」這種特定的歷史環境「對於作家有極大的影響」這樣的角度，說明了進步的或革命的文學必然「帶些政治意味」，不是強令文學脫離本身獨立的藝術價值，或脫離時代的社會環境，去充當政治的附屬工具。從文學的社會功能來看，文學可以成為革命的工具，不過它是一種特殊的藝術工具。文學可以含有宣傳的意義，不過它是一種蘊藏在美的形式中的宣傳。雖然茅盾當時還不能用成熟的階級觀點分析文學與政治，不能十分明確地指出階級社會的政治

總是劃分爲不同階級性質的政治，因而「帶有政治意味」的文學表現了不同階級的功利要求；但是從他所列舉的文學史實來看，他所說的文學的「政治意味」，卻表明了進步的或革命的政治功利要求。

由於茅盾對文學與政治（或革命）的關係有了較深刻的理解，並認定中國「將興的文學」必然趨向於政治的，因此隨著新民主主義革命的發展，他能自覺地結合革命鬥爭的需要和我國「政治社會」的實況，不斷地對革命文學提出政治功利要求，而且試圖以階級觀點或革命鬥爭觀點來分析和回答這些問題。1923 年底他發表的《雜感──讀代英的〈八股〉》，不僅贊成惲代英對唯美主義者的「不管他對於人生有用沒有用，只問他美不美」的超功利觀的批判，而且非常稱道惲代英對新文學提出的革命功利要求，即「現在的新文學若是能激發國民的精神，使他們從事於民族獨立與民主革命的運動，自然應當受一般人尊敬」，並熱切敬告國內的青年「現在這種政局和社會不是空想的感傷主義和逃世的思想所能改革的」，必須積極投身到「民族獨立與民主革命的運動」之中。

與此同時，他在《「大轉變時代」何時來呢？》一文裡，結合中國的時代的特點，進一步明確地指出：「文學是有激勵人心的積極性的。尤其在我們這時代，我們希望文學能夠擔當喚醒民眾而給他們力量的重大責任。」又說：「和現實人生脫離關係的懸空的文學，現在已經成爲死的東西；現代的活文學一定是附著於現實人生的，以促進眼前的人生爲目的的。」這是從「大轉變時代」的革命現實人生出發，指出了新文學必須趨於政治，必須擔負起喚醒民眾的宣傳使命，那種「超功利」的唯美主義、頹廢主義作品，對於推動社會前進、改造現實痛苦人生，有百害而無一利。1924 年 4 月發表的《對於泰戈爾的希望》一文，他借歡迎泰戈爾來中國之際，從中國革命鬥爭的需要出發，以革命功利爲標準，對泰戈爾提出希望，表現了茅盾鮮明的政治功利觀。他認爲「中國當此內憂外患交迫，處在兩重壓迫──國外的帝國主義和國內的軍閥專政──之下的時候，唯一的出路是中華民族底國民革命」。但有些煩悶的青年卻夢求泰戈爾「在荊棘叢生的地球上，爲我們建築了一座宏麗而靜謐的詩的靈的樂園」，「希望躺在裡頭陶醉一會」，這是一種逃避時代、逃避鬥爭的消極思想。對此，茅盾嚴肅地指出：「我們敬重他（指泰戈爾）是一個憐憫弱者，同情於被壓迫人們的詩人；我們更敬重他是一個實行幫助農民的詩人；我們尤其敬重他是一個鼓勵愛國精神，激起印度青年反抗英國帝國主義的詩

人」；並希望泰戈爾認知中國青年目前倦於注視現實而想逃入靈空的思想弱點，給他們以力量，拉他們回到現社會進行切實的鬥爭，希望泰戈爾本其反對西方帝國主義的精神，本其愛國主義的精神，痛砭中國一部分人底「洋奴性」，喚醒他們的覺悟，投入現實的反帝反封建的革命鬥爭洪流。到了 1925 年「五卅」運動前後，茅盾對文學與政治與革命關係的理論，帶有明顯的無產階級思想色彩，並能以階級觀點較成熟地來論述革命文學或無產階級文學的社會功利價值。

其一，無產階級文學必須眞實描寫無產階級生活，表現無產階級的靈魂，傳達無產階級的喊聲，這是「無產階級由被統治者地位，一變而爲治者」對文學提出的要求。因此無產階級文學應爲本階級利益服務，具有明確而崇高的社會功利目的。無產階級文學不僅要表現本階級破壞舊世界的偉大革命精神，更重要地應表現爲之奮鬥的崇高目的，即實現共產主義，「建設全新的人類生活」，使無產階級文學「以助成無產階級達到終極的理想」。〔註21〕

其二，無產階級文學不能「誤以刺激和煽動作爲藝術的全目的」。「激勵階級鬥爭的精神，歡呼階級鬥爭的勝利」這類富有「鼓勵和刺激」的作品雖然也是需要的，但它只是無產階級文藝所有目的之一，不是全體，決不可把部分誤認作全體，以刺激煽動性作爲滿足；須知這類作品的最大弊病是沒有表現出「階級鬥爭的高貴的意義」，無產階級所要努力剷除的是整個資本主義制度及死力維護它的資產階級；並非把一個個資本家都當成自己的仇敵。歌頌無產階級鬥爭精神的文學固然能激起人們的「亢熱的革命精神與勇敢無畏的氣概」，但是必須看到，光靠這種「精神」的刺激和煽動是不能長久的，還必須通過無產階級文學的特殊教育功能，引導無產階級「認識了自己的歷史使命」和「艱苦的現實的壓迫」，〔註22〕這樣才能煥發出永不衰竭的勇往直前的無產階級革命精神。

其三，每一個時代的文學必定是該時代的時代精神的代表者，它負有說明或推進時代精神的責任。茅盾這一認識同五四前後比沒有大的躍進，不過五卅前後他已用階級觀點來解釋時代精神及革命文學的偉大使命了，已不像早期那麼籠統了。這時他認識到，「一時代最有權威的思想，無非是託足在那時代的時代精神而代表治者階級的社會意識罷了」，即一個時代的統治階級的

〔註21〕 茅盾：《論無產階級藝術》。

〔註22〕 同上註。

思想就是那個時代的時代精神的代表，因爲「治者階級的思想意志情感的集體，表示那一時代的特色，便是我們所稱的時代精神」。人類社會發展到資本主義時代，「由本階級而逐漸分化成階級，以至今日的勞資兩大階級對抗時代」，那麼「反映一時代的統治階級的思想、情感、意志的文學」，〔註23〕當然也要及時地反映時代精神，爲推進人類社會的發展盡其自己的職能。聯繫五卅前後中國的階級鬥爭情勢，革命文學必須體現無產階級領導的徹底反帝反封建的時代精神。具體地說，「文學者目前的使命就是抓住了被壓迫民族與階級的革命運動的精神，用深刻偉大的文學表現出來，使這種精神普遍到民間，深印入被壓迫者的腦筋，因以保持他們的自求解放運動的高潮，並且感召起更偉大更熱烈的革命運動來」，特別是「文學者更須認明被壓迫的無產階級有怎樣不同的思想方式、怎樣偉大的創造力和組織力，而後確切著名地表現出來，爲無產階級文化盡宣揚之力」，這樣的革命文學除要忠實地表現現實人生以外，更應該指示人生向著美善的未來發展。這是「中產階級快要走完了他的歷史的路程，新鮮的無產階級精神將開闢一新時代」這樣一個偉大的歷史時代，賦予革命文學的偉大使命，向革命文學提出了崇高而神聖的革命功利要求。

其四，無產階級文學的崇高的功利價值，都是潛伏在作品形象的深處，都是蘊含在完美的藝術形式之中，並不是外加的什麼政治尾巴，或硬貼上的革命標籤。茅盾在五四時期就反對那種說教式的宣傳品，讚揚《幽蘭女士》對私有制的攻擊不說一句「宣傳」式的話，這是不容易企及的藝術手段；到了五卅時期，他對無產階級文學的功利目的和政治傾向性，有了接近馬克思主義階級論的認識，而對無產階級文學的形式提出了更辯證的要求，指出無產階級文學的形式與內容是和諧統一的，無產階級文學的完成，有待於內容的充實和形式的創造。無產階級只有努力「發揮他的藝術創造天才」，〔註24〕在繼承前代藝術遺產的基礎上，創造出完美的藝術形式，才能更好地表現無產階級時代精神，使作品具有巨大的功利價值和不朽的藝術生命力。

茅盾前期對文學的社會功利要求，是一種符合人類社會前進要求的藝術功利主義，是符合中國人民認識人生改造人生要求的先進的功利主義，是一種符合無產階級領導的新民主主義革命要求的革命功利主義；惟有這種崇高的功利主義，才能成爲眞正新文學藝術美的基石。

〔註23〕茅盾：《告有志研究文學者》。
〔註24〕茅盾：《文學者的新使命》。

三

由於茅盾踏入文壇，便抱定明確的功利目的而提倡「爲人生而藝術」，因此他便自覺地持久不斷地批判了以「禮拜六」派爲代表的唯美主義的「超功利」論，或最狹隘的功利主義，以捍衛並發展「爲人生」的廣闊的文學功利觀。1920 年 1 月，他在提倡新文學應放出平民精神的同時，對於充斥當時文壇的以「濃情」和「豔意」做成的專供貴族階級茶餘酒後消遣的貴族文學，進行了批判。因爲五四運動以後，資產階級文人（主要指禮拜六派）對唯美主義倍加讚賞，把文學當成純粹的享樂、純粹的遊戲，鼓吹文藝無目的論和文學超功利論，詆毀新文學的功利傾向。即使進步的文學社團，如創造社諸君，也視唯美主義爲時髦，主張「爲藝術而藝術」，說什麼「除去一切功利的打算，專求文學的全與美」；反映在創作上，出現大批的「風花雪月」、「醉呀，美呀」的東西。在這種情況下，茅盾在實際的文學活動中和文學理論的建設上，毅然決然地堅持進步的功利主義，由提倡文學「爲人生」發展到提倡無產階級文學。1921 年 1 月，他既批判了把文學當成表現自我內心感情的工具，又批判了把文學當成帝王的裝飾品和聖賢的留聲機，也批判了把文學當成高興時遊戲或失意時的消遣等等反動的或最狹隘的功利主義，主張爲人類服務的文學功利觀。1922 年 7 月，他撰長文全面地批判了禮拜六派小說的消極思想傾向，指出他們「思想上的一個最大的錯誤，就是遊戲的消遣的金錢的文學觀」，「把文學看作消遣品，看作遊戲之事，看作載道之器，或竟看作牟利的商品」。〔註25〕這實際上是一種最狹隘、最庸俗的，或反動的功利主義。1923 年前後，他對「名士派」（實際上還是禮拜六派）的非功利或超功利的「遊戲文學」觀作了集中而深入的批判，指出名士派的作品「不過興之所至，視爲不甚重要，或且以爲是不關人生的色彩飾物」，這正是他們自己的散漫無羈、自命風流、玩世不恭、不務實際、專從空浮、信奉虛無的人生態度的藝術寫照；「文學的最大功用，在充實人生的空泛，而名士派的文學作品，叫人看了只覺得人生是虛空的」，這類作品只能「供給他們一班廢物去玩賞，於全社會的健康分子是沒有關係的」，於人類是毫無益處的，可見「名士派毫不注意文學於社會的價值」，「多拿消遣來做目的，假文學罵人，假文學媚人，發自己的牢騷」。尤其危險的是，這些名士派穿上了洋裝，而「這個洋

〔註25〕茅盾：《自然主義與中國現代小說》。

裝的魔鬼就是文學上的頹廢主義或唯美主義。」他們「痛罵文學的社會傾向，
以為是功利主義，是文學的商品化；他們崇拜無用的美，崇拜疏狂不羈的天
才派的行為」，他們「滿口藝術，滿口自然美，滿口唯美主義，其實連何謂
美，何謂藝術，都不甚明瞭」。〔註26〕這些名士派鼓吹的所謂「醉罷，美呀」
的唯美主義，不僅反對文學的功利律，而且也反對文學的真實律，即使他們
崇尚的所謂「美」，也不是真「美」，不過是一種「假美主義」，「用舊的幾句
風花雪月的濫調，裝點他們的唯美主義門面」而已，從「未產生實在偉大的
值得讚美的作品」。〔註27〕通過這場批判，不僅捍衛了為人生而藝術的功利
目的，而且也推動著自己的功利觀向著革命功利主義方向發展。

　　總之，茅盾前期對文學功利目的認識，是反映了革命階級的、人民的功
利要求，是代表歷史前進要求的廣闊而崇高的功利主義，既反對為藝術而藝
術的超功利觀，又反對狹隘庸俗的功利主義，使他的功利見解逐步地接近或
達到馬克思主義的美學思想水平。解放後，茅盾曾直言不諱地說：「我們是功
利主義者，我們首先是從作品對於當時當地所產生的社會效果來評價一部作
品的；但是，我們也反對只看到眼前效果而忘記了長遠的利益。真正有價值
的作品應當是在當時當地既產生了社會影響而且在數十年乃至百年以後也仍
然能感動讀者。」〔註28〕現代文學巨匠茅盾關於文學功利的見解，對於今天
的作家來說，也是大有裨益的。

〔註26〕茅盾：《什麼是文學》。
〔註27〕茅盾：《「大轉變時期」何時來呢？》。
〔註28〕1959 年 3 月 2 日茅盾給馬爾茲的信。

茅盾前期介紹外國文學的特點

　　五四新文學的產生和發展，是中國社會內部經濟政治和文化諸因素發展變化的必然結果，同時也是與外國進步文學的影響分不開的。在波瀾壯闊的五四新文化運動中，歐洲人文主義文學，以及包括批判現實主義和浪漫主義在內的 19 世紀文學，特別是俄羅斯的批判現實主義文學的翻譯和介紹，給新文學提供了豐富的養料。魯迅指出：「舊文學衰退時，因為攝取民間文學或外國文學而起一個新的轉變，這例子是常見文學史上的。」〔註1〕五四新文學正是攝取外國文學的養料而起的「一個新的轉變」。五四時期「拿來主義」十分盛行，出現了前所未有的譯介外國進步文學的高潮。據阿英《中國新文學大系·史料索引》稱，從 1917 年到 1927 年，翻譯外國文學作品和文學理論的單行本有 225 種之多。以魯迅為代表的文學革命的先驅們，從文學革命和反帝反封建的政治需要出發，大量地翻譯了北歐、東歐及巴爾幹諸國的文學作品，廣泛介紹了歐洲各國的文藝思潮，表現了鮮明的選擇性和強烈的戰鬥性，形成了譯介外國文學的主潮。

　　五四時期對外國文學的翻譯和介紹，無論從哪個方面來說都是在這之前的任何時期所不可比擬的。我們知道，還在晚清時期翻譯小說就開始風行起來。梁啓超看到了西洋文學作品的社會政治作用，便注重於翻譯政治小說與科學小說，同時提出了「小說界革命」的文學改良口號；在梁啓超、嚴復等人的倡導下，近代翻譯文學開始是以政治小說、科學小說為主，以宣傳政治

〔註 1〕 《魯迅全集》第 6 卷，101 頁。

和科學爲目的的，還沒能從文學的角度進行選擇和翻譯。翻譯家林紓能夠廣泛地介紹歐洲文學名著，翻譯作品達 160 多部，曾經發生了很大影響，可是他選材眼界不高，所譯作品精蕪並存。後來蘇曼殊、吳檮、陳嘏等人的翻譯，就比較能從作品的文學價值方面著眼了。特別值得指出的是，魯迅的《摩羅詩力說》和《文化偏至論》，開了系統介紹歐州近代文藝思潮的先河；而魯迅和周作人編譯的《域外小說集》，則率先注重介紹 19 世紀東歐、北歐被壓迫民族的文學。魯迅表現在上述文章和譯作中的文學主張，儘管當時還沒有引起人們的重視，實際上卻不失爲後來的五四文學革命之先聲。然而總的說來，近代翻譯文學還只是資產階級文學改良運動的一部分，還沒有突出地意識到必須通過譯介外國文學來改變中國的舊文學。同時，近代的翻譯文學後來也出現了偏向，偵探小說竟佔了翻譯小說的一半以上（翻譯小說占晚清小說三分之二），以致對當時的小說創作發生了嚴重的不良影響。所有這些，當然是時代的歷史的局限性所造成的。

五四時期對外國文學的翻譯和介紹，正是在近代翻譯文學的背景下發生和展開的。由於從《新青年》開始的文學革命運動的興起，特別是俄國十月社會主義革命的影響，使得五四時期的譯介活動具有新的時代特點。同近代翻譯文學相比，五四時期對外國文學的介紹不僅更加注重文學的社會功利性，不僅把作品的思想內容放在頭等重要的位置上，因而大力介紹的主要是具有民主主義思想的俄羅斯文學和被壓迫民族文學，甚至以致忽視了對歐美文學名著的介紹和藝術方面的借鑒；而且更重要的是，還有著通過譯介外國文學以創造中國新文學的明確的目的性，雖然開始時對於創造什麼樣的新文學並不了然，但是人們的熱情極爲高漲，文學思想空前活躍，因而有了對歐洲文藝思潮的廣泛涉獵和介紹，產生了這樣或那樣的文學主張，出現了「收納新潮，脫離舊套」﹝註2﹞的新局面。

五四時期，年輕的新文學戰士茅盾，在翻譯介紹外國文學的潮流中和魯迅是取同一步調的，帶著當時革新者的共同特點；同時由於他的思想、抱負、經歷和別人不盡相同，所以在介紹外國文學中，無論目的態度、取捨標準還是譯介方法，都表現了自己的若干特點。本文試圖就此作一探討，想來這對於茅盾前期文藝思想的研究或許是不無益處的。

﹝註2﹞ 魯迅：《墳·未有天才之前》。

一

　　五四文學革命確認必須通過介紹外國進步文學，從中吸取養料，尋求借鑒，以打倒中國的舊文學，建設新文學，來激發中國人民反帝反封建的革命精神。陳獨秀在《文學革命論》中指出，新文學要以「今日莊嚴燦爛之歐洲」的民主主義文學爲榜樣，並明確表示「願拖四十二生的大炮」爲新文學的「前驅」；魯迅更以「表現的深切和格式的特別」的短篇小說創作，顯示了文學革命的實績，同時從中也可以看出外國文學主要是俄國近代文學的影響。在文學革命先驅們的奔走呼號下，人們紛紛起而響應，力主要吸收新鮮空氣。「新鮮空氣是什麼？就是翻譯外國作品」，「要醫中國文學上之沉疴，須從翻譯外國作品入手」。胡愈之還指出：「翻譯文藝，和本國文藝思潮的發展，關係最大。俄國近代的文學，可算盛極一時了，但它的起源，實是受德國浪漫文學，法國寫實文學的影響。日本近年文藝思潮的勃興，也是翻譯西洋文學的功勞。所以翻譯西洋重要的文藝作品，是現在的一件要事。」〔註3〕適應文學革命的要求，五四時期譯介外國文學作品的熱潮自《新青年》發其端，隨之由《新潮》、《小說月報》、《創造季刊》等日益增多的雜誌光其大，取得了不可忽視的成績。據初步統計，在 1918 年到 1923 年期間，介紹的外國小說作家多達 30 來個國家的 170 餘人，其中《新青年》翻譯小說 33 篇；而《小說月報》在 1921 年和 1922 年的兩年間即翻譯小說 66 篇。不用說，這些翻譯作品爲中國新文學提供了豐富的營養，有力地促進了新文學的產生發展。

　　和文學革命的先驅們一樣，茅盾譯介外國文學的目的也是十分明確的。1920 年，他在自己主持的《小說月報‧小說新潮欄宣言》中宣告說：「我們相信現在創造中國的新文藝時，西洋文學和中國的舊文學都有幾分的幫助。我們並不想僅求保守舊的而不求進步，我們是想把舊的做研究材料，提出他的特質，和西洋文學的特質結合，另創一種自有的新文學出來。」「另創一種自有的新文學出來」，這是茅盾從事外國文學介紹和研究的出發點和落腳點。正是因爲具有這樣明確的指導思想，才便他在五光十色，浩如煙海的外國文學遺產面前，既不眼花繚亂，又不揀鐵作金，而能保持清醒的頭腦，以敏銳的眼光從中挑選出富有借鑒意義的東西來。我們知道，還在 1916 年茅盾即在商務印書館編譯所開始了編譯生活，或譯或編過不少通俗讀物和科學小說，這

〔註 3〕《寫實主義與浪漫主義》，《東方文庫》第 61 種。

對於增進青少年的知識，激發他們奮鬥自立的精神無疑是有幫助的。從 1919
年起，茅盾開始廣泛地搜求俄國文學方面的書籍，認眞探討文學的一系列重
大問題。他關注俄國文學後寫的第一篇評論文章《托爾斯泰與今日之俄羅
斯》，就出手不凡，儘管其主要論點今天看來有明顯的局限性，但是從中可以
看出茅盾對文學社會作用的高度重視。茅盾的這一思想是貫串於他的文學活
動的始終的。可以說，這篇文章標誌著茅盾光輝的文學生涯的初步開始。從
此，在創建新文學的思想指導下，茅盾接連翻譯了契訶夫的《在家裡》、《賣
誹謗者》，泰戈爾的《骷髏》，巴比塞的《爲母的》等多篇短篇小說和劇本，
寫了許多介紹托爾斯泰、屠格涅夫和陀思妥耶夫斯基等作家的文章。據粗略
統計，茅盾 1920 年翻譯作品 30 餘篇，1921 年翻譯作品 50 餘篇。也正是在對
俄國文學和其他外國文學的譯介中，茅盾藉以創建新文學的指導思想更加明
確和自覺了。

必須指出的是，由於茅盾 1919 年底就開始接觸馬克思主義，由於茅盾在
社會政治活動之餘全力以赴地投入文學事業，特別是致力於文學理論的研
究，並且始終以創建新文學爲己任，同時也由於茅盾 1921 年主編並改革了《小
說月報》這樣一個影響全國的文學刊物，所以，在譯介外國文學的目的方面，
他比一般人站得更高些，看得更遠些，氣魄更大些。從 1920 年茅盾主持「小
說新潮欄」起，便針對國內翻譯小說雜亂和單薄的實際，提出了系統地譯介
外國文學的一整套方針和辦法。他主張「該盡量把寫實派自然派的文藝先行
介紹」，並「用嚴格的眼光」開列了一批亟待翻譯的寫實主義自然主義的文學
名著。他主張在「選最要緊最切用的先譯」的同時，也要適當翻譯各種文藝
思潮有代表性的作品，大力介紹世界文學潮流及其演變趨勢。在《〈小說月報〉
改革宣言》中，茅盾更以宏大的氣魄宣稱，所以要對外國文學及其流派作系
統深切的介紹和研究，「實將創造中國之新文藝，對世界盡貢獻之責任」，目
的是要創造「能在世界的文學中占一席地」的劃時代的新文學出來。對此，
茅盾不僅是熱烈的倡導者，而且是忠實的實踐者，全部改革後的第一期《小
說月報》面目一新，很快便受到了讀者讚揚。在答李石岑的信中，茅盾進一
步表明了自己的遠大抱負：「中國的新文藝還在萌芽時代，我們以現在的精神
繼續的做去，眼光注在將來，不做小買賣，或者七年八年之後有點影響出
來。……在中國現時的小說界中，今年的《小說月報》總能算是出人一頭地
了，但我相信：在中國現時的小說界中出一頭地的，便是到世界的文學界中

沒有一個位置。我敢代國內有志文學的人宣言：我們的最終目的是要在世界文學中爭個地位，並作出我們民族對於將來文明的貢獻。」茅盾的這一番雄心勃勃的表白，表明他是站在歷史和時代的高度上，用全局和長遠的眼光看問題的，這是一個偉大的目標，實現這一目標要付出多方面的巨大努力，其中當然是包括借鑒外國進步文學在內的。

為創建能夠自立於世界文學之林的新文學而譯介外國文學，這是從文學本身而設的目的；從思想政治方面著眼，茅盾還有一個更大的目的——「足救時弊」和「富國興邦」。1921 年，茅盾進一步指出：「介紹西洋文學的目的，一半果是欲介紹他們的文學藝術來，一半也為的是欲介紹世界的現代思想——而且這應是更注意些的目的。」〔註4〕在茅盾看來「文學是人精神的食糧」，「療救靈魂的貧乏，修補人性的缺陷」是翻譯外國文學的重大使命。當然，這裡說的：「世界的現代思想」主要還是指個性解放、人道主義等資產階級民主主義思想，儘管它們有著不可克服的局限性，但在當時中國黑暗腐敗的社會現實生活中，還自有其戰鬥力量在。當時翻譯的文學作品還沒有無產階級思想內容是可以理解的，因為蘇聯革命文學正在初創中，還不能馬上介紹過來，當時，即使譯有高爾基的作品，也還是從人道主義方面著眼和取捨的。正是從「足救時弊」的認識出發，茅盾主張為人生的文學觀，強調文學積極的社會作用，即「擔當喚醒民眾而給他們力量的重大責任」。茅盾認為：「我覺得創作者若非是全然和他的社會隔離的，若果也有社會的同情的，他的創作自然而然不能不對於社會的腐敗抗議。我覺得翻譯家若果深惡自身所居的社會的腐敗，人心的死寂，而想借外國文學作品來抗議，來刺激將死的人心，也是極應該而有益的事。」〔註5〕因此，茅盾以極大的熱情譯介俄國近代文學，主編了「俄國文學研究」專號；譯介歐洲被壓迫的弱小民族的文學，主編了「被損害民族的文學號」。在這些外國文學作品中，茅盾著重讚賞的是認識人生的意義。特別值得注意的，是茅盾此時開始的對蘇聯文學界的高度關注，在他的《小說月報·海外文壇消息》欄內，多處徵引資料，讚揚蘇聯文學是「開始藝術史的一頁新歷史的先聲」，回擊了形形色色的誹謗和誣衊。很明顯，茅盾翻譯介紹外國文學作品，其指導思想已是遠遠地超出文學範圍了。

〔註 4〕 《新文學研究者的責任與努力》，《茅盾文藝雜論集》（以下引文未注明出處者，均引此書）。
〔註 5〕 《介紹外國文學作品的目的》。

在譯介外國文學作品的目的方面，茅盾和魯迅是有著驚人的相似之處的。我們知道，魯迅早期的文藝思想是「『為人生』而且要改良這人生」，這在介紹外國文學中也表現了出來。在《墳・雜憶》中，魯迅回顧翻譯愛羅先珂的《桃色的雲》時說：「其實，我當時的意思，不過要傳播被虐待者的苦痛的呼聲和激發國人對於強權者的憎惡和憤怒而已，並不是從什麼『藝術之宮』裡伸出手來，拔了海外的奇花瑤草，來移植在華國的藝苑。」不是為了獵奇和觀賞，而是用以改造國民的思想，造就「精神界之戰士」，這是魯迅介紹外國文學的基本態度。茅盾也說，那種「以為讀外國文學猶之看一盆外國花，嘗一種外國肴饌」的觀點是錯誤的。他尖銳地批判了遊戲文學和所謂風流名士的態度，並引用巴比塞的話，認為「和現實人生脫離關係的懸空的文學，現在已經成為死的東西；現代的活文學一定是附著於現實人生的，以促進眼前的人生為目的的」。〔註 6〕當然，由於魯迅專注於文學創作和翻譯，而茅盾前期則主要是從事文學理論、文學批評和翻譯方面的工作，所以茅盾往往更能從新文學建設的全局上考慮問題，發表見解，表現了文學思想的系統性，可以說新文學創建過程中出現的任何重大問題，很少有茅盾沒有涉及到的；同樣，在譯介外國文學中遇到的所有重大問題，也很少有茅盾沒有參加意見的。所有這些，不用說都是和茅盾對於文學的總的指導思想分不開的，也就勢必會在介紹外國文學中表現出來。

總之，立足中國社會和文學的現實，放眼世界文學，胸懷開闊，眼光遠大，從創建適應新時代的新文學和改造人們精神世界的需要出發，翻譯介紹外國文學，這是茅盾對待外國文學的一個顯著特點。

二

由於茅盾具有明確的介紹外國文學的目的，因而在介紹外國文學中也有著明確的取捨標準。五四時期「受新思潮影響的知識分子，如饑似渴地吞咽外國傳來的各種新東西，紛紛介紹外國的各種主義、思想和學說。大家的想法是：中國的封建主義是徹底要打倒了，替代的東西只有到外國找，『向西方國家尋找真理』。所以，當時『拿來主義』十分盛行。」〔註 7〕在上述思想指導下，茅盾從開始介紹外國文學起，就表現了鮮明的針對性。在紛然雜呈的

〔註 6〕 《「大轉變時期」何時來呢？》。
〔註 7〕 茅盾：《我走過的道路》，133 頁。

外國文學作品和文藝思潮面前，年輕的茅盾沒有精蕪不辨，也沒有全盤接受。和魯迅一樣，他一方面反對拒絕接受外國文學遺產的復古派的國粹論，一方面也反對無批判地繼承外國文學遺產的歐化派的移植論。在茅盾看來，無論外國文學作品還是文藝思潮都不是完美無缺的，對於中國新文學的創建說來，沒有一種可以當作模式生搬硬套，只有從中國的實際出發，大力介紹適合中國需要的文學作品和文藝思潮，並且從中吸取精華，摒棄糟粕，進而融匯貫通，爲我所用，才能更好地發揮外國文學的借鑒作用。還在 1920 年初，茅盾就指出：「我們無論對於那種學說，該有公平的眼光去看他；而且要明白，這不過是一種學說，一種工具，幫助我們改良生活，求得眞理的。所以介紹儘管介紹，卻不可當他是神聖不可動的；我們儘管挑了些合用的來用，把不合用的丟了，甚至於忘卻，也不妨。因爲學說本來是工具，不合用的工具，當然是薪材的胚子了。」〔註8〕以「合用」與否作爲介紹外國文學的取捨標準，茅盾的這一思想是貫串於他的譯介外國文學活動的始終的。

在介紹外國文學作品方面，如前所述，茅盾著重翻譯和大力倡導的是俄國民主主義文學，以及東歐、北歐等被壓迫民族的文學。茅盾所以特別重視和推薦它們，主要在於這些文學作品所包含的人道主義精神和民主主義思想，正是醫治國民精神沉疾的對症藥，在於這些國家的人民所處的政治經濟地位及其命運，正和當時的中國人民有著許多共同之處。注重思想內容，以思想內容是否「合用」作爲取捨的主要依據，這是茅盾介紹外國文學作品的首要標準，在這一點上，茅盾和魯迅等文學革命的先驅者是一致的。這一標準無疑是正確的，因爲據此介紹的俄國、波蘭、匈牙利等國家的文學作品，其中所表現的被壓迫者的申訴和呼號，掙扎和反抗，確能給中國讀者以感染和震動，對於喚醒他們的覺悟，鼓舞他們的鬥志，具有重大的認識作用和教育作用。但是，當時對外國文學作品的選擇介紹卻忽略了藝術標準，正如魯迅後來所指出的，「五四運動時代的啓蒙運動者」「急於事功，竟沒有翻出有價值的作品來」。〔註9〕對此茅盾也說過：「西洋文學名著被翻譯介紹過來的，少到幾乎等於零，因而所謂『學習技巧』云者，除了能讀原文，就簡直談不到。」〔註10〕不過比較而言，茅盾當時還是注意到外國文學作品的藝術性的。

〔註8〕 《尼采的學說》，《學生雜誌》第 7 卷 1～4 號。
〔註9〕 《準風月談・由聾而啞》。
〔註10〕 《中國新文學大系・小說一集導言》。

儘管他說過「要注意思想，不重格式」，但同時也認為「文學的構成，卻全靠藝術」，﹝註11﹞「文學作品雖然不同純藝術品，然而藝術的要素一定是很具備的，介紹時一定不能只顧著這作品內所含的思想而把藝術的要素不顧，這是當然的。」﹝註12﹞茅盾的這一見解是切中肯綮的，可惜當時未能引起應有的重視。對於怎樣從藝術上借鑒的問題，茅盾的態度也很明確，他說：「西洋人研究文學技術所得的成績，我相信，我們很可以，或者一定要採用。採用別人的方法——技巧——和徒事仿傚不同。我們用了別入的方法，加上自己的想像情緒……，結果可得自己的好的創作。」﹝註13﹞這是茅盾主編《小說月報》一年之後的總結。很明顯，和當時翻譯界的只重思想內容，忽視藝術表現的一般傾向相比，茅盾既注重思想內容，又比較注意藝術表現的主張，是頗有見地的。這正是他在介紹和借鑒外國文學作品上的一個高明之處，儘管他對藝術方面的注意還不很充分，但畢竟給予了相當的注意，就此而論，也是當時一般人所不及的。茅盾在一定程度上注意到了藝術標準，他的態度是比較科學和全面的。

在介紹外國文藝思潮方面，較之對外國文學作品的介紹，更能看出茅盾前期所達到的思想高度及其特點。按照茅盾的說法，歐洲文藝潮流分為古典主義、浪漫主義、寫實主義和新浪漫主義幾個階段，各個階段之間是不斷進化的，那麼，對於中國新文學的創建來說，哪種文藝思潮最為切用呢？這在當時是一個難於回答的大問題，既需要有深入的研究，又需要經過實踐的檢驗。對此，年輕的茅盾沒有卻步不前，更沒有無所適從，而是在認真考察各種文藝思潮長短得失的基礎上，從克服中國舊文學的弊端和創建新文學的需要出發，有的放矢地進行推薦和倡導。在茅盾看來，就某種文藝思潮本身而言，比較圓滿的是以羅曼·羅蘭為代表的新浪漫主義，因為「浪漫的精神常是革命的創新的……，這種精神，無論在思想界在文學界都是得之則有進步有生氣」，﹝註14﹞所以應該提倡新浪漫主義。但是，考慮到中國的現實，茅盾又認為在實行新浪漫主義之前，最急需的還是要介紹寫實主義，汲取寫實主義的「真精神」。當他剛剛主編《小說月報》時就提出：「寫實主義的文學，

﹝註11﹞ 《小說新潮欄宣言》。
﹝註12﹞ 《新文學研究者的責任與努力》，《茅盾文藝雜論集》。
﹝註13﹞ 《一年來的感想與明年的計劃》。
﹝註14﹞ 《為新文學研究者進一解》，《改造》3卷1號。

最近已見衰歇之象，就世界觀之立點言之，似已不應多爲介紹；然就國內文
學界情形言之，則寫實主義之眞精神與寫實主義之眞傑作實未嘗有其一二，
故同人以爲寫實主義在今日尚有切實介紹之必要」。〔註15〕茅盾在這裡所說的
寫實主義是和自然主義混爲一談的，不過所肯定的實質上是包含其中的現實
主義精神。一年之後，茅盾又進一步指出：「以文學爲遊戲爲消遣，這是國人
歷來對於文學的觀念；但憑想當然，不求實地觀察，這是國人歷來相傳的描
寫方法；這兩者實是中國文學不能進步的主要原因。……不論自然主義的文
學有多少缺點，單就校正國人的兩大病而言，實是利多害少。」〔註16〕明知
自然主義有缺陷卻還是要介紹，這表現了青年茅盾可貴的膽識。此後，《小說
月報》通信欄曾就自然主義問題開展了一場熱烈的討論。後來，茅盾寫了《自
然主義與中國現代小說》一文作了總結，認爲對自然主義要具體分析，要採
取吸收精華、剔除糟粕的態度。從對寫實主義自然主義的介紹中，可以看出
茅盾在對待外國文藝思潮方面的立場是十分鮮明的，他要取其所長，補中國
文學之短，儘管當時作爲激進的革命民主主義者的茅盾還不能更深刻地認識
自然主義的弊端，但卻是在努力用公平的眼光看問題，出發點是對症取藥。
誠然，自然主義並非良藥，對此茅盾還在 1920 年的《爲新文學研究者進一解》
中就指出過了，但是隨後終於又大力介紹了一番，就是因爲其中含有有益的
成分：介紹是「利多害少」。由於國外種種文藝思潮本身不可避免的局限性，
當時還找不到一種能夠包治中國文學痼疾的良藥，因而就給介紹者帶來了怎
樣鑒別和選擇的問題；而在某種思潮中識別長短，較之在多種思潮中挑選一
種要困難得多，精蕪不分或以蕪爲精的毛病很容易發生。茅盾和一般介紹者
不同的是，他有較高的識別力，能夠比較準確地判明優劣，這當然也是與他
能夠站在世界文藝潮流的上面，從比較中進行鑒別分不開的，茅盾和那種陷
於某種文藝思潮之中而不能自拔的介紹者大不一樣。他說：「奉什麼主義爲天
經地義，以什麼主義爲唯一的『文宗』，這誠然有些無謂；但如果看見了現今
國內文學界一般的缺點，適可以某種主義來補救校正，而暫時的多用些心力
去研究那一種主義，則亦無可厚非。」〔註17〕正是從這樣的認識出發，茅盾
介紹了自然主義，但又不拘守於自然主義，後來便很快地揚棄了自然主義。

〔註15〕《〈小說月報〉改革宣言》。
〔註16〕《一年來的感想與明年的計劃》。
〔註17〕同上註。

在茅盾從事文學批評活動的最初幾年裡，他對泰納藝術社會學的介紹，對文學進化論的介紹，對表象主義（象徵主義）的介紹等等，無不如此。他說：「現在的社會人心的迷溺，不是一味藥所可醫好，我們該並時走幾條路」，〔註18〕無論哪種文藝思潮，只要其中包含對我們有用的東西，就應廣採博取，拿來一試。這種多方面地尋求思想武器的精神無疑是值得肯定的。這實際上是在積極探索，只有經過實踐的檢驗，才能得出正確的結論。後來的事實證明，茅盾這時對諸種外國文藝思潮的介紹和倡導，雖然付出了極大的努力，並且也多有可取之處，然而從根本上說，還沒有一種文藝理論是能夠用來「足救時弊」的，因為這些文藝理論說到底大都是資產階級的思想武器。

但是此後不久茅盾終於找到了真正的對症良藥，這就是無產階級文藝理論，這集中地表現在他 1925 年的長篇文章《論無產階級藝術》中。我們知道，茅盾是我們黨最早的一批黨員之一。還在 1922 年，他就說過：「我也是混在思想變動這個漩渦裡的一分子，起先因找不到一個歸宿，可以拿來安慰我心靈，所以也同時感到了很深的煩悶，但近來我已找到了一個路子，把我的終極希望都放在彼上面，所以一切的煩悶都煙消雲滅了。這是什麼路子呢？就是我確信了一個馬克思底社會主義」。〔註19〕從社會政治思想上看，茅盾在鬥爭實踐中正在逐步接受和樹立馬克思主義。然而從文藝思想而言，儘管茅盾十分關注蘇聯無產階級文藝動態，也在《小說月報》的「海外文壇消息」欄多次予以介紹，卻因資料匱乏所限對社會主義文藝理論並不了然，這就使他在介紹外國文藝思潮方面只好走了幾年摸索探求的道路。隨著茅盾馬克思主義思想的不斷加強，他的革命文藝思想也逐步明確起來。1924 年前後鄧中夏、惲代英等人提出「革命文學」的口號後，茅盾就想到以蘇聯文學為借鑑，寫一篇全面探討無產階級藝術的文章。後來，他翻閱了莫斯科出版的英文綜合週刊中的大量有關材料，在深入研究的基礎上寫成了《論無產階級藝術》。這不止是一篇介紹性的編譯文章，更是一篇閃耀著馬克思主義文藝思想光輝的文學論文。文章對於無產階級藝術的形成、條件、範疇、內容和形式等一系列重大問題作了系統的論述，表明茅盾的文藝思想達到了前所未有的新高度。除此之外，值得注意的還有文章中引述蘇聯文藝界的材料時，對新興的蘇聯文學的批評。茅盾在高度肯定了其歷史意義的同時，也深刻地指出了存

〔註18〕 《我們現在可以提倡表象主義的文學麼？》，《小說月報》11 卷 2 號。
〔註19〕 《五四運動與青年底思想》，《覺悟》1922 年 5 月 11 日。

在的問題。他認為，新興的蘇聯文學「題材的範圍太小」，「只偏於一方面——勞動者生活及農民憎恨反革命的軍隊」，而應「以全社會及全自然界的現象為汲取題材之泉源」；「還有一點毛病：就是誤以刺激和煽動作為藝術的全目的」，而這「只是藝術所有目的之一，不是全體」；「最大的弊病卻在失卻了階級鬥爭的高貴的意義」，一些作品「往往把資本家或資產階級知識者描寫成天生的壞人，殘忍，不忠實。這是不對的。因為階級鬥爭的利刃所向的，不是資產階級的個人，而是資產階級所造成的社會制度；不是對於個人品性的問題，而是他在階級的地位的問題。」茅盾的這些批評雖然未必完全正確，卻不乏真知灼見，至今富有現實意義。這並非求全責備，他是一方面看到了蘇聯文學正在初生時期，因而不免有這樣那樣的缺陷，另一方面又從無產階級藝術本身的要求上看問題的。從茅盾對蘇聯文學的介紹和研究中，可見即使是對自己所推崇的新文學，他也沒有全盤肯定，全盤接受，同樣是抱著取精用宏的借鑒態度。和以前對外國文學及文藝思潮的介紹不同的是，這時茅盾確認中國新文學一定要走向無產階級的文學道路，並試圖以無產階級理論來探討和闡明革命文學的重大問題。從此，茅盾為人生的文學主張得到了大大的修正和發展，開始形成為無產階級的文學觀了。至於茅盾原來所提倡的新浪漫主義，則被無產階級文學思想所代替了。本來，茅盾介紹寫實主義、自然主義是當作提倡新浪漫主義的一種準備的，但是實際上新浪漫主義卻終未推行。1922 年 7 月茅盾曾說：「新浪漫主義在理論上或許是現在最圓滿的，但是給未經自然主義洗禮，也叩不到浪漫主義餘光的中國現代文壇，簡直是等於向瞽者誇彩色之美。」〔註 20〕顯然，這時茅盾是肯定新浪漫主義的，只不過認為在中國還不能馬上拿來實行罷了。及至 1925 年，茅盾在《論無產階級藝術》中便否定了這一看法，他尖銳地批判羅曼・羅蘭的「民眾藝術」「究其極不過是有產階級知識界的一種烏托邦思想而已」，「在我們這世界，『全民眾』將成為一個怎樣可笑的名詞？我們看見的是此一階級和彼一階級，何嘗有不分階級的全民眾？」茅盾摒棄新浪漫主義表明，他對外國文藝思潮的取捨達到一個新的水平了。

　　總之，無論是對外國文學作品還是文藝思潮的介紹，茅盾都是堅持嚴格的標準，採取的是批判和分析的態度，批判為的是繼承，分析當然是為了借鑒。在中國現代文學的初期，像茅盾這樣孜孜不倦地對外國文學進行探討，

〔註20〕《自然主義與中國現代小說》。

致力於從外國文學中挑選武器爲我所用，並且在借鑒中探究得如此深入，因而在取捨上頗有見地的外國文學介紹者，還是很少見的。可以說，取精用宏、對症下藥是茅盾介紹外國文學的又一顯著特點。

三

爲了把外國文學中有益於中國新文學的東西比較準確地鑒別出來，茅盾在介紹外國文學中採取的是研究的方法。介紹需要研究，這是人所公認的。那種不作研究，在外國文學的花園裡見什麼摘什麼的做法固然爲茅盾所反對，而淺嘗輒止、浮光掠影的研究也爲茅盾所不取。茅盾和一般介紹者的不同之處，就在於他的研究是廣泛而又深入的，他堅持的是「窮本溯源」的方法，這正是茅盾介紹外國文學的另一特點。

「窮本溯源」，顧名思義是尋根究柢的意思，這是科學研究的必由之路。還在茅盾剛剛主持「小說新潮」欄時就指出，藝術有自己本身的發展規律，藝術上的借鑒就要窮本溯源，「因爲藝術都是根據舊張本而美化的。不探到了舊張本按次做去，冒冒失失『唯新是摹』，是立不住腳的。」這裡說的窮本溯源，是指探討歐洲各種文藝思潮之間的淵源關係，儘管其中不免有一定的機械論思想的影響，但是茅盾這種一開始就不孤立地看問題的觀點是值得重視的。在《文學上的古典主義浪漫主義和寫實主義》等文章中，他對歐洲近代幾種主要文藝思潮的得失及其演變作了相當詳備的考察和分析，認爲「古典主義浪漫主義寫實主義新浪漫主義這四種東西，是依著順序下來，造成文學進化的」，除剛剛出現的新浪漫主義外，其他幾種文藝思潮都有明顯的短處，而後一種文藝思潮所以能取代前一種文藝思潮，就是因爲它能夠以長補短。正是看到了各種文藝思潮之間的內在聯繫，又考慮到中國的現實需要，茅盾才把介紹寫實主義當作了倡導新浪漫主義的必要準備。應該說明的是，新浪漫主義是遠不足以概括最新的文藝思潮的，19 世紀末西歐形成的「世紀末」文風，就有印象主義、神秘主義和頹廢主義等文藝思潮，它們雖然對中國新文壇發生過一定影響，但並未形成五四時期的文藝思想主潮，這是因爲它們和當時的時代精神不是合拍的。這也是包括茅盾在內的外國文學介紹者所以把主要注意力集中到了東歐、北歐的緣故。即以新浪漫主義而言，如前所述茅盾也終未把這面旗幟舉起來，而是在一度倡行自然主義或寫實主義之後，逐步走上了廣闊的現實主義道路。

　　茅盾主張窮本溯源的介紹方法，是貫串於他介紹外國文學活動的各個方面的，對文藝思潮的介紹是如此，對作家作品的介紹也是如此。可以說，從希臘神話、羅馬文學到騎士文學，從文藝復興時期的文學到 19 世紀批判現實主義文學，茅盾都下過一番切實的研究功夫，其中一些研究成果至今仍有重要的學術價值。《司各特評傳》就是其中之一。1923 年，茅盾爲林琴南譯英國歷史小說家司各特的《薩克遜劫後英雄略》（原名《艾凡赫》）標點加注後，用了半年時間寫出了作家的評傳。爲了搞好這篇從無人寫的長篇大文，茅盾閱讀了司各特的全部作品和三大卷的《司各特傳》，同時還讀了《比較文學史》、《19 世紀文學史》、《19 世紀文學主潮》、《英國文學史》和《司各特論》等著作以爲參考。由於茅盾如此詳備地佔有材料，所以評傳中無論對司各特還是對其以歷史小說爲主的創作的評述，都有立論的堅實基礎，有很大的說服力。此外，作爲《司各特評傳》的副產品，茅盾還寫了《司各特重要著作解題》、《司各特著作編年錄》和《司各特著作的版本》三篇文章。這樣，就可以使國內讀者對這位名聲很大的英國作家及其作品有個相當全面的瞭解了。應該說，《司各特評傳》是一個有拓荒意義的項目，是茅盾窮本溯源的結果。像《司各特評傳》這樣的研究和介紹，還可以舉出一些，例如《大仲馬評傳》、《歐洲大戰與文學》、《匈牙利文學史略》和《希臘神話》等等，而 1927年後這樣的研究文章和著作就更多了。

　　也是從窮本溯源的研究態度出發，茅盾在著重選取俄國文學和被壓迫弱小民族文學進行介紹的同時，並不拒絕接觸益害並存甚至害多益少的東西，相反，他是以極大的興趣看待它們，並且進行了廣泛的涉獵和探討。在茅盾看來，既要借鑒外國文學，就要對它的各個方面作深入的瞭解，即使是有害的東西也不必迴避，只要「能懷疑，能批評」，那麼「古人的書都有一讀的價值，古人的學說都有一研究的必要」。〔註21〕還在 1920 年初，茅盾就從尼采的《蘇魯支語錄》中譯了兩篇，並且在專門研究的基礎上寫了《尼采的學說》。茅盾從總體上否定尼采的思想體系，特別反對他的超人哲學和「主者道德」說，指出「尼采誠然是人類中的惡魔，最恐怖的人物」，但是對於尼采重新估定一切的精神，卻認爲不妨「藉重來做摧毀歷史傳統的畸形的桎梏的舊道德的利器」。對於拜倫，茅盾則指出：「中國現在正需要拜倫那樣富有反抗精神的，震雷暴風般的文學，以挽救垂死的人心，但是同時又最忌那狂縱的，自

〔註21〕《尼采的學說》，《學生雜誌》第 7 卷 1～4 號。

私的，偏於肉欲的拜倫式的生活。我們現在所紀念的，只是那富於反抗精神的，攻擊舊習慣道德的，從軍革命的拜倫。」〔註22〕1924 年印度著名詩人泰戈爾來華訪問，茅盾先後寫了《對於泰戈爾的希望》和《泰戈爾與東方文化》兩篇文章，〔註23〕明確表示「我們決不歡迎高唱東方文化的泰戈爾；也不歡迎創造了詩的靈的樂園，讓我們的青年到裡面去陶醉的泰戈爾；我們歡迎的，是實行農民運動（雖然他的農民運動的方法是我們反對的），高唱『跟隨著光明』的泰戈爾。」但是泰戈爾終於還是來宣揚東方文化和所謂「人類第三期世界」了，對此茅盾作了有力的批評，指出這無非是讓人們過奴隸式的生活而已。總之，茅盾對諸如尼采、拜倫、泰戈爾等這些影響很大，但他們的思想和學說又有明顯的局限性的人物，所持的分析和批判是切中要害的，這當然是與透徹的研究分不開的。

可見，茅盾研究和介紹外國文學的範圍非常廣泛：一方面，他有明確的目的性和鮮明的選擇性，「爲介紹世界被壓迫民族的文學之熱心所驅迫，專找歐洲的小民族的近代作家的短篇小說來翻譯」，〔註24〕這是主要的；另一方面，他所關注的外國文學並不限於那些可以馬上取以致用的部分，凡是對新文學有所幫助的，凡是對人生有所裨益的，那怕是其中包含有一點點可資借鑒的東西，茅盾也總要作一番探究；那怕是對眼前說來並無急功近利之效的，茅盾也並不排斥。茅盾和那種狹隘的功利主義者是根本不同的。茅盾熱心介紹過的作家作品並不一定是他所喜愛的，而他喜愛的外國文學也頗爲可觀。他說：「曾對波蘭、匈牙利等東歐民族的文學有興趣，那是一方面也從政治上考慮。」「我更喜歡古典作品、希臘、羅馬、文藝復興時代各大師，19 世紀的批判現實主義文學。」〔註25〕茅盾所譯介的外國文學內容豐富、數量巨大，估計大概要佔他整個文學作品的四分之一左右。儘管其中有不少像海外文壇消息一類的一般介紹文字，但是主要部分卻是以深入的研究爲基石的。直到茅盾逝世前不久，還諄諄告誡青年：借鑒外國文學要下大功夫，「借鑒的範圍必須擴大」，「即使是反面材料，也有借鑒的作用」，這就要反對「偷懶、取巧的態度」，反對「劃地爲牢，自立禁區」，「這樣才能達到取精用宏的目的」。〔註

〔註22〕《拜倫百年紀念》，《小說月報》15 卷 4 號。
〔註23〕分別見《國民日報》附刊《覺悟》1924 年 4 月 24 日、5 月 16 日。
〔註24〕茅盾：《雪人‧自序》。
〔註25〕轉引自莊鍾慶：《永不消失的懷念》，《新文學史料》1981 年第 3 期。
〔註26〕《外國文學評論》第 1 期。

26〕這種通過深入鑽研以廣採博取的主張，在茅盾畢生的介紹外國文學活動中是一貫的，也是茅盾在介紹方法上對己對人的基本要求。

至於茅盾在譯介外國文學中的具體做法，是和上述的基本要求分不開的。茅盾一開始就強調翻譯要忠實於原著，要「將西洋的束西一毫不變動的介紹過來」，〔註27〕「文學作品最重要的藝術色就是該作品的神韻。灰色的文學我們不能把他譯成紅色；神秘而帶頹喪氣的文學我們不能把他譯成光明而矯健的文學；……」〔註28〕這就要求「翻譯某文學家的著作時，至少讀過這位文學家所屬之國的文學史，這位文學家的傳，和關於這位文學家的批評文學」。〔註29〕茅盾還就文學作品中小說單字和句調精神的翻譯，以及詩歌翻譯的具體方法，發表了許多有益的見解。對於介紹，則認爲在「切要」原則之外，還要注意「系統」和「經濟」，「如只顧拉出幾本名家著作譯譯，那是很不妥的」，同時提出在譯介作品時最好附個小引或序。〔註30〕茅盾的這些意見對於提高譯介外國文學的水平，無疑有一定的指導意義。

茅盾在介紹外國文學中所採取的窮本溯源的方法，不用說是和他銳意創建新文學的努力密切相關的。正是這種研究的方法，使他能夠克服盲目性，保持選擇性，不僅對個別的文學現象有較深的認識，而且對各種文學現象之間的聯繫也有相當的瞭解，從而有效地保證了爲新文學提供養料的工作。同時，窮本溯源的研究也使茅盾自己的文學視野大大開擴了，他貪婪地從外國文學的汪洋大海中汲取一切有益的東西，揚長避短，批判繼承，在探索中奮力前進。正如胡愈之所指出的：「和魯迅一樣，茅盾對古代中國文學和 19 世紀以來的世界文學作過長期的深刻的研究、介紹和批判，最後才找到了現代中國自己的文學道路，這就是共產黨領導的革命現實主義的道路。」〔註31〕很明顯，茅盾對外國文學廣泛深入的研究，爲他在文學理論和文學創作方面的輝煌建樹打下了雄厚的基礎。

茅盾前期介紹外國文學的活動，是他整個文學事業的重要組成部分。由於歷史和個人的條件的限制，嚴格說來，他在對於某些作家作品以及文藝思潮的認識和評價上還是失之不少的。特別是在最初的幾年裡，儘管他努力在

〔註27〕 《現在文學家的責任是什麼？》。
〔註28〕 《新文學研究者的責任與努力》，《茅盾文藝雜論集》。
〔註29〕 同上註。
〔註30〕 《對於系統的經濟的介紹西洋文學底意見》。
〔註31〕 《早年同茅盾在一起的日子裡》，《人民日報》1981 年 4 月 25 日。

用公平的眼光進行介紹，並且也確實達到了他當時所能達到的水平，但是今天看來對於包括自然主義在內的若干文學現象的評價卻是不夠準確的，這是因爲茅盾當時使用的還是民主主義思想武器，所主張的還是爲人生的文藝思想。及至 1925 年茅盾開始樹立馬克思主義階級論和爲無產階級而藝術的文藝思想，他的鑒別和評價就上昇到一個新的水平了。雖然如此，茅盾前期介紹外國文學所表現出來的特點，所提供的經驗，仍然足以值得我們學習和借鑒。介紹外國文學是一項宏大而長遠的事業，唯其方向明確，高瞻遠矚，才能既不夜郎自大，又不崇洋媚外；唯其標準明確，對症下藥，才能辨明優劣，取精用宏；唯其方法得當，窮本溯源，才能取捨有據，揚長避短。所有這些，今天對我們都是富有教益的。

1982.7.25 於山東師大

茅盾與俄國批判現實主義文學

1919 年，在《新青年》的影響下，在新文化運動的推動下，茅盾的思想發生了很大的變化，開始關注俄國批判現實主義文學。這是一個重大的轉變。在這之前，茅盾已經接觸到一些外國文學作品，但基本上還是一個中國古典文學的愛好者和鑽研者。如他自己所說：「五四運動前一、二年，我才開始讀外國文學書，在此以前，我是看不起外國文學的，因為在中學和北大預科時代，對我影響較深的，是擔任國文的教員——都是章太炎的朋友或學生，在當時學術界頗有名氣，因而我喜歡駢體文，喜歡詩詞，喜歡雜覽。」〔註1〕這時的茅盾是一個剛剛踏進商務印書館的青年學生，嚴格的家庭教育和學校教育，使他打下了深厚的中國古典文學基礎。他的英文很好，在北大預科學過外國文學，卻沒有喚起多少興趣。在商務印書館編譯所的頭幾年裡，他幹的是「又編又譯，亦中亦西」的「打雜」工作。從 1919 年起，茅盾開始閱讀和搜求俄國文學書籍，由此發生了思想上的重大變動。茅盾回顧說：「我也是和我這一代人同樣地被『五四』運動所驚醒了的。我，恐怕也有不少的人像我一樣，從魏晉小品、齊梁詞賦的夢游世界伸出頭來，睜圓了眼睛大吃一驚的，是讀了苦苦追求人生意義的 19 世紀的俄羅斯古典文學。」〔註2〕從此，茅盾從中國古典文學之中站立出來，以飽滿的熱情和極大的興趣開始翻譯介紹俄國批判現實主義文學。使人「想起許多問題，而且愈想愈複雜」〔註3〕的契訶

〔註 1〕 轉引自莊鍾慶《永不消失的懷念》，《新文學史料》1981 年第 3 期。
〔註 2〕 《契訶夫的時代意義》，《世界文學》1960 年第 1 期。
〔註 3〕 同上註。

夫的短篇小說《在家裡》，就是茅盾用白話翻譯的第一篇俄國文學作品。通過介紹俄國文學和其他外國文學，介紹俄國和歐洲的文藝思潮和社會思潮，茅盾從中吸取了豐富的營養，精力旺盛地投身於新文學運動中了。應當說，19 世紀俄國批判現實主義文學對於茅盾初期反對舊文學、倡導新文學，特別是對於確立其為人生的文學思想，曾經有過不容忽視的影響，較之其他外國文學的影響，俄國文學的影響要顯著得多。1941 年，茅盾在《現實主義的道路》〔註 4〕一文中指出：「『五四』以後，外國的現實主義文學作品對於中國文壇發生最大影響的是俄國文學。」我們同樣可以說，在外國的現實主義文學中，對茅盾發生最大影響的是俄國的批判現實主義文學。這不僅對茅盾前期的文學思想說來是如此，對其他進步作家來說也有類似現象。

在我國五四時期湧現出來的一批文學家中，特別是文學研究會的作家們，幾乎沒有不受俄國文學影響的。魯迅曾熱情地讚揚「俄國文學是我們的導師和朋友」，〔註 5〕並在回顧自己的創作道路時談到了俄國文學的深切影響。〔註 6〕文學研究會重要成員葉紹鈞、冰心、王統照等人初期的小說創作，都有俄國文學影響的明顯痕跡。這是一個十分有趣的歷史現象。與此密切相關的，是五四時期翻譯過來的俄國文學作品迅速增多，以致成為翻譯的主潮。據阿英《中國新文學大系‧史料索引》統計，在 1917 年至 1927 年翻譯的 225 種外國文學單行本中，俄國文學占 65 種之多，這和晚清時期以英國文學為主的翻譯現象，形成了鮮明的對比。隨著翻譯俄國文學的發展，介紹和探討俄國文學的文章也越來越多了，並逐步深入到俄國文學內容和形式的各個方面。就茅盾而言，在他前期評述俄國文學的許多文章中，不僅對能夠代表俄國文學的大作家如托爾斯泰、屠格涅夫、陀思妥耶夫斯基等人各個作了具體的論述，而且對俄國文學的特徵作了總體上的分析。正是在這樣深入的研究過程中，茅盾把俄國文學的「可取之處」不斷地吸收過來，化成了自己文學思想的血肉。茅盾和俄國文學的關係，在五四時期的作家中是很有代表性的。從現象上看，這是一種相互作用的連鎖反應：唯其讀及俄國文學，這才喚起了作家的注意；唯其作家發生興趣，才推動了翻譯和介紹俄國文學的活動；而在翻譯和介紹的不斷深入中，作家自然也就接受了其中有益的影響。俄國

〔註 4〕 《茅盾文藝雜論集》，第 885 頁。以下引文凡不另注出處者，均引此書。
〔註 5〕 《祝中俄文字之交》，《魯迅全集》第 4 卷，第 351 頁。
〔註 6〕 《魯迅全集》第 7 卷，第 818、108～109 頁。

文學較之其他外國文學，對茅盾和許多中國進步作家是有著更大的吸引力和感染力的。

這當然有著深刻的內在原因。俄國文學所以對中國作家能夠發生如此密切的關係，從政治方面著眼，除了人們注意到的中俄兩國存在著許多相似的國情的原因而外，還與十月革命勝利所帶來的影響分不開。當時，十月革命雖然開始傳到中國，但人們大都還不能馬上理解它認識它，還看不到馬克思主義對它的指導意義，因而一些有志之士便試圖從俄國文學及其影響之中尋找十月革命的「動力」和「遠因」。俄國文學一時成為人們注意的中心，與此大有關係。對此，瞿秋白曾作過明確的說明：「俄羅斯文學的研究在中國卻已似極一時之盛，何以故呢？最主要的原因，就是俄國布爾什維克的赤色革命在政治上、經濟上、社會上生出極大的變動，掀天動地，使全世界的思想都受他的影響。大家要追溯他的遠因，考察他的文化，所以不知不覺全世界的視線都集於俄國，都集於俄國的文學；而在中國這樣黑暗悲慘的社會裡，人都想在生活的現狀裡開闢一條新道路，聽著俄國舊社會崩裂的聲浪，真是空谷足音，不由得不動心。因此大家都要來討論研究俄國。於是俄國文學就成了中國文學家的目標。」〔註7〕這是說得十分透徹的。茅盾在回憶錄《我走過的道路》（上）中，談及早期自己的一篇長文《托爾斯泰與今日之俄羅斯》時，也說這是當年探討十月革命「動力」和「遠因」的嘗試，而且該文也確是主要就此展開論述的。可見，十月革命的勝利，曾推動了俄國文學在中國的傳播，這是不可不注意到的事實。

但是政治方面的原因只是中國進步作家和俄國文學關係密切的原因之一。此外還有文學方面的原因，還應從文學本身去考察。概括地說，這是因為五四文學革命適應時代的要求，正在創建反帝反封建的新文學；而俄國文學恰好可以為我們創建新文學提供較之其他外國文學更為切用的思想的和藝術的借鑒。正是從這一指導思想出發，茅盾對俄國文學所具有的特點及其可以適用於中國新文學的那些方面，還有無益而必須揚棄的方面，作了比較深入的探討。只要我們把茅盾和俄國文學關係中的這一主要問題搞清楚，那麼不僅茅盾所受到的俄國文學的影響可以了然，而且對於中國進步作家和俄國文學的密切關係也就容易理解了。

〔註 7〕《瞿秋白文集》第 2 卷，第 543 頁。

二

　　爲茅盾所重視的俄國文學，主要是 19 世紀後半期的批判現實主義文學，這不僅是俄國人民寶貴的精神財富，也是世界批判現實主義文學的高峰。在 19 世紀的世界文學中，很難見到哪個國家的文學能夠像俄國文學那樣，和現實人生發生如此密切的聯繫，對社會制度和社會生活的各個方面作過如此無情的批判，擁有如此深刻的現實主義力量。高爾基在《俄國文學史·序》中概括指出：「俄國文學特別富有教育意義，以其廣度論是特別可貴的──沒有一個問題是不曾提出和不曾企圖去解答的。這尤其以下列問題的文學爲然：怎麼辦呢？哪裡更好一些呢？誰是有罪呢？文學提出了這些問題。」托爾斯泰等人的作品，在揭露沙皇專制統治、農奴制殘餘以及資本主義經濟關係的罪惡的同時，就著重提出和探索了解決俄國農民和其他人出路的「怎麼辦」問題。對於俄國文學的重要地位，茅盾一開始就給予了高度的評價。在他看來，以托爾斯泰爲代表的俄國文學的興起，無異於又一次文藝復興，遠非囿於傳統思想束縛的英法文學所可比擬，因爲英國文學家的道德是「奴性的道德」，法國文學家「已略自由」，唯獨俄國文學家不然，「決不因眾人之指斥，而委曲其良心上之直觀」，「其文豪有左右一世之力，其著作爲個性的而活潑有力的」。〔註8〕茅盾在這裡所強調的，是俄國文學能夠打破貴族文學的藩籬，敢於標新立異，在文學作品中眞實地表現包括下層人民在內的社會生活。他還指出：「近代俄羅斯和西歐諸大國相較，在政治方面物質方面，沒一件事能比得上。但從文學方面說來，俄國對於世界的貢獻，實在是非常重大；現代世界各國的文藝思想，多少都受著俄國文學的暗示和影響的。」〔註9〕茅盾從比較中肯定俄國文學在世界文學中的顯著地位，很容易使我們想到魯迅的有關論述。1927 年，魯迅在《文藝與政治的歧途》中指出：「18 世紀的英國小說，它的目的就在供給太太小姐們的消遣，所講的都是愉快風趣的話。19 世紀的後半世紀，完全變成和人生問題發生密切關係。」在《文學和出汗》中，則指出英國文學的變化，是因爲「受了俄國文學的影響」。在魯迅看來，專講包探、冒險家、英國姑娘，非洲野蠻故事，以及白人英雄和絕世佳人結婚等等的某些英美文學，「是只能當醉飽之後，在發脹的身體上搔搔癢的」，〔註10〕

〔註 8〕《托爾斯泰與今日之俄羅斯》，《學生雜誌》1919 年第 6 卷 4～6 號。

〔註 9〕雁冰、愈之、澤民：《近代俄國文學家論》。

〔註10〕《祝中俄文字之交》，《魯迅全集》第 4 卷，第 351 頁。

根本不能和俄國文學相提並論。1926 年魯迅在同一個美國記者的談話中就說:「我覺得俄國文化比其他外洋文化都要豐富」,「俄國文學作品已經譯成中文的,比任何其他外國作品都多,並且對於現代中國的影響最大。」〔註 11〕魯迅的這些論述表明,在對俄國文學總的評價上,他和茅盾不僅都採取了比較的方法,而且觀點也十分接近。只是由於 20 年代之初茅盾思想上基本上還是一個急進的革命民主主義者,評述中不免帶有非階級的色彩,而在這六、七年之後魯迅的論斷,由其成熟的思想所決定,較之茅盾要深刻得多了。

對俄國文學歷史地位的高度評價,反映了茅盾的基本觀點。由此出發,茅盾對俄國文學特別是 19 世紀後半期的俄國文學的各個方面作了認真的探討,在深入研究的基礎上,去蕪取精,避短揚長,從不同角度概括了俄國文學的一些特點。大致說來,為茅盾所肯定的東西,也是對茅盾發生影響的方面;同樣可以說,也是對中國其他進步作家發生影響的方面。從某種意義上說,這正是俄國文學具有世界意義的原因所在。

在文學的功利問題上,俄國文學特別注重文學的社會作用。這是俄國文學格外為茅盾所注意的一個顯著特點。和遊戲的消遣的中國近代舊文學不同,也和那種只為上流社會而作的某些英美文學不同,俄國文學是目的明確的為人生的文學。茅盾認為,美國文學家創作短篇小說,大都注重於結構,「俄國文學家卻注重在用意」,他們的創作有著「改良生活的願望,所以俄國近代文學都有社會思想和社會革命觀」,「俄人視文學又較他國人為重,他們以為文學這東西,不單怡情之品罷了,實在是民族的『秦鏡』,人生的『禹鼎』;不但要表現人生,而且要有用於人生。俄國文豪負有盛名者,一定同時也是個大思想家。」〔註 12〕茅盾具體論述了俄國大作家們的代表作品,指出其中無不包含著作家們的社會思想,作品實際上是宣傳作家思想的工具,各個作家有各自不同的思想和主義,他們無不以為表現自己思想的作品是有用於人生的。茅盾儘管不贊成俄國作家們的這樣那樣的主義,但是卻對俄國文學注重社會作用的特點十分讚賞,並且指出這一特點是「俄國民族精神的反影」。茅盾前期形成的為人生文學思想中,特別強調新文學要有「指導人生的能力」,要宣傳新思想,要表現作家的理想,雖然在人生的含義和理想的性質等方面已有很大的變化,但是在要求文學具備社會功能的問題上,卻是和俄國

〔註11〕李何林:《魯迅論·新中國的思想界領袖魯迅》。
〔註12〕《俄國近代文學雜談》(下),《小說月報》1920 年 11 卷 2 號。

文學一致的，從中可以看出俄國文學的影響。在這一點上，茅盾和魯迅是十分接近的。1932 年，魯迅在《〈豎琴〉前記》中指出：「俄國的文學，從尼古拉斯二世時候以來，就是『為人生』的，無論它的主意是在探究，或在解決，或者墮入神秘，淪於頹唐，而其主流還是一個：為人生。」並指出俄國文學中的這種為人生的文學思想，還在五四運動以前，就和中國的一部分文藝介紹者的思想合流了，儘管俄國文學離無產階級文學還較遠，但為人生的文學思想影響卻很大。五四時期形成了一種重要的文學傾向：「這時的作者們，沒有一個以為小說是脫俗的文學，除了為藝術而外，一無所為的。他們每作一篇，都是『有所為』而發，是在用改革社會的器械，——雖然也沒有設定終極的目標。」〔註 13〕我們知道，魯迅自己就是主張文學必須為人生，而且要改良這人生的。可見，在文學的功利目的問題上，茅盾和魯迅都在不同程度上接受了俄國文學的影響。

在文學的思想傾向上，俄國文學的特點是「平民的呼籲和人道主義的鼓吹」。〔註 14〕在茅盾看來，為被奴役被損害的社會下層人民說話，表現他們的生活和情緒，以深切的人道主義思想對他們的痛苦和不幸表示同情，對造成他們痛苦和不幸的黑暗社會進行揭露和抗議，這是俄國文學以外的其他各國文學所沒有的；英法文學是貴族文學，俄國文學是平民文學，只是後來受了俄國文學的影響，英法文學的面目才發生了變化。俄國文學的這一特點，茅盾認為是從果戈里開始的。在談到果戈里的名作《外套》時，他指出：「這篇《外套》的特色，一是描寫貧人的苦況，二是諷刺大官的妄作威福，三是貧弱者對於強暴者的報復。這些特色都是俄國從前的文學所沒有的。」〔註 15〕自果戈里以後的俄國文學家，越來越在自己的作品中加強了《外套》的這些特色。陀思妥耶夫斯基說：「我們全都來自《外套》。」這話是十分深刻的。以托爾斯泰為代表的俄國批判現實主義作家，在他們的作品中繼承了果戈里的批判精神，廣泛地表現了農民和其他被壓迫者的生活和情緒，無情地抨擊了沙皇專制統治的腐敗，提出了許多重大的社會問題，真實地反映了他們的那個時代，從而把批判現實主義推向了高峰。托爾斯泰表達了宗法制農民的思想和情緒，他的後期作品對國家、教會、社會和經濟制度等方面作了猛烈

〔註 13〕《答國際文學社問》，《魯迅全集》第 6 卷，第 14 頁。
〔註 14〕《俄國近代文學雜談》（上），《小說月報》1920 年 11 卷 1 號。
〔註 15〕同上註。

的批判，深刻地表現了俄國農民資產階級革命的特點及其局限。陀思妥耶夫斯基暴露了貴族資產階級的醜惡和墮落，對被侮辱被損害的「小人物」寄予深切的同情。契訶夫的作品，則主要是描寫小資產階級知識分子的生活和願望，表現了民主主義思想。茅盾認為，托爾斯泰和屠格涅夫在俄國作家中「功勞最大」，正是他們使俄國文學產生了世界影響。「托爾斯泰是最大的人道主義者；屠格涅夫是人道主義者而又是最大的藝術天才」，「托爾斯泰是以道德來解釋人生的；陀思妥耶夫斯基是以病態心理來解釋人生的；屠格涅夫卻是以藝術來解釋人生的」，他們是「俄國寫實派的三大文豪」。〔註16〕今天看來，茅盾的評述未必全都準確，但他在評述中所肯定的俄國文學內容上表現人生的特點，卻是抓住了問題的實質。對此，魯迅同樣有相似的看法。魯迅稱讚俄國文學說，「從那裡面，看見了被壓迫者的善良的靈魂，的酸辛，的掙扎；還和四十年代的作品一同燒起希望，和 60 年代的作品一同感到悲哀」，並且從中「明白了一件大事，是世界上有兩種人：壓迫者和被壓迫者！」〔註17〕魯迅十分讚賞俄國批判現實主義文學「就在寫我們自己的社會」，從中「可以發見社會，也可以發見我們自己」，甚至「連自己也燒在這裡面」。〔註18〕而魯迅表現「上流社會的墮落和下層社會的不幸」的小說，在內容和形式上直接受到俄國文學的啟示，則是人所共知的。至於茅盾前期「為人生」的文學思想，一直注重新文學要「表現人生」，他所說的人生主要是包括無產階級在內的廣大勞動人民以及平民知識分子，較之俄國文學有了很大的不同，不過俄國文學對他的影響仍然是不容忽視的。

在創作方法上，俄國文學是寫實主義的。茅盾前期所說的寫實主義，儘管開始時往往和自然主義混為一談，但他強調的是忠實地表現社會生活，是能夠反映時代面貌的巨大的藝術真實性，從實質上說寫實主義就是現實主義。在茅盾看來，俄國的寫實主義雖來自法國，卻大大超越了法國和其他各國。同時，俄國寫實主義作家的面目也各各不同：托爾斯泰是「主義的寫實主義」，屠格涅夫是「詩意的寫實文學」，陀思妥耶夫斯基是「心理的寫實派」，安德列耶夫是「悲觀的寫實派」，阿爾志跋綏夫是「唯我主義的寫實派」。然而，他們的文學都是寫實主義的文學。茅盾還特別讚揚了俄國文學家反映下

〔註16〕雁冰、愈之、澤民：《近代俄國文學家論》。
〔註17〕《祝中俄文字之交》，《魯迅全集》第 4 卷，第 351 頁。
〔註18〕《魯迅全集》第 7 卷，第 818、108～109 頁。

層社會生活的眞實性，指出「他們描寫到下流社會人的苦況，便令讀者蕭然如見此輩可憐蟲，耳聽得他們壓在最下層的悲聲透上來，即如屠格涅夫、托爾斯泰那樣出身高貴的人，我們看了他們的著作，如同親聽污泥裡人說的話一般，決不信是上流人代說的，其中高爾該是苦出身，所以他的話更悲憤慷慨。」〔註19〕這當然由作家們的思想感情所決定，同時也與他們的寫實主義創作方法分不開。在論及屠格涅夫作品的特點時，茅盾推重的是表現時代生活的眞實性和時代思潮的主流：「屠格涅夫最大的特色，是能用小說記載時代思潮的變遷。他的小說出現，先後要佔 30 多年的時期。在這 30 年間，俄國社會從舊生活改到新生活；思想界經過好多次的變化。屠格涅夫卻能用著哲學的眼光，藝術的手段，把同時代思潮變化的痕跡，社會演進的歷程，活潑潑的寫出來；而且是富於暗示和預言性的。要是把他一生大著作匯合起來，便成一部俄國近代思想變遷史。」〔註20〕茅盾所肯定的屠格涅夫的藝術手段，其實就是批判現實主義創作方法。高爾基說：「批判地再現當時存在的社會制度和社會關係。解剖性的暴露，撕毀所有一切的假面具，故稱之爲批判現實主義。」〔註21〕批判現實主義文學的創作方法與其內容相適應，要求文學必須正視現實，忠於人生，具有反映現實生活的藝術眞實性和典型性。俄國文學家遵循現實主義創作原則，在自己的作品中不僅達到細節的眞實與豐富，使所描繪的人生圖畫像生活一樣眞切自然而又多采多姿，而且達到了人物性格和環境的統一，創造了一系列富有典型意義的人物形象。托爾斯泰認爲：「人物自己按照他們的性格作著所要做的事情，也就是說由於人物性格及境遇而引導出來的結局是從其本身來的。」〔註22〕托爾斯泰多次在自己的作品中變動人物的命運和結局，就是爲了讓人物符合自己性格發展的邏輯。正是這種嚴格的現實主義創作方法，連同與此密切相關的心理描寫、人物對話以及橫斷面的結構等表現手法和技巧一起，使得俄國文學具有巨大的藝術價值，同時也是俄國文學能夠在世界文學中獨樹一幟的重大原因。誠然，俄國文學有著濃厚的社會思想色彩，作家們提供了各種各樣的改良社會的藥方，但是他們沒有把作品當作簡單的傳聲筒，俄國文學是嚴格意義上的藝術品，作家們

〔註19〕《俄國近代文學雜談》（上），《小說月報》1920 年 11 卷 1 號。

〔註20〕雁冰、愈之、澤民：《近代俄國文學家論》。

〔註21〕《世界文學中的現實主義問題》，第 200 頁。

〔註22〕轉引自《托爾斯泰論創作》，第 65 頁。

的社會思想是深深地滲透在作品的藝術形象之中的。唯其如此，茅盾後來才對包括俄國文學在內的批判現實主義文學給予了高度的評價：「自有現實主義以來，就其反映現實的深度和廣度，就其暴露社會黑暗的大膽和辛辣，就其來自社會底層的人物群像之多種多樣——這種種而言，批判的現實主義確是空前的」。〔註23〕俄國批判現實主義文學的創作方法，對茅盾前期文學思想的影響是顯而易見的。茅盾所吸收的，是它的按照生活的本來面目反映生活的基本精神。同時，茅盾也清醒地看到了寫實主義的根本缺陷，在於「徒事批評」而不能給人們指出一條光明大路。我們知道，茅盾前期贊同的是新浪慢主義，作為實行新浪漫主義的一種準備，他主張先要吸收寫實主義自然主義中一切有益的東西，但是後來新浪漫主義終未實行，而很快地走向了為無產階級而藝術的革命現實主義。茅盾前期並未死死抓住一種文學思潮不放，他是博採眾長，熔於一爐，創造具有我國特點的文學思想體系。就基本創作方法而言，茅盾的主張無疑是現實主義的。還在 1920 年，瞿秋白就指出：「中國現在所需的文學，似乎也不單是寫實主義，也不單是新理想主義（此處專說現在人所介紹到中國來的），一兩個空名詞，三四篇直譯文章所能盡的，所以不得不離一切主義，離一切死法子，去尋中國現在所需要的文學……」〔註24〕茅盾當時正是這樣做的。對於俄國文學的創作方法，魯迅也給予了高度的評價，魯迅的論述很多，例如，他稱讚果戈里具有「偉大的寫實本領」，陀思妥耶夫斯基是「在高的意義上的寫實主義者」等。而魯迅在這方面所受到的影響，同樣很大。作為中國現代小說的第一個偉大作家，魯迅在自己的作品中表現了不同凡響的現實主義。他五四初期的小說除《狂人日記》融進了一定的象徵手法外，大都是嚴格的現實主義作品。魯迅開拓了我國新文學的現實主義道路。無可置疑，魯迅現實主義的創作方法，是受益於俄國文學和其他文學，而又超過了影響他的外國文學的。

以上，我們擇其要者，概述了為茅盾所肯定的俄國文學的特點。俄國文學的特點不止這些，茅盾所論及的也還有其他方面，但是大致說來，恐怕為茅盾所肯定的主要的就是這幾點了。拿今天的眼光來看，茅盾的論述和評價當然有可商討之處，但是如果放到 20 年代前半期的歷史環境之下，卻不能不欽佩青年茅盾在對待外國文學遺產中，所表現的敏銳的鑒別力和接受力。在

〔註23〕《茅盾評論文集》（下），第 76 頁。
〔註24〕《瞿秋白文集》第 2 卷，第 542 頁。

浩如煙海的俄國文學作品中，他幾乎是一下子就抓到了那些富有價值的東西，並且毫不遲疑地拿了過來。我們看茅盾前期的文學思想，無論在文學的社會作用還是文學內容，還是文學創作方法等方面的主張，都可以在俄國文學中找到某些共同點。但是，如同本書前面所具體論述的，茅盾的文學主張有自己的特點，決不是從俄國文學那裡硬套生搬的。在肯定和接受俄國文學方面，茅盾和魯迅有著驚人的相似之處，這也可以表明，茅盾前期的見解是值得研究和重視的。

三

茅盾所指出的俄國文學的特點，除了他肯定的幾點以外，還有他並不贊同的方面。這集中地表現在無抵抗思想上面。對於俄國文學的這一特點，茅盾前期很早就注意到了，但是在介紹中沒有給以應有的批判。隨著他政治思想的長足進步和文學思想的深入發展，他的批判不斷深化，到 1925 年前後，更達到了一個新的高度。儘管茅盾前期對俄國文學中的無抵抗思想有一個認識過程，但是無抵抗思想對他的思想卻沒有發生什麼影響。茅盾不僅沒有宣揚過無抵抗思想，而且恰恰相反，他堅決主張被壓迫者必須對壓迫者進行抗爭，認為在階級對立的社會裡，只有進行革命鬥爭，才是被壓迫者求得解放的唯一出路，而文學作為社會生活的反映，就要正確地表現改革社會的鬥爭，表現革命運動，這是新文學的基本要求。茅盾對無抵抗思想的揚棄和批判，從另一個側面反映了他前期思想的深刻性。在這方面如果仍同魯迅的有關論述作些比較的話，就可以看得更為清楚。

五四時期，作為俄國文學內容上的一個特點，無抵抗思想和其他方面的特點一樣，無例外地為茅盾所介紹過來。還在 1920 年底，茅盾就指出俄國文學「用柔順無抵抗的態度來博取讀者的同情，使兇悍者見之，也要感動。所以我看來，一個（按：法國文學）是使人怒，使人憤，一個是使人下淚，使人悔悟的。這是俄國近代文學的特色，誰也及不來的。」〔註25〕由於茅盾當時的革命民主主義思想的局限，他還不能對俄國文學的無抵抗思想的實質進行剖析，因而在介紹的語氣中不免流露出讚賞之意。不過茅盾很快改變了自己的態度，此後我們便看不到他對無抵抗思想的任何讚許的表示了。當然，

〔註25〕 《俄國近代文學雜談》（上），《小說月報》1920 年 11 卷 1 號。

即使這時茅盾也是主要立足於介紹，如同茅盾在自己的回憶錄中所指出的，他所介紹的並不就是他所贊同的。介紹外國文學的廣泛性和吸取外國文學的嚴格選擇性的統一，正是他在對待外國文學問題上所表現出來的顯著特點之一。儘管總的說來茅盾並不贊同無抵抗思想，但他在介紹中所指出的俄國文學的這一特點卻十分中肯，茅盾認為，「俄國近代文學全是描摹人生的愛和憐」，〔註26〕宣揚宗教的寬恕和極端的忍從，這是歐美文學所沒有的。托爾斯泰的作品特別是晚期的作品，「滿滿都裝著托爾斯泰的人道主義無抵抗主義」，並且托爾斯泰是把人道主義看作無抵抗主義的，「不以暴力抗惡」的道德說教深蘊在他的作品裡。除托爾斯泰外，在這方面表現較突出的是陀思妥耶夫斯基。在茅盾看來，陀思妥耶夫斯基甚至足以完全代表俄羅斯的民族性格，這個「經過了貧乏，疾病，拘捕，宣告死刑，流放，苦工，負債的各種生涯，終於成了一個大著作家，成了『下等階級的使徒』，成了墮落的靈魂的叫喊者」的陀思妥耶夫斯基，是「能貫徹第三帝國的國民的神秘之心的，能喊出從專制魔王，貴族地主，資本家，警察，憲兵的積威下面所發痛苦的呻吟的」。〔註27〕茅盾所著重介紹的，是陀思妥耶夫斯基能夠表現社會底層人們的悲哀和痛苦，順從和忍耐。雖然他把容忍看作俄羅斯的一種民族性格未必正確，但是卻揭示了陀思妥耶夫斯基和俄國文學的一大特點。陀思妥耶夫斯基的作品，不僅描寫了「被侮辱與被損害的」人們在私有制社會下苦難的生活和悲慘的命運，而且渲染了他們的悲觀絕望的情緒，著力宣揚了容忍和寬恕的宗教哲學。對於以托爾斯泰、陀思妥耶夫斯基等人為代表的俄國文學的這一特點，魯迅看得十分清楚。他指出，俄國批判現實主義文學「離無產者文學本來還很遠，所以凡所紹介的作品，自然大抵是叫喚，呻吟，困窮，酸辛，至多，也不過是一點掙扎」。〔註28〕這是對俄國文學的高度概括和實質性的批評。換句話說，俄國文學在思想內容上是很少表現抗爭的。從這個意義上說，俄國文學是表現無抵抗思想的文學。可見，魯迅和茅盾的評價是一致的。

　　茅盾前期對於俄國文學無抵抗思想的批判，主要表現在 1925 年前後的一些文章中。由茅盾當時主張階級鬥爭和無產階級革命的政治思想所決定，他

〔註26〕《俄國近代文學雜談》（下），《小說月報》1920 年 11 卷 2 號。
〔註27〕雁冰、愈之、澤民：《近代俄國文學家論》。
〔註28〕《〈豎琴〉前記》，《魯迅全集》第 4 卷，第 330 頁。

要求新文學對此必須給以正確的反映。1923 年底，當惲代英對消極頹廢文學和逃世的唯美文學提出抗議的時候，茅盾立即報以熱烈的響應和支持，他在《雜感——讀代英的〈八股〉》一文中，特別贊同惲代英關於新文學要「激發國民的精神，使他們從事於民族獨立與民主革命的運動」的觀點。1924 年 4 月，當印度大詩人泰戈爾來華訪問的時候，茅盾根據黨中央指示的精神表明態度和希望，著重指出「我們尤其敬重他是一個鼓勵愛國精神，激起印度青年反抗英國帝國主義的詩人」，「我們不歡迎專造靈的樂園讓我們底青年去陶醉之泰戈爾」，因為我們需要的是實際的反抗和鬥爭，中國「唯一的出路是中華民族底國民革命」，「高談東方文化實等於『誦五經退賊兵』」！〔註29〕而對於泰戈爾果然來華宣揚的「人類第三期之世界」的思想，茅盾則作了有力的批判，指出泰戈爾所指引的通往這冥想的世界的道路，即所謂「最忍耐之服從」無非是奴隸的生活，所謂「最轟烈之犧牲」便是人的肉體的滅亡，「人類第三期之世界」其實就是鬼的世界，和我們毫不相干。〔註30〕茅盾對泰戈爾鼓吹的忍耐和犧牲的思想的批判，當然也可以看作是對俄國文學無抵抗思想的批判。1925 年，茅盾在《論無產階級藝術》中認為，無產階級藝術必須「沒有農民所有的家族主義與宗教思想」，必須表現無產階級的精神，「無產階級的精神是集體主義的，反家族主義的，非宗教的」。而我們知道，俄國文學中的無抵抗思想，主要是宗法農民落後思想的反映，顯然是為茅盾的文學思想所不容的。在《文學者的新使命》中，茅盾指出新文學必須表現「現代人類的需要」，這就是「被壓迫民族與被壓迫階級的解放」，必須表現「大多數人」的理想。從茅盾的上述有關論述中不難看出，茅盾的政治思想和文學思想不僅和無抵抗思想針鋒相對，而且具有鮮明的無產階級觀點，達到了過去從未有過的高度。雖然由於茅盾忙於黨的實際工作和社會活動，沒有對俄國文學中的無抵抗思想進行專門分析和具體批判，但所有上述的正面論述和主張，無疑都是對無抵抗思想的批判。

為了進一步說明茅盾在這個問題上所達到的思想高度，讓我們再來看一下魯迅的觀點。魯迅對俄國文學的無抵抗思想是堅決反對的。和茅盾前期不同的是，魯迅對俄國宣揚無抵抗思想的各個作家作過相當具體的分析批判。例如，後期魯迅在論及陀思妥耶夫斯基時指出：「不過作為中國的讀者的我，卻還不

〔註29〕 《對於泰戈爾的希望》。
〔註30〕 《泰戈爾與東方文化》，《覺悟》1924 年 5 月 16 日。

能熟悉陀思妥耶夫斯基式的忍從——對於橫逆之來的眞正的忍從。在中國，沒有俄國的基督。在中國，君臨的是『禮』，不是神。百分之百的忍從，在未嫁就死了訂婚的丈夫，堅苦的一直硬活到 80 歲的所謂節婦身上，也許偶然可以發見罷，但在一般的人們，卻沒有。忍從的形式，是有的，然而陀思妥耶夫斯基式的掘下去，我以爲恐怕也還是虛僞。因爲壓迫者指爲被壓迫者的不德之一的這虛僞，對於同類，是惡，而對於壓迫者，卻是道德的。」〔註31〕魯迅深刻地批判了陀思妥耶夫斯基式的忍從，認爲這是「奴隸的道德」，被壓迫者的逆來順受在統治者看來是合乎他們的道德的，但在被壓迫者來說卻是不道德的。「我在這裡，說明著被壓迫者對於壓迫者，不是奴隸，就是敵人，決不能成爲朋友，所以彼此的道德，並不相同。」〔註32〕魯迅的階級觀點表現得極爲鮮明。事實正是這樣。壓迫者和被壓迫者之間有著根本的利害衝突，被壓迫者的忍受和馴服，絲毫不會減輕壓迫者對他們的奴役和剝削，只會給他們帶來更大的不幸和痛苦。陀思妥耶夫斯基主張寬恕一切、容忍恭順和無抵抗的人生哲學，只能麻醉人民的鬥志，歸根結柢是爲統治階級效勞的。魯迅「爲敵爲友，了了分明」，他主張「打落水狗」，並主張用「火與劍」的暴力革命打碎舊的國家機器，後來進一步認識到只有通過無產階級專政達到「將來的無階級社會」，才是「我們自己的生路」。〔註33〕魯迅在批判俄國文學無抵抗思想的同時，也看到了在專制統治下俄國人民的反抗性和革命性。他說：「俄皇的皮鞭和絞架，拷問和西伯利亞，是不能造出對於怨敵也極仁愛的人民的。」〔註34〕而俄國文學所以對此沒有或很少表現，魯迅認爲這是因爲俄國批判現實主義作家世界觀的局限性造成的，是時代和階級的局限所致。他們「或者憎惡舊社會，而只是憎惡，更沒有對於將來的理想；或者也大呼改造社會，而問他要怎樣的社會，卻是不能實現的烏托邦；或者自己活得無聊了，便空泛地希望一大轉變，來作刺戟，正如飽於飲食的人，想吃些辣椒爽口」。〔註35〕魯迅的批評是一針見血的。魯迅所有這些對於俄國文學無抵抗思想及其根源的直接分析和批判，可以說較之茅盾前期的批判更透徹，同時也帶有鮮明的針對性。不過，從茅盾前期思想來看，他和魯迅對俄國文學無抵抗思想的批判在觀點上還是十分接近的。

〔註31〕 《陀思妥夫斯基的事》，《魯迅全集》第 6 卷，第 328～329 頁。
〔註32〕 同上註，360 頁。
〔註33〕 《辱罵和恐嚇決不是戰鬥》，《魯迅全集》第 4 卷，第 345 頁。
〔註34〕 《〈爭自由的波浪〉小引》，《魯迅全集》第 7 卷，第 402 頁。
〔註35〕 《現今的新文學概觀》，《魯迅全集》第 4 卷，第 107 頁。

　　茅盾對俄國文學局限性和消極思想的批判，還可以再舉出一些。例如同無抵抗思想密切相關的人道主義，茅盾除肯定它在當時具有進步性的一面外，也批判了它的虛偽性。至於茅盾對俄國各個近代作家及其作品思想局限性的批判，就更多了。但是，在茅盾看來能夠構成俄國文學特點的，並且毫無可取之處的是無抵抗思想，這是為茅盾所否定的俄國文學的特點，而茅盾對它的批判也有一定的代表性，這正是我們所以著重就此進行探討的原因。窺一斑而知全豹。從茅盾對無抵抗思想的批判中，可以幫助我們理解茅盾對俄國文學其他方面的批判，至少也是可以有所啓示的。

　　茅盾與俄國批判現實主義文學的問題，涉及的方面很廣，內容極為豐富。本文只就茅盾前期對俄國文學主要特點的評價，即為茅盾所肯定的和批判的兩個方面的特點的論述，探討茅盾當時的文學思想，同時從中也就看到了茅盾吸收俄國文學養料，摒除俄國文學糟粕的概況。至此，對於俄國文學所以能夠對茅盾和中國其他作家發生重大影響的文學方面的原因，也就容易回答了：俄國文學是一座巨大的精神寶庫，雖然有它的歷史局限性，但在思想藝術方面的某些寶藏仍是歐美文學所不具備的，而這正是中國新文學的倡導者和創建者們所尋求的。至於俄國文學適用於中國新文學的那些方面對茅盾發生影響的具體情形，由於本書前面已有文章一一論及，所以這裡也就從略了。

1982.8.30

茅盾與列夫・托爾斯泰

　　在俄國批判現實主義作家中，對茅盾影響最大的莫過於列夫・托爾斯泰了。1928 年，茅盾在《從牯嶺到東京》中說：「我愛左拉，我亦愛托爾斯泰；我曾經熱心地——雖然無效地而且很受誤會和反對，鼓吹過左拉的自然主義，可是到我自己來試作小說的時候，我卻更接近於托爾斯泰了。」1962 年，茅盾在給莊鍾慶同志的信中，比較具體地談到了自己所受到的外國文學家影響的情況，其中也說：「我也讀過不少的巴爾扎克的作品，可是我更喜歡托爾斯泰。」〔註1〕茅盾所以特別喜歡托爾斯泰，當然是與其作品的巨大的思想藝術力量分不開的。對此，茅盾曾高度評價說，托爾斯泰「以驚人的藝術力量概括了極其紛繁的社會現象，並且揭示出各種複雜現象之間的內在聯繫，提出許多重大的社會問題。托爾斯泰作品的宏偉的規模、複雜的結構、細膩的心理分析、表現心理活動的豐富手法以及他的無情地撕毀一切假面具的獨特手法，都大大提高了藝術作品反映現實的可能性，豐富和發展了現實主義的藝術創作方法。」〔註2〕托爾斯泰對茅盾文學創作的影響比較明顯，對茅盾前期的文學思想的影響也不可忽視。在茅盾前期的文學活動中，托爾斯泰是佔有重要位置的。茅盾不僅熱心地介紹了托爾斯泰及其創作，而且作了相當深入的分析和評價。應當說，茅盾前期提出並確立爲人生的文學主張，與托爾斯泰的影響是分不開的。

〔註 1〕 《永不消失的懷念》，《新文學史料》1981 年第 3 期。
〔註 2〕 茅盾：《激烈的抗議者，憤怒的揭發者，偉大的批判者》，《人民日報》1960
　　　　 年 11 月 26 日。

一

現代文學巨匠茅盾最初是以文學翻譯家和批評家的姿態崛起於文壇的。「五四」之後，爲了「另創一種自有的新文學出來」，茅盾全力以赴地投身於新文化運動中，在翻譯外國文學作品之外，寫下了大量的富有創見性的文學評論文章，其中直接涉及托爾斯泰的文章所在多有，而專門論述托爾斯泰的文章則有六、七篇，至於雖未提到托爾斯泰名字但卻同其有著某種內在聯繫的文章就更多了。這些文章，從各個不同的方面評述了托爾斯泰及其作品，在一定程度上反映了茅盾文藝思想的發展。它們是探討茅盾前期與托爾斯泰關係的基本依據。有幾篇文章，是值得特別注意的。

《托爾斯泰與今日之俄羅斯》〔註3〕是茅盾關注俄國文學後寫的第一篇評介托爾斯泰的文章，也是第一篇論述俄國文學的文章，然而長期以來沒有得到應有的重視。茅盾後來在談到這篇文章時說：「當時正是十月社會主義革命傳到中國，震撼中國各階層的時刻，……在十月革命以後和馬克思主義傳到中國以前這一段時間裡，對於俄國革命的『動力』和『遠因』，是當時『有志之士』們常常議論和探究的。我的這篇《托爾斯泰與今日之俄羅斯》，是試圖從文學對社會思潮所起的影響的角度來探討這個問題的一點嘗試。」〔註4〕今天看來，文章簡單地把俄國革命看作是「托爾斯泰勢力」發展的結果的觀點，顯然是站不住腳的，但是只要考慮到當時馬克思主義還沒有傳播到中國來這一歷史事實，也就不足爲怪了。值得注意的，倒是青年茅盾對於文學社會作用的高度重視，對於蘇聯十月革命的熱情讚揚，這和李大釗同志當時寫的《俄羅斯文學和革命》（當時未公開發表）一文的精神是完全一致的。茅盾踏入文壇的第一步，就如此明確地把文學和政治緊密地聯結到一起。這一特點影響並且貫串於茅盾畢生的文學事業之中。當然，這只是該文所表明的觀點之一，文章主要內容還是論述托爾斯泰的，這從其開頭所列提綱中可以看得出來。提綱有三條：「托爾斯泰及俄國之文學、托爾斯泰之生平及著作、托爾斯泰左右人心之勢力。」文章沿著上述提綱展開，從俄國文學與英法文學的比較中，從托爾斯泰與陀思妥耶夫斯基、屠格涅夫和易卜生等人的比較中，從托爾斯泰的生活環境及其生平經歷的介紹中，把這位俄國近代文學大師的基本面貌比較眞實地勾劃出來了。文章洋洋逾萬言，比較中見高下，介紹中有議論，

〔註 3〕 《學生雜誌》1919 年第 6 卷 4～5 號。
〔註 4〕 《我走過的道格》（上），第 132～133 頁。

不乏切中肯綮的真知灼見。儘管這些見解還是零散的，但卻觸及到文學理論的許多重大問題，因而是彌足珍貴的。它們對於茅盾此後不久提出的爲人生的文學主張，有著重要的意義。

1920 年及其以後二、三年內，茅盾提出並確立了爲人生的文學觀。在這期間，茅盾寫了《俄國近代文學雜談》（上、下）、〔註5〕《托爾斯泰的文學》〔註6〕和《近代俄國小說家論》〔註7〕等多篇有關托爾斯泰的文章。和《托爾斯泰與今日之俄羅斯》相比，這些文章有了較大的進步。總的說來，單純的介紹少了，茅盾自己的評論越來越多了，而且這些評論較前完整、深刻，觀點鮮明，不落俗套，往往能給人以耳目一新之感。如果說茅盾開始評述托爾斯泰時推崇和肯定的成分佔得較多的話，那麼現在就比較公允了，他已經注意並且初步批判了托爾斯泰及其作品的局限性。顯然，茅盾的這些文章是深入思考的結果，總的說來並無大的紕漏，反映了作者當時在對待外國文學遺產問題上所達到的認識高度。其中《文學上的古典主義浪漫主義和寫實主義》〔註8〕一文，用文學進化論的觀點論述文學思潮的演變，在論述寫實主義時論及 19 世紀俄羅斯文學，著重指出了托爾斯泰文學思想的基本特徵爲「主義的寫實主義」：「托氏的寫實文學中，常常有個中心的思想環繞，這便是人道主義──無抵抗主義（在托氏看來，人道主義即是無抵抗主義）。他書中的英雄和女英雄，都是無抵抗主義者。他書中的環境是現實的環境，他書中的陪襯人物，也都是現實的人；獨有書中的主人翁便不是現實的，而是理想的，是托爾斯泰主觀的英雄。這種寫實主義，不是法國出產本來的寫實主義底面目了；所重者，實已不在客觀的描寫，而在以主觀的理想的人物，放在客觀的描寫的環境內，而標示作者的一種主義！」這一見解雖然有一定片面性，但卻相當尖銳，表明青年茅盾對托爾斯泰的認識大大深入了。

1925 年前後，是茅盾爲人生的文藝觀向馬克思主義階級論的文藝觀轉變，並初步確立馬克思主義文藝觀的時期。這個時期茅盾雖然沒有專門論述托爾斯泰的文章，但我們從他對自然主義和批判現實主義文學的批判中，從他對文學必須表現革命理想的倡導中，從他用「爲無產階級的藝術」充實和

〔註5〕《小說月報》1920 年第 11 卷 1～2 號。
〔註6〕《改造》1920 年第 3 卷 4 號。
〔註7〕《東方文庫》1923 年 12 月（《東方雜誌》二十週年紀念刊）。
〔註8〕《學生雜誌》1920 年第 7 卷 9 號。

修正「為人生的藝術」的轉變中，分明可以看出此時他對托爾斯泰的認識達
到了前所未有的高度。同時，我們還可以從一些涉及托爾斯泰的文學論文中
看得出來。1923 年底，茅盾即宣告「我們自然不贊成托爾斯泰所主張的極端
的『人生的藝術』」；〔註9〕1925 年，則在肯定人生派「較妥」時指出「人生派
中如托爾斯泰的意見，我卻又不贊成」，〔註10〕並進一步強調了「文學決不可
僅僅是一面鏡子，應該是一個指南針」〔註 11〕的鮮明觀點。只要把這些主張
同這之前的有關論述比較一下，就會發現茅盾的見解有了多麼大的變化。不
用說，這一變化是與茅盾整個文藝觀的轉變密切相關的。

這裡我們無意具體介紹茅盾論述托爾斯泰的全部內容，只不過是試圖勾
勒出茅盾前期評述托爾斯泰的一個粗略的輪廓而已，從中多少可以窺見茅盾
前期文學思想發展的脈絡。其中提到的幾篇文章，並不是因為它們比其他文
章更有價值，倒是因為它們精蕪並存，容易以蕪掩精的緣故。我們無非是想
提醒人們注意砂礫之中的黃金而已。

二

茅盾前期關於托爾斯泰的論述，內容十分豐富，幾乎涉及到托爾斯泰及
其作品的各個方面。從生平經歷到思想演變，從通俗文學到鴻篇巨製，從作
品的思想內容到藝術特色，從作家的歷史地位到社會影響，茅盾都作了廣泛
的介紹和評論；然而綜合以觀，仍然可以看出他的著重點之所在。同對待其
他外國文學家一樣，茅盾對托爾斯泰的論述不僅建立在深入的研究基礎之
上，而且是從創建中國新文學的需要出發的。唯其如此，茅盾在論述中才比
較公允，既充分肯定了托爾斯泰思想藝術方面的卓著成就，又有力地批判了
麻痺人民鬥志的托爾斯泰主義，而這都富有借鑒意義。要而言之，茅盾前期
對托爾斯泰的論述主要有以下幾個方面。

其一，在對作為批判現實主義大師的托爾斯泰的論述中，特別讚揚其作
品對俄國社會各個方面的無情揭露和批判，對農民和其他被壓迫者的人道主
義的同情。

〔註 9〕 《「大轉變時期」何時來呢？》，《茅盾文藝論集》（以下引文，凡不另注明出
　　　　處者，皆引此書。）
〔註10〕 《告有志研究文學者》。
〔註11〕 《文學者的新使命》。

托爾斯泰及其作品的一個最顯著的特點，是對於俄國現實社會淋漓盡致的揭露和批判。托爾斯泰在自己的作品特別是後期作品中，真實地反映了沙俄專制社會的腐朽和黑暗，猛烈地抨擊了上流社會的腐敗、法律制度和官方教會的虛偽以及土地私有制經濟制度的罪惡。和同時代的批判現實主義作家相比，托爾斯泰在暴露和批判沙俄社會本質的深度和廣度方面，達到了一個新的水平，成為「撕下了一切假面具」的「最清醒的現實主義」。〔註12〕對於托爾斯泰的這一特點，茅盾一開始就給予了深切的注意和高度的評價。在茅盾看來，在批判現實社會方面，托爾斯泰和挪威作家易卜生有共同點，也有不同點，最大的不同點之一是，「伊柏生（易卜生）多言中等社會之腐敗，而托爾斯泰則言全體」，〔註13〕這是十分中肯的。從「全體」上即從整個社會的各個方面暴露和批判沙俄的社會關係和社會制度，正是托爾斯泰超越易卜生和其他許多批判現實主義作家的地方之一。

首先是對沙俄上流社會的暴露和批判。托爾斯泰作為一個貴族和地主，對上流社會十分熟悉。當時的舊俄國已經腐朽，貴族階級正處於滅亡前的腐敗墮落之中。托爾斯泰對於貴族階級生活的腐化、道德的敗壞和政治統治的專制，在思想感情上經歷了一場巨大的變化，從同流合污到分道揚鑣，從惋惜和憤慨到深惡痛絕，最後終於轉到拋棄貴族階級一切傳統觀點的宗法制農民的立場上來了。茅盾指出：「托爾斯泰大聲疾呼，以為忠實之貧民終身勞苦，僅為富人一衣一食之揮霍耳，富人取貧民盡錙銖，奪其生活所必需而為豪舉。富人愈富而道德愈壞，性情愈惰，惰父產生惰子，惰子復生惰孫，遂至社會上有一種富而且惰之種，以貽害於無窮，以蛀食貧人工作之代價。社會之無希望，人類之苦惱，此其原因中之原因也。」〔註14〕托爾斯泰清醒地看到了貧富之間的尖銳衝突，壓迫者和被壓迫者之間的嚴重對立，認為「貽害於無窮」的是「富而且惰之種」，這樣深刻的思想認識是與他本人在上流社會圈子裡的經歷分不開的。正如茅盾所指出的，托爾斯泰青年時期一度同上流社會同流合污，隨波逐流，幾乎沾染了貴族階級的所有惡習。對此，托爾斯泰在《懺悔錄》中自我剖露說：「我渴望道德上的自我完善，但我碰到的總是鄙視和嘲諷；可是，只要我一沉湎於醽醁的酒色，人們就誇獎我、鼓勵我。虛榮

〔註12〕《列寧選集》第 2 卷，第 370 頁。
〔註13〕《學生雜誌》1919 年第 6 卷 4〜5 號。
〔註14〕同上註。

心、貪權欲、自私自利、淫欲、傲慢、憤怒、復仇心，——所有這一切都受到人們的重視。……我在戰場上砍殺人，爲了殺人而決鬥，狂賭，吃掉農民的勞動果實，絞死農民，放蕩不羈，敲詐欺騙。撒謊、盜竊、各種類型的性行爲、酗酒、虐待、兇殺……沒有什麼罪惡我不曾犯過；我們的同時代人反而因此稱讚我，他們過去認爲、現在依然認爲我是一個比較有道德修養的人。」茅盾認爲，這段生活「就道德言之，實托爾斯泰一生最墮落之時也」。〔註15〕同時，從中也可以看出上流社會腐敗到何等地步，貴族階級具有怎樣的道德觀。托爾斯泰對上流社會的揭露和批判，隨著他在認識上的深化，越到後期越是深刻有力，越在他的作品中表現得鮮明和強烈。在茅盾認爲是「托爾斯泰最巨最佳之小說」的《戰爭與和平》中，作家對貴族庫拉金一家特別是對庫拉金女兒愛倫的醜行劣跡作了深入的揭露和猛烈的抨擊，並指出儘管國家處在危難之際，上流社會「舞會仍舊在進行，還是同樣演出法國戲。宮廷的興致一如往昔，還是同樣的爭名奪利和勾心鬥角。」茅盾還特別指出，《戰爭與和平》「主意在描寫戰爭之眞意，與其慘酷無人道。書中流露之意，謂戰爭之目的，在英雄欲自成其名，在政府中人欲博虛榮，此外毫無意義。」〔註16〕在《安娜‧卡列尼娜》中，托爾斯泰通過對安娜追求愛情和幸福而爲上流社會所不容，終於在痛苦和絕望中臥軌自殺的描寫，暴露了官僚貴族的荒淫無恥及其道德的虛僞性，撕破了上層貴族道貌岸然的假面具。在托爾斯泰看來，上流社會比安娜更應該受到譴責，根本不配懲罰她。在托爾斯泰的作品中，最爲激烈的批判上流社會的要算《復活》了。在這部被茅盾稱爲「寓意之深，寫實之妙，可爲其著作之冠」的社會問題長篇小說中，批判的鋒芒指向了整個官僚機構，指出從外省的省長、總督到國務大臣、要塞司令這些達官貴族們，生活奢侈腐化，道德卑劣虛僞，精神昏庸空虛，爲人冷酷殘忍，他們喪失了「人性」，「比強盜還可怕」。尤其值得重視的，是作品空前尖銳地揭露了官僚統治機構的吃人本質，憤怒地控訴人吃人並不是在西伯利亞森林沼澤地帶裡開始的，而是在各部會和各級政府衙門裡開始的。總之，如同茅盾所注意到的，托爾斯泰從自己的切身感受中加深了對官僚貴族本質的認識，無論是他的言論還是作品，都對上流社會作了不留情面的揭露和批判，眞實地勾劃出了這個行將滅亡的貴族階級的醜惡面貌。

〔註15〕《學生雜誌》1919年第6卷4～5號。

〔註16〕同上註。

其次是對沙俄法律制度的批判。《復活》揭露了法庭、監獄的黑暗，戳穿了所謂「神聖」的法律制度的反動本質。堂而皇之的法庭審判毫無「公正」可言，主審和陪審的法官們各想各的心事，敷衍塞責，應付了事，所謂判決不過是一場草菅人命的兒戲而已，等待著被壓迫者的是無可申訴的冤案，無辜者和政治犯們在監獄和流放中遭受著非人的折磨，隨時面臨著死亡的威脅；而一小撮騎在民眾頭上作威作福的統治者，儘管罪行劣跡十分昭彰，或貪污瀆職，或為非作歹，卻絲毫不受法律的懲罰。托爾斯泰借小說中的主要人物聶赫留朵夫之口尖銳地指出：「依我看，法律只不過是一種工具，用來維持那種對我們階級有利的現行的社會制度罷了。」這就入木三分地揭示了沙俄法律的貴族階級實質。同時，托爾斯泰還否定了沙俄藉以維護專制統治的暴力懲罰，一再呼籲政府放棄暴力統治，認為它只能帶來「墮落和罪惡」而已。對此，茅盾在《托爾斯泰與今日之俄羅斯》中特別介紹說，托爾斯泰「謂社會上大多數人皆為善人，其為惡者，或社會制度逼之為惡，或社會上之高等人臨之為惡」，在被沙俄以暴力懲罰者中「大多數皆軟弱而不能自伸者」。

再次是對官方教會的抨擊。這集中地表現在《復活》中。上至「神聖宗教議會」會長，下至地方教堂神職人員，看去一本正經，實則利欲薰心，所作所為無不是「對基督的嘲弄」，他們在法庭上舉行宗教儀式，在牢獄裡掛上聖像，讓帶著鐐銬的囚犯進行祈禱，把浸在酒裡的碎麵包當作上帝的血肉，煞有介事地給犯人吃以「清洗罪惡」，據說這都是為了「安慰而且教化那些迷途的羔羊」，揭穿了，不過是要麻痺人們的思想，讓他們逆來順受，服帖地聽任宰割而已。對於貴族階級說來，宗教成為他們掩蓋一切罪惡行徑的工具。在這裡，托爾斯泰無情地扯下了官辦教會的面紗，它實質上是沙皇專制政府的精神支柱。托爾斯泰指出，專制政府殘害民眾的罪行是得到官辦教會支持的，教會是暴力鎮壓的一種補充。托爾斯泰對官辦教會的抨擊，使得教會大為惱怒，托爾斯泰為此被開除了教籍。茅盾曾評論說：「一千九百零一年，教會宣告托爾斯泰為叛教義而逐之。然因此，而托爾斯泰之名愈著，俄民亦被促而反省，知托爾斯泰實為其先覺者，為其前未曾有之道德教師，於是托爾斯泰勢力之入人心更深。」〔註17〕

最後一點是對土地私有制的批判。這是從經濟制度上尋找農民貧困化的根源。19 世紀 70 年代末 80 年代初俄國的大災荒，使本來貧困破產的農民更

〔註17〕《學生雜誌》1919 年第 6 卷 4～5 號。

加瀕於絕境，爲了尋求出路，各地農民奮起反抗，階級鬥爭十分尖銳。農民問題越來越引起了托爾斯泰的關注。他在自己的文章特別是 80 年代以後的一系列文章中，一再指出私有財產制度是「邪惡的根源」，地主土地佔有制是農民貧困的根源，「現有的生活制度應該毀滅」，「競爭的制度必須取消而代之以共產主義制度」。當然，這裡所說的「共產主義制度」並非科學共產主義，托爾斯泰遠沒有達到那樣的高度，他只是看到了私有制的罪惡，主張某種土地的共有制。如同茅盾所指出的，「托爾斯泰之主張，在富者之土地，平分與貧者」，只有這樣才有社會的平等可言。儘管托爾斯泰讓富者自願把土地分給貧者，以實現社會平等的辦法是行不通的，只不過是空想罷了，但是他對土地私有制的抨擊卻是發人深省的。這在《復活》中表現得最爲突出。小說描繪了農村荒涼、破敗的景象，失去土地的農民無法生存下去。托爾斯泰站在俄國宗法制農民的立場上，喊出了他們夢寐以求的願望：土地不能成爲任何人的財產，它跟水、空氣、陽光一樣，不能買賣，凡是土地給予人類的種種好處，所有的人都有同等的享受權利。難怪茅盾熱情地評論說：在俄國主張剷除土地私有制，「首先疾呼，而促世人之覺悟者，則托爾斯泰也。」列寧認爲，托爾斯泰「對土地私有制的毅然決然的反對，表達了一個歷史時期的農民群眾的心理。」〔註18〕

　　茅盾所注意到的托爾斯泰對俄國社會各個方面的批判，還可以列出一些，但基本上就是以上這些。托爾斯泰所以能夠在批判沙俄的社會現實生活方面達到這樣的高度，是與他所處的時代及其所代表的農民的觀點分不開的。茅盾一開始介紹托爾斯泰時就注意到了當時的時代特徵。在沙皇專制統治下，俄國的社會矛盾日益尖銳，社會生活的各個方面十分黑暗。1861 年農奴制改革後，在世界資本主義影響下古老的宗法制的俄國迅速崩潰了。和貴族階級的腐朽、墮落形成鮮明對比的，是農民的貧困和破產。對此，托爾斯泰的作品作了廣泛而又深刻的反映，他從自己的創作活動一開始，就看到了社會現實生活中地主與農民、上層與下層之間存在著的尖銳對立，對貴族階級的腐敗表示日益強烈的不滿，這種批判的精神貫串於托爾斯泰整個文學活動的始終，而且越到後來，越是深刻有力。「他在自己的晚期作品裡，對現代一切國家制度、教會制度、社會制度和經濟制度作了激烈的批判」，〔註19〕成

〔註18〕《列寧全集》第 16 卷，第 32 頁。
〔註19〕《列寧全集》第 16 卷，第 330 頁。

為一個「強烈的抗議者、激憤的揭發者和偉大的批評家」。〔註20〕托爾斯泰是和他生活的那個時代不可分割的，從某種意義上可以說，托爾斯泰是時代所造就的一個文學高峰。正是這一點，首先引起了茅盾的注意。1919 年，茅盾在論及俄國文學家時指出：「彼處於全球最專制之政府下，逼壓之烈，有如爐火，平日所見，社會之惡現象，所忍受者，切膚之痛苦。故其發為文字，沉痛懇摰；於人生之究竟，看得極為透徹。其悲天憫人之念，恫矜在抱之心，並世界文學界，殆莫能與之並也。」〔註 21〕茅盾認為，沙俄的黑暗統治，是19 世紀俄國文學獨樹一幟的一個重要原因，和英法文學不同，俄國文學是和政治和社會密切相關的為人生的文學。他援引克魯泡特金的話說，俄國文學所以帶有鮮明的政治意味和社會色彩，是因為俄國人民沒有公開的政治生活和社會生活，沒有言論自由，只好把他們的意見表現在文學裡，又「因為 19世紀俄國政治的腐敗，社會的黑暗，達到了極點，俄國的作家大都身受其苦；因為親身就受著腐敗政治和黑暗社會的痛苦，所以更加要詛咒這政治這社會」。〔註 22〕就出身和所受的教育來說，托爾斯泰是屬於俄國的上層地主貴族，但是他「極其熟悉鄉村的俄國，熟悉地主和農民的生活」，「鄉村俄國一切『舊基礎』的急劇的破壞，加強了他對周圍事物的注意，加深了他對這一切的興趣，使他的整個世界觀發生了變化。」〔註 23〕托爾斯泰在《懺悔錄》裡回顧說：「1881 年這個時期，對我來說，乃是從內心上改變我的整個人生觀的一段最為緊張熾熱的時期」，「我棄絕了我那個階級的生活」，轉到宗法制農民的觀點上來。這個時期托爾斯泰的社會活動十分頻繁，他遍訪大教堂、修道院，出席法庭陪審，參觀監獄和新兵收容所，調查城市貧民區等等，這些社會活動使他對現實社會認識得更加深刻，從而引起了他的世界觀的轉變，給他的晚期作品帶來了前所未有的思想深度和批判力量。很明顯，把托爾斯泰置於他所生活和依存的社會環境之中，從時代的制約和影響中進行考察和評述，而不是孤立地看待作家和作品，這是茅盾論述托爾斯泰的基本出發點之一。應當說，茅盾是從總體上堅持了唯物主義思想方法的。他在介紹托爾斯泰的文章中，多次肯定了托爾斯泰對貴族階級生活及其傳統思想的決絕的

〔註20〕《列寧全集》第 16 卷，第 323 頁。
〔註21〕《學生雜誌》1919 年第 6 卷 4～5 號。
〔註22〕《文學與政治社會》。
〔註23〕《列寧全集》第 16 卷，第 329～330 頁。

態度，認爲這是他的作品在思想內容上能夠超過同時代其他作家的關鍵所在。儘管茅盾開始時還不能用明確的階級觀點進行分析；但實際上卻已接觸到了問題的實質。在這一問題上，列寧的論述最精彩不過了，他一針見血地指出：「托爾斯泰的批判所以有這樣強烈的感情，這樣的熱情，這樣有說服力，這樣的新鮮、誠懇並有這樣『追根究底』要找出群眾災難的眞實原因的大無畏精神，是因爲他的批判眞正表現了千百萬農民的觀點的轉變……。」〔註24〕俄國的農民經受了幾百年農奴制的壓迫和奴役，飽受了剝削和苦難，對貴族地主及其政府積下了深重的仇恨，但是農奴制改革並沒有給他們帶來什麼好處，相反卻造成了對他們更大的掠奪，宗法制的農村經濟遭到了空前的破壞，沙皇俄國賴以存在的基礎迅速瓦解了。從貴族地主轉變到農民立場的托爾斯泰，越到後來越和農民息息相關，唯其如此，宗法制農民的利益、願望和思想情緒等一切方面也就在他的作品中眞實而又深刻地反映出來了。托爾斯泰作爲俄國偉大的農民思想家是當之無愧的。茅盾讚揚「托爾斯泰一息尚存，仍努力著書，出版於外國，爲俄民請命」的可貴精神，這和列寧所肯定的「作爲俄國千百萬農民在俄國資產階級革命前夕的思想和情緒的表現者，托爾斯泰是偉大的」〔註25〕是一致的。

上面我們論述的是爲茅盾所注重的托爾斯泰及其作品的批判內容，這是托爾斯泰遺產中最有價值的部分。茅盾後來論及批判現實主義的歷史進步性時，指出：「批判現實主義文學給我們的，是一部血淋淋的資本主義發展的歷史，是揭露了資本主義社會深刻的內部矛盾的鮮明有力的圖畫，是狂風暴雨般的階級鬥爭的錄音帶。」〔註26〕這對把批判的鋒芒主要指向沙俄專制社會的托爾斯泰是同樣適用的。托爾斯泰對資本主義的批判也極爲堅決，甚至完全沒有注意到它的優點。托爾斯泰主要生活在資產階級革命前的沙俄時代，他在自己的作品中主要揭露的是貴族社會，所以托爾斯泰對資本主義的批判這裡就不贅述了。

現在我們來看一下爲茅盾所注意的托爾斯泰的另一方面，即對農民和其他被壓迫者的人道主義的同情。只要讀過茅盾前期論述托爾斯泰的有關文章就會發現，茅盾在這方面給予了更大的重視。這是可以理解的。對農民和其

〔註24〕 《列寧全集》第 16 卷，第 331 頁。
〔註25〕 《列寧全集》第 15 卷，第 180 頁。
〔註26〕 《夜讀偶記》，《茅盾評論文集》（下），第 76 頁。

他被壓迫者的同情和對貴族官僚等壓迫者抗議，本來是一個問題的兩個方面，是托爾斯泰作品的基本思想內容。這種人道主義的同情，正是托爾斯泰及其作品的又一顯著特點。由於五四新文化運動反帝反封建的需要，民主主義思想和人道主義精神一度成為重要的思想武器，托爾斯泰的這一特點格外受到當時茅盾的關注也就不足為怪了。實際上，人道主義儘管是民主主義的重要組成部分，有其不可克服的階級局限性，但是在人類發展的特定歷史時期卻是有著重要的進步意義。人道主義是出於反對封建主義的要求而產生的。在 19 世紀特別是其後半期沙皇專制主義統治極為黑暗的俄國，人道主義自然而然地成為批判現實主義作家們的思想武器。茅盾指出：「俄國近代文學的特色是平民的呼籲和人道主義的鼓吹。」〔註 27〕作為俄國近代文學的傑出代表，托爾斯泰在自己的作品中是鮮明地體現了俄國文學這一特色的。

綜觀托爾斯泰的一生及其作品，可以分明地看出其人道主義思想發展的輪廓。還在大學讀書期間，托爾斯泰就開始受到盧梭等啟蒙思想家的影響，開始在自己的莊園嘗試農奴制的改革。中篇小說《一個地主的早晨》，真實地描寫了農奴的悲慘處境和農村經濟的衰敗，最早表現了作家對農民問題的關切和探索。而短篇小說《琉森》則在否定資本主義社會文明的同時，對受士紳嘲弄的流浪歌手寄予了深切的同情。60 年代農奴制改革前後動盪的社會現實，大大加強了托爾斯泰思想的民主主義成分。他在擔任地主和農民之間的調解人處理糾紛時，「對農民表現了特別的偏袒」，引起貴族地主的痛恨，他的家受到沙皇政府的搜查。這時他已看到社會是由平民百姓支撐著的，並且認為農民那裡有最高的「道德生活」，提出貴族應走平民化的道路。在《進步和教育的定義》等文章中，托爾斯泰指出「真理在老百姓一邊」，主張「我們應當偏向老百姓一邊」。在中篇小說《哥薩克》中，作家把山民的生活和道德風尚描寫得十分美好，以致脫離了社會現實，但是從中可以看出作家的傾向性，特別是作品寫貴族青年脫離上流社會，希望加入山民的生活之中，一褒一貶，作家所表現的民主主義思想就更為明顯。顯然，作家的這種思想不僅和貴族地主鄙視農民的觀念大相徑庭，而且也和那種居高臨下的憐憫和同情大不一樣。托爾斯泰這時對農民和其他被壓迫者同情的思想較前昇華了。為了幫助農民獲取知識，他在自己的莊園開辦小學，如茅盾所說「鼓吹平民教育」，但不久便停辦了，轉而致力於文學創作。《戰爭與和平》探討了包括俄

〔註 27〕《俄國近代文學雜談》（上），《小說月報》1920 年第 11 卷 1 號。

國人民的歷史作用和命運在內的一些重大問題，讚揚了人民群眾英勇抗擊法軍入侵的愛國主義精神，肯定了他們偉大的歷史作用，同時也以人道主義觀點譴責了戰爭，揭示了戰爭的殘酷性和破壞性，認爲戰爭只能給人民群眾帶來災難。對此，茅盾很爲讚賞，他把「非戰爭將和平」作爲托爾斯泰影響世界的重大「勢力」之一，指出托爾斯泰「主張廢戰最早」，而「勞動家決不願有戰爭」、「戰爭破壞文明」，後爲第一次世界大戰所證實。儘管茅盾這時還未能區分正義戰爭和非正義戰爭，但卻注意到了托爾斯麥能夠在一定程度上從被壓迫者的立場上看待戰爭的可貴之處。《安娜·卡列尼娜》的重要內容之一，是通過安娜的悲劇所表現的個性解放的思想。托爾斯泰一方面否定了安娜所走的道路，另一方面則對她的沒有愛情和幸福的生活，對她的「我要愛情、我要生活」的要求，對她的終於成爲那個社會的犧牲品表示了深切的同情。正如茅盾所指出的，托爾斯泰「所抱之女子主張爲解放的，確認女子亦爲有一個人之價值，其著作中，皆見此主義也」。〔註28〕在托爾斯泰世界觀轉變後完成的長篇巨著《復活》中，更爲集中地表現了作家的人道主義思想。和以前的兩部長篇不同，《復活》的女主人公瑪絲洛娃就是一個被侮辱被損害者，作家懷著強烈的詞情描寫了她的不幸遭際，深入地揭示了迫使她墮落的社會原因，在肯定她「精神復活」的同時，著重宣揚了極端的博愛思想。托爾斯泰後期無論在彼得堡還是莫斯科，「觸目皆社會階級不平等之現象，富者壓貧，貧者呻吟於其下，心又大感動」，對人壓迫人的社會現實表示了極大的憤慨。回到鄉村莊園後，他創辦了影響全俄的通俗文學，也是著眼於對農民的教育。他力求自己過農民那樣的簡樸生活，並且企圖把自己的財產分給農民。晚年他創作了短篇小說《舞會》等作品，在抨擊沙皇軍官殘害士兵的暴虐行爲的同時，堅持鼓吹對被奴役者的同情。總之，從上述簡略的介紹中，不難看出人道主義思想是貫串於托爾斯泰及其作品始終的，像他的批判精神一樣，這種思想越到後來越是強烈和深刻。「托爾斯泰是最大的人道主義者」，茅盾的這一評價是言之有據，一語中的的。

其二，在對作爲思想家的托爾斯泰的論述中，不僅肯定了其一生對人生意義的執著追求，而且批判了危害人民利益的托爾斯泰主義。

茅盾前期十分推重托爾斯泰苦苦追求人生意義的探索精神。人生的目的是什麼？這個問題曾經長期地折磨著托爾斯泰，使他的內心世界發生過嚴重

〔註28〕《學生雜誌》1919 年第 6 卷 4～5 號。

的「精神恐慌」，經過艱苦的思想鬥爭，他找到人生的意義在於勞動和接近平民老百姓的答案；但是問題並沒有就此結束，最終他把人生的真諦引向了對上帝之愛的歧路。儘管如此，托爾斯泰還是和那些口是心非的說教者不同，他是誠心誠意地在追求「自我完善」。為了自己的信仰，他甚至不惜脫離貴族社會，拋棄貴族生活，割捨貴族家庭，勇敢地站到了宗法制農民的一邊。他在《懺悔錄》中說：「我之所以摒棄我們階層的生活，因為我覺得這並不是生活，而是一種生活的類似物；我認為，我們賴以生存的過於優厚的條件使我們失去了理解生活的能力；而且為了理解人生，我應該瞭解的不是我們這些特殊人物、這些寄生蟲的生活，而是創造生命的普通勞動人民的生活以及他們賦於人生的那種意義。」《懺悔錄》是托爾斯泰世界觀轉變的標誌。從此，他努力把信仰付諸行動。茅盾評述說：托爾斯泰以為生活之二要素為勞力與愛，「人必簡易耐勞而溫和，人必受於人者少而報施於人者多，分群眾之利少而與群眾之利多，必能以服役為至樂」。為此：他以「農夫生活為模範，食僅蔬菜，衣僅粗褐」，且以自己勞動所得為生活所需。雖然他「有令名，有賢妻，有和美之家庭，有巨產」，但卻為此深感不安和內疚，「以為人生而僅以一己溫飽為目的者無異於虛生」，可見「托爾斯泰非常人也」。〔註29〕1910 年，托爾斯泰以 82 歲的高齡離家出走，可以說是他畢生追求人生意義的最後一躍。至於形諸作品中的，例如《哥薩克》和《戰爭與和平》的主人公對「生活之意味」的追求，特別是《安娜‧卡列尼娜》中的列文和《復活》中的聶赫留朵夫的生活道路，都明顯地體現了作家的某些真實思想。托爾斯泰一生對人生意義的追求是孜孜不倦的，儘管由於歷史的和階級的局限，他最終也未找到正確的答案，但所主張的貴族平民化的思想和所表現的探求真理的精神，卻是難能可貴的。

對於托爾斯泰及其作品中宣揚的托爾斯泰主義，茅盾前期思想上經歷了一個深入認識的過程。由於開始只是作為一種文藝思潮和流派介紹，也由於當時茅盾還沒有掌握馬克思主義階級論，所以起初他儘管沒有給以肯定的評價，卻也沒有進行應有的批判，他看到了托爾斯泰是「主義的寫實主義」，是「以道德來解釋人生的」，開始時對其主要是立足於介紹。但是不久，他就明確表示不贊成直至堅決地反對了。茅盾所說的「主義的寫實主義」之「主義」，大致就是我們通常所說的托爾斯泰主義。這是托爾斯泰在長期地探索中所找

〔註29〕《學生雜誌》1919 年第 6 卷 4～5 號。

到的濟世安民的一種藥方，是以反對暴力革命爲前提的所謂「良心」上的道德改善，它要求通過博愛、行善的途徑實現平等和諧的社會關係，其核心是「不以暴力抗惡」和「愛的宗教」。托爾斯泰自認爲這是一副改良社會的靈丹妙藥，其實在階級壓迫和階級鬥爭存在的社會裡，它只不過是一種無法實現的幻想，不僅不會給被壓迫者帶來任何益處，相反只能麻痹他們的鬥志，使他們甘當奴隸而已。茅盾所以後來對托爾斯泰主義進行批判，就是因爲看到了它的巨大危害性。在 1925 年前後的文章中，茅盾反覆指出無產階級和一切被壓迫者必須通過暴力革命求得解放，這才是建立平等美好的社會關係的正確道路；文學作爲社會生活的反映，「就是要抓住了被壓迫民族與階級的革命運動的精神，用深刻偉大的文學表現出來，使這種精神普遍到民間，深印入被壓迫者的腦筋，因以保持他們的自求解放運動的高潮，並且感召起更偉大更熱烈的革命運動來！」〔註 30〕茅盾還強調文學必須表現革命的理想，以指示讀者走向未來的光明大道，但是這理想世界必須是反映廣大人民群眾根本利益的，是不脫離現實人生的，而不是僅僅反映某種無法實現的願望的烏托邦。顯然，茅盾的這些主張既是他過去政治思想和文學思想的深化，又可以看作是對托爾斯泰主義的間接批判。托爾斯泰在《懺悔錄》中說，「唯有人民不參加任何暴力行動，才這夠消滅他們自己所受的暴力壓迫」，「推動人類生活的乃是意識的成長，是宗教運動」，他反對階級鬥爭和暴力革命的學說，狂熱地鼓吹以宗教和道德力量消滅社會罪惡。《復活》中的男女主人公通過「懺悔」和「寬恕」才走上精神上和道德上的「復活」：男主人公聶赫留朵夫作爲作家所創造的「懺悔貴族」的典型形象，雖有一定的現實依據，卻帶著濃厚的道德說教色彩，當他成爲「跟上帝同在」的「精神的人」時，具有了崇高博大的愛，愛一切人，「從馬車夫、押解兵起一直到他打過交道的典獄長和省長爲止」；在他的影響下，女主人公瑪絲洛娃也終於化「恨」爲愛，從墮落走向新生。但是托爾斯泰猶感不足，在《復活》的結尾，竟至赤裸裸地宣揚《福音書》中的「愛仇敵，幫助敵人、爲仇敵效勞」的教義了。不僅《復活》中如此集中地鼓吹托爾斯泰主義，而且在托爾斯泰的其他著作中表現得也很突出。《戰爭與和平》中描寫的兩個進行精神探索的貴族青年，安德列終於在臨死前找到了精神歸宿，信仰了博愛主義，彼爾則在一個落後的宗法制農民的思想影響下，形成了順從天命，「爲上帝而活著」和「愛一切人」的世界觀。

〔註30〕《文學者的新使命》。

在《安娜・卡列尼娜》中，作家借安娜的悲劇宣揚「向上帝呼籲」和「愛的宗教」，借貴族地主列文改良主義失敗後終於皈依宗教，鼓吹「爲上帝、爲靈魂活著」和「不以暴力抗惡」。茅盾在《世界文學名著雜談》中評述《戰爭與和平》時指出：「安德列是一個能幹的高尚的人，然而不是托爾斯泰所喜歡的人物，因爲他不願『寬恕』別人；他的不願『寬恕』別人，既使別人痛苦，也使他自己痛苦，到他知道『寬恕』之可貴時，卻已經遲了。這一點是托爾斯泰所力說的。而彼爾的生活恰好是安德列的對比。『說教者』的托爾斯泰在這裡和在《安娜・卡列尼娜》裡一樣，他的主見牢不可破。」在茅盾看來，托爾斯泰的道德說教，正是他作品的糟粕之所在，托爾斯泰主義削弱了他作品的現實主義批判力量。

總之，作爲思想家的托爾斯泰，其世界觀中的矛盾是顯而易見的。儘管他眞誠地追求人生意義的精神是可貴的，但所找到並狂熱鼓吹的托爾斯泰主義卻是倒退的，反動的。托爾斯泰主義體現了俄國宗法制農民長期形成的思想體系。作爲貴族，托爾斯泰看到的只是農民的消極面，他們受舊制度、舊生活、舊傳統的影響根深蒂固，慣於「用很不自覺的、宗法式的、宗教狂的態度」來對待社會問題，雖然對舊社會充滿仇恨和抗議，卻無力團結起來訴諸實際的革命行動，「大部分農民則是哭泣、祈禱、空談和夢想，寫請願書和派『請願代表』」，〔註31〕企圖以此求得統治階級的慈悲和恩賜，過上一種他們所夢想的宗法制農民的寧靜生活。俄國農民的所有這些弱點，在農民思想家的托爾斯泰主義中得到了集中的反映。托爾斯泰看到了貴族階級的行將滅亡，同時也對戰勝了貴族地主的資產階級充滿了憎恨。他要依靠農民反對沙皇、貴族和地主，反對資產階級，但是他僅僅看到了農民的弱點，而且又把這些弱點理想化了。他無視工人階級的成長和壯大，反對任何的革命，企圖把時代拉向倒退。事實上，無論是「不以暴力抗惡」還是「愛的宗教」，還是托爾斯泰主義的其他方面，都只會使農民陷於更加悲慘的境地。魯迅曾經指出：「托爾斯泰正因爲出身貴族，舊性蕩滌不盡，所以只同情於貧民而不主張階級鬥爭。」〔註32〕這一批判是一針見血的。托爾斯泰出身貴族，代表了農民的消極面，看不到農民的積極面，這是托爾斯泰主義形成的思想根源。對此，茅盾前期雖然沒有作過專門的剖析和批判，但是，只要考慮到當時他作

〔註31〕《列寧選集》第 2 卷，第 370～371 頁。
〔註32〕《魯迅全集》第 4 卷，第 165 頁。

為中共最早的一批黨員之一，接受的是和托爾斯泰主義水火不相容的馬克思主義，旗幟鮮明地主張階級鬥爭和無產階級革命，那麼他的見解也就可想而知了。茅盾前期的社會思想，不單表現在他的文學論文中，更表現在他的政治論文中。例如，還在 1921 年 4 月，他就在《共產黨》第三號上發表《自治運動與社會革命》，明確提出中國革命的道路在於「舉行無產階級革命」，「要把一切生產工具都歸為生產勞工所有，一切權力都歸勞工們掌握」。顯然，茅盾在這裡所說的道路是科學社會主義道路，而托爾斯泰給農民指出的道路與此完全是背道而馳的。由此可以說，茅盾前期對托爾斯泰主義很早就進行了否定和批判。至於茅盾在這以後的一些文章中，馬克思主義觀點更加鮮明，無產階級立場更加堅定，這裡就不多說了。

其三，在對作為藝術家的托爾斯泰的論述中，高度評價其作品的巨大的藝術真實性、注重人生的描寫、「通俗文學」和細膩的心理描寫手法等方面的顯著特點。

托爾斯泰的作品所以能夠在世界文學中占第一流的位子，除了因為它們提出了許多重大的社會問題，具有深厚的思想內容而外，還因為它們有著巨大的藝術感染力。托爾斯泰是偉大的藝術家。對此，茅盾前期作了深入的探討和熱情的讚揚，從作品的構思、結構、人物性格及其描寫到語言特點，從作家清醒的現實主義創作方法到撕毀一切假面具的種種手法，幾乎都有所論述和評價。然而總的看來，由於茅盾當時對托爾斯泰藝術成就的介紹和研究是立足於創建中國新文學，著眼於對症取藥，所以也表現了自己的側重點。大致說來，茅盾在這方面的論述主要有以下幾點。

首先是肯定藝術真實性。茅盾在第一篇介紹托爾斯泰的文章中，就通過對俄國和英法文學的比較，讚揚俄國文學能夠擺脫傳統觀念的束縛，真實地反映社會生活，並指出「讀托爾斯泰著作之全部，便可見其不屈不撓之主張，以為真實不欺，實為各種道德之精髓」，托爾斯泰以為「藝術之良否，亦視其人存心之良否而定，不可偽也」。這裡強調的都是真實性問題。托爾斯泰立意要在藝術上做一個誠實的人，決不迴避現實生活中的矛盾，更不粉飾生活，他認為生活的謊言會玷污生活，藝術中的謊言「毀滅著一切現象間的聯繫」。他的《懺悔錄》是赤裸裸的內心自我解剖，他的文學創作特別是長篇小說，在廣闊的領域內概括了俄國半個世紀的歷史面貌，並且在作品中努力依據生活塑造人物形象，按照人物性格的邏輯描寫他們的命運和結局，深刻地揭示

了社會生活的若干本質方面，因而被列寧稱爲「俄國革命的鏡子」。對於托爾斯泰極端重視眞實的態度及其作品的巨大的藝術眞實性，茅盾一貫看作是其所以能夠成爲文學大師的首要條件，離開了藝術眞實性，托爾斯泰也就失去了他的意義。茅盾在《文學與人生》中指出：「近代西洋的文學是寫實的，就因爲近代的時代精神是科學的。科學的精神重在求眞，故文藝亦以求眞爲唯一目的。科學家的態度重客觀的觀察，故文學也重客觀的描寫。」這是從文學和時代的關係上探討眞實性問題，富有啓示意義。其中所說的寫實文學中，如前所述，當然包括托爾斯泰在內的。對於托爾斯泰作品的藝術眞實性問題，茅盾還從其他許多方面作了探討，這裡就不一一列舉了。

其次是讚揚其注重人生的描寫。茅盾指出托爾斯泰是「倡導人生藝術」的，他的作品多是和現實人生特別是和被壓迫者的人生密切相關，或寫探討人生意義的貴族青年的出路，或寫被損害者的苦難和新生，或寫統治者的暴虐和腐敗，都是有所爲而作的。「托爾斯泰的著作有絕強的社會意識，都是研究人類生活的改良，都是廣義的藝術家，——廣義的藝術觀念便是老老實實表現人生。」〔註33〕托爾斯泰不願爲貴族寫作，茅盾稱他後期的著作爲「平民文學」，讚揚他「描寫下等社會的生活那麼樣的親切活現，莫泊桑有其細膩而無其動人」，〔註34〕讚其著作「如同親聽污泥裡人說的話一般」。同樣，由於托爾斯泰對貴族階級極爲熟悉，所以他描寫的貴族形象更爲深刻。在論及《戰爭與和平》中的兩個貴族青年形象時，茅盾評價說：「托爾斯泰把一個好心的然而有點糊塗，多『理想』然而容易幻滅，容易動搖，——這樣一個彼爾，一個 19 世紀初年俄國貴族知識分子，寫得再深刻也沒有了，這是比彼爾之終於找到人生意義對於我們更有意思。同時，安德列之悲劇的生涯所以使我們很生感觸，也不在他的不願『寬恕』而終至於太遲，卻在他的雖然老感到『現實生活』的不對而只打算用刺激（戰爭）來排解，——他不肯有一個『理想』，他蔑視『理想』！」〔註35〕這一分析是鞭辟入裡的，兩個貴族青年形象的成功和價值，並不在於作家的某種說教，而是因爲作家以清醒的現實主義描寫的緣故。托爾斯泰後期主張極端的人生藝術，這是把注重人生的描寫絕對化了。胡愈之當時曾經介紹說：「托爾斯泰所著的《什麼是藝

〔註33〕《改造》1920 年第 3 卷 4 號。
〔註34〕《學生雜誌》1920 年第 7 卷 9 號。
〔註35〕《世界文學名著雜談》，第 253～254 頁。

術》，更是極端主張人生藝術的。據他的主張，藝術這東西，要是和人生問題全沒干係，那便是一種奢侈品，和酒精煙草等物一樣，只配當作少數人的娛樂品」。〔註 36〕由此出發，托爾斯泰認為「偏向於貴族」的莎士比亞不能稱作藝術家，自己過去的作品也不能稱作藝術品。對於托爾斯泰如此偏激的極端的人生藝術主張，茅盾取「不贊成」的態度是理所當然的。

再次是通俗文學問題。茅盾指出，「托爾斯泰論藝術，以通俗為主，以限於一部分人所能受者為不合」。正是靠了通俗文學的力量，托爾斯泰及其思想才在俄國廣大鄉村發生了巨大的影響。托爾斯泰的通俗文學主張，在內容上是「普及於全體」而不是「只限於特殊社會」的，在形式上是簡明樸素的。他說：「藝術家的全部用心在於努力使自己的作品通俗易懂。」在他看來，樸素是藝術中至高無上的瑰寶。他的作品特別是後期的作品寫得十分樸素，但是決不粗俗，而是極為平實自然，生動感人，這是一種經過錘鍊而不露斧鑿的樸素。對於托爾斯泰的通俗文學，茅盾作了高度的評價，認為它影響到世界文學的發展趨勢，以致「各國文學，咸力求其簡明，為通俗而便用也」。

最後一點是關於心理描寫的特點。托爾斯泰擅長描寫人物的心理變化，在對人物內心世界深入地揭示中，展現人物的性格。托爾斯泰認為：「藝術是以藝術家的感受感染廣大群眾的一種方法。」托爾斯泰對現實生活的感受是敏銳而又深切的，為了傳達自己的感受，並且使之感染人，他在作品中非常重視打開人物心靈的窗戶，不僅能夠準確地描寫環境和事件在人物心理上引起的變化，而且善於細膩地表現人物內心深處的矛盾衝突和複雜多變的心理活動。車爾尼雪夫斯基曾經指出，托爾斯泰「最重視研究心理過程，這種過程的形態、規律和心靈的辯證法。」對於托爾斯泰的這一藝術特點，茅盾一開始就格外注意，稱之為「心理的小說」，並且著重指出這是實在真切，不為「社會之舊習慣、舊道德所範圍」的，因此茅盾認為這是藝術上的「創格」。茅盾在這裡強調的是作家思想感情的真實表現問題，抓住了托爾斯泰心理描寫的關鍵。

總之，從上述四個方面的論述中，可以看出茅盾前期在藝術方面介紹和研究托爾斯泰的著重點。與當時對待外國文學注重思想內容、忽視藝術表現的一般傾向不同，茅盾對藝術問題是比較重視的。1923 年他就指出：「現在講西洋文學的總多偏於思想方面……我想文學到底是一種藝術，思想不過是文

〔註36〕胡愈之《近代文學上的寫實主義》，《寫實主義與浪漫主義》。

學上所應表現的一種東西。要想吸收西洋的近代文學，確立我國的國民文學，藝術方面實在比思想方面，更應該研究。」〔註37〕茅盾的這一主張，在對托爾斯泰的研究中體現了出來。實際上，茅盾論述托爾斯泰的藝術成就，遠比上面提到的四點要豐富廣泛得多。對於托爾斯泰的藝術觀，茅盾高度評價說，「其見識之宏，懷抱之坦白，蓋近代第一人」。〔註38〕1925 年，茅盾在論及無產階級文學形式時，明確指出托爾斯泰和其他俄國文學家「在文學形式上的成績是值得寶貴的，可以留用的」。可見，茅盾前期是一直注意藝術借鑒的。

　　綜上所述，可以看出茅盾前期論述托爾斯泰的概要和特點。在托爾斯泰及其作品的思想內容方面，茅盾主要讚揚其對俄國社會各個方面無情的批判精神，對被壓迫者和廣大下層人民的人道主義的同情，以及作家苦苦追求人生意義的探索態度，同時也批判了作家所探索到的並大加宣揚的托爾斯泰主義；在藝術方面，則著重肯定了其現實主義的創作方法和「通俗文學」。正是在這樣的論述中，表現了茅盾介紹托爾斯泰的一些特點。簡單地說，就是：在出發點上，立足於思想藝術的借鑒，目的在於創建中國的新文學；在取捨標準上，是對症求藥，揚長避短，取精用宏，廣探博收；在方法上，是以深入研究為基礎的。唯其如此，茅盾論述托爾斯泰才站得高，看得遠，作出比較切合實際的評價；這和那種盲目崇拜、良莠不辨的態度以及淺嘗輒止的介紹辦法是截然不同的。由於茅盾介紹托爾斯泰的特點和他介紹外國文學的一般特點是一致的，而後者我們在前面已有專文論述，所以這裡不再贅述。周揚同志說：托爾斯泰和其他批判現實主義作家的優秀作品，「揭露了封建主義和資本主義的罪惡，在不同程度上表達了當時人民的情緒和願望，從這些作品中，我們可以認識過去的社會，吸取過去時代人民鬥爭的經驗和智慧，繼承前人的奮鬥精神和優良品德，同時這些作品描繪生活的藝術技巧也有不少地方值得我們借鑒。但是，就是對於這些作品，我們也必須採取分析和批判的態度，必須看到它們的消極方面。」〔註39〕茅盾前期關於托爾斯泰的論述，儘管開始時由於作者還沒有掌握馬克思主義階級論的武器，因而論述中不免失之空泛，對作家及其作品階級的和歷史的局限性注意不夠，但是總的看來，卻是抓住了主要問題，論述得也比較深刻、全面，有些見解至今不失積極意

〔註37〕　愈之、雁冰、澤民：《近代俄國文學家論》。
〔註38〕　《學生雜誌》1919 年第 6 卷 4～5 號。
〔註39〕　《我國社會主義文學藝術的道路》，《文藝報》1960 年第 13～14 期。

義。可以看出，周揚同志 60 年代論及托爾斯泰所指出的正、反兩個方面的一些要點，茅盾還在 20 年代就幾乎都注意到了，雖然認識上有深淺之分，但是只要考慮到當時的歷史條件，就不能不說茅盾的論述是難能可貴的了。

三

在我們以較大的篇幅，探討了茅盾論述托爾斯泰的幾個主要方面之後，托爾斯泰及其作品對茅盾的影響也就容易說明了。

托爾斯泰對茅盾的影響是顯著的。可以說，茅盾論及托爾斯泰所肯定和讚揚的那些方面，茅盾都有不同程度的接受。由於茅盾前期著重致力於文學批評活動，因而這時托爾斯泰的影響主要表現為文學思想的影響。這種影響集中到一點，就是對茅盾為人生文學思想的影響。

我們知道，在茅盾投身文壇的最初幾年裡，即確立了為人生的文學思想。這種文學思想的形成，當然從根本上說是五四新文化運動孕育的結果，同時也與包括托爾斯泰在內的俄國文學的影響有著不可分割的關係。在茅盾看來，托爾斯泰是偉大的人生派藝術家，儘管不贊成他的極端的人生藝術主張，但卻贊成他的為人生的文學思想。托爾斯泰認為文學必須通過表達作家的真情實感，反映社會人生，有益於社會人生。他在《藝術論》中指出，藝術的使命在於以「善良的，力求取全人類幸福所必需的感情，代替低級的，較不善良的，力求取人類幸福較不需要的感情。」托爾斯泰的作品，充滿著正義的抗議聲音，滲透著博大的人道主義精神，是飽含著作家真實感情的人生圖畫。不用說，托爾斯泰為人生的文學思想是現實主義的。而茅盾為人生的文學思想，在若干要點上和托爾斯泰是一致的。茅盾要求文學要「注重表現人生指導人生」，「要有人道主義的精神」，要有「對於理想世界的憧憬」，能夠「訴通人與人間的感情，擴大人們同情」，「擔當喚醒民眾而給他們力量的重大責任」。茅盾在《「大轉變時期」何時來呢？》一文中指出：「巴比塞說：和現實人生脫離關係的懸空的文學，現在已經成為死的東西；現代的活文學一定是附著於現實人生的，以促進眼前的人生為目的的。國內文藝的青年呀，我請你們再三的忖量巴比塞這句話！」茅盾十分讚賞巴比塞的這句話，巴比塞的觀點其實就是茅盾的觀點。只要粗略地作一比較，就會看出在文學的若干內容、目的和注重真實性等問題上，茅盾的文學主張和托爾斯泰十分接近，考慮到茅盾此時對托爾斯泰及其作品所作的深切的探討的事實，可以肯定地

說，茅盾爲人生的文學思想的形成是從托爾斯泰那裡吸取了豐富的養料的。當然，在俄國批判現實主義作家中，對茅盾產生影響的並非托爾斯泰一人，但無論從文學思想還是從文學創作上來看，和茅盾更爲接近的，或者說對茅盾影響更大的，無疑是托爾斯泰。茅盾從對托爾斯泰和其他作家的批判現實主義文學的研究中，確立爲人生而藝術的現實主義文學主張，又以此爲準則，批判遠離社會人生的中國舊文學和鴛鴦蝴蝶派，反對「爲藝術而藝術」，介紹並捍衛托爾斯泰和俄國的批判現實主義文學。1922 年 10 月，當學衡派攻擊俄國寫實小說爲「劣下之作」時，茅盾起而反駁說，托爾斯泰和其他幾個俄國寫實派大家，「他們的作品都含有廣大的愛，高潔的自己犧牲的精神；安得謂爲『不健全的人生觀』？」〔註40〕並指出寫實派作品的基本要求在於，「第一義是把人生看得非常嚴肅，第二義是對於作品裡的描寫非常認眞，第三義是不受宗教上倫理上哲學上任何訓條的約束」。茅盾所指明的這三點，不僅在某種意義上是對托爾斯泰爲人生文學觀的概括，而且較前有所發展，同時也反映了他自己的爲人生文學主張的基本點。在這幾點上，茅盾的文學思想和托爾斯泰是相通的。

但是，我們說茅盾爲人生的文學思想接受了托爾斯泰的影響，決不是說茅盾的文學思想就是托爾斯泰的文學思想。歸根結柢，茅盾爲人生文學思想的確立是植根於中國社會現實生活的沃土之上，由反帝反封建的五四新文化運動所制約的，包括托爾斯泰在內的俄國文學的影響不過是其中的一種外因而已。事實上，茅盾爲人生的文學思想和托爾斯泰有著顯著的不同。在文學爲什麼人的問題上，茅盾更多地強調包括「第四階級」在內的被壓迫被損害的「平民」；在內容上，要求文學必須眞實地表現社會生活，反映平民大眾的人生，並且還要展現光明的理想；在文學的職能問題上，要求文學幫助民眾提高覺悟，增進起而抗爭的力量和勇氣；對於作家，則要求他們應和人民大眾在思想感情上息息相通；等等。其中特別值得指出的是理想問題。茅盾一向主張文學作品必須蘊含理想和信仰，要激勵人心，而不能使人灰心喪氣、順天從命，這是他文學思想的突出特點。茅盾當時的理想是革命民主主義的，也有若干無產階級思想的成分。但即使以此而論，也是遠非托爾斯泰所可比的。托爾斯泰有執著的理想，這就是托爾斯泰主義，但那只不過是奴隸的道德罷了。托爾斯泰對茅盾有很大的影響，然而在茅盾的思想中卻沒有托爾斯

〔註40〕《「寫實小說之流弊」？》。

泰主義的絲毫痕跡，這可說是他們之間的最大不同之一。顯而易見，這一不
同之處，連同其他的不同之處在內，正是茅盾的思想認識高於托爾斯泰的地
方。

　　總之，茅盾爲人生的文學思想有接受托爾斯泰影響的一面，更有超越托
爾斯泰的一面。茅盾對待托爾斯泰像對待其他外國作家一樣，並沒有全盤接
受，他只是批判地繼承了爲創建中國新文學所需要的那些東西和其他有益的
東西，而堅決地摒棄了托爾斯泰的糟粕。雖然茅盾開始時還不能用階級觀點
作出明確的分析，然而大致說來，他在文學思想上對托爾斯泰的取捨卻是基
本正確的。這除了時代的原因外，很大程度上取決於個人的政治思想。政治
思想是文學思想的基礎。茅盾作爲一名站在時代前列的共產黨員，雖然在爲
人生文學思想形成期他的主導思想還是革命民主主義，但馬克思主義思想成
分卻在迅速地發展中。革命民主主義思想作爲反帝反封建的進步思想，是爲
人生文學思想的基礎。從 1923 年開始，及至 1925 年前後，茅盾逐步以爲無
產階級藝術取代了爲人生的藝術，實現了文學思想上的一大轉變和深化，乃
是因爲他的政治思想發生了飛躍，開始實現由革命民主主義思想向馬克思主
義思想轉變的緣故。

1982.9.30

茅盾論文學的「獨創」問題

在茅盾前期的文藝思想中，文學「獨創」的問題具有不可忽視的地位。所謂文學的獨創問題，主要指文學的創作個性問題，也就是作家的審美意識的個性差異在文學創作上的特殊表現。茅盾對文學獨創問題的論述，不僅僅局限於理論上的意義，更重要的是具有文學革命實踐的意義。只有從這樣的角度來探討這個問題，我們才能發現作爲現代文學巨匠的茅盾，對中國新文學的創建和發展所作出的獨特貢獻，以及在文學思想上的卓識之處。

一

茅盾認爲，「新文學的提倡差不多成爲『五四』的主要口號，然而反映這個偉大時代的文學作品並沒有出來」〔註1〕（這種看法有一定的片面性）。因此，在五四文學革命推翻封建舊文學的廢墟上，如何創建具有時代特點的新文學，並推動中國文學的迅猛發展，以使我國文學趕上世界進步文學的步伐，這是有志於提倡新文學者的光榮而艱巨的戰略任務。

爲了完成這一戰略任務，茅盾孜孜不倦地做了大量的艱苦細緻的研究工作。除深入研究並積極介紹進步的外國文學，以資創造我國新文學借鑒外，尚對我國古代文學爲什麼「不能健全發展之原因」作了貝體的探討，旨在總結本國文學演進的經驗教訓，催促五四以後新文學的健全發展。

在研究中，他發現幾千年中國封建時代的文學，不能健全發展的根本原因之一，則是「迷古非今」，即「蔑視自己的創造力，專去摹倣古人」。〔註2〕

〔註1〕 《讀〈倪煥之〉》，1929 年 5 月《文學週報》第 8 卷第 20 期。
〔註2〕 《中國文學不能健全發展之原因》，1926 年 11 月《文學週報》第 4 卷第 1 期。

這不僅深刻地揭示出中國文學的一大弊病，而且總結出文學發展的一條值得借鑒的重要經驗，即：一味地摹仿必然抹煞文學的獨創性，影響文學的健全發展，導致文學的復古倒退；惟有文學家們充分發揮自己的創造能力，使創作具有鮮明的個性，才能對文學的發展作出獨特的貢獻，用自己的與眾不同或與前人不同的作品來豐富人類的文學寶庫，以滿足社會的多種多樣的審美需要。

但是，「我國文士一向迷信古代的便是好的，故摹倣古作的積習特濃厚」，根本否認文學創作「須有作者的個性」。這種「今不如古」、漠視歷代文學各有其獨創性的觀念，牢入人心，甚至著名的文學批評家也「硬派一時代的傑出作品乃是摹仿某時代的」。劉勰曾說：「楚之騷文，矩式周人；漢之賦頌，影寫楚世；魏之策制，顧慕漢風；晉之辭章，瞻望魏采；推而論之……則楚漢侈而豔，魏晉淺而綺，宋初訛而新：從質及訛，彌近彌澹。何則？競今疏古，風末氣衰也。」〔註3〕在他看來，似乎創作的得失都決定於能否苦心擬古。茅盾並不同意這種崇古貶今的觀點，指出「前後代文學之間的影響，自然是有的，然而何嘗像劉彥和所說的那樣呆板」，〔註4〕即看不到每個時代文學的獨創性呢？正是在這種否認文學獨創性、只模仿古作的文學觀念指導下，於我國文學發展的長河裡，熱衷擬古不求創新的復古逆流始終不斷。例如，魏晉以前，屈原作《九章》，於是便有宋玉的《九辨》，王褒的《九懷》，王逸的《九思》，劉向的《九歎》，摹仿不已，九九無窮；揚雄作《連珠》，於是便有潘勗的《擬連珠》，王粲的《仿連珠》，陸機的《演連珠》，顏延之的《蒼連珠》，王儉的《暢連珠》，不一而足；枚乘作《七發》，於是便有傅毅的《七激》，張衡的《七辯》，崔駰的《七依》，馬融的《七廣》，王粲的《七釋》，張協的《七命》，桓麟的《七說》，凡諸擬作，章摹句寫，何見創作個性？茅盾認為，「摹仿原是人類的天性，但中國文人之好擬作，卻因是迷古。魏晉要返於兩漢，兩漢要返於周秦，周秦要返於唐虞，只思後退，不顧上前，便是中國文學的一大毛病」，「便是源遠流長的中國文學不能健全發展的根本原因」〔註5〕之一。

這種否認文學的獨創性的一味擬古的惡流直到五四時期，仍在文壇上氾

〔註3〕 《文心雕龍‧通變篇》。
〔註4〕 《中國文學不能健全發展之原因》，1926 年 11 月《文學週報》第 4 卷第 1 期。
〔註5〕 同上註。

濫，形成了文學上的老八股老教條，嚴重地障礙著文學的發展。正如胡適所揭露的：「觀今之『文學大家』，文則下規姚曾，上師韓歐；更上則取法秦漢魏晉，以爲六朝以下無文學可言」。其實，這種「摹倣古人」是一種「奴性」的表現，根本創造不出具有獨到色彩的「眞正文學」，〔註 6〕只不過爲「文學界添幾件贗鼎耳」。〔註 7〕因此，反對文學上的擬古主義、提倡「自鑄新詞」以「實寫今日社會之情狀」，〔註 8〕則成了文學革命的任務之一。

　　茅盾的卓識之處，不僅表現他通過考察大量文學史實，已看到了迷古非今、抹殺個性是阻礙中國文學健全發展的根本原因之一，而且也表現在他能從「文學是人生的反映」這一基本原理上作了深入的探討，指出「中國始終沒有一個時代曾明確地認識文學須表現人生，須有作者的個性」，〔註 9〕而只是把文學作爲「代聖賢立言」的工具，作爲遊戲之物，這樣勢必走上否認作家獨創性的摹倣古作或隨心所欲的死胡同。他這裡所提出的「作者的個性」，是一個值得深入研究的美學見解。它是同作家的獨特創造能力緊緊聯繫在一起的；而這種創造能力既以運動的形態表現在作家的創作活動中，又以靜止的形態表現在作家所創造的作品中。由於文學所反映的社會人生的美只能存在於無限豐富多樣的感性具體形態之中，因而作家對它的審美感受也是無限豐富多樣的，這樣就能使其對社會人生美的反映具備了充分發揮個人獨創性的空間；惟有作家主觀方面的獨創性又恰好是客觀人生存在美的一種獨特反映，才能形成眞正的創作個性，才能創造出具有美學價值的文學。否則，如果作家不是從豐富多采的社會人生的客體出發，而是從封建聖賢的理念學說出發；不是根據現實人生的獨特感受和認識，來探求與之相適應的獨特的表現形態和方法，而是依照「載道」的需要墨守於既定的格局成規，這樣必然要扼殺作家的主觀獨創性，「自然他們的作品內找不出人生並沒有個性了」，〔註 10〕勢必使文學的演進走上陳陳相因、毫無生氣的死路。

　　可見，茅盾前期反覆強調文學的獨創性，旨在同封建文學的習慣擬古的因襲性徹底劃清界限，這不僅對破除舊文學的老八股老教條具有革命意義，而且對於建設具有新穎獨創的時代色彩的新文學也具有深遠意義。

〔註 6〕　胡適：《文學改良芻議》。
〔註 7〕　胡適：《給陳獨秀》。
〔註 8〕　胡適：《文學改良芻議》。
〔註 9〕　《中國文學不能健全發展之原因》，1926 年 11 月《文學週報》第 4 卷第 1 期。
〔註10〕　同上註。

　　既然「舊文學最顯明的弊病是因襲與模仿」，缺乏獨特性，那麼通過五四文學革命，「新文學革了舊文學底命，自當脫胎換骨，一新面目，才算是有出息」；但是，新文學創作的現狀並非如此，真正能夠「力去陳言，戛戛獨造的作家」並不多，而不少人總還不免因襲與模仿的舊病，或輾轉承襲，或以堆砌模擬爲能事，因此竟使一些作品「除掉那流行的濫調和做作出來的別人底風格」外，根本沒有自己獨特的生活感受和獨運的藝術匠心，絲毫表露不出自己的獨具風格。有的作家深曉古代文學之所以不能健全發展，乃「因一班文人，只想摹古人底詞調，偷古人底風格，卻不能自立門戶；白操了心，學古人總不及古人」，因而就不去模仿古人，但是卻又去「模仿時人」。其實，「好古與趨時正是一件事底兩面，都是忘了自己」，也就是忘了自己獨具的創造能力。這不但「耽誤了自己的前程」，〔註11〕而且也延緩了整個新文學創建的進程。

　　當時，這種忘記自己的創作個性，一味「模仿時人」的惡風，主要表現在兩個方面：一是生搬硬套西洋文學，以「模仿」代替「創造」。茅盾認爲，有分析有目的地借鑒（或模仿）西洋進步文學，創造中國新文學，這本是現代文學初創期的重要途徑之一；但是有些新文學工作者，卻在讀了翻譯的或原文的外國小說便下筆做小說，「純是模仿，而不去獨立創造」，「缺少活氣和個性」，根本沒有什麼文學價值。這些模仿作品中的人物大都是借用的，不是自己創造的，因此一篇作品的許多人物都只是「一個模型裡的出產品」，〔註12〕根本見不到栩栩如生的人物個性。甚至有的作品「專門模仿西洋小說的皮毛」，如節譯西洋的無聊小說而改用中國人名，背景卻是外國的，這根本「失了創作資格」。〔註13〕實際上，這是茅盾對五四新文壇上的一種洋八股的揭露與批評，爲創造具有民族特色的新文學掃清道路。二是新文學作者互相摹仿抄襲，造成創作的雷同化、公式化。茅盾認爲，如果「文學是人生的反映，創作家是直接從人生中取材來」，而又能充分發揮自己獨特的創造才能，那一定能創造出真有審美價值的真文學來；但是通過對 1921 年四五六月份新文學創作的考察，他發現描寫男女戀愛、農民生活、城市勞動者生活題材的作品，互相模擬的雷同現象是相當嚴重。「他們對於描寫的對象大概是抱了同一的見

〔註11〕　《獨創與因襲》，1922 年 1 月《時事新報》副刊《學燈》。
〔註12〕　《新文學研究者的責任與努力》，1921 年 2 月《小說月報》第 12 卷第 2 號。
〔註13〕　《春季創作壇漫評》，1921 年 4 月《小說月報》第 12 卷第 4 號。

解和態度的，他們的描寫法也是大概相同的，他們的作品都像是一個模型裡鑄出來的」，尤其是表現男女戀愛的作品的互相摹擬更為突出。它們不僅在情節佈局的格式上類似；而且所創造的人物大都是一個面目，其思想又是一個樣，舉動也是一個樣，何等地步說何等話也是一個樣，這樣作品中的人物不能一個有一個的個性，竟弄成所有的人物都只有一個性格。此類戀愛小說，不是社會人生的真實反映，也不是作者自身經歷的結晶，而是「摹擬的偽品」。〔註14〕

對於一個作家來說，如果沒有自己的創作個性，缺乏文學的獨創能力，只顧模擬中外大家名著，那麼不論你的作品模擬得如何逼真，所反映的內容如何重大，所表現的知識如何豐富，其成果都不可能具有其他作家的作品所不能代替的特殊美和感染力，稱不上真正的新文學作品；對於初建期的中國新文學來說，如果新文學作者缺乏自己鮮明的創作個性，對客觀人生現實的美缺乏一種別於其他作家的獨特感受力，在藝術傳達上缺乏一種獨特的探求精神，而只會機械地生搬，僵硬地仿造，其結果不但不能為現代新文學大廈的奠基增添色彩鮮明的堅固石了，反而堆上一些偽造的陳磚爛瓦。

茅盾正是從我國文學發展的歷史和現狀出發，以創造具有個性特點的新文學為宗旨，反覆論述了文學獨創問題的重要性和迫切性，表現出他為發展並建造中華民族的新文學的強烈責任感、認識的敏銳性和思考問題的深刻性。

二

茅盾前期文藝思想有個比較突出的特點是，從不發空論，放空炮，總是從實際出發，有的放矢地解決新文學發展過程中提出的重要課題。由於他敏銳地看到了「因襲模仿」，既是中國文學的弊病，又是新文學創建與發展的障礙，所以極力強調應提高作家的創造能力和增強文學的獨創性，反對墨守成規，陳陳相因。但是茅盾並沒有停留在一般的提倡或號召上，他具體地探討了文學的獨創問題，給作家如何形成並發揮自己的獨創才能，怎樣提高作品的獨創性，從理論和實踐的結合上指出了比較明確的方向。

茅盾並不反對必要的「模仿」，他認為每個文學家獨創能力的形成，都同

〔註14〕《評四五六月的創作》，1921年8月《小說月報》第12卷第8號。

對前代文學家的偉大創作的批判繼承分不開的。文學家只有廣泛地從前代大師的成就中吸取適合自己需要的東西，才能形成、豐富和發展自己的創作才能。具體來說，文學家在形成文學獨創性之前，開始都要經歷對前代文學家的「摹仿」這樣一個幼稚階段，這是通過瞭解前人成就從中受到啓發，進而發現自己特有的個性氣質所必需的。茅盾深曉此理，所以他不是一般地籠統地反對文學上的摹仿，而是反對那種忽視自己個性氣質，一味地機械地摹仿前人或洋人，不利於形成自己獨創能力的奴性因襲；也就是反對那種生吞活剝前人或洋人的成果，不是把摹仿作爲形成自己獨特性的必要準備和手段，乃全然把它當成目的的所謂「摹仿」。而且，他更反對那種單憑自己一時的靈感所至去創作，對「古今來大文學家作的什麼等等，全不用問」〔註 15〕的妄自尊大的虛無主義態度。他在反對那種「畫虎不成」的機械摹擬的同時，曾辯證地指出：「並不是說別人用慣或用過的東西，我們一概摒棄不顧。那是做不到的，因爲誰能完全離開過去的影響而有所建立呢？我們只不要生吞活剝罷了。至於將他們消化，以供己用，原是極好，也是必要的。因爲消化以後，他們已不是誰們的而是我的了。我說『創作』，也得先有了這消化了的材料，才行。」〔註 16〕對於應該批判地吸取前人的創作成果，並加消化以資提高自己獨創能力，茅盾還有更深刻的見解。他認爲，「獨立創作自然是每個作家所應奉爲格言的，但是決不可誤認爲獨立創作，即是擯斥一切已成功的文學作品而不去研究」，正如同「企圖思想獨立的人，決不是閉目不看一切書籍，不研究古來各派思想，而在自己空洞洞的腦子裡求思想之獨立的；他必須先去博覽深求，吞進了許多書籍，精研過各派思想，然後獨闢蹊徑，以成其獨立的見解」一樣，文學的獨創性的形成亦然。即：「一個文學家必須知道他前輩的文學家，在藝術上是達到了如何的境界，據有它，熔化它，使變成自己的血肉，然後再拋棄了前人的成規，而來獨立創造」；但是當時卻有些青年作家「侈言獨立創造而全然忽略了古人成功的著作的研究」，〔註 17〕這怎麼能形成自己的創作個性，又怎能創造出超越前人且具獨特時代色彩的新文學呢？這就十分明確地指出了，文學家獨創性的形成，是同繼承前人的文學成果這一歷史條件分不開的；但這種「繼承」不是生搬硬套的摹仿，而是要認眞地研

〔註 15〕　《告有志研究文學者》，1925 年 7 月《學生雜誌》第 12 卷第 7 號。
〔註 16〕　《獨創與因襲》，1922 年 1 月《時事新報》副刊《學燈》。
〔註 17〕　《告有志研究文學者》，1925 年 7 月《學生雜誌》第 12 卷第 7 號。

究它，既有所棄捨又有所吸收，也就是必須據有它，熔化它，使其變成自己的血肉，並同自己的個性氣質有機地結合起來。這樣，才有助於形成自己的獨創才幹，進而提高新文學的獨創性，創造出無愧於偉大時代的文學作品來。

茅盾不僅指出了作家獨創能力的形成，在客觀上受著歷史條件的制約，而且更強調作家創作個性的形成，在主觀上是艱苦探索的結果。故號召作家深入實地觀察，對現實的美必須具有獨特的發現和尋找相應的獨特表現手法。他認為，「文學的創作才能固有天賦授（指一定的先天條件），然而必須經過若干時的人生經歷，印了很深的印象，然後能表現得有生氣；也必須先有了獨立精神，然後作品能表見他的個性。如果關在一間小屋子裡，日夜讀小說，模仿著做，便真有創造天才的也做不出好東西」。〔註18〕這一閃爍著唯物主義思想光輝的認識，爲作家獨創才能的形成和新文學創作個性的獲得，指出了正確途徑。他曾多次號召作家要走出小屋，到民間去，到第四階級中去，到廣闊的人生社會中去，不是進行一般的實地觀察，而是要進行獨到的觀察。透過觀察不是獲得對客觀現實的一般的審美意識，而是對客觀現實的美要具有區別於其他作家的獨特感受、情感體驗以及不同角度和深度的認識，並能探求到與之適應的藝術表現手腕。這是構成文學獨創性的最基本的東西。正如他所深刻認識到的：「文學無非是表現人生，這是不錯的；但是文學之所以可貴，乃是它（文學）能夠把一般人所看不見的人生的靈魂捉住了，而加以藝術的描寫，使人深切的感受了。所以文學家的天職並非是僅僅描寫人生，而應把一般人所看不見的人生的秘奧指出，換句話，就是文學家應該具有一雙特別銳利的眼睛，能觀察到普通人所不見所忽略的地方，能捉住了這一點用巧妙的藝術手腕表現出來，使不見者成為共見。這便是獨到的觀察。」「誰也知道一篇文學作品首要描寫得好；如何描寫得好呢？這就在乎作家能用妥貼新穎的字句來表白。具有銳利觀察力的作家能夠從不同的物事中，找出他們的相似點作爲比擬形容：這便造成了妥貼新穎的描寫。如果作家沒有這個本事，只把前人用過的濫調敷衍，他的失敗是不可免了。」〔註19〕可見，通過獨到的觀察對客觀現實所獲得的獨特的審美感受，以及捕捉的與之相適應的藝術手腕，對於形成作家的獨創才華，提高文學作品的獨特審美價值，具有何等重要的意義。

〔註18〕《新文學研究者的責任與努力》，1921 年 2 月《小說月報》第 12 卷第 2 號。
〔註19〕《告有志研究文學者》，1925 年 7 月《學生雜誌》第 12 卷第 7 號。

　　他還深刻地啓示作家，要使自己的創作避免雷同化、公式化、平庸化，首要的一點，就是必須在對人生現實的觀察和認識上下苦功夫，努力發掘別人尙未認識或認識不深的方面、特點和意義，力爭達到感受和認識的新高度和深度，這樣才能產生具有美學價值的創新。「因爲從客觀方面說，天下本無絕對相同的兩件事，從主觀方面說，天下決無兩人觀察一件事而所見完全相同」，〔註 20〕這正是文學獨創性形成的堅實的主客觀條件。至於探索獨特的藝術表現方式（包括藝術構思和表達），更需要付出嘔心瀝血的代價。因爲「文學描寫的技術實是創作家天才的結晶」，〔註 21〕是艱苦探索的藝術實踐成果，非輕而易舉便可成功的。當時，茅盾最敬佩和推崇的是魯迅的小說。他認爲魯迅《吶喊》集裡的小說，不論「題目，體裁，風格，乃至裡面的思想，都是極新奇可怪的」，具有鮮明的獨創色彩，表現了作者高超的非凡的創造才能。他說：「在中國新文壇上，魯迅君常常是創造『新形式』的先鋒：《吶喊》裡十多篇小說幾乎一篇有一篇的新形式，而這些新形式又莫不給青年作者以極大的影響，必然有多人跟上去試驗。丹麥的大批評家布蘭兌斯曾說：『有天才的人，應該也有勇氣。他必須敢於自信他的靈感，他必須自信，凡在他腦膜上閃過的幻想都是健全的，而那些自然而然來到的形式，即使是新形式，都有要求承認的權利』。」〔註 22〕茅盾對魯迅勇於探索的精神及其小說獨創性的讚譽和肯定，爲新文學工作者提高自己的創作能力、增強文學的創作個性樹立了楷模。

　　茅盾不是用一成不變的靜止眼光來看文學的獨創性，而是以變化的發展觀點進行具體考察，明確地指出「進化底原則普遍於人事，文學藝術自然也隨時遷善」，因而「文學上的『創作』（指獨創）又該是綿延不絕的」。這不僅說明了文學的獨創性是自覺不自覺地「隨時」在變化，在更新，同時也說明作家的創作個性基本形成後，也需要不斷地加以豐富和完善，這樣文學的個性才能保持常新的生命；否則，那形成的創作個性就會逐步地變得貧乏，單調，枯竭，陳腐，甚至消失。

　　爲了不斷地豐富和發展文學的獨創性，作爲文學工作者本人來說，最重要的是要始終保持自己對現實人生所特有的活躍的和新鮮的感受，在不斷地深入觀察、體驗生活的過程中，不斷開拓自己的創作新天地，並且在對藝術

〔註 20〕　《一般的傾向》，1922 年 4 月《時事新報》附刊《文學旬刊》第 33 期。
〔註 21〕　《一年來的感想與明年的計劃》，1921 年 12 月《小說月報》第 12 卷第 12 號。
〔註 22〕　《讀〈吶喊〉》，1923 年 10 月《文學週報》第 91 期。

形式、表現技巧、語言等掌握和運用方面，尚須孜孜不倦地進行探索性的實踐，永遠不能滿足既得的成就。「就以用詞與表現式而論，固然不能無所憑依，但能避熟就生處，總以不落常套為是」，這樣「用詞與表現式」才能「新鮮活潑」，「才能引起讀者強烈或微渺的興趣」，才能給人以美感享受；不過，所謂新鮮活潑，「也是相對的說法」，因為「無論怎樣新鮮、活潑的詞，用得太熟，也將失去了刺激性，不復耐人尋味。這就是所謂濫調」。因此，文學上的獨創是不斷發展變化，「綿延不絕」的，決不能止步於已取得的成果上。

茅盾曾尖銳地批評當時新文壇上那種「陳陳相因的濫調」，說：「近來作品裡，滿眼差不多都是些早已有了的東西；他們大概以為有了這些，已經一生吃著不盡，只消寫就是了。可是這種堆砌運動，不太嫌不經濟麼？以新詩而論，近來最流行的有『自然』，『大自然』，『宇宙』，『愛』，『美』，『生命』，『詩人』，『上帝』等字樣」。「這些詞頭在初用時，確有新鮮的意義；便是現在，若用在新鮮的調子裡，也還可以耐人尋思。可是有些新詩人們，一味將他們放在刻板的表現式裡，所以便覺千篇一律，了無意趣。這樣餖飣的東西，果能算是文學麼？」豈不知文學貴在「獨創」，貴在「隨時遷善」。因此，「人家用過的，我固不必去拾唾餘；就是我自創的，被別人或自己用熟了時，也得割愛」，〔註23〕必須不斷地推陳出新，以豐富和發展創作個性。不但語言與表現式應不斷地創新，就是描寫的方法也要革新，而且「描寫的方法愈『獨特』愈好」。他指斥禮拜六派小說的「描寫方法完全是因襲的抄來的」，甚至於「描寫的字句也是抄襲的」，毫無可取之處；如果說「舊章回體小說寫一個英雄出場總是用『只見得』三字吊起一大段臉面身段和服裝的描寫」也算「有創造天才的小說家」的話，那麼「現市面充塞的惡劣小說，連這一點都做不到」。〔註24〕致力於新文學的創造者，不是禮拜六派這種「小說匠」，而是富有獨創才能的文學家，因此必須根據作品反映生活內容不斷更新的需要，不斷地探求「獨特」的描寫方法或表現技能，墨守成規或故步自封是最沒有出息的文學家。

以上茅盾用發展觀論述文學獨創性的精闢見解，對指引作家在生活實踐和藝術實踐中不斷豐富和發展創作個性，具有多麼深刻的意義。

尤其值得稱道的是，茅盾提出「創造（即獨創）的原素愈多，便愈美」的美學原則，指引作家遵照「美」的要求，「排去因襲而自有創造」，即充分

〔註23〕 《獨創與因襲》，1922 年 1 月《時事新報》副刊《學燈》。
〔註24〕 《雜談》，1923 年 2 月《時事新報》附刊《文學旬刊》第 65 期。

發揮獨創能力，提高作品的個性化程度，因為「文章的美不美，在乎他所含的創造的原素多少」。這些認識是相當深刻的，實在發人深思。現實美是美的客觀存在形態，藝術美則是這種客觀存在的主觀反映的產物，而這一「反映的產物」並不是客觀實在的機械複製，乃是美的創造性的反映形態，所以說作家的創造性勞動是決定文學作品美不美的重要因素。作家在創作活動中越是能充分施展獨創才能，並敢於「自出心裁地去『創作』」，越是能提高文學的獨特性和審美價值；而那些只會死板地摹擬因襲中外古今文學名著的作家，絕對不能創造出比現實生活更美更新穎的文學作品，根本原因在於他們缺乏勇於創造、敢於標新的精神，也就是沒有付出創造性的勞動代價。

即使文學作品一個字眼的美不美也同作家的能否進行「獨創」聯繫在一起。茅盾曾以古代詩人用「蠑」、「蛾」等字形容女子頭面的美麗為例，說明作家的「創造」精神對於文學作品的「美」至關重要。他指出第一次用這些字眼的詩能使讀者感到說不出的美，後起詩人都用這些字樣形容女子頭面，那不僅不見得美，反而生厭了。「這全因為第一個詩人使用那些形容字，是創造的，所以就美；後來那些詩人使用時，就是模仿了，所以不美」。正因為作家的創造性勞動同文學的美不美緊密相關，所以他進一步強調指出：「一篇文學作品的體裁、描寫法和意境，都是創造的，那麼這篇文章即使不用半個所謂美的詞頭兒，還是極美的一篇東西；不然，即使全篇裡填滿了前人用過的風花雪月，亦不過像泥水匠畫照壁，雖然顏料用的是上等貨，畫出來，終究不成個東西。」〔註25〕這說明文學作品美不美，不只是在於字眼的新鮮與否，更重要的是從體裁、表現方法到意境（主要指內容），都更具有獨創性。可見，要使新文學有別於前人或洋人的創作成果，具有獨特性和審美價值，有賴於新文學作者在藝術實踐中發揮創造性的勞動。

茅盾關於文學「獨創」問題的見解，不是沒有偏頗之處，但從基本方面來看，卻顯示出辯證唯物主義的美學威力。它不僅在 20 年代我國文學初創期，對於指導作家創建具有時代的民族的個性特色的新文學起過重要作用，而且對於今天的作家如何創造出更多更好的無愧於社會主義新時期的文學作品，同樣具有指導性的意義。

1982.8.10 於山東師大

〔註25〕《雜感》，1924 年 1 月《文學週報》第 105 期。

茅盾歷史小說的創作特色

　　茅盾的歷史小說向來不爲研究者所注意。茅盾自己也並不重視，甚至以爲《人澤鄉》「是一篇概念化的東西」，〔註1〕似乎它們是並無可取之處的失敗之作。但是，當我們把茅盾的歷史小說置於一定的歷史範疇進行探討的時候，發現它們並不是無足輕重的。茅盾的自我批評，雖然不無道理，卻未免言之過重，恐怕不能當作評價他的作品的唯一依據。總的說來，儘管茅盾的歷史小說並非名篇佳作，並且確實存在著某種概念化痕跡，然而作爲茅盾開拓的一個新的領域，它們基本上保持了作者描寫現實生活小說的風格，而且表現出了若干新的特色，從而體現出作者關於歷史小說創作的若干可貴的藝術見解。因之，探討茅盾歷史小說的成敗得失及其創作主張，對於茅盾研究以及歷史小說的創作並非是無益處的。

一

　　茅盾取材於我國歷史或傳說的小說，只寫了《豹子頭林沖》、《石碣》和《大澤鄉》等三個短篇。如果我們把茅盾的歷史小說作爲其文學創作的一個環節來考察，特別是同它們之前的一些現實小說作些比較，便可以從中看到一些顯而易見的特色。

　　題材的變化，從描寫現實生活中的小資產階級知識分子到描寫歷史上農民起義的造反者。1930 年夏，茅盾曾一度有過一個龐大的計劃，醞釀寫一部描寫我國第一次農民大起義的歷史小說，後來他感到「這是一種變相的逃避

〔註 1〕《茅盾文集》第 7 卷後記。

現實」而放棄了。從中揀出的一部分，寫成了短篇小說《大澤鄉》。〔註 2〕那時茅盾患著「更厲害的神經衰弱病和胃病」，病休之餘，清晨「便也動動筆，二百字，三百字，至多五百字。《豹子頭林沖》和《大澤鄉》等三篇就那樣的在養病時期中寫成了。」〔註3〕這三個短篇雖然都選取歷史或傳說作題材，但卻都是寫的農民起義，並且都以造反者為主人公，集中表現了他們的反抗性格，顯示了人民偉大的力量和可貴的品格。這不是偶然的巧合，也不是如作者所說是「逃避現實」那樣簡單。作為現實主義文學大師，茅盾在文學創作中有一種執著探求的精神，總是努力開闢新的創作天地，不斷創新。他說：「一個已經發表過若干作品的作家的困難問題也就是怎樣使自己不至於黏滯在自己所鑄成的既定的模型中；他的苦心不得不是繼續地探求著更合於時代節奏的新的表現方法。」〔註4〕就題材而言，應該說茅盾的這組歷史小說也是表現了作者這樣的苦心的。我們知道，茅盾親身參加了轟轟烈烈的第一次大革命，對於青年知識分子在大革命前後的情況十分熟悉，長篇小說《蝕》和若干短篇小說都是以此為題材的。但是茅盾不滿意於自己的舊作，並且要對舊作的題材重新估價，於是便有了改換題材的願望。於是他第一次在題材上從自己所造成的殼子裡鑽出來，把眼光轉向了我國歷史，把藝術筆觸伸進歷史和傳說，這才創作了這組歷史小說，表現了一種執著的創新精神。之後，茅盾創作的題材又回到了現實，從都市生活到農村生活，從資產階級、小資產階級到破產農民，題材更是大大地擴大了。

形式的變化，「第一回寫的『短』」。〔註5〕短篇不短，「無從剪短似的」問題，曾使茅盾一度十分苦惱。1928 年 2 月，當茅盾的第一個短篇《創造》脫稿時，作者竟「覺得比較作長篇的還要吃力」，甚至自以為「不會寫短篇小說。」試看《創造》、《詩與散文》、《色盲》和《曇》等描寫小資產階級知識分子的短篇小說，每篇總有一、兩萬字的篇幅，從內容到形式，似也可說是壓縮的中篇。對此，茅盾深以為非，決不當作尋常小疵而姑息。為了克服這一缺陷，他執著地努力於「橫截面」的寫法，這在《陀螺》中已初見成效，而《大澤鄉》等三篇歷史小說，則可說是名副其實的短篇了。這組小說每篇不過三、

〔註 2〕《茅盾文集》第 7 卷後記。
〔註 3〕茅盾：《我的回顧》，見《創作的經驗》。
〔註 4〕茅盾：《宿莽》弁言。
〔註 5〕茅盾：《我的回顧》，見《創作的經驗》。

五千字，或寫陳勝吳廣起義之發端，或寫玉臂匠金大堅對秘刻石碣的非議，或寫豹子頭林沖對黑暗社會現實的挑戰，無一不是截取歷史生活的一個橫斷面表現的。茅盾對短篇小說形式的孜孜追求，表現了極其嚴謹的創作態度，對我們今天的短篇創作仍有積極的意義。

格調的變化，從悲觀消沉開始轉變為積極樂觀。作品的格調總是反映著作家的思想情緒。茅盾 1927 年 9 月至次年 6 月所寫的《蝕》三部曲，描寫了大革命前後一批小資產階級知識青年的精神面貌，真實地表現了他們的理想與追求，苦悶與憤懣，動搖與幻滅，揭示了小資產階級知識分子的某種「時代病」。茅盾曾坦率地自我批評說：「我有點幻滅，我悲觀，我消沉，我很老實地表現在三篇小說裡。」並且表示：「我希望以後能夠振作，不再頹唐；我相信我是一定能的。」〔註6〕茅盾接著寫的《自殺》、《一個女性》和《詩與散文》等短篇小說，格調雖有不同程度的改變，卻依然存在著較濃厚的悲觀色彩。至於 1929 年 4 月寫的未完成的長篇小說《虹》，則在格調上發生了顯著的變化，著重表現的是知識青年的覺醒、鬥爭和前進，基本上擺脫了《蝕》的失望情緒，滲透著樂觀主義精神。而一年後寫的《大澤鄉》等一組歷史小說，則是繼《虹》之後反映茅盾思想變化的又一顯著標誌。這組小說沒有悲哀，沒有憂傷，沒有幻滅，格調是深沉的，樂觀的，向上的，著重表現了造反者們改朝換代的偉大力量，昂揚的鬥志，可貴的覺悟以及高尚的道德等等，貫串著健康、進步的思想內容。1930 年春天，茅盾在《蝕》初版題詞中說：「命名曰《蝕》，聊誌這一段過去。」這時茅盾已認真回顧了自己的創作道路，清理和總結了自己的創作思想，醫治了因大革命失敗所造成的心靈創傷，以全新的姿態開始新的戰鬥了。茅盾在這組歷史小說之後接著創作的長篇巨著《子夜》，其格調的明朗、雄壯和博大則是更不待言了。

從上述簡單的比較中，可見茅盾的歷史小說在題材、形式和格調方面的新變化，它們構成了茅盾這組歷史小說的新特色。儘管這些變化多屬表面性的，但確實存在於茅盾的歷史小說之中，這在茅盾不斷探索的創作道路上，是不可忽視的新收穫，新成績。正是在這樣的意義上，茅盾兩年後在《我的回顧》中，是親切地把《大澤鄉》作為自己文學生涯中的一個「里程碑」看待的。〔註7〕當然，茅盾在創作這組歷史小說之前創作的小說，自有它們自身

〔註6〕均見茅盾：《從牯嶺到東京》。
〔註7〕茅盾：《我的回顧》，見《創作的經驗》。

的價值，而且不少是遠在他的歷史小說之上的。我們在它們之間進行比較（僅僅限於同歷史小說有關的幾個個別方面），只不過是爲了說明問題方便罷了。

二

歷史小說的創作同以現實生活爲題材的小說的創作是大不一樣的。由於歷史生活年代久遠，作家不可能去親身體驗，因而就有一個如何憑藉史料去熟悉、認識和評價歷史生活，把握歷史眞實的問題。「它的賴以進行概括的資料不是作家自己經歷的生活經驗。而是古人生活的記載或傳說，因而作家必須在充分掌握史料（前人記載和民間傳說的歷史生活）、甄別史料、分析史料之後進行概括，——到此爲止，作家是以歷史家身份做科學的歷史研究工作，他要嚴格地探索歷史眞實；此後，他又必須轉變其歷史家的身份爲藝術家，在自己所探索得的歷史眞實的基礎上進行藝術構思，並且要設身處地、跑進古人的生活中來進行藝術構思，否則，就不免會不自覺地把現代人的意識形態強加於古人身上了。」〔註8〕茅盾60年代所說的這段話，不僅指出了歷史小說創作與現實小說創作的根本區別，而且闡明了進行歷史小說創作的過程，這是茅盾從事歷史題材作品創作和研究經驗的寶貴總結。歷史小說的作者首先作歷史家，進而作藝術家，運用邏輯思維對歷史生活進行科學概括，運用形象思維進行藝術構思，把二者結合起來，就是要達到歷史眞實和藝術眞實的統一。但由於作家的立場、觀點和方法不同，所以在對史料的掌握、甄別和提煉等方面也各不同，這就使歷史小說的創作較之現實小說更困難一些。茅盾以自己的創作實踐，在《大澤鄉》等一組歷史小說中顯示了鮮明的特色。

在對歷史生活的提煉和概括方面，閃爍著唯物史觀的光芒。在我國悠久的歷史長河中，各種史料和傳說浩如煙海，紛繁複雜，而且大都罩有歷史灰塵，掩蓋著史實的本來面目。正如鄭振鐸所指出的：「中國的歷史一向是蒙著一層厚幕或戴著一具假面具的。所謂文學侍從之臣，秉承著『今上皇帝』的意旨，任意的刪改著文獻，顛倒了是非。不要說關於老百姓們的事他們是往往抹煞眞相，就是關於他們王家貴族，以及士紳階級的事也往往在糞牆上亂塗白粉，……」〔註9〕這就要我們先下一番「去粗取精、去僞存眞」的功夫。

〔註8〕茅盾：《關於歷史和歷史劇》，第137頁。
〔註9〕鄭振鐸：《玄武門之變》序。

取材於《水滸》的《石碣》，在這方面是一個範例。按照茅盾的看法，《水滸》不是嚴格的或正宗的歷史小說，而是在民間傳說基礎上的創作。〔註10〕從總體上說《水滸》是一本好書，但是其中也不乏糟粕。《石碣》所揭示的，就是其中之一。在《水滸》的第七十一回，即「忠義堂石碣受天文，梁山泊英雄排座次」中，活龍活現地描寫了宋江率眾好漢祭天，天降石碣的情形，宣揚了唯心主義的天命觀。石碣上不僅鐫有「替天行道」、「忠義雙全」的字樣，而且排定了梁山泊好漢上應星魁的一百零八人的座次，從而順利地解決了梁山泊的一個最大難題。其實，這不過是人為的一場把戲而已。在封建社會裡，這樣的把戲屢見不鮮，統治階級借神權的力量以愚弄人民，而農民起義由於歷史條件所限制，找不到先進的思想武器，也往往借之以號召群眾。《大澤鄉》所描寫的「大楚興，陳勝王」的狐嗥，從魚腹中剖出的「陳勝王」素帛，鐫有「始皇帝死而地分」的東郡隕石，以及聲稱「明年祖龍當死」的華山神人等等細節，莫不如此。它們在古籍和舊小說中出現，本來是不足為怪的。但是，今天我們創作中使用這樣的題材時，就要重新認識，批判繼承，正本清源。《石碣》以揭破這樣的把戲為主題，廓清了歷史唯心主義迷霧，披露了梁山泊好漢內部「出身」不同的矛盾，還了歷史的本來面目，這是唯物史觀的勝利。

在對歷史材料認真研究和探索的基礎上，茅盾在創作中著力發掘和表現了歷史上人民群眾的偉大作用。為了準備一部長篇歷史小說（這部小說後來沒有寫），茅盾曾下了很大的功夫，「埋頭於故紙堆中，研究秦國至商鞅以後的經濟發展，戰國時代一些重要的思想潮流，乃至典章文物等等」。〔註11〕《大澤鄉》正是在這樣深厚的研究基礎上寫成的。在這個短篇中，茅盾站在歷史唯物主義的高度，著重描繪和歌頌了大澤鄉農民起義的偉大力量。風雨交加，「風是凱歌，雨是進擊的戰鼓，瀰漫了大澤鄉的秋潦是舉義的檄文。」「地下火爆發了！……秦皇帝的全統治區域都感受到這大澤鄉的地下火爆發的劇震。」在九百戍卒面前，解送的兩軍官「簡直是到了異邦，到了敵營，到了只有閃著可怖的眼光的丘墟中。」兩軍官的彈壓像是以卵擊石一樣，被農民起義的烈火輕而易舉地吞沒了。歷史是人民創造的，農民起義是推動歷史前進的動力，這就是《大澤鄉》揭示出來的深刻主題，這就是歷史的本質。從

〔註10〕茅盾：《關於歷史和歷史劇》，第151頁。
〔註11〕《茅盾文集》第7卷後記。

這個意義上說，茅盾的《大澤鄉》使得《史記‧陳涉世家》和其他所有關於大澤鄉農民起義的舊作品都黯然失色。在我國數千年的歷史生活中，茅盾不寫帝王將相，才子佳人，俠客義士，而寫農民起義，寫農民群眾和社會下層的造反者，並且都是持肯定和歌頌的態度，這就使這組歷史小說達到了新的思想高度，閃耀著唯物史觀的光彩。

在根據歷史或傳說進行藝術構思和小說創作中，十分強調歷史真實性。歷史唯物主義要求作家澄清歷史迷霧，是為了認識歷史的本質，還歷史以本來面目，決不是要以今變古，隨意褒貶，甚至編造歷史，把歷史搞得面目全非。茅盾的歷史小說，在嚴格探索歷史真實的基礎上，無論事件、人還是主要情節，大都是有來歷的，或依據史料，或依據傳說，而這些史料或傳說又是經研究認定為可以憑信的。只要我們把《大澤鄉》與《史記‧陳涉世家》、《豹子頭林沖》與《水滸》對照一下，就可以看得很清楚：事件和人物自不待言，就是情節也是大同小異，只不過前者內容更豐富、更生動罷了。《石碣》的情節和主題雖同《水滸》迥異，但人物和事件卻是原來就有的。可見，在堅持歷史真實的前提下，茅盾十分尊重歷史資料，在主要方面是嚴格忠實於史料或傳說的。然而，歷史小說畢竟是小說，要想「字字有出處，句句有來歷」是不可能的。歷史小說允許和需要虛構，問題是這種虛構是否符合歷史的真實性。《石碣》的情節雖不見於《水滸》，但卻是彼時彼地一定會發生的事，因而是合情合理的虛構。而讓玉臂匠金大堅和聖手書生蕭讓來秘刻石碣，則是梁山泊上最合適的人選，他們對秘刻石碣一事因出身不同而持的不同態度是可信的。經過「去偽存真」的提煉，《石碣》恢復了歷史的本質真實。茅盾認為，歷史小說的構思和創作，可以是真人假（想像）事，假人真事，乃至假人假事，但是「假人假事固然應當是那個特定時代的歷史條件下所可能產生的人和事，而真人假事也應當是符合於這個歷史人物的性格發展的邏輯而不是強加於他的思想或行動。」〔註12〕茅盾的這一文學主張，既是衡量不見於正史的傳說、異說以及舊小說中有關材料是否具有歷史真實性的尺度，又是作家憑藉想像進行藝術虛構的準則。它表現在茅盾的創作實踐中，使他的歷史小說有著嚴格忠實於歷史，並且較好地達到了歷史真實和藝術虛構相統一的鮮明特色。

在人物形象的塑造上，突出其鮮明的階級性。茅盾在創作中，不僅以愛

恨分明的思想感情頌揚正面形象，批判反面形象，而且十分重視在矛盾衝突中發掘人物性格的階級性，在心理描寫中揭示人物形象的階級烙印，這是茅盾歷史小說的又一特色。《大澤鄉》所表現的矛盾衝突是你死我活的階級鬥爭。「閭左貧民」生的渴望，掙脫枷索的渴望，對土地的渴望；兩軍官的顢頇、專橫和殘忍；戍卒和軍官之間深深的仇恨……所有這些，都被描寫得十分深刻。小說確認九百戍卒為「被征服的失掉了土地並降為奴隸的六國農民，兩個軍官是升到統治地位的秦的富農階級」，〔註13〕並以此出發規範人物的思想和言行，通過尖銳的矛盾鬥爭，使人物形象展現出明顯的階級色彩。同樣地，《豹子頭林沖》則是通過描寫林沖在一個夜晚中的活動（主要是思想活動），著重表現了林沖「農民根性的忍耐和期待」，樸質和善良，反抗和鬥爭；批判了「三代受了朝廷的厚恩，貴族的後裔的楊志」所抱的那種企圖建功邊庭，以求封妻蔭子的仕途幻想；揭露了白衣秀士王倫的氣量狹窄，「妒賢嫉能，卑污懦弱」，等等；而《石碣》則是通過對梁山泊好漢內部深微矛盾的描寫，表現了玉臂匠金大堅正直的品格，聖手書生蕭讓精細的心計。所有這些，都切合人物的階級身份，抓住了人物的階級實質。我們知道，階級論是歷史唯物論的核心。茅盾在30年代初就以之指導創作，把階級觀點鮮明地貫串於歷史小說的創作中，突出描寫人物的階級性，這充分表明當時的茅盾已是具備了「進步的世界觀」了。

在這組歷史小說中，茅盾運用的創作方法依然是現實主義的。茅盾既按照歷史生活的真實面貌來描寫歷史，並且注意細節描寫的真實性，又十分重視環境特別是人物的典型性，努力使環境和人物統一起來，以揭示歷史生活的本質和規律。《大澤鄉》再現了我國歷史上第一次農民大起義中的雄壯的一幕。悲涼蕭索的秋風秋雨，劍拔弩張的敵我對壘，一觸即發的階級搏鬥，正是當時歷史生活的集中概括，達到了一定程度的典型化。聲勢強大的大澤鄉農民起義，展示了歷史發展的必然趨勢。《豹子頭林沖》可說是一幅林沖月夜徘徊圖，茅盾以細膩的筆觸，把林沖投山不得的苦悶、憤懣和對「大智大勇的豪傑」期待的心情描繪得淋漓盡致，預示了農民起義發展的廣闊前景。《石碣》則幾乎沒有環境描寫，而是著力於對話描寫和心理描寫，顯現出金大堅的性格美，無異於一幅清淡的白描人物畫。茅盾歷史小說創作的成功，同他運用現實主義創作方法是分不開的。

〔註13〕《茅盾文集》第7卷後記。

三

　　儘管茅盾的歷史小說寥寥幾篇，而且也不能說取得了如何卓著的成績，但是，卻可以從中窺探茅盾關於歷史小說創作的文學主張。作爲一位文學大家，茅盾的文學主張是從不輕易改變的。解放後，茅盾曾就歷史劇創作問題專門寫了長篇論文，詳盡地闡明了他對歷史劇創作的基本觀點。歷史小說和歷史劇都是關於歷史題材的作品，在總的創作原則上是一樣的。茅盾關於歷史劇創作的文學主張，和歷史小說的創作是一致的。因之，在我們從茅盾創作的《大澤鄉》等作品出發，探討他的歷史小說創作的主張時，倘若聯繫他的歷史劇創作的有關論述進行考察，那麼就可以看得更爲清楚。

　　「五四」以後，自魯迅發其端，歷史小說得到了不斷的發展。特別是 30 年代，由於國民黨政權嚴重的政治壓迫，作家沒有言論自由，爲了寄情言志，借古喻今，借古諷今，因而不少作家從實際鬥爭出發，紛紛創作歷史小說，除魯迅和茅盾外，還有郭沫若、鄭振鐸、巴金等人，使歷史小說的創作一度出現了較繁榮的局面。隨著創作的發展，關於歷史小說創作的不同見解隨之產生，在許多問題上發生了爭論，直至今日，仍難統一。集中起來，主要問題是兩個。而在這兩個重大問題上，茅盾以自己的創作實踐和以後的理論研究作出了明確的回答。

　　關於歷史眞實和藝術虛構的關係問題。如前所述，茅盾的歷史小說是按照歷史的本來面目描寫歷史，按照歷史生活自身的邏輯來進行藝術虛構的。在這個問題上，茅盾有一系列精闢的論述，表明他的主張是一貫的，只不過後來更系統更深刻罷了。《大澤鄉》等發表前後，茅盾似乎沒有就此講過什麼。1937 年，他曾說：「另有作者，則思忠於事實。務要爬羅剔抉，顯幽闡微，還古人古事一個本來面目。這也是腳踏實地的辦法。」〔註14〕從而肯定了宋雲彬的歷史故事集《玄武門之變》。1956 年，茅盾在《給初學寫作者的信》（五）〔註15〕中指出：「寫歷史小說，可以加上相當成分的想像，但主要情節不能『杜撰』。歷史小說如此，根據傳說來寫的小說亦應當如此。」最透闢的，則是 1961 年在一篇長文中的論述：「我以爲我們一方面肯定藝術虛構之必要，另一方面也必須堅持不能隨便修改歷史；此二者並不矛盾，因爲藝術虛構不是向壁虛造而是在充分掌握史料，並用歷史唯物主義和辯證唯物主義的觀點和方法分析史

〔註14〕茅盾：《玄武門之變》序。
〔註15〕見《萌芽》1981 年第 5 期。

料、對歷史事實（包括人物）的本質有了明白認識以後，然後在這個基礎上進行虛構的。這樣的藝術虛構就能與歷史眞實相結合而達到藝術眞實（即在藝術作品中反映的歷史）與歷史眞實（即客觀存在之歷史）的統一了。」〔註16〕茅盾的這些見解，今天仍然不失其積極的現實意義。

關於古爲今用問題。茅盾曾就自己的創作說過：「我所能自信的，只有兩點：一，是未嘗敢粗製濫造；二，是未嘗爲要創作而創作——換言之，未嘗敢忘記了文學的社會意義。」〔註17〕這對茅盾的歷史小說是同樣適用的。茅盾的歷史小說儘管沒有一句涉及現實政治的話，但其意義卻蘊含在小說的藝術畫面之中。試想，在國民黨反動派的法西斯統治下，在共產黨領導的農村革命運動發展壯大的形勢下，茅盾對秦王朝的封建暴政及其色屬內荏本質的揭露和批判，難道不就是對蔣家王朝的揭露和批判嗎？而對農民起義的偉大力量及其光明前途的歌頌，難道不正是對中國共產黨領導的工農紅軍的革命鬥爭以及土地革命中農民運動的歌頌嗎？歷史往往是有驚人的相似之處的。茅盾認爲，「如果能夠反映歷史矛盾的本質，那末，眞實地還歷史以本來面目，也就最好地達成了古爲今用。」〔註18〕這是茅盾關於古爲今用問題的基本見解。十分明顯，茅盾的這一見解與魯迅的主張是不一樣的。我們知道，魯迅的歷史小說總有著明顯的現實針對性，甚至往往在歷史題材中加進若干「油滑的」現實材料。然而，茅盾對魯迅的歷史小說同樣十分推崇，他高度評價說：「魯迅先生以他特有的銳利的觀察，戰鬥的熱情，和創作的藝術，非但『沒有將古人寫得更死』，而且將古代和現代錯綜交融，成爲一而二，二而一。」〔註19〕與此同時，也正確地指出一般作者很難把魯迅的寫法學到手，往往「未能學而幾及」，倒是「終未免進退失據，於『古』既不盡信，於『今』亦失其攻刺之的。」〔註20〕茅盾對於古爲今用問題的卓越見解，是發人深思的。

從上面兩個問題的簡略概括中，可以看到茅盾對歷史小說既有創作實踐，又有專門研究，他的見解卓有見地，切中肯綮，是很值得我們重視的。需要說明的是，我們指出這一點，並不以爲茅盾關於歷史小說的創作主張就是最完美的主張，更不是要以之代替和排斥其他創作主張。有比較，有鑒別，

〔註16〕 茅盾：《關於歷史和歷史劇》，第 136 頁。
〔註17〕 茅盾：《我的回顧》，見《創作的經驗》。
〔註18〕 茅盾：《關於歷史和歷史劇》，第 106 頁。
〔註19〕 茅盾：《玄武門之變》序。
〔註20〕 同上註。

才能促進文學事業的繁榮。在文學創作理論方面，是可以而且應該各抒己見，百花齊放的。

茅盾的歷史小說在其 60 餘年的文學生涯中，並不佔有怎樣的地位。誇大他們的價值，固然不妥；然而忽視甚至抹煞它們的價值，籠統地否定爲「失敗之作」，也不公平。作爲茅盾文學創作的一個組成部分，作爲茅盾開拓的一個不容忽視的領域，我們著重指出茅盾歷史小說的創作特色及其創作主張，無非是要說明：它們是歷史小說百花園裡的花朵，即使不是最美麗的花朵，卻也有著自己的獨特的光彩，然而決不是雜草。誠然，茅盾的歷史小說確有它的失敗之處，諸如有著明顯的概念化的痕跡，人物形象不夠豐滿，性格不夠鮮明，個別地方同歷史生活不盡一致，等等。但是，同它的成功之處相比，這些缺陷畢竟是次要的。況且，如果把它們置於五十年前的歷史條件下進行考察，那麼是完全可以理解的：當茅盾以「進步的世界觀」和重新投入戰鬥的滿腔熱情回國從事文學活動的時候，他在思想內容方面對自己過去的文學作品是頗不滿意的，他要探求新的創作道路，改變作品的內容和主題，創作不同以往的新作。這樣的指導思想無可非議，然而卻或多或少地忽略了藝術創作的規律。同時也由於是新的嘗試，因而在歷史小說創作中過分突出人物的階級性，卻忽視描寫性格的其他方面了。這可說是矯枉過正，不足爲怪，倒是很可以給我們啓示的。必須指出的是，茅盾歷史小說的不足之處，並不是因爲作家堅持以唯物史觀指導創作的緣故，這同作品的概念化並無必然的聯繫；而是因爲茅盾沒有像這之前的創作那樣，始終堅持從生活出發，充分按照藝術規律塑造人物形象，這才是造成概念化的根本原因。正因爲這樣，茅盾的歷史小說未能取得重大的成功，這實在是一個很好的教訓。作家確立馬克思主義世界觀對於藝術創作至關重要，這一點是任何時候也不能動搖的。「一個做小說的人不但須有廣博的生活經驗，亦必須有一個訓練過的頭腦能夠分析那複雜的社會現實；尤其是我們這轉變中的社會，非得認眞研究過社會科學的人每每不能把它分析得正確。」〔註 21〕茅盾的這一經驗之談，是我們應該牢牢記取的。

1981.6.1

〔註21〕 茅盾：《我的回顧》，見《創作的經驗》。

後　記

　　茅盾是在國內外享有崇高聲望的革命作家，他同魯迅、郭沫若一樣都是「五四」那個偉大時代造就的偉大人才，並一起爲我國現代文學奠定了基礎。他的光輝文學業績是多方面的，本書試圖探討一下，他前期（「五四」到「五卅」）在建設我國文學批評、美學理論方面所作出的重要貢獻。

　　茅盾是我國現代文學史上最早出現的有影響的文學批評家和文藝理論家之一，爲我國文學批評與文藝理論的建設作出了極大的努力。從「五四」時期步入文壇到「五卅」前後，他的主要文學活動，是孜孜不倦地致力於外國文學的譯介、文學理論的研究和文藝批評的開展。他早期著重提倡爲人生的寫實主義文學，基本上堅持了眞、善、美統一的唯物主義美學原則；隨著革命的發展和文學革命的深入，他的文學思想也是不斷前進的，1923 年有所變化，到了「五卅」前後他試圖以馬克思主義觀點來回答無產階級文學的問題，《論無產階級藝術》則是其文學思想達到新高度的重要標誌；此後，他的思想雖有起伏，但總是沿著無產階級文學這個方向前進，30 年代以後則更自覺地沿著社會主義現實主義道路闊步向前。

　　茅盾前期的文學思想是極爲豐富的，且自成體系；由於他是緊密聯繫我國活生生的文藝實踐，博採西洋各種文藝思潮（主要是寫實主義自然主義）的，因而也給他的文學思想帶來了一定的複雜性。遺憾的是，我們大都是在文藝科學領域裡的學步者，深感缺乏足夠的力量來探討茅盾前期豐富而複雜的文學思想體系，只能從不同的側面進行些力所能及的初步試探，並將一些粗淺的理解和認識寫成單篇文章，故曰「散論」，既不夠系統又有重複之感，至於錯誤疏漏更是難免。熱切希望茅盾研究者和廣大讀者，批評指教，容後

修改。此外,《茅盾歷史小說的創作特色》,因不是本時期的創作論,權作爲外一篇附在後面,聊供參考。

　　本書大部分論稿由朱德發撰寫,並負責通稿。對於山東人民出版社的約稿以及在撰寫過程中的熱情鼓勵和大力支持,著者深表謝意。

著者

1982 年 10 月